U0525782

王红霞 刘铠齐 著

孤本品诗仙

《瑶台风露》整理与研究

2019年度国家社科基金一般项目
"韩国高丽和朝鲜时期的李白接受资料汇纂与研究"
(19BZW066)的阶段性成果
2022年四川省社会科学重点研究基地李白文化研究中心重点课题
"《〈瑶台风露〉整理与研究》"(LB22-A02)的结题成果

四川师范大学文学院资助出版

商务印书馆(成都)有限责任公司出品

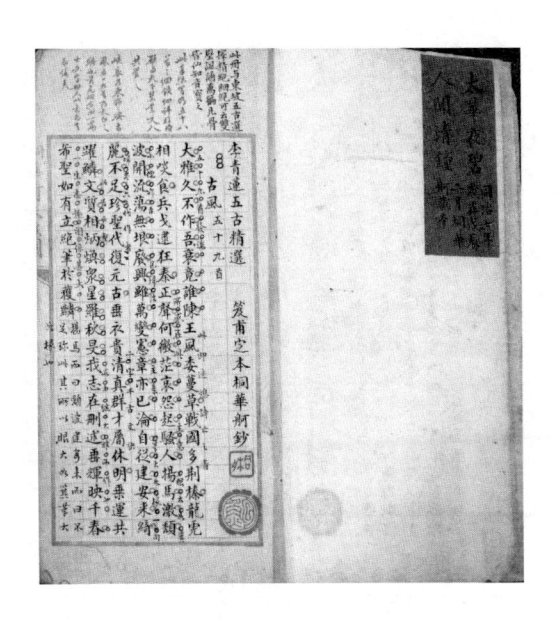

《瑶台风露》卷首题名"笈甫定本,桐华舸钞"。

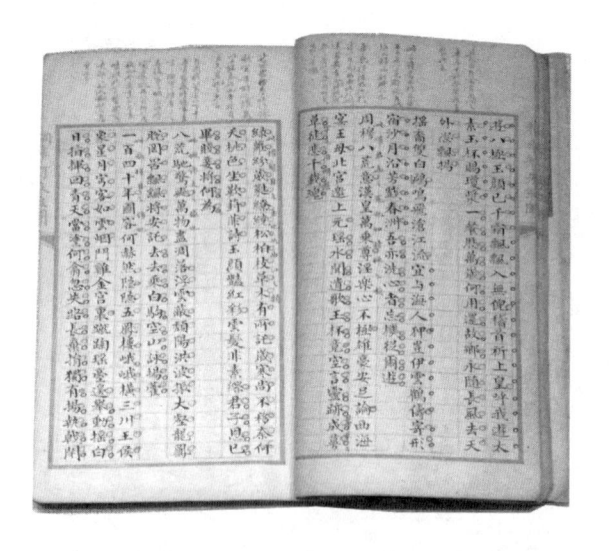

该书版框为外粗里细的文武双边，有纵横双向界格：纵向二十字，横向八字，全为朱丝栏。版心为单鱼尾式，白口象鼻，印有"桐华舸朱丝栏"字样。

序

　　红霞教授与我说整理《瑶台风露》，我很感兴趣。李白虽是伟大诗人，影响历代文人甚巨，但选本却很少，不过十余种，无法与齐名的杜甫相比。《瑶台风露》虽是晚清的李白诗选本，但物以稀为贵，更何况又是孤本，这些因素也都抬高了此选本的价值。我鼓励她完成，却把写序的承诺忘得干干净净。都说新冠病毒专门攻击人身体的薄弱之处，看来它选择了我的弱智发起攻击，以致造成健忘，也算是给红霞的一个答复吧。

　　《瑶台风露》选入李白五言古诗一百七十九首，编选者的旁批和眉批多达七百条，选诗数量颇大，评点也多精彩，对于李白诗歌的分体研究来说，具有重要的参考价值。《瑶台风露》自成书以来，几经世乱，一直流落于民间，未及刊刻，幸为四川江油李白纪念馆收藏，才得以保存至今。

　　最先关注到《瑶台风露》的是王定璋先生，他发表于1985年的文章《〈瑶台风露〉——新发现的李白五古精选精批手抄本》，简略介绍了《瑶台风露》的文物价值与文学意义。詹锳先生主编《李白全集校注汇释集评》，撰有《李白集版本源流考》，全面梳理了李白集版本以及李白诗选本的流传情况，《瑶台风露》是列举的十种古代李白诗选本中的最后一个，詹锳先生只介绍了该书所收五言古诗的篇数和收藏单位，具体内容未作陈述。其后郁贤皓主编的《李白大辞典》，张忠刚主编的《全唐诗大辞典》，陈伯海、朱易安编撰的《唐诗书目总录》，也都提及了《瑶台风露》，但其介绍大都十分简单。

作为唯一的李白五言古诗选本，《瑶台风露》既十分罕见，又弥足珍贵，但从上面的考察看，它长久以来并没有得到李白研究者的重视。其主要原因有二：一、《瑶台风露》是手抄孤本，一直没有机会刊印面世，如同沧海遗珠，埋没于故纸堆里无人知晓。二、《瑶台风露》的编选者不详，抄本上仅见桐华舸与笈甫字号，而不知其所系何人，这也限制了该抄本的传播和推广。现存的古代李白诗歌选本数量十分有限，而学人对《瑶台风露》鲜有问津，这也说明，关于李白诗歌选本的研究是相当薄弱的。

王红霞、刘铠齐的《孤本品诗仙：〈瑶台风露〉整理与研究》分为上下两编，首次对李白五言古诗选《瑶台风露》展开了全面而深入的研究。上编依照《瑶台风露》的体例进行编排，极大程度上保留了选本原貌，使一直鲜为人知的孤本得以正式面世，为广大李白诗歌研究者和爱好者提供了方便。下编则对《瑶台风露》的编纂者、选诗和评点情况展开了全面的考察，能够较好地呈现出该选本的特点和价值，有助于加深读者对于李白五言古诗的认识和理解。

《瑶台风露》编选者在正史中均无记载，学界亦无相关研究。在材料有限的情况下，《孤本品诗仙：〈瑶台风露〉整理与研究》以人物字号、钤印为线索，结合诗文集、地方志文献，考证出了《瑶台风露》的编选者系清人鲍瑞骏和王鸿朗。不仅全面梳理了编选者的生平、交游、著述情况，还借此来探究他们的创作主张和诗学理论，从鲍、王二人之间亦师亦友的关系入手，考察出《瑶台风露》的成书过程，为进一步研究《瑶台风露》的选诗和评点奠定了基础。该书通过仔细比对选诗文本与各个版本李白集之间的异文情况，来探求《瑶台风露》的抄写底本，发现《瑶台风露》抄本与《全唐诗》本的李白集十分相似，但又存在多处与众通行版本均不相同的异文现象，是更为少见的版本，修正了王定璋先生"以两宋本和萧本为蓝本"的结论。两位研究者坚持"有一份材料说一分话"的严谨治学态度，校勘仔细，言必有据，使人信服。

在选诗研究中，该书列举古人和今人的李白诗选来进行比较研究，以数据和图表的形式，直观地呈现《瑶台风露》对不同题材诗歌的收选比重，使《瑶台风露》侧重于"古风""乐府""赠""寄""感遇""游宴""闲适""闺情"等题材的五古篇目选诗特点得到揭示。不仅如此，该书还结合编选者的生平交游和选本的序跋批点，分析了选诗背后的原因，其研究由浅入深，挖掘出编选者以"高古"风格为主、崇尚诗教传统、重视行文章法的选诗宗旨。尤其难能可贵的是，该书在研究《瑶台风露》评点时，还能观照编选者的人生经历和诗学渊源，知人论世地展开讨论，将鲍瑞骏家族受桐城派影响的背景作为前提，联系刘大櫆的"神气、音节、字句"之说，对鲍、王二人的评点以"神气"为主、"音节、字句"为辅的路数进行分类和归纳，使之皆统筹于李白的"仙才"之下。全篇章节环环相扣，前后呼应，逻辑完整。

自唐代以来，世人普遍认为李白以天才作诗，其诗无迹可循，不可捉摸，不似杜甫、韩愈等法度谨严。时至今日，学界对于李白艺术技法的研究仍是极为欠缺的，甚至还没有专门讨论李白诗歌创作方法的专著出现。清代作为我国最后一个封建王朝，在学术上具有集大成性，这也形成了清诗学问化的倾向，尤其是在诗文批评之中，善于总结文学创作的法式规则，其诗谱诗法类著作也较历代数量为多。《瑶台风露》成书于同治七年，带有鲜明的清代诗学特征。该抄本在选诗和评点当中尤其注重章法上的起承转合变化，对李白五言古诗的艺术技法进行了较为全面的归纳和总结，是有关李白诗法研究的重要文献。其编选者更是创造性地将桐城派文论引入诗评之中，从"字句、音节、神气"三个层次来建构起一个完整的诗歌鉴赏体系，使后人认识到李白的诗歌创作不仅是有迹可循的，也是有法可依的。

经过王红霞、刘铠齐二位学者的整理，尘封的也是处于死文献状态的《瑶台风露》，终得与李白研究者、爱好者见面，激发了古代文献的活性，充分展现出李白五言古诗的诗歌造诣和艺术魅力，为后人了解李诗、学习李诗提供了可资借鉴的文本。他们对于《瑶台风露》的研究，丰富了清代的李白接受研究，对清代诗学的揭示也多有助益，可不喜欤！

詹福瑞
2023年2月1日

目 录

引　言　　　　　　　　　　　　　　　　　　　　1

上编　《瑶台风露》整理

第一章　古　风　　　　　　　　　　　　　　　9
 其一　大雅久不作　　　　　　　　　　　　9
 其二　蟾蜍薄太清　　　　　　　　　　　　10
 其三　秦皇扫六合　　　　　　　　　　　　11
 其四　凤飞九千仞　　　　　　　　　　　　12
 其五　太白何苍苍　　　　　　　　　　　　13
 其六　代马不思越　　　　　　　　　　　　13
 其七　五鹤西北来　　　　　　　　　　　　14
 其八　咸阳二三月　　　　　　　　　　　　14
 其九　庄周梦蝴蝶　　　　　　　　　　　　15
 其十　齐有倜傥生　　　　　　　　　　　　15
 其十一　黄河走东溟　　　　　　　　　　　16

其十二	松柏本孤直	16
其十三	君平既弃世	17
其十四	胡关饶风沙	18
其十五	燕昭延郭隗	19
其十六	宝剑双蛟龙	19
其十七	金华牧羊儿	20
其十八	天津三月时	20
其十九	西岳莲花山	21
其二十	昔我游齐都	22
其二十一	郢客吟白雪	23
其二十二	秦水别陇首	24
其二十三	秋露白如玉	24
其二十四	大车扬飞尘	25
其二十五	世道日交丧	26
其二十六	碧荷生幽泉	26
其二十七	燕赵有秀色	27
其二十八	容颜若飞电	27
其二十九	三季分战国	28
其三十	元风变太古	28
其三十一	郑客西入关	29
其三十二	蓐收肃金气	30
其三十三	北溟有巨鱼	31
其三十四	羽檄如流星	31
其三十五	丑女来效颦	32

其三十六	抱玉入楚国	32
其三十七	燕臣昔恸哭	33
其三十八	孤兰生幽园	34
其三十九	登高望四海	34
其四十	凤饥不啄粟	34
其四十一	朝弄紫沂海	35
其四十二	摇裔双白鸥	35
其四十三	周穆八荒意	36
其四十四	绿萝纷葳蕤	36
其四十五	八荒驰惊飙	37
其四十六	一百四十年	38
其四十七	桃花开东园	38
其四十八	秦皇按宝剑	39
其四十九	美人出南国	39
其五十	宋国梧台东	40
其五十一	殷后乱天纪	40
其五十二	青春流惊湍	41
其五十三	战国何纷纷	41
其五十四	倚剑登高台	41
其五十五	齐瑟弹东吟	42
其五十六	越客采明珠	43
其五十七	羽族禀万化	43
其五十八	我到巫山渚	44
其五十九	恻恻泣路歧	44

第二章 乐 府　　　　　　　　　　47

侠客行　　　　　　　　　　47
关山月　　　　　　　　　　48
结客少年场行　　　　　　　49
长干行二首　　　　　　　　50
古朗月行　　　　　　　　　52
独不见　　　　　　　　　　53
妾薄命　　　　　　　　　　54
门有车马客行　　　　　　　55
东海有勇妇　　　　　　　　56
黄葛篇　　　　　　　　　　57
怨歌行　　　　　　　　　　58
塞上曲　　　　　　　　　　59
大堤曲　　　　　　　　　　59
秦女卷衣　　　　　　　　　60
邯郸才人嫁为厮养卒妇　　　60
出自蓟北门行　　　　　　　61
枯鱼过河泣　　　　　　　　62
空城雀　　　　　　　　　　63
丁督护歌　　　　　　　　　64
相逢行　　　　　　　　　　64
树中草　　　　　　　　　　65
豫章行　　　　　　　　　　66
去妇词　　　　　　　　　　67

第三章 古 诗 　　　　　　　　　　　　71

秋浦歌　　　　　　　　　　　　　　71

古意　　　　　　　　　　　　　　　72

赠从兄襄阳少府皓　　　　　　　　　73

秋日炼药院镊白发赠元六兄林宗　　74

赠崔郎中宗之　　　　　　　　　　　75

赠裴司马　　　　　　　　　　　　　75

游溧阳北湖亭望瓦屋山怀古赠同旅　76

赠秋浦柳少府　　　　　　　　　　　77

赠王判官时余归隐居庐山屏风叠　　78

赠常侍御　　　　　　　　　　　　　79

经乱离后天恩流夜郎忆旧游书怀赠江夏韦太守良宰　79

赠别舍人弟台卿之江南　　　　　　84

赠宣城宇文太守兼呈崔侍御　　　　85

于五松山赠南陵常赞府　　　　　　87

自梁园至敬亭山见会公谈陵阳山水兼期同游因有此赠　88

赠友人三首　　　　　　　　　　　　89

经乱后将避地剡中留赠崔宣城　　　91

献从叔当涂宰阳冰　　　　　　　　　93

书怀赠南陵常赞府　　　　　　　　　95

安陆白兆山桃花岩寄刘侍御绾　　　96

望终南山寄紫阁隐者　　　　　　　　96

闻丹丘子于城北石门幽居中有高凤遗迹仆离群远怀
　亦有栖遁之志因叙旧以寄之　　　　97

淮阴书怀寄王宗成	98
月夜江行寄崔员外宗之	99
宿白鹭洲寄杨江宁	100
新林浦阻风寄友人	101
寄东鲁二稚子	102
下寻阳城泛彭蠡寄黄判官	103
书情寄从弟邠州长史昭	103
流夜郎至西塞驿寄裴隐	104
江夏寄汉阳辅录事	105
江上寄元六林宗	106
宣州九日闻崔四侍御与宇文太守游敬亭山余时登响山不同此赏醉后寄崔侍御二首	107
早过漆林渡寄万巨	107
游敬亭寄崔侍御	108
自金陵溯流过白璧山玩月达天门寄句容王主簿	109
秋日鲁郡尧祠亭上宴别杜补阙范侍御	109
感时留别从兄徐王延年从弟延陵	110
南阳送客	112
送张舍人之江东	113
送王屋山人魏万还王屋	113
金乡送韦八之西京	116
送蔡山人	117
玩月金陵城西孙楚酒楼达曙歌吹日晚乘醉著紫绮裘乌纱巾与酒客数人棹歌秦淮石头访崔四侍御	117

寻鲁城北范居士失道落苍耳中见范置酒摘苍耳作	118
游泰山六首	119
下终南山过斛斯山人宿置酒	122
邯郸南亭观妓	123
春日游罗敷潭	123
金陵凤皇台置酒	124
金陵白杨十字巷	125
月下独酌四首	125
友人会宿	127
春日醉起言志	127
春日独酌二首	128
日夕山中忽然有怀	129
拟古十二首	130
感兴六首	137
秋夕旅怀	140
寻阳紫极宫感秋作	141
江上秋怀	141
秋夕书怀	142
览镜书怀	143
寄远十一首	143
学古思边	145
秋浦寄内	146
自代内赠	146

下编 《瑶台风露》研究

第四章 《瑶台风露》编校者考 　　151

第一节 鲍瑞骏考 　　152
　　一 鲍瑞骏生平履历考 　　152
　　二 鲍瑞骏诗文创作考 　　173

第二节 王鸿朗考 　　189
　　一 王鸿朗的生平著述考 　　189
　　二 鲍瑞骏与王鸿朗交游考 　　209

第五章 《瑶台风露》的选诗 　　233

第一节 《瑶台风露》的成书 　　234
　　一 《瑶台风露》的抄选底本 　　235
　　二 《瑶台风露》的分类体例 　　244

第二节 《瑶台风露》的选诗篇目 　　255
　　一 题材类别 　　255
　　二 创作时间 　　268
　　三 创作地点 　　271
　　四 酬应对象 　　274

第三节 《瑶台风露》的选诗宗旨 282
- 一 思想情旨：崇尚诗教传统 282
- 二 艺术风格：以"高古"为主 288
- 三 写作技巧：重视行文章法 303

第六章 《瑶台风露》的评点 311

第一节 《瑶台风露》的评点特征 313
- 一 重视探寻李白五言古诗的渊源、影响 313
- 二 善于分析李白五言古诗的艺术技法 331

第二节 《瑶台风露》的论诗主张 361
- 一 主张从整体上解读李白的五古组诗 361
- 二 继承和发展刘大櫆"神气、音节、字句"之说 377

结　　语 397

参考文献 403

引　言

　　《瑶台风露》是晚清同治七年（1868）未刊刻的李白五言古诗选本，由鲍瑞骏、王鸿朗二人合编，精选精评，具有较高的学术研究价值。李白的五言古诗成就非凡，而《瑶台风露》作为现存唯一的李白五言古诗选，对于李白诗歌研究有着重要的参考价值。

　　《瑶台风露》系手抄孤本，其编选者鲍瑞骏与王鸿朗亦是名不见经传。迄今为止，学术界关于《瑶台风露》的研究也极为薄弱，仅有王定璋先生的《〈瑶台风露〉——新发现的李白五古精选精批手抄本》①和《〈瑶台风露〉的文物价值与文学意义》②两篇文章。这两篇文章分别从选诗范围、选诗内容、评点特征和论诗主张四个方面评价了《瑶台风露》的选诗与评点，指出了《瑶台风露》的文物价值与文学意义，称该书是"一本为学术界所不知而又颇具价值的珍本"③。这两篇文章对于认识和推广《瑶台风露》具有重

---

① 王定璋：《〈瑶台风露〉——新发现的李白五古精选精批手抄本》，《天府新论》1985年第3期，第50—54页。

② 王定璋：《〈瑶台风露〉的文物价值与文学意义》，《四川文物》1993年第1期，第13—17页。

③ 王定璋：《〈瑶台风露〉——新发现的李白五古精选精批手抄本》，《天府新论》1985年第3期，第50页。

要的意义，但王定璋先生只是简略地介绍了《瑶台风露》的基本情况，对于该书的研究尚存在遗漏和不足。尤其遗憾的是，王定璋先生没有考证出《瑶台风露》的编选者究竟为何人。

詹锳先生曾在《李白全集校注汇释集评》书末的《李白集版本源流考·李白诗选本》中提及此书：

> 十、《瑶台风露》不分卷，题笈甫主人选评，同治七年（一八六八）桐华舸主人抄本
>
> 选录李白五言古诗一百七十余首，现藏四川江油县李白纪念馆①

或许由于当时条件的限制，詹先生未能亲见《瑶台风露》，对该书所知不详，但他仍将其作为清代李白诗歌的重要选本之一，存目于《李白集版本源流考》之内。

此后，诸如《全唐诗大辞典》《唐诗书目总录》等都对《瑶台风露》有所提及，其中对该书介绍得最详细的，要数郁贤皓先生主编的《李白大辞典》：

> 《瑶台风露》，李白五言古诗精选精批手抄本，藏江油李白纪念馆。同治七年（1868）笈甫选评，桐华舸主人钞写。该书选李白五古179首，占李白五古总数三分之一强。《古风》59首、《侠客行》、《结客少年场行》、《关山月》、《古朗

---

① 詹锳主编：《李白全集校注汇释集评》，天津：百花文艺出版社，1996年，第4667页。

月行》、《塞上行》、《丁都护歌》、《豫章行》、《经乱后将避地剡中留赠崔宣城》、《赠友人三首》、《长干行》、《怨歌行》、《过斛斯山人宿置酒》等各类题材、各种风格的李白五古均被选入。选评者标举"风骚"，崇尚自然，主张缘情而作，有感而发，强调充实的思想内容和独到的艺术成就。诸如《古风·凤飞九千仞》非游仙之作；《赠韦良宰》"凛然春秋之笔"；"凡太白之言游仙，亦寓身世之慨"；"太白诗，人喜其闳肆，我服其深厚；人夸其排奡。我爱其清远；人诧其奇警，我取其自然"等评语均不乏睿见。笈甫翁之朱批（眉批）和桐华舸主人墨批（眉批、行批）均系秀美行草，与桐华舸主人以精妙楷书所钞之诗文相得益彰。手抄本不独体现李白五古全貌、"高古"神韵，而且有较高的学术价值、艺术价值和文物价值。[①]

该词条由原四川江油李白纪念馆馆长吴丹雨先生撰写，除了对选本的藏址、成书年代、选评者、抄写者、内容、体例等基本信息有所论述外，还重点介绍了评选者"笈甫翁"富有创见性的评点。但吴丹雨先生也没有考证出《瑶台风露》的编选者究竟为何人，对于书中选诗和评点的认识也不够全面和深入。

目前学界尚未充分认识到该书对于李白研究的价值，对其编选者鲍瑞骏和王鸿朗的了解也远远不够，由此可见，《瑶台风露》还存在较大的研究空间，有待进一步的深化和拓展。

李白在古体诗上的成就非凡，而五言古诗又在其中占据了主

---

① 郁贤皓主编：《李白大辞典》，南宁：广西教育出版社，1995年，第325页。

体地位，尤其以古风和乐府题材最为著名。高棅的《唐诗品汇》将李白列为五言古诗正宗，并高度肯定了他在五言古诗上的成就：

> 李翰林天才纵逸，轶荡人群，上薄曹、刘，下凌沈、鲍。其乐府古调，若使储光羲、王昌龄失步，高适、岑参绝倒，况其下乎？朱子尝谓："太白诗如无法度，乃从容于法度之中，盖圣于诗者。"其《古风》两卷，皆自陈子昂《感遇》中来。且太白去子昂未远，其高怀慕尚也如此。①

由此，李白五言古诗在文学史上的地位可见一斑。

相对于琳琅满目的杜诗选本而言，现存的李诗选本则显得非常有限。据詹锳先生《李白全集校注汇释集评》附录中的《李白集版本源流考》记载，古人的李白诗选本有：元人范德机的《李翰林诗》四卷，明人张含辑录、杨慎批点的《李杜诗选》十一卷（其中《李诗选》五卷），明人朱谏的《李诗选注》十三卷、《辨疑》二卷，明人梅鼎祚的《李诗钞评》四卷，明人林兆珂的《李诗钞述注》十六卷，明人汪瑷的《李白五言辨律》一卷，清人应时的《李杜诗纬》十一卷（其中《李诗纬》四卷），清人沈寅的《李诗直解》六卷，日本近藤元粹的《李太白诗醇》五卷，以及《瑶台风露》一卷。② 其中《李白五言辨律》是仅存的李白五言律诗选，

---

① 高棅：《唐诗品汇》，《明诗话全编》（第1册），南京：江苏古籍出版社，1997年，第352页。

② 詹锳主编：《李白全集校注汇释集评》，天津：百花文艺出版社，1996年，第4641—4668页。

而《瑶台风露》则是仅存的李白五言古诗选。

《瑶台风露》作为已知现存唯一的李白五言古诗选本，其于李白研究的价值不言而喻。在说明《瑶台风露》的研究意义之前，有必要先对李白五言古诗的研究现状略作梳理。

相较李白诗歌的整体研究而言，目前学界对于李白五言古诗的研究还有所欠缺，其中较为突出的研究成果如下：

葛景春的《论李杜五言古诗之嬗变》[①]，通过比较李白、杜甫的五言古诗在渊源和题材上的异同，发掘出李白五言古诗的风格特点。汤华泉的《李白五古三论》[②]，较为细致地对李白五言古诗进行统计和分类，并从用韵的角度，探讨了李白五言古诗在唐代的地位。宫立华的《李白五古研究》[③]，不仅从整体上探究了李白五言古诗的地位和特点，还对李白五言古诗进行了分类研究；不过，该文的研究较为粗浅，未能充分揭示出李白五言古诗的艺术特点，对具体篇目的分类与界定也值得商榷。

《瑶台风露》选诗共计一百七十九首，以古风、乐府为主，兼具其他各类题材，既能较好地呈现李白五言古诗的整体风貌，又能明确反映编选者鲍瑞骏与王鸿朗的选诗宗旨。书中有鲍瑞骏与王鸿朗二人的批语七百多条，逐篇评析，睿见迭出，较为深入地探究了李白五言古诗的诗歌渊源与艺术手法，呈现出鲜明的清代诗学特征。在现存为数不多的李白诗歌选本之中，《瑶台风露》以

---

① 葛景春：《论李杜五言古诗之嬗变》，《中州学刊》2006年第5期，第237—241页。
② 汤华泉：《李白五古三论》，《苏州科技学院学报（社会科学版）》2009年第3期，第40—45页。
③ 宫立华：《李白五古研究》，江西师范大学2011年硕士学位论文。

其丰富的选诗和精彩的评点而独树一帜。

因此,为了使更多的人能够认识和了解《瑶台风露》的价值,对其展开进一步的研究是很有必要的。

上编 《瑶台风露》整理

李青莲五古精选[1]

笈甫定本 桐华舸钞

卷首墨批：此册与东坡五古选择精绝细绝，可云双璧，讽诵万遍，凡骨皆仙，知音宝之。[2]

---

[1] 书中墨批为鲍瑞骏所加，朱批为王鸿朗所加。

[2] 鲍瑞骏、王鸿朗二人合选李白、苏轼五言古诗各一册，如今李白五言古诗选藏于四川江油李白纪念馆，而苏轼五言古诗选则不知所踪。

第一章 古 风

其一 大雅久不作

　　大雅久不作，吾衰竟谁陈？〔一〕王风委蔓草，战国多荆榛。〔二〕龙虎相啖食，兵戈逮狂秦。正声何微茫，哀怨起骚人。〔三〕扬马激颓波，开流荡无垠。〔四〕废兴虽万变，〔五〕宪章亦已沦。〔六〕自从建安来，绮丽不足珍。〔七〕圣代复元古，垂衣贵清真。〔八〕群才属休明，乘运共跃鳞。文质相炳焕，众星罗秋旻。〔九〕我志在删述，垂辉映千春。〔十〕希圣如有立，绝笔于获麟。〔十一〕

　　诗尾墨批： 扬、马而曰"颓波"，建安来而曰"不足珍"，此其所以眼大如箕、笔大如椽也。

文旁墨批：

〔一〕五十九首发端。

〔二〕此即迹熄诗亡之旨。①

〔三〕所感在此。主意。

〔四〕眼大如箕，小儒咋舌。

〔五〕包埽法。

---

① 《孟子·离娄下》曰："王者之迹熄而《诗》亡，《诗》亡然后《春秋》作。"

〔六〕主意。

〔七〕笔大如椽,一句埽尽六代作者。

〔八〕二字千古文诀。①

〔九〕此为正声。

〔十〕所由继大雅而作也。

〔十一〕一生志趣关系甚大。

书眉朱批:

1. 此章总旨乃五十八首之纲领,细评于后,愿与天下慧业文人共赏之。

2. 《峡哀》乃东野之骚,《古风》五十九首乃太白之骚也,首尾回合成一篇大文字。世人以意为先,取慎矣。

其二　蟾蜍薄太清

蟾蜍薄太清,蚀此瑶台月。〔一〕圆光亏中天,金魄遂沦没。蟪蛛入紫微,大明夷朝晖。〔二〕浮云隔两曜,万象昏阴霏。萧萧长门宫,昔是今已非。〔三〕桂蠹花不实,天霜下严威。沉叹终永夕,感我涕沾衣。

文旁墨批:

〔一〕此为王皇后被废而作。

〔二〕转韵法,笔如辘轳,圆转自然。

〔三〕神接,用笔摇曳出之,唱叹有神。

---

① 指"清真"二字。

书眉朱批：

　　闺门为王化之始，故《风》首二南之《关雎》《鹊巢》，今王后之冤如此而莫之悟，本实拨矣①。所以"大雅不作"而有"吾衰"之叹也。故以此为五十八首之发端。

其三　秦皇扫六合

　　秦皇②扫六合，虎视何雄哉。〔一〕飞③剑决浮云，诸侯尽西来。明断自天启，大略驾群才。收兵铸金人，函谷正东开。铭功会稽岭，骋望琅琊④台。刑徒七十万，起土骊山隈。〔二〕尚采不死药，茫然使心哀。连弩射海鱼，长鲸正崔嵬。额鼻象五岳，扬波喷云雷。鬐鬣蔽青天，何由睹蓬莱。〔三〕徐市⑤载秦女，楼船几时回。但见三泉下，金棺葬寒灰。

文旁墨批：

〔一〕并下一首，承"蟾蜍蚀月"来，皆"大雅不作"之根。

〔二〕影语暗刺明皇。⑥

〔三〕奇句，露意，令人不测。

---

① 《诗经·大雅·荡》曰："人亦有言：颠沛之揭，枝叶未有害，本实先拨。"
② "皇"，王本作"王"。
③ "飞"，宋本、缪本、王本作"挥"。
④ "琅琊"，宋本作"琅玡"，王本作"琅邪"。
⑤ "市"，宋本作"氏"。
⑥ 陈沆《诗比兴笺》亦云："此亦刺明皇之词，而有二意：一则太白乐府中所谓'穷兵黩武有如此，鼎湖飞龙安可乘'。二则人心苦不足，周穆、秦、汉同一辙也。"

书眉朱批：

1. 此承上首来言明皇平韦武之乱何其英武，今乃判若两人，则奸臣蒙蔽之罪不可胜诛也。似赋而实比。

2. "海鱼长鲸"即指林甫、禄山诸奸。"蔽青天"三字点破正意。

其四　凤飞九千仞

凤飞九千仞，五章备彩珍。衔书且虚归，空入周与秦。横绝历四海，所居未得邻。吾营紫河车，千载落风尘。药物秘海岳，采铅清溪滨。时登大楼山，举手①望仙真。羽驾灭去影，飙车绝回轮。尚恐丹液迟，志愿不及申。徒霜镜中发，羞彼鹤上人。桃李何处开，此花非我春。唯②应清都境，长与韩众亲。

书眉朱批：

1. "衔书"十字，言非无忠谏之臣，其如君之不听何？

2. 奸邪竞进，贤臣去矣，有心人挽回无术，飙车羽驾，但听其影灭音沉耳。他年设祭韶州③，悔之晚矣。"此花非我春"五字，沉痛异常，世人当作游仙诗读，一何可笑？

---

① "手"，宋本、缪本、王本作"首"。

② "唯"，王本作"惟"。

③ 指安史之乱后，唐玄宗于韶州追忆张九龄之事。据《唐国史补》记载："玄宗至蜀，每思张曲江则泣下。遣使韶州祭之，兼赍货币，以恤其家，其诰辞刻于白石山屋壁间。"

其五　太白何苍苍

太白何苍苍，星辰上森列。去天三百里，邈尔与世绝。中有绿发翁，披云卧松雪。不笑亦不语，冥栖在岩穴。我来逢真人，长跪问宝诀。粲然启玉齿①，授以炼药说。铭骨传其语，竦身已电灭。仰望不可及，苍然五情热。吾将营丹砂，永与世人别。

书眉朱批：

前两首皆承"蟾蜍"一首来，乃"大雅不作"之根。此从上首"此花非我春"句拍到自己，言世不我用，身将隐矣，乃"吾衰谁陈"之根也。玩"苍然五情热"句，知太白非果于忘世者。

其六　代马不思越

代②马不思越，越禽不恋燕。情性有所习，土风固其然。昔别雁门关，今戍龙庭前。惊沙乱海日，飞雪迷胡天。虮虱生虎鹖，心魂逐旌旃。苦战功不赏，忠诚难可宣。谁怜李飞将，白首没三边。

书眉朱批：

此承上首末句③来言，胡骑至矣，征调纷纷，世之人苦乃至是。吾与之别，非恝置也，无术以救之，又不忍耳闻目睹耳。故虽将营丹砂，犹不能自禁其五情之热也。

---

① "启玉齿"，宋本作"忽自哂"。

② "代"，萧本、郭本、刘本作"岱"。

③ 指其五"吾将营丹砂，永与世人别"句。

其七　五鹤西北来

五鹤西北来①，飞飞凌太清。仙人绿云上②，自道安期名。〔一〕两两白玉童，双吹紫鸾笙。去影忽不见，回风送天声。我欲一问之③，飘然若流星。愿餐金光草，寿与天齐倾。

文旁墨批：

〔一〕二字④狡狯。

书眉朱批：

此指当时膴仕⑤之得意者。盖真仙人未有以仙人自居者。玩"自道"二字，讽刺微婉。言今之天下如此，而犹吹笙游戏，问之不答，弃我如遗，万一国步占危，若辈其能久活耶？收二句乃反言之，以鼓其痛诋，与下一首皆甚言其上恬下嬉、醉生梦死也。

其八　咸阳二三月⑥

咸阳二三月，宫柳黄金枝。绿帻谁家子，卖珠轻薄儿。日暮醉酒归，白马骄且驰。意气人所仰，冶游方及时。子云不晓事，晚

---

① "五鹤西北来"，宋本、萧本、缪本、郭本、刘本、王本、咸本作"客有鹤上仙"。
② "仙人绿云上"，宋本、萧本、缪本、郭本、刘本、王本、咸本作"扬言碧云里"。
③ "我欲一问之"，宋本、萧本、缪本、郭本、刘本、王本、咸本作"举首远望之"。
④ 指"自道"二字。
⑤ 《诗·小雅·节南山》曰："琐琐姻亚，则无膴仕。"
⑥ 此诗宋本、缪本编入《感寓》。

献长杨辞。赋达身已老,草元①鬓若丝。投阁良可叹,但为此辈嗤。

其九　庄周梦蝴蝶②

庄周梦蝴③蝶,胡蝶为庄周。一体更变易,万事良悠悠。乃知蓬莱水,复作清浅流。青门种瓜人,旧日东陵侯。富贵故④如此,营营何所求。

书眉朱批：

此从"但为此辈嗤"句推进一层,言万事更变,忽焉没矣,而吾栖皇无已,宜甚为所嗤也。

其十　齐有倜傥生

齐有倜傥生,鲁连特高妙。〔一〕明月出海底,一朝开光曜。却秦振英声,后世仰末照。意轻千金赠,顾向平原笑。吾亦澹荡人,拂衣可同调。

文旁墨批：

〔一〕此首作一曲。

---

① "元",应作"玄",避"玄"字讳。
② 此诗《河岳英灵集》题作《咏怀》。
③ "蝴",萧本、郭本、刘本、王本、全唐诗本作"胡"。
④ "故",宋本、缪本作"固"。

书眉朱批：

虽然，吾之营营者岂有求哉？特引"振英声而垂末照"耳。奈何平原君轻量仲连耶？此首作蹩笔以振文势。①

其十一　黄河走东溟

黄河走东溟，白日落西海。逝川与流光，飘忽不相待。春容舍我去，秋发已衰改。人生非寒松，年貌岂长在。〔一〕吾当乘云螭，吸景驻光彩。〔二〕

文旁墨批：

〔一〕"吾衰谁陈"之正面也。

〔二〕结又拓开，恰好呼起下二首。

书眉朱批：

1. 然而日落矣，海逝矣，春容去而秋发改矣，营营者徒为人所嗤矣。此首方入"吾衰"正面。

2. 收又倒盘。

其十二　松柏本孤直

松柏本孤直，难为桃李颜。〔一〕昭昭严子陵，垂钓沧波间。〔二〕身将客星隐，心与浮云闲。长揖万乘君，还归富春山。清风洒六合，

---

① 王羲之《笔势论十二章·观彩章第八》云："蹩笔者将。蹩，即捺角也；将，谓劣尽也。缓下笔，要得所，不宜长宜短也。"

邈然不可攀。使我长太①息,冥栖岩石山②。

文旁墨批:

〔一〕兴起。
〔二〕次入子陵。

书眉朱批:

此二首承前章而曡衍之,借子陵、君平以自况也。③

其十三　君平既弃世

君平既弃世,世亦弃君平。〔一〕观变穷大④易,探元化群生。寂寞缀道论,空帘闭幽情。驺虞不虚来,鸑鷟有时鸣。〔二〕安知天汉上,白日悬高名。海客去已久,谁人测沉冥。

文旁墨批:

〔一〕此又直入,与上首章法又别。
〔二〕大有河图凤鸟之慨,见"吾衰"之正也。⑤

---

① "太",诸本俱作"叹",这里的"诸本"包括宋本、萧本、刘本、郭本、缪本、王本、咸本、全唐诗本的《李太白集》,下同。
② "山",诸本俱作"间"。
③ 萧士赟注其十三曰:"此诗虽咏史诗,其自负之意亦深矣,大意与咏子陵诗意同。"
④ "大",诸本俱作"太"。
⑤ 《论语·子罕》:"凤鸟不至,河不出图,吾已矣夫。"

其十四　胡关饶风沙

胡关饶风沙，萧索竟终古。〔一〕木落秋草黄，登高望戎虏。荒城空大漠，边邑无遗堵。白骨横千霜，嵯峨蔽榛莽。借问谁凌①虐，天骄毒威武。赫怒我圣皇，劳师事鼙鼓。阳和变杀气，发卒骚中土。〔二〕三十六万人，哀哀泪如雨。且悲就行役，安得营农圃。不见征戍儿，岂知关山苦。〔三〕李牧今不在，边人饲豺虎。

文旁墨批：

〔一〕管韫山②云："此为哥舒翰开边而作③。"以时事为比兴，尤见诗心之奇幻，犹医者治病隔二隔三之法。④

〔二〕接脱。

〔三〕知用反接，笔便灵活。⑤

书眉朱批：

1."清风洒六合""白日悬高名"，盖至此长与世辞而斯民之涂炭不可救矣。"松柏""君平"二首，收是"吾衰"，"胡关"以下，则穷其"蔓草荆榛"之感也。线

---

① "凌"，宋本、缪本、王本作"陵"。
② 管韫山即是管世铭，字缄若，号韫山，乾隆四十三年进士，有《韫山堂诗文集》遗世。
③ 陈沆《诗比兴笺》曰："刺黩武也。安禄山以六万兵没于契丹，哥舒翰攻石峰堡，死者数万。"
④ "隔二隔三之法"见于《医宗金鉴》："遂以生黄芪、生仙居术、生米仁、生赤小豆、生甘草补土生金，金旺则水旺，乃隔二隔三之治也，再加栀子仁以清无根屈曲之火，但此方须服四五剂，病乃得愈。"
⑤ 沈德潜《说诗晬语》曰："又有反接法。《述怀篇》云：'自寄一封书，今已十月后。'若云不见消息来，平平语耳。此云：'反畏消息来，寸心亦何有。'斗觉惊心动魄矣。"

索在阁中，转折在空际。

2."阳和"十字，潆然史笔，句法、字法亦全是杜陵，再三读之，方叹法门不二。①

其十五　燕昭延郭隗

燕昭延郭隗，遂筑黄金台。剧辛方赵至，邹衍复齐来。奈何青云士，弃我如尘埃。珠玉买歌笑，糟糠养贤才。方知黄鹤举，千里独徘徊②。

书眉朱批：

1. 于此而欲挽之，非贤才汇进不可，亦衔上首来。
2. "珠玉"十字，惊心动魄，沉痛非常。③

其十六　宝剑双蛟龙

宝剑双蛟龙，雪花照芙蓉。精光射天地，雷腾不可冲。一去别金匣，飞沉失相从。风胡灭④已久，所以潜其锋。吴水深万丈，楚山邈千重。雌雄终不隔，神物会当逢。

---

① 严羽评曰："此首可与老杜《塞上》诸篇伯仲。"
② "徘徊"，全唐诗本作"裴回"。
③ 严羽评曰："'珠玉'二句慨痛，一字一泪。"
④ "灭"，王本作"殁"。

书眉朱批：

糟糠养之，则贤才为黄鹤举矣，岂知其作用固如此乎？非无宝剑，但少风胡耳。此又衍上首来。

其十七　金华牧羊儿

金华牧羊儿，乃是紫烟客。我愿从之游，未去发已白。不知繁华子，扰扰何所迫。昆山采琼蕊，可以炼精魄。

书眉朱批：

别匣潜锋，贤才去矣。有志者当早求之，无为观望因循。身未去而发已白，徒思采蕊炼精，作亡羊补牢之计也。上首言引用贤才不可不知，此首言知有贤才则用之不可不早。

其十八　天津三月时

天津三月时，千门桃与李。〔一〕朝为断肠花，暮逐东流水。前水复后水，古今相续流。新人非旧人，年年桥上游。鸡鸣海色动，谒帝罗公侯。月落西上阳，余辉半城楼。衣冠照云日，朝下散皇州。鞍马如飞龙，黄金络马头。行人皆辟易，志气横嵩丘。入门上高堂，列鼎错珍羞。香风引赵舞，清管随齐讴。七十紫鸳鸯，双双戏庭幽。〔二〕行乐争昼夜，自言度千秋。功成身不退，自古多怨[①]尤。〔三〕黄犬空叹息，绿珠成衅仇。〔四〕何如鸱夷子，散发棹扁舟。

[①] "怨"，宋本、萧本、王本作"悠"。

文旁墨批：

〔一〕管云：“此为李林甫断棺而作。”① 亦以时事为比兴也。宋、元诗但知用赋，安能有此神奇？音节之妙，亦复如闻仙乐。

〔二〕接法超逸，百思不到。

〔三〕去兮可慨。

〔四〕引谐法。

书眉朱批：

1. 若此者，即上章所云"扰扰之繁华子"也。宝剑潜锋，水深山邃，所得者不过此酣豢富贵之庸才耳。甘弃"荆榛蔓草"何？②

2. 第七首"自道安期名"句乃诋刺之词，玩此可证。

其十九　西岳莲花山

西岳③莲花山，迢迢见明星。素手把芙蓉，虚步蹑太清。霓裳曳广带，飘拂升天行。邀我登云台，高揖卫叔卿〔一〕。恍恍与之去，驾鸿凌紫冥。俯视洛阳川，茫茫走胡兵。流血涂野草，豺狼尽冠缨。〔二〕

文旁墨批：

〔一〕此句关锁前后一篇之枢纽也。

---

① 《新唐书》载："帝怒，诏林甫淫祀厌胜，结叛房，图危宗社，悉夺官爵，斫棺剔取含珠金紫，更以小榇，用庶人礼葬之。"

② "扰扰之繁华子"指其十七"不知繁华子，扰扰何所迫"句。《唐宋诗醇》评曰："此刺当时贵幸之徒，怙侈骄纵而不恤其后也。"

③ "岳"，宋本、缪本、王本作"上"。

〔二〕很句。①

书眉朱批：

1. 正意在末四句前半，凌空作势，特为奇崛。
2. 至此而"扰扰之繁华子"亦惟悲凉黄犬、衅启绿珠，国是置之不问矣。

其二十　昔我游齐都

昔我游齐都，登华不注峰。〔一〕兹山何峻秀，绿翠如芙蓉。萧飒古仙人，了知是赤松。借予一白鹿，自挟两青龙。含笑凌倒景，欣然愿相从。泣与亲友别，欲语再三咽。〔二〕勖君青松心，努力保霜雪。世路多艰险，白日欺红颜。分手②各千里，去去何时还。在世复几时，倏如飘风度。空闻紫金经，白首愁相误。抚己忽自笑，沉吟为谁故。名利徒煎熬，安得闲余步。终留赤玉舄，东上蓬莱③路。秦帝如我求，苍苍但烟雾。

文旁墨批：

〔一〕句法奇。

---

① "很句"即"狠句"，或指斥责之语。明人孙继皋《宗伯集》第六卷《答朱侍御襟江》曰："近来风尚良不嫌粗字狠句，然于理致不厌精邃，词语不厌秀丽。"清人浦起龙在《杜子美著作五七古五七绝》抄本扉页题曰："读杜须耐拙句、率句、很句、生句、丽糙句。"
② "手"，宋本、缪本作"首"。
③ "莱"，宋本、缪本作"山"。

〔二〕换韵法入化。①

书眉朱批：

1. 此与前一首同一，凌空作势而用笔又别，他人为之，必致犯乎此处，须才亦须胆。

2. "泣与亲友别"以下，前人疑其弃世远游，何事作儿女态？至于"欲语再三咽"，不知太白诗中凡言仙人及求仙人者，皆寓言托兴之词，犹屈子所谓"令丰隆""求宓妃""登阆风""濯洧盘"耳。世人眼光如豆，当作寻常游仙诗读，故讶其不伦，试以《离骚》之意求之，自然冰辉。②

其二十一 郢客吟白雪

郢客吟白雪，遗响飞青天。〔一〕徒劳歌此曲，举世谁为传。试为巴人唱，和者乃数千。吞声何足道，叹息空凄然。

文旁墨批：

〔一〕忽逗正意，此古人章法不苟处。

书眉朱批：

"郢客"一首，所指"吾衰竟谁陈"也，文势至此一束。

---

① 据詹锳《李太白全集校注汇释集评》所考，《古今图书集成·山川典》卷二三《历山部汇考》华不注山《艺文二·诗类》所载李白《游华不注登后追咏》与此诗"泣与亲友别"以上部分，仅有数字之差，可知"昔我游齐都"与"泣与亲友别"本是独立的两篇。然而鲍瑞骏却将此二句误以为转韵，是他未考证该诗版本源流所致。

② 屈原《离骚》曰："吾令丰隆乘云兮，求宓妃之所在。"又曰："登阆风而绁马"，"朝濯发乎洧盘"。

其二十二　秦水别陇首

秦水别陇首，幽咽多悲声。胡马顾朔雪，躞蹀长嘶鸣。〔一〕感物动我心，缅然含归情。昔视秋蛾飞，今见春蚕生。袅袅桑柘①叶，萋萋柳垂荣。急节谢流水，羁心摇悬旌。挥涕且复去，恻怆何时平。

文旁墨批：

〔一〕儒坑于秦，夏变为夷，皆斯文绝续一大关，故以"秦水""胡马"起兴也。

书眉朱批：

采薇蕨而赋阜螽，对雨雪而怀杨柳，此太白所欲于"蔓草荆榛"之后陈之，以进风雅者也。承接分明，人自不得其线索耳。②

其二十三　秋露白如玉

秋露白如玉，团团下庭绿。我行忽见之，寒早悲岁促。〔一〕人生③鸟过目，胡乃自结束。景公一何愚，牛山泪相续。〔二〕物苦不知足，得④陇又望蜀。人心若波澜，世路有屈曲。三万六千日，夜夜当秉烛。

---

① "柘"，王本作"结"。
② 《国风·召南·草虫》："喓喓草虫，趯趯阜螽。未见君子，忧心忡忡。"《小雅·采薇》："昔我往矣，杨柳依依。今我来思，雨雪霏霏。"朱谏评此诗曰："此言行役之苦，体贴切实，如《诗》之《草虫》《采薇》之类，读之使人情思凄然而感动，明皇好边功而调发之烦，于此可见。"
③ "人生"，宋本、缪本作"生犹"。
④ "得"，宋本、缪本作"登"。

文旁墨批：

〔一〕句古。

〔二〕接法即拓法，用笔横甚。

书眉朱批：

1. 此从上首"秋蛾春蚕"推进一层，所谓无聊之极，思姑以瞻逢作慰藉耳。"挥涕恻怆"即所谓"自结束"也，语意相衔。

2. "吾衰谁陈"故"志在删述"，"夜夜当秉烛"五字乃是倒钩逆挽法①。

其二十四　大车扬飞尘

大车扬飞尘，亭午暗阡陌。中贵多黄金，连云开甲宅。〔一〕路逢斗鸡者，冠盖何辉赫。鼻息干虹蜺，行人皆怵惕。世无洗耳翁，谁知尧与跖。

文旁墨批：

〔一〕眼句。②

书眉朱批：

大车扬尘，自鸣得意，岂知鼻息干虹蜺者，意气又出其上。得陇望蜀，岂有已时？适形其愚耳。此亦与上首语意相衔，盖世道如此，乃正声所由微、哀怨所由起也。

---

① 朱庭珍《筱园诗话》云："所谓逆挽者，倒扑本题，先入正位，叙现在事，写当下景，而后转溯从前，追述已往，以反衬相形。因不用平笔顺拖，而用逆笔倒挽，故名。"

② 魏庆之《诗人玉屑》论"句中有眼"曰："句中眼者，世尤不能解。王荆公欲新政，作雪诗曰：'势合便宜包地势，功成终欲放春回。农家不念丰年瑞，只欲青云万里开。'"

其二十五　世道日交丧

世道日交丧，浇风散淳源。〔一〕不采芳桂枝，反栖恶木根。所以桃李树，吐花竟不言。大运有兴没，群动争飞奔。归来广成子，去入无穷门。

文旁墨批：

〔一〕此首与"郢客"一章相呼应。

书眉朱批：

此首特为"正声何微茫"句搜源，为文字之提笔。

其二十六　碧荷生幽泉

碧荷生幽泉，朝日艳且鲜。〔一〕秋花冒绿水，密叶罗青烟。秀色空绝世，馨香竟谁传①。坐看飞霜满，凋此红芳年。结根未得所，愿托华池边。

文旁墨批：

〔一〕此首芳草。②

---

① "竟谁传"，宋本、缪本、王本作"谁为传"。
② 朱谏评曰："此以碧荷喻贤才也。"

其二十七　燕赵有秀色

燕赵有秀色，绮楼青云端。〔一〕眉目艳皎月，一笑倾城欢。常恐碧草晚，坐泣秋风寒。纤手怨玉琴，清晨起长叹。焉得偶君子，共乘双飞鸾。

文旁墨批：

〔一〕此首美人。①

书眉朱批：

上首香草，此首美人，骚人之哀怨如此。此从"大雅不作"之后，赖以继微茫之正声者也。

其二十八　容颜若飞电

容颜若飞电，时景如飘风。草绿霜已白，日西月复东。华发不耐秋，飒然成衰蓬。古来贤圣人，一一谁成功。君子变猿鹤，小人为沙虫。〔一〕不及广成子，乘云驾轻鸿。

文旁墨批：

〔一〕此即"兵戈啖食"之意，哀怨之所由深也。

---

① 朱谏评曰："此以美女喻君子也。"

书眉朱批：

衔上首"草晚""风寒"而下，此其所以为哀怨也。

其二十九　三季分战国

三季分战国，七雄成乱麻。〔一〕王风何怨怒，世道终纷拏。〔二〕至人洞元①象，高举凌紫霞。仲尼欲②浮海，吾祖之流沙。圣贤共沦没，临歧胡咄嗟。〔三〕

文旁墨批：

〔一〕此衔"荆榛"句意也。

〔二〕"王风"二字，用明点。起句题点战国，是倒叙法。

〔三〕此即"宪章已沦"句意。

书眉朱批：

"骚人之哀怨"由于"战国之荆榛"自是，而"豺虎相啖食"迄于"枉秦"极矣。此处三首皆发明第一章四、五、六句之旨而鬯衍之，特以倒挽出之，以见参差变化。

其三十　元③风变太古

元风变太古，道丧无时还。〔一〕扰扰季叶人，鸡鸣趋四关。但识

---

① "元"，应作"玄"，避"玄"字讳。

② "欲"，宋本、缪本作"亦"。

③ "元"，应作"玄"，避"玄"字讳。

金马门,谁知蓬莱山。^(二)白首死罗绮,笑歌无时①闲。绿②酒哂丹液,青娥凋素颜。大儒挥金椎,琢之诗礼间。^(三)苍苍三珠树,冥目焉能攀。

文旁墨批:

〔一〕此衍"王风""战国"二句意也。

〔二〕忽又为"跃鳞"一辈人作影子,于本章为垫笔,奇妙无匹。

〔三〕又影入"骚人",笔意变化不测。

书眉朱批:

沉挚中独饶清逸之味,太白独步。

其三十一 郑客西入关

郑客西入关,行行未能已。^(一)白马华山君,相逢平原里。璧遗镐池君,明年祖龙死。秦人相谓曰,吾属可去矣。一往桃花源,千春隔流水。^(二)

文旁墨批:

〔一〕此衍"狂秦"句意也。③

---

① "时",宋本、缪本、王本作"休"。
② "绿",缪本、王本作"渌"。
③ 《史记·秦始皇本纪》载:"秋,使者从关东夜过华阴平舒道,有人持璧遮使者曰:'为吾遗滈池君。'因言曰:'今年祖龙死。'使者问其故,因忽不见,置其璧去。使者奉璧具以闻。始皇默然良久,曰:'山鬼固不过知一岁事也。'退言曰:'祖龙者,人之先也。'使御府视璧,乃二十八年行渡江所沉璧也。"

〔二〕得桃源，一结兵戈之乱，盖题。

书眉朱批：

真是仙笔。

其三十二　蓐收肃金气

蓐收肃金气，西陆弦海月。〔一〕秋蝉号阶轩，感物忧不歇。良辰竟何许，大运有沦忽。〔二〕天寒悲风生，夜久众星没。〔三〕恻恻不忍言，哀歌逮①明发。〔四〕

文旁墨批：

〔一〕此即"蔓草荆榛"之谓，杂沓写来，比兴深至。

〔二〕此"宪章已沦"之谓。

〔三〕此"正声微茫"之谓。

〔四〕此"哀怨起骚人"之谓。

书眉朱批：

1. 此衔上三首来，又变逆挽作顺叙，更增参差变化。

2. 正声微茫，骚人哀怨，前数首皆分写，此首方合写，气味渊浑。

---

① "逮"，宋本、缪本、王本作"达"。

其三十三　北溟有巨鱼

北溟有巨鱼，身长数千里。仰喷三山雪，横吞百川水。凭陵①随海运，焞②赫因风起。吾观摩天飞，九万方未已。

书眉朱批：

"歌逮明发"，骚人之哀怨至矣。此首正言扬马所激之颓波耳。特以比喻出之，使人骤难索能。否则横插此首殊为无理，明眼者辨之。

其三十四　羽檄如流星

羽檄如流星，虎符合专城。〔一〕喧呼救边急，群鸟皆夜鸣。白日曜紫微，三公运权衡。天地皆得一，澹然四海清。借问此何为？答言楚征兵。渡泸及五月，将赴云南征。怯卒非战士，炎方难远行。长号别严亲，日月惨光晶。泣尽继以血，心摧两无声。困兽当猛虎，穷鱼饵奔鲸。千去不一回，投躯岂全生！何如③舞干戚，一使有苗平。〔二〕

文旁墨批：

〔一〕管云："此为鲜于丧师而作。"世乱则文运自衰，夹入时事，局阵迷离，不可方物。

〔二〕结仍用倒钩逆挽法。

---

① "陵"，宋本、缪本作"凌"。
② "焞"，宋本、缪本作"烜"。
③ "何如"，诸本俱作"如何"。

书眉朱批：

1. 此首特以穿插见奇，与上下语意似不相蒙，细玩之，则谓扬马而没，文运日衰，国由宪章日沦，亦世变为之也。仍是一线相衔。
2. 文运关乎世运，绝大眼孔，世俗所骛，其实迹熄诗止，子舆氏早言之矣。①

其三十五　丑女来效颦

丑女来效颦，还家惊四邻。〔一〕寿陵失本步，笑杀邯郸人。一曲斐然子，雕虫丧天真。棘刺造沐猴，三年费精神。功成无所用，楚楚且华身。大雅思文王，颂声久崩沦。安得郢中质，一挥成斧斤。〔二〕

文旁墨批：

〔一〕此正声之所以微茫也。
〔二〕所谓骚人者是也，倒钩妙。

书眉朱批：

1. 此所谓建安以来不足珍之绮丽也。
2. 结语映带自然。

其三十六　抱玉入楚国

抱玉入楚国，见疑古所闻。良宝终见弃，徒劳三献君。直木忌先伐，芳兰哀自焚。盈满天所损，沉冥道为群。东海沉②碧水，西关乘

---

① 《孟子·离娄下》："王者之迹熄而《诗》亡，《诗》亡然后《春秋》作。"
② "沉"，宋本、缪本、王本作"泛"。

紫云。鲁连及柱史，可以蹑清芬。

书眉朱批：

侈于文者其质必凋，富于词者其骨必弱，徒矜其绮丽而不能进求其本原，适以招木伐兰焚之举，此其所以不足珍也。况尽徐、陈、应、刘[1]一班文士之病。见道之言，言外有无穷感喟。

其三十七　燕臣昔恸哭

燕臣昔恸哭，五月飞秋霜。庶女号苍天，震风击齐堂。精诚有所感，造化为悲伤。而我竟何辜，远身金殿旁[2]。〔一〕浮云蔽紫闼，白日难回光。群沙秽明珠，众草凌孤芳。古来共叹息，流泪空沾裳。

文旁墨批：

〔一〕转笔圆湛。

书眉朱批：

正声微而骚人怨，世运为之，我生垂衣后古之时而遇合如此，只可以跃鳞，属之群才而以删述自任，希圣垂辉。此首乃文之大转捩处，以下皆太白自叙之词。

---

[1] 指徐干、陈琳、应玚、刘桢。
[2] "而我竟何辜，远身金殿旁"，宋本、缪本无此二句。

其三十八　孤兰生幽园

孤兰生幽园，众草共芜没。虽照阳春晖，复悲高秋月。飞霜早渐沥，绿艳恐休歇。若无清风吹，香气为谁发。

其三十九　登高望四海

登高望四海，天地何漫漫。霜被群物秋，风飘大荒寒。荣华东流水，万事皆波澜。白日掩徂辉①，浮云无定端。梧桐巢燕雀，枳棘栖鸳鸾。且复归去来，剑歌行路难。

书眉朱批：

"孤兰"一首，婉约深至。"登高"一首，跌荡淋漓。皆承"燕臣"一首，自写身世之感，而处之以骚经作骨，盖灵均之心即太白之心也。不深于《离骚》者不可以作诗，并不可以读诗，谁信此言？②

其四十　凤饥不啄粟

凤饥不啄粟，所食唯琅玕。焉能与群鸡，刺蹙③争一餐。朝鸣崐丘树，夕饮砥柱湍。归飞海路远，独宿天霜寒。幸遇王子晋，结交青云端。怀恩未得报，感别空长叹。

---

① "辉"，宋本、王本作"晖"。
② 《唐宋诗醇》评曰："前有《燕臣昔恸哭》一章，与此俱遭谗被放而作。前篇哀而不伤，怨而不诽，尚近《离骚》悲痛之音，此则温柔敦厚，上迫风雅矣。"
③ "刺蹙"，宋本、缪本作"蹙促"。

书眉朱批：

此太白自喻其立品之高。

其四十一　朝弄紫沂海

朝弄紫沂①海，夕披丹霞裳。挥手折若木，拂此西日光。云卧游八极，玉颜已千霜。飘飘入无倪，稽首祈上皇。呼我游太素，玉杯赐琼浆。一餐历万岁，何用还故乡。永随长风去，天外恣飘扬。

书眉朱批：

此太白自喻其用心之专，及至神合冥通，直欲化去。

其四十二　摇裔双白鸥

摇裔双白鸥，鸣飞沧江流。宜与海人狎，岂伊云鹤俦。寄形宿沙月，沿②芳戏春洲。吾亦洗心者，忘机从尔游。

书眉朱批：

此言诗当出于自然，不可存一毫雕琢，方能迫大雅而驰骚人也。

---

① "沂"，宋本、缪本、王本作"泥"。
② "沿"，宋本作"彪"，萧本、缪本、刘本、王本作"泆"。

其四十三　周穆八荒意

周穆八荒意，汉皇万乘尊①。〔一〕淫乐心不极，雄豪安足论。西海宴王母，北宫邀上元。瑶水闻遗歌，玉杯竟空言。灵迹成蔓草，徒悲千载魂。〔二〕

文旁墨批：

〔一〕此叹君志之荒也，如《封禅》之类。②
〔二〕"蔓草"二字，又用明点。

书眉朱批：

"吾衰谁陈"乃托于诗以自见，所由比于删述者，贵有合于"兴观群怨"之旨，以下皆自明其诗之旨趣。

其四十四　绿萝纷葳蕤

绿萝纷葳蕤，缭绕松柏枝。草木有所托，岁寒尚不移。奈何夭桃色，坐叹葑菲诗。〔一〕玉颜艳红彩，云发非素丝。君子恩已毕，贱妾将何为。

---

① "尊"，宋本作"君"。
② 《诗比兴笺》评曰："刺明皇荒淫，怠废政事也。"

文旁墨批：

〔一〕此惜贤臣之去也，如《曲江》之类。①

书眉朱批：

《诗》止然后《春秋》作，咏歌寓笔削之摧亡，所以上继《春秋》也。"希圣有立"矣，岂托之空言？

其四十五　八荒驰惊飙

八荒驰惊飙，万物尽凋落。〔一〕浮云蔽颓阳，洪波振大壑。龙凤脱罔罟，飘飖将安托。去去乘白驹，空山咏场藿。

文旁墨批：

〔一〕此慨谗夫之盛也。

书眉朱批：

自"周穆八荒意"以下十五首皆感时伤事。直言之、婉言之、雄广言之、反复言之，明是非而寓褒贬，所以自托于《春秋》也。今其事或不尽传，难于穿凿，然以唐史证之，知人论世，亦不得其二三。

---

① 朱谏评曰："此以夫妇喻君臣也。"《昭昧詹言》亦曰："小人得志，君子弃捐。君恩不结，芳意何申。"

其四十六　一百四十年

一百四十年，国容何赫然。〔一〕隐隐五凤楼，峨峨横三川。王侯象星月，宾客如云烟。斗鸡金宫里，蹴鞠瑶台边。举动摇白日，指挥回青天。当涂何翕忽，失路长弃捐。独有扬执戟，闭关草太元①。

文旁墨批：

〔一〕此痛权臣之侈也。②

其四十七　桃花开东园

桃花开东园，含笑夸白日。〔一〕偶蒙春风荣，生此艳阳质。岂无佳人色，但恐花不实。宛转龙火飞，零落早相失。讵知南山松，独立自萧瑟③。

文旁墨批：

〔一〕此责文臣之贡谀而无忠谏也。

书眉朱批：

约略言之，则"周穆"一首，叹君志之荒也。"绿萝"一首，惜贤臣之去也，天宝之封禅、九龄之罢相是也。"八荒"一首，慨谗夫之昌也。"一百"一首，痛权

---

① "元"，应作"玄"，避"玄"字讳。
② 徐祯卿评曰："此诗交刺其君臣也。"朱谏亦曰："此白叙国家之盛，而幸富贵者多。因叹在己之不遇也。"
③ "瑟"，诸本俱作"飔"。

臣之侈也。"桃花"一首，责文臣之贡谀而无忠谏也。"秦皇"一首，感时君之好土木而竭民力也。人而猫如林甫，訇而鲊如国忠。登封之颂，磨崖连昌之宫蔽日是也。"美人"一首，谓贤才之隐遁。"宋国"一首，指金壬之伟登。"殷后"一首，悲忠党而获罪。"青春"一首，伤婢直而见尤。语意分明，皆可推验。"战国"一首，是以田成喻禄山诸人也。"倚剑"一首，伤贤士之无名，如当时杜甫诸人是也。"齐瑟"一首，喟才人之失足，如当时王维、郑虔诸人是也。词严义正，意迥思深，华衮以荣之，斧钺以诛之，讵不肯造就一字，所由系艳辞而返大雅者如是。向来评选家都草草读过，特为拈出，以见五十九首回合成章，乃一篇大文字。衔接不断，滴滴归深，太白有灵，亦当骛知己于千古矣。

其四十八　秦皇按宝剑

秦皇按宝剑，赫怒震威神。〔一〕逐日巡海右，驱石驾沧津。征卒空九寓，作桥伤万人。但求蓬岛乐①，岂思农扈春。力尽功不赡，千载为悲辛。

文旁墨批：

〔一〕此感时君之好土木而竭民力也。

其四十九　美人出南国

美人出南国，灼灼芙蓉姿。皓齿终不发，芳心空自持。〔一〕由来紫宫女，共妒青蛾眉。归去潇湘沚，沉吟何足悲。

---

① "乐"，诸本俱作"药"。

文旁墨批:

〔一〕此慨贤才之隐遁也。

其五十　宋国梧台东

宋国梧台东,野人得燕石。〔一〕夸作天下珍,却哂赵王璧。赵璧无缁磷,燕石非贞真。流俗多错误,岂知玉与珉。

文旁墨批:

〔一〕此指金壬之伟登也。

其五十一　殷后乱天纪

殷后乱天纪,楚怀亦已昏。〔一〕夷羊满中野,菉①葹盈高门。比干谏而死,屈平窜湘源。〔二〕虎口何婉娈,女媭空婵娟。彭咸久沦没,此意与谁论。

文旁墨批:

〔一〕此悲忠党之获罪也。②
〔二〕二句露意。

---

① "菉",宋本、缪本作"绿"。
② 《诗比兴笺》评曰:"此叹明皇拒直谏之臣,张九龄、周子谅俱窜死也。"

其五十二　青春流惊湍

青春流惊湍，朱明骤回薄。〔一〕不忍看秋蓬，飘扬竟何托。光风灭兰蕙，白露洒葵藿。美人不我期，草木日零落。

文旁墨批：

〔一〕此伤婞直之见尤也。①

其五十三　战国何纷纷

战国何纷纷，兵戈乱浮云。〔一〕赵倚两虎斗，晋为六卿分。奸臣欲窃位，树党自相群。果然田成子，一旦杀②齐君。

文旁墨批：

〔一〕此以田成喻禄山诸人也。

书眉朱批：

言下森竦。

其五十四　倚剑登高台

倚剑登高台，悠悠送春目。〔一〕苍榛蔽层丘，琼草隐深谷。凤鸟

---

① 徐祯卿评曰："此篇白自伤也。"
② "杀"，宋本、缪本作"弑"。

鸣西海，欲集无珍木。鹥斯得所①居，蒿下盈万族。晋风日已颓，穷途方恸哭。

文旁墨批：

〔一〕此伤贤士之无名也。

书眉朱批：

凄咽。

其五十五　齐瑟弹东吟

齐瑟弹东吟，秦弦弄西音。〔一〕慷慨动颜魄，使人成荒淫。彼美②佞邪子，婉娈来相寻。一笑双白璧，再歌千黄金。珍色不贵道，讵惜飞光沉。安识紫霞客，瑶台鸣素③琴。〔二〕

文旁墨批：

〔一〕此喟才人之失足也。
〔二〕此谓正声也。

书眉朱批：

作诗而不本于《大雅》《王风》，虽有丽词，徒为一笑，再歌之具而已。

---

① "所"，宋本、缪本作"匹"。
② "美"，宋本作"女"。
③ "素"，宋本、缪本作"玉"。

其五十六　越客采明珠

越客采明珠，提携出南隅。清辉照海月，美价倾皇[①]都。献君君按剑，怀宝空长吁。鱼目复相哂，寸心增烦纡。〔一〕

文旁墨批：

〔一〕宪章又沦无，如大雅不作，徒为世所哂何？

书眉朱批：

此首挽合前后，所由"吾衰谁陈"而自信其垂辉于千春者也，步步收束，至为完密。

其五十七　羽族禀万化

羽族禀万化，小大各有依。周周亦何辜，六翮掩不挥。愿衔众禽翼，一向黄河飞。〔一〕飞者莫我顾，叹息将安归。

文旁墨批：

〔一〕扶世立教，所以垂辉千春，此即"吾衰谁陈"意，收法密。

书眉朱批：

太白所谓"希圣有立"者，其自命如此。

---

① "皇"，宋本作"鸿"。

其五十八　我到巫山渚

我到①巫山渚，寻古登阳台。天空彩云灭，地远清风来。神女去已久，襄王安在哉。〔一〕荒淫竟沦替②，樵牧徒悲哀。

文旁墨批：

〔一〕就神女说，所谓"哀怨起骚人"也。

书眉朱批：

此又推极言之，词意凄动，所由"志在删述"而窃比于获麟之绝笔也。

其五十九　恻恻泣路歧

恻恻泣路歧，哀哀悲素丝。路歧有南北，素丝易③变移。〔一〕万事固如此，人生无定期。田窦相倾夺，宾客互盈亏。世途多翻覆，交道方崄巇④。斗酒强然诺，寸心终自疑。〔二〕张陈竟火灭，萧朱亦星离。众鸟集荣柯，穷鱼守枯⑤池。嗟嗟失权⑥客，勤问何所规。〔三〕

---

① "到"，宋本、缪本、王本作"行"。

② "替"，宋本、缪本、王本作"没"。

③ "易"，宋本作"无"。

④ "万事固如此，人生无定期。田窦相倾夺，宾客互盈亏。世途多翻覆，交道方崄巇"，宋本无此六句。

⑤ "枯"，宋本、缪本作"空"。

⑥ "权"，宋本、萧本、缪本、郭本、刘本、王本、咸本作"欢"。

文旁墨批：

〔一〕结"衰"字。

〔二〕古今同慨。

〔三〕大结束,唯"失权"切"志在删述"也。

书眉墨批：

五十九首之脉络真如蛛丝马迹、草线灰蛇,看似浩渺无涯,其实滴滴归源,一丝不乱,非吾、笈甫冥心探索广陵散,不几真绝响耶!

书眉朱批：

1. 此为五十九首之总结。

2. 至此凄凉哽咽,往后低徊,看似头声尾声,其实滴滴归入"大雅不作""吾衰谁陈"八字收笔,拓开烟波无际,与第一首起笔相称,是为大结束。

　　右诗五十九首即亚圣迹熄诗亡之旨。唐以诗取士,故文运关乎世运,旁通曲鬯,太白一生本领具见于此。至其用笔遣词,寓沉挚于俊逸之中,含悲哀于清新之内,仙骨珊珊,非复人间节奏,所加朱评,真太白功臣也。

　　　　　　同治七年岁次戊辰二月三日桐华舸主人跋

第二章　乐　府

侠客行

　　赵客缦胡缨，吴钩霜雪明。银鞍照白马，飒沓如流星。十步杀一人，千里不留行。〔一〕事了拂衣去，深藏身与名。闲过信陵饮，脱剑膝前横。〔二〕将炙啖朱亥，持觞劝侯嬴。三杯吐然诺，五岳倒为轻。〔三〕眼花耳热后，意气素霓生。〔四〕救赵挥金槌，邯郸先震惊。〔五〕千秋二壮士，烜赫大梁城。纵死侠骨香，不惭世上英。〔六〕谁能书阁下，白首太元①经。〔七〕

文旁墨批：

〔一〕四句作蓄藏之势，笔力矫健。

〔二〕运用古事写今情。

〔三〕又作一缩。

〔四〕写来闪烁有光。

〔五〕承上文来。

〔六〕结法。

〔七〕反衬更厚，即反主为宾法。

---

① "元"，应作"玄"，避"玄"字讳。

书眉墨批：

太白诗，其风骨之高不待言矣，遣词之妙，则花之艳、月之华也。清新俊逸，少陵固说诗，其妙处出也。①

书眉朱批：

司马迁伤援救之无人而作《游侠货殖传》，太白往往以剑客发慨，亦同此意，向来无人拈出。

关山月

明月出天山，苍茫云海间。〔一〕长风几万里，吹度玉门关。汉下白登道，胡窥青海湾。由来征战地，不见有人还。〔二〕戍客望边色②，思归多苦颜。〔三〕高楼当此夜，叹息未应闲。〔四〕

文旁墨批：

〔一〕绛云在天，随风舒展，气宇固是不凡。③
〔二〕锁笔④有力。
〔三〕伏脉⑤。
〔四〕结到思归，两面修圆。

---

① 杜甫《春日忆李白》曰："清新庾开府，俊逸鲍参军。"
② "色"，萧本、缪本、刘本、郭本作"邑"。
③ 吕居仁《童蒙诗训》评曰："气盖一世，学者能熟味之，自不褊浅也。"
④ 李腾芳《文字法三十五则》曰："锁，锁如关锁之锁，此法有似于抱，而实与抱不同也。有直到文字尽处锁者，有一步一步锁者。步步锁为妙，然须不觉重叠方得。"
⑤ "伏脉"一词原为医学术语，《难经·十八难》："伏者，脉行筋下也。"

书眉朱批：

笔墨之妙都化烟云，音节之妙都如鹰凤，此太白独到之境，古今无两。①

结客少年场行

紫燕黄金瞳，啾啾摇绿鬣。〔一〕平明相驰逐，结客洛门东。少年学剑术，凌轹白猿公。珠袍曳锦带，匕首插吴鸿。由来万夫勇，挟此生②雄风。〔二〕托交从剧孟，买醉入新丰。笑尽一杯酒，杀人都市中。〔三〕羞道易水寒，徒③令日贯虹。〔四〕燕丹事不立，虚没秦帝宫。舞④阳死灰人，安可与成功。

文旁墨批：

〔一〕层层模写，非才气宏富，断不能淋漓尽致如是。是固关乎胸有楼台飞空，言笔妙者不可企也。⑤

〔二〕提。

〔三〕接法奇横。

〔四〕忽入燕事作结，用笔不测。

书眉朱批：

1. 笔有剑气。

---

① 丁谷云评曰："无承接照应，自耐人思想，真乐府之神。"严羽亦评曰："似近体，入古不碍，真仙才也。"
② "生"，宋本、缪本作"英"。
③ "徒"，诸本俱作"从"。
④ "舞"，宋本、王本作"武"。
⑤ 李白《陪族叔当涂宰游化城寺升公清风亭》曰："疑是海上云，飞空结楼台。"

2. 此与《侠客行》相似而用笔矣。此二子相犯，合读之，愈显其妙。

3. 收处抹倒荆轲，前人谓之尊题格①。

长干行二首

其一

妾发初覆额，折花门前剧。郎骑竹马来，绕床弄青梅。〔一〕同居长干里，两小无嫌猜。十四为君妇，羞颜未尝开。低头向暗壁，千唤不一回。十五始展眉，愿同尘与灰。常存抱柱信，岂上望夫台。〔二〕十六君远行，瞿塘滟滪②堆。〔三〕五月不可触，猿声天上哀。〔四〕门前迟〔五〕行迹，一一生绿〔六〕苔。苔深不能扫，落叶秋风早。〔七〕八月胡蝶黄③，双飞西园草。感此伤妾心，坐愁红颜老。早晚下三巴，预将书报家。〔八〕相迎不道远，直至长风沙。

文旁墨批：

〔一〕抑扬宛转，俯仰情深，其随手之处则不可以词遗也。

〔二〕反逗④妙。

〔三〕二句上下关捩。

〔四〕接法脱。

〔五〕一作"旧"。

〔六〕一作"苍"。

---

① 杨慎《升庵诗话》曰："咏柳而贬美人，咏美人而贬柳，唐人所谓'尊题格'也。"

② "滪"，宋本、缪本作"预"。

③ "黄"，诸本俱作"来"。

④ 李腾芳《文字法三十五则》曰："逗，逗如逗留之逗，盖将就说出，又不说，须逗一逗。如此，文字方有吞吐。"

〔七〕字接意接，笔如飞仙剑侠不可端倪，妙在气息渊厚，味美于回。

〔八〕遥接更不测。

书眉墨批：

1. 二诗曲曲折折、絮絮叨叨，宛然儿女子声口，真神品也。其音节之妙不减《西洲曲》，青莲此种诗，少陵集即无之。此其所以两大也。（后有朱批曰："妙评"）
2. 黄山谷云："前一首太白作，第二首李益作也。"①

书眉朱批：

真得《国风》之遗意。

其二

忆妾深闺里，烟尘不曾识。〔一〕嫁与长干人，沙头候风色。五月南风兴，思君下巴陵。八月西风起，想君发扬子。去来悲如何，见少别离多。〔二〕湘潭几日到，妾梦越风波。昨夜狂风度，吹折江头树。〔三〕淼淼暗无边，行人在何处。好乘浮云骢，佳期兰渚东。〔四〕鸳鸯绿浦上，翡翠锦屏中。自怜十五余，颜色桃花②红。〔五〕那作商人妇，愁水复愁风。〔六〕

文旁墨批：

〔一〕音节琅琅，正如"天风吹下步虚声"也。此种在三唐中，温飞卿能或有

---

① 《全唐诗》将其二收作李益诗，注云："黄鲁直云：'李白集中《长干行》二篇，其后篇乃李益所作。'胡震亨从之，增入益集。"计有功《唐诗纪事》则作张潮诗。

② "花"，宋本、缪本作"李"。

之，至李庶子，断难几此诣。①

（二）接法无不自然，如闻仙乐。

（三）接法超忽。

（四）此接更不测。

（五）逆挽法细。

（六）析到本位，天矫不测。

书眉朱批：

1. 李益诗有新意而欠自然，未必能辨，此山谷之论，不能附和。②

2. 字字古艳，句句飞舞，真仙才也。

古朗月行

小时不识月，呼作白玉盘。又疑瑶台镜，飞在白③云端。仙人垂两足，桂树作团团④。白兔捣药成，问言与谁⑤餐。蟾蜍蚀圆影，大⑥明夜已残。羿昔落九乌，天人清且安。阴精此沦惑，去去不足观。忧

---

① 孟棨《本事诗》载："诗人许浑，尝梦登山，有宫室凌云，人云此昆仑也。既入，见数人方饮酒，招之，至暮而罢，赋诗云：'晓入瑶台露气清，座中唯有许飞琼。尘心未尽俗缘在，十里下山空月明。'他日复梦至其处，飞琼曰：'子何题余姓名于人间？'改曰：'天风吹下步虚声。'曰：'善。'"

② 王琦曰："此篇《唐诗纪事》以为张朝作，而自'昨夜狂风度'以下断为二首。黄山谷以为李益作，未知孰是。"应时《李诗纬》亦曰："转折化，结构紧峭，《品汇》作李益之词，观其语气，恐非太白不能。"

③ "白"，宋本、缪本、王本作"青"。

④ "团"，宋本、缪本作"圆"。

⑤ "与谁"，萧本、郭本作"谁与"。

⑥ "大"，宋本、缪本作"天"。

来其如何，凄①怆摧心肝。

书眉朱批：

1. 信口信笔自饶古趣，自见仙才，任他绝代文人不能学，亦不敢学。

2. 此首亦全是比兴，盖为玉环发也。少陵蒿目时艰，寓规于讽，太白则多推本于宫闱，以究主德所由蔽，其为忠君爱国则一也。②

独不见

白马谁家子，黄金③边塞儿。天山三丈雪，岂是远行时。〔一〕春蕙忽秋草，莎④鸡鸣西⑤池。〔二〕风摧寒棕响，月入霜闺悲。忆与君别年，种桃齐蛾眉。〔三〕桃今百余尺，花落成枯枝。终然独不见，流泪空自知。

文旁墨批：

〔一〕凄婉动人，拓法不测。

〔二〕接超。

〔三〕拓法。

---

① "凄"，宋本、缪本作"恻"。

② 萧士赟评曰："按此诗借月以引兴。日君象，月臣象，盖为安禄山之叛兆于贵妃而作也。"

③ "金"，诸本俱作"龙"。

④ "莎"，宋本作"沙"。

⑤ "西"，宋本、缪本作"曲"。

书眉朱批：

少陵不用古乐府题，自成杰制，太白用古乐府题，亦自成杰制，皆不为前人所传，皆可为后世法。

妾薄命

题下墨批： 熟读深思，可使凡骨皆仙。

汉皇①宠②阿娇，贮之黄金屋。咳唾落九天，随风生珠玉。〔一〕宠极爱还歇，妒深情却疏。长门一步地，不肯暂回车。雨落不上天，水覆难再收③。〔二〕君情与妾意，各自东西流。昔日芙蓉花，今成断肠④草。〔三〕以色事他人，能得几时好。〔四〕

文旁墨批：

〔一〕此即炙手可热之意，为下文作反照。

〔二〕忽入比兴，变幻不测。

〔三〕再用比兴，真仙笔也。

〔四〕含蓄无尽。

---

① "皇"，诸本俱作"帝"。

② "宠"，宋本、缪本、王本作"重"。

③ "难再收"，宋本、缪本作"重难收"。

④ "肠"，诸本俱作"根"。

书眉墨批：

此诗胎息鲍、庾，而用笔之灵活又雅擅元晖之妙，特变其面目耳。[1]

书眉朱批：

"雨落"以下廿字，接法古横。"昔日"十字，又拓接，愈见古横。

门有车马客行

门有车马客[2]，金鞍耀朱轮。谓从丹霄落〔一〕，乃是故乡亲〔二〕。呼儿扫中堂，坐客论悲辛。对酒两不饮，停觞泪盈巾。叹我万里游，飘飘三十春。〔三〕空谈帝[3]王略，紫绶不挂身。雄剑藏玉匣，阴符生素尘。廓落无所合，流离湘水滨。〔四〕借问宗党间，多为泉下人。〔五〕生苦百战役，死托万鬼邻。〔六〕北风扬胡沙，埋翳周与秦。〔七〕大运且如此，苍穹宁匪仁。〔八〕恻怆竟何道，存亡任大[4]钧。

文旁墨批：

〔一〕伏前半[5]。

〔二〕伏后半[6]。

---

[1] 杜甫《春日忆李白》曰："清新庾开府，俊逸鲍参军。"李白《宣州谢朓楼饯别校书叔云》诗曰："蓬莱文章建安骨，中间小谢又清发。"所谓"元晖"即是指谢朓。康熙名为玄烨，故而此书避"玄"字讳，谢朓字玄晖，"元""玄"同义，于是以"元"字替代。

[2] "客"，宋本、萧本、缪本、郭本、刘本、王本、咸本作"宾"。

[3] "帝"，宋本、缪本作"霸"。

[4] "大"，宋本作"天"。

[5] 指"谓从丹霄落"句。

[6] 指"乃是故乡亲"句。

〔三〕拓法奇矫。

〔四〕二句关键,无痕。

〔五〕接法突兀。

〔六〕总锁奇警。

〔七〕上下两句,粘合奇奇。

〔八〕结法有力。

书眉墨批:

前半对面写来,热闹语以落寞出之,一笔作两笔用。

书眉朱批:

"借问"十字,应上"故乡亲"句。"生苦百战役"两句,惊心动魄。

东海有勇妇

梁山感杞妻,恸哭为之倾。〔一〕金石忽暂开,都由激深情。东海有勇妇,何惭苏子卿。〔二〕学剑越处子,超然①若流星。捐躯报夫仇,万死不顾生。〔三〕白刃耀素雪,苍天感精诚。十步两躩跃,三呼一交兵。斩首掉国门,蹴踏五藏行。豁此伉俪愤,粲然大义明。〔四〕北海李使君,飞章奏天庭。舍罪警风俗,流芳播沧瀛。名②在列女传,竹帛已光荣。淳于免诏狱,汉主为缇萦。〔五〕津妾一棹歌,脱父于严刑。十子若不肖,不如一女英。豫让斩空衣,有心竟无成。要离杀庆忌,壮夫所素轻。妻子亦何辜,焚之买虚声。〔六〕岂如东海妇,事立独扬名。

---

① "然",宋本、缪本、王本作"腾"。

② "名",宋本、缪本作"志"。

文旁墨批：

〔一〕起即陪衬，与后半呼应。

〔二〕比例不测。①

〔三〕叙事有光有声。

〔四〕顿足。

〔五〕又用许多人衬出勇妇身份，笔力横恣之至。

〔六〕二句调法一变，奇妙不测，一笔掣转。

书眉朱批：

1. 大略言匹妇之遇，是以回天皆精诚致之，而自慨忠而见疑也，通首不及本意，高绝。

2. 五字奇警。②

3. 写来赫赫有神。③

4. 用比例，气乃愈厚。

5. 又借豫让、要离作托笔，酣足，如志太白惯用尊题格。

黄葛篇

黄葛生洛溪，黄花自绵幂。〔一〕青烟蔓长条，缭绕几百尺。闺人费素手，采缉作绨纷。缝为绝国衣，远寄日南客。苍梧大火落，暑服莫轻掷。此物虽过时，是妾手中迹。〔二〕

---

① 王琦曰："苏子卿无报仇杀人事。以此相拟，殊非伦类。按曹植《精微篇》：'关东有贤女，自字苏来卿。壮年报父仇，身没垂功名。'是知苏子卿乃苏来卿之误也。"

② 或指"东海有勇妇"五字（文中唯独此五字作三角圈点，与别不同）。

③ 《唐宋诗醇》评曰："辞气甚古，写出义烈之情，凛凛有生气。"

文旁墨批：

〔一〕借题寄慨，深厚缥缈。

〔二〕通首注此。

书眉朱批：

殷肫婉笃，接迹风人，班姬团扇之诗犹未免露骨。

怨歌行

十五入汉宫，花颜笑春红。君王选玉色，侍寝金屏中。荐枕娇夕月，卷衣恋香①风。宁知赵飞燕，夺宠恨无穷。沉忧能伤人，绿鬓成霜蓬。一朝不得意，世事徒为空。〔一〕鹔鹴换美酒，舞衣罢雕龙。寒苦不忍言，为君奏丝桐。肠断弦亦绝，悲心夜忡忡。

文旁墨批：

〔一〕转捩有力，上下之关锁也。

书眉朱批：

1. 极写得意，愈形下文之不堪回首，前人谓之加一倍法②。
2. 怨而不怨，此其所以高也，只合如此收束，再加一句不得。③

---

① "香"，诸本俱作"春"。
② 清人屈服《唐诗成法》评晚唐诗人项斯的《宿山寺》"月明古寺客初到，风度闲门僧未归"句曰："'客初到'已自凄凉，'僧未归'凄凉更甚，加一倍法。"
③ 萧士赟曰："此诗虽宫怨之体，然寄兴深远，怨而不诽，其得《国风》之遗意欤。"

塞上曲

大汉无中策,匈奴犯渭桥。〔一〕五原秋草绿,胡马一何骄。命将征西极,横行阴山侧。燕支落汉家,妇女无华①色。转战渡黄河,休兵乐事多。〔二〕萧条清万里,瀚海寂无波。

文旁墨批:

〔一〕音节调和,又是一格。
〔二〕主意托讽深远,与起首对照。

书眉墨批:

前后四语皆用律句,此变格也。

书眉朱批:

此与《关山月》一诗皆凤瑟鸾璈,非复人间节奏。

大堤曲

汉水临襄阳,花开大堤暖。〔一〕佳期大堤下,泪向南云满。春风无复情,吹我梦魂散。不见眼中人,天长音信断。

文旁墨批:

〔一〕仙骨珊珊,如"天风吹下步虚声"。

---

① "华",宋本、缪本、王本作"花"。

书眉朱批：

押韵之妙，可为百世法。

秦女卷衣

天子居未央，妾侍①卷衣裳。顾无紫宫宠，敢拂黄金床。水至亦不去，熊来尚可当。〔一〕微身奉日月，飘若萤之②光。愿君采葑菲，无以下体妨。〔二〕

文旁墨批：

〔一〕写出身份，为此题别开生面。
〔二〕语意和平，风人之遗。③

书眉朱批：

自来此题不曾寓意到此，非博考古乐府，亦莫识此诗之妙。④

邯郸才人嫁为厮养卒妇

妾本崇台女，扬眉⑤入丹阙。自倚颜如花，宁知有凋歇。一辞玉

---

① "侍"，宋本、缪本作"来"。
② "之"，宋本、缪本作"火"。
③ 《诗经·邶风·谷风》曰："采葑采菲，无以下体。"
④ 乐府旧题有《秦王卷衣》，乃梁朝吴均所作。《乐府解题》曰："《秦王卷衣》，言咸阳春景及宫阙之美。秦王卷衣，以赠所欢。"李白作《秦女卷衣》，是拟古而生新。
⑤ "眉"，宋本、缪本、郭本作"娥"，萧本、刘本、王本、全唐诗本作"蛾"。

阶下，去若朝云没。每忆邯郸城，深宫梦秋月。[一]君王不可见，惆怅至明发。

文旁墨批：

〔一〕语意浑含，凄艳绝世。

书眉朱批：

此题易涉怨诽，此诗抑何忠厚。①

出自蓟北门行

虏阵横北荒，胡星耀精芒。[一]羽书速惊电，烽火昼连光。虎竹救边急，戎车森已行。明主不安席，按剑心飞扬。[二]推毂出猛将，连旗登战场。兵威冲绝幕，杀气凌穹苍。列卒赤山下，开营紫塞傍。孟冬沙风紧，旌旗飒凋伤。[三]画角悲海月，征衣卷天霜。挥刃斩楼兰，弯弓射贤王。[四]单于一平荡，种落自奔亡。收功报天子，行歌归咸阳。[五]

文旁墨批：

〔一〕此拟鲍参军之作，"俊逸"二字足以概之。②

---

① 《诗比兴笺》评曰："沦谪之感，贵在忠厚。"
② 陆时雍《唐诗镜》评曰："此诗与《北上行》视鲍照相距有几？精紧稍逊，博大过之。"

〔二〕主中主①。

〔三〕夹叙时令,局阵奇恣。

〔四〕写出奋不顾身、忠君亲上之概,有声有光。

〔五〕反言见意,托讽深微。

书眉朱批:

1. 不必警策独绝,而人自历劫不到,正由气象不同。

2. 讽当时防边诸将,专以特重秦威也。语意隐约,使人于言外得之。

枯鱼过河泣

白龙改常服,偶被豫且制。谁使尔为鱼,徒劳②诉天帝。〔一〕作书报鲸鲵,勿恃风涛势。〔二〕涛落归泥沙,翻遭蝼蚁噬。万乘慎出入,柏人以为识。〔三〕

文旁墨批:

〔一〕接法灵变不测。

〔二〕拓法幻思奇想。

〔三〕收法突兀,反客为主法也。

---

① 《唐律消夏录》评王绩《野望》曰:"此诗说'无依'情绪,直赶到第七句(指"相顾无相识"句),若胸中稍有不干净处,便要露出。'长歌'一言(指末句"长歌怀采薇"),壁立万仞矣。或问此句可以为主句否,盖此句是胸中主见,不是诗中主句,所谓'主中主'也。"

② "劳",宋本、缪本作"为"。

书眉墨批：

结法入神，于题意为正意，于题面为旁意，封面用笔，最为超脱。

书眉朱批：

"谁使"十字冷隽。①

空城雀

嗷嗷空城雀，身计何戚促。本与鷦鹩群，不随凤凰族。提携四黄口，饮乳未尝足。〔一〕食君糠秕余，尝恐乌鸢逐。耻涉太行险，羞营覆车粟。天命有定端，守分绝所欲。

文旁墨批：

〔一〕托兴深微，胎息渊永，感喟身世之言，难得如此和平。

书眉朱批：

此尤深得《古诗十九首》之气味，特难为浅人言耳。

---

① 据《说苑》记载："吴王欲从民饮酒。伍子胥谏曰：'不可。昔白龙下清泠之渊，化为鱼，渔者豫且，射中其目，白龙上诉天帝。天帝曰："当是之时，若安置而形？"白龙对曰："我下清泠之渊，化为鱼。"天帝曰："鱼固人之所射也。若是，豫且何罪？"夫白龙，天帝贵畜也。豫且，宋国贱臣也。白龙不化，豫且不射。今弃万乘之位而从布衣之士饮酒，臣恐其有豫且之患矣。'王乃止。"

丁督护歌

题下墨批:"督",一作"都"①。

云阳上征去,两岸饶商贾。〔一〕吴牛喘月时,拖船一何苦。〔二〕水浊不可饮,壶浆半成土。一唱督护歌,心摧泪如雨。〔三〕万人凿盘石,无由达江浒。君看石芒砀,掩泪悲千古。〔四〕

文旁墨批:

〔一〕借商喻民,风诗之选。

〔二〕入喻神妙。②

〔三〕入题,作拍点之词,最妙。

〔四〕结法宕往不尽。③

书眉朱批:

悯征役之不时也。句句古,字字婉。

相逢行

朝④骑五花马,谒帝出银台。秀色谁家子,云车珠箔开。金鞭遥指点,玉勒近迟回。夹毂相借问,疑从天上来。蹙入青绮门,当歌共

---

① "督",宋本、萧本、缪本、郭本、刘本、王本、咸本作"都"。
② 《世说新语·言语》载:"满奋畏风,在晋武帝坐。北窗作琉璃屏,实密似疏,奋有难色。帝笑之,奋答曰:'臣犹吴牛,见月而喘。'"
③ 《唐宋诗醇》评曰:"落笔沉痛,含意深远,此李诗之近杜者。"
④ "朝",宋本、刘本作"胡"。

衔杯。衔杯映歌扇,似月云中见。^(一)相见不相①亲,不如不相见。相见情已深,未语可知心。胡为守空闺,孤眠愁锦衾。^(二)锦衾与罗帏,缠绵会有时。春风正澹荡,暮雨来何迟。^(三)愿因三青鸟,更报长相思。光景不待人,须臾发成丝。当年失行乐,老去徒伤悲。^(四)持此道密意,毋②令旷佳期。

文旁墨批:

〔一〕比而赋也。

〔二〕深情婉转,一唱三叹,有余哀。

〔三〕夹入节令,笔端闪烁有光。

〔四〕盛缩有法,奇绝。又是逆挽,更为深曲。

书眉墨批:

情词婉笃,十九首之遗,而词特加丽。

书眉朱批:

1. "似月"五字奇丽。
2. 句句秀婉、字字曲折,笔舌互用而不见笔舌之痕,岂非神品?③

树中草

鸟衔野田草,误入枯桑里。^(一)客土植危根,逢春犹不死。草木

---

① "相",诸本俱作"得"。
② "毋",宋本、缪本、王本作"无"。
③ 严羽评本载明人批曰:"'相见'二句转舌出声,何其浑成而圆妙也。"

虽无情,因依尚可生。〔二〕如何同枝叶,各自有枯荣。

文旁墨批:

〔一〕千回百折,尺幅应须论万里,诗境似之。①

〔二〕音节琅然,如闻钧天广乐,到底用比奇绝、超绝。

书眉朱批:

寥寥四十字中有无数层次、无穷转折,使人读之忘其为短篇,大是奇构。

豫章行

胡风吹代马,北拥鲁阳关。吴兵照海雪,西讨何时还。半渡上辽津,黄云惨无颜。老母与子别,呼天野草间。〔一〕白马绕旌旗,悲鸣相追攀。〔二〕白杨秋月苦,早落豫章山。〔三〕本为休明人,斩卤②素不闲。岂惜战斗死,为君扫凶顽。〔四〕精感石没羽,岂云惮险艰。楼船若鲸飞,波荡落星湾。此曲不可奏,三军鬓③成斑。

文旁墨批:

〔一〕接法脱。

〔二〕忽离不测。

〔三〕夹入时序,笔如游龙。

〔四〕捐躯报国,写来磊落光明,此等诗可以教忠。

---

① 杜甫《戏题画山水图歌》诗曰:"咫尺应须论万里。"

② "卤",诸本俱作"虏"。

③ "鬓",萧本、刘本、王本作"发"。

书眉朱批：

亦何减"三吏三别"及"前后出塞"诸诗？

去妇词

题下墨批： 此诗无一不妙，非仙笔不能，顾况万不能到。①

古来有弃妇，弃妇有归处。〔一〕今日妾辞君，辞君遣何去。〔二〕本家零落尽，恸哭来时路。〔三〕忆昔未嫁君，闻君却周旋。〔四〕绮罗锦绣段，有赠黄金千。十五许嫁君，二十移所天。自从结发日，未几缅山川。家家尽欢喜，孤妾长自怜。幽闺多怨思，盛色无十年。相思若循环，枕席生流泉。〔五〕流泉咽不扫，独梦关山道。及此见君归，君归妾已老。〔六〕物情②恶衰贱，新宠方妍好。掩泪出故房，伤心剧秋草。自妾为君妻，君东妾在西。〔七〕罗帏到晓恨，玉貌一生啼。自从离别久，不觉尘埃厚。〔八〕常③嫌玳瑁孤，犹羡鸳鸯偶。岁华逐霜霰，贱妾何能久。〔九〕寒沼落芙蓉，秋风散杨柳。以④比憔悴颜，空持旧物还。〔十〕余生欲何寄，谁肯相牵攀。君恩既断绝，相见何年月。〔十一〕悔倾连理杯，虚作同心结。女萝附青松，贵欲相依投。〔十二〕浮萍失绿水，教作

---

① 萧士赟评曰："此篇即顾况《弃妇词》也，后人添增数句而窜入于太白集中。语俗意重，斧凿之痕斑斑可见。可谓作伪心劳日拙者矣。"《唐宋诗醇》评曰："直起悲凉，通篇缠绵凄婉，怨而不怒，直从《谷风篇》脱化而出。一结古甚，却有无限悲感在。的是李白手笔。"

② "情"，宋本、缪本作"华"。

③ "常"，全唐诗本作"尝"。

④ "以"，萧本、刘本作"似"。

若为流。不叹君弃妾①,自叹妾缘业。忆昔初嫁君,小姑才倚床。[十三]今日妾辞君,小姑如妾长。回头语小姑,莫嫁如兄夫。[十四]

文旁墨批:

〔一〕直起古质。

〔二〕总笼全局。

〔三〕包埽法。

〔四〕提。

〔五〕字法。②

〔六〕卢仝"及到君来花已老"本此化出。③

〔七〕提,音节清越,宛转关生,《西洲曲》不过尔尔。

〔八〕又提。

〔九〕夹叙夹议,情致缠绵,词旨清丽,正如初日芙蓉。

〔十〕忽拍神妙。

〔十一〕拓法即补法。

〔十二〕又入比兴,训词深厚。

〔十三〕提,又绕一波,意本古乐府脱化,入妙。

〔十四〕神妙,括尽全篇,三字④结尽。

---

① "妾",宋本作"妻"。
② 清人贺裳《载酒园诗话》卷一云:"作诗虽不必拘拘字句,然往往以字不工而害其句,句不正而害其篇。"《文心雕龙·炼字》:"是以缀字属篇,必须炼择:一避诡异,二省联边,三权重出,四调单复。"清薛雪《一瓢诗话》:"格律声调,字法句法,固不可不讲,而诗却在字句之外。故《三百篇》及汉、魏古诗,后章与前章略换几句几字,又是一种咏叹丰神,令人吟绎不厌。后世徒于字句求之,非不工也,特无诗耳。"
③ 卢仝《楼上女儿曲》曰:"及至君来花已老。"
④ 指"如兄夫"三字。

书眉墨批：

1. 汉魏之苍浑、六朝之哀艳，合为一手。
2. 此诗无一非古乐府气息，须细心读之，方知其妙。

书眉朱批：

1. 此诗或以为顾况作，愚谓非太白不能也。
2. 顿挫。
3. 忽合忽离，笔笔虚空粉碎。[①]
4. 此诗人之忠厚，所以有裨于风教也。宋元以后之诗，使气衿才，其于"兴观群怨"之旨，去之千里。
5. 收尤妙绝。

---

① "虚空粉碎"本是佛、道两家参禅修真的一种境界。这里指李白诗歌的叙事技巧高超，打破了常规，达到飘逸脱俗的境界。

第三章 古 诗

秋浦歌

题下墨批： 十七首选二。

其一

秋浦长似秋，萧条使人愁。客愁不可渡①，行上东大楼。正西望长安，下见江水流。寄言向江水，汝意忆侬不。〔一〕遥传一掬泪，为我达扬州。

文旁墨批：

〔一〕微妙不可思议。

书眉朱批：

艳思奇想，古秀扑人，宜为东坡所心醉。②

---

① "渡"，萧本、缪本、郭本、刘本、王本、咸本、全唐诗本作"度"。
② 朱谏《李诗选注》评曰："按白诗刱意，以无为有，正如佛家所谓空中昙花，为说法之妙也。"

其二

秋浦猿夜愁,黄山堪白头。清①溪非陇水,翻作断肠流。〔一〕欲去不得去,薄游成久游。何年是归日,雨泪下孤舟。

文旁墨批:

〔一〕并写神妙。

书眉朱批:

一片神行。

古意

君为女萝草,妾作兔丝花。〔一〕轻条不自引,为逐春风斜。百丈托远松,缠绵成一家。谁言会面易,各在青山崖。〔二〕女萝发馨香,兔丝断人肠。〔三〕枝枝相纠结,叶叶竞飘扬。生子不知根,因谁共芬芳。中巢双翡翠,上宿紫鸳鸯。〔四〕若识二草心,海潮亦可量。〔五〕

文旁墨批:

〔一〕赋而比也。

〔二〕正喻来写,若断若续。

〔三〕比兴法用得极熟,方有此至诣,所谓随手之变也。

---

① "清",宋本、缪本、王本作"青"。

（四）托法愈见深厚。[1]

（五）不说破正意，力量过人。

书眉墨批：

直起入妙。

书眉朱批：

托兴深微，能于乐府中别开生面，此太白独到之境。

赠从兄襄阳少府皓

结发未识事，所交尽豪雄。却秦不受赏，击晋宁为功。[2] 小节岂足言，退耕春陵东。归来无产业，生事如转蓬。一朝乌裘敝，百镒黄金空。弹剑徒激昂，出门悲路穷。吾兄青云士，然诺闻诸公。所以陈片言，片言贵情通。棣华倘不接，甘与秋草同。〔一〕

---

[1] 李腾芳《文字法三十五则》曰："托，此法在文字中最难，如托物于人，不论家下多少物件，要一盘托出来。又要托得尽，不许有一毫剩漏；要托得出，不许埋藏；要托得稳，不许偏敧；要托得有情，不许主客相背；要托得气象舒婉，不许迫促；又要托得简便，不许多也。"

[2] 宋本、缪本于"却秦不受赏，击晋宁为功"二句后，更多"托身白刃里，杀人红尘中，当朝揖高义，举世称英雄"四句。

文旁墨批:

〔一〕反结不测。①

书眉朱批:

却秦击晋而以为小节,太白之胸襟抱负可想。

秋日炼药院镊白发赠元六兄林宗

木落识岁秋,瓶冰知天寒。桂枝日已绿,拂雪凌云端。弱龄接光景,矫翼攀鸿鸾。投分三十载,荣枯同所欢。长吁望青云,镊白坐相看。秋颜入晓镜,壮发凋危冠。穷与鲍生贾,饥从漂母餐。时来极天人,道在岂吟叹。乐毅方②适赵,苏秦初说韩。卷舒固在我,何事空摧残。

书眉朱批:

1. 比兴奇横。
2. 沉郁顿挫,直欲击碎唾壶。③

---

① 浦起龙《读杜心解》评《咏怀二首·其一》"夜看丰城气,回首蛟龙池。齿发已自料,意深陈苦词"四句曰:"末四句见志虽在而身已老,反结得志行所为意。夫既值此时,世不能得志大行,则惟有飘飘远适而已。"
② "方",萧本、郭本、刘本作"岂"。
③ 《晋书·王敦列传》曰:"(王敦)每酒后,辄咏魏武帝乐府,歌曰:'老骥伏枥,志在千里。烈士暮年,壮心不已。'以如意打唾壶为节,壶边尽缺。"《唐宋诗醇》亦评此诗曰:"写怀抱于实境,约纵逸于哭调,即此可以上轶鲍、谢。"

赠崔郎中宗之

胡雁①拂海翼,翱翔鸣素秋。惊云辞沙朔,飘荡迷河洲。有如飞蓬人,去逐万里游。登高望浮云,仿佛如旧丘。日从海旁没,水向天边流。长啸倚孤剑,目极心悠悠。岁晏归去来,富贵安可求。仲尼七十说,历聘莫见收。鲁连逃千金,珪组岂可酬。时哉苟不会,草木为我俦。希君同携手,长往南山幽。

书眉朱批:

生气远出,真有"挥斥八极隘九州"之概。太白须眉活现纸上。②

赠裴司马

翡翠黄金缕,绣成歌舞衣。〔一〕若无云间月,谁可比光辉。秀色一如此,多为众女讥。君恩移昔爱,失宠秋风归。〔二〕愁苦不窥邻,泣上流黄机。天寒素手冷,夜长烛复微。〔三〕十日不满匹,鬓蓬乱若丝。〔四〕犹是可怜人,容华世中稀。向君发皓齿,顾我莫相违。〔五〕

---

① "雁",宋本、缪本作"鹰"。
② 司空图《二十四诗品》中"精神"一品云:"欲返不尽,相期与来。明漪绝底,奇花初胎。青春鹦鹉,杨柳池台。碧山人来,清酒深杯。生气远出,不着死灰。妙造自然,伊谁与裁。"苏轼《书丹元子所示李太白真》曰:"天人几何同一沤,谪仙非谪乃其游,麾斥八极隘九州。"

文旁墨批:

〔一〕颖思古藻,合汉魏六朝为一手,比兴深微,音节高亮,非仙笔无能为役。

〔二〕接法横。

〔三〕深深款款,令我情移。

〔四〕哀艳绝世,后来唯飞卿独得其秘。[①]

〔五〕气息深厚。

书眉朱批:

深有合于风骚之旨,换赠之诗至为难得,此调一到晚唐遂成《广陵散》,不待宋元也。近并解此者亦罕矣。

游溧阳北湖亭望瓦屋山怀古赠同旅

题下墨批: 一作"赠孟浩然"。

朝登北湖亭,遥望瓦屋山。天清白露下,始觉秋风还。游子托主人,仰观眉睫间。目色送飞鸿,邈然不可攀。长吁相劝勉,何事来吴关?闻有贞义女,振穷溧水湾。清光了在眼,白日如披颜。〔一〕高坟五六墩,崒兀栖猛虎。遗迹翳九泉,芳名动千古。〔二〕子胥昔乞食,此女倾壶浆。〔三〕运开展宿愤,入楚鞭平王。凛冽天地间,闻名若怀霜。壮夫或未达,十步九太行。与君拂衣去,万里同翱翔。

文旁墨批:

〔一〕忽作离笔,不测。

---

① 陈廷焯《白雨斋词话足本》曰:"飞卿短古,深得屈子之妙;词亦从《楚骚》中来,所以独绝千古,难乎为继。"

〔二〕一离夭矫不测，此种用笔，李、杜独擅之能。

〔三〕倒补不平。

书眉朱批：

1. 仙句。①

2. "清光"以下六句，夹叙神奇。他手于溧水湾下，必紧接"子胥昔乞食"句，以此作下截，波澜便索然为尽矣，此妙宜参。②

3. "十步九太行"五字沉痛。③

赠秋浦柳少府

秋浦旧萧索，公庭人吏稀。〔一〕因君树桃李，此地忽芳菲。摇笔望白云，开帘当翠微。时来引山月，纵酒酣清晖④。而我爱夫子，淹留未忍归。〔二〕

文旁墨批：

〔一〕通首开合动荡、气韵清丽，绝无半点尘土气犯其笔端。

〔二〕竟住妙。

---

① 或指"天清白露下，始觉秋风还"二句而言。
② 《越绝书·荆平王内传》载："子胥遂行，至溧阳界中，见一女子，击絮于濑水之中。子胥曰：'岂可得托食乎？'女子曰：'诺。'即发箪饭，清其壶浆而食之。子胥食已而去，谓女子曰：'掩尔壶浆，毋令之露。'女子曰：'诺。'子胥行五步，还顾，女子自纵于濑水之中而死。"
③ 曹操《苦寒行》诗曰："北上太行山，艰哉何巍巍！羊肠坂诘屈，车轮为之摧。"
④ "晖"，宋本、缪本、王本作"耀"。

书眉朱批：

颂扬处难得如此风雅，直画出一个仙吏，不图陶靖节后乃有斯人。

赠王判官时余归隐居庐山屏风叠

昔别黄鹤楼，蹉跎淮海秋。俱飘零落叶，各散洞庭流。〔一〕中年不相见，蹭蹬成①吴越。何处我思君，天台绿萝月。会稽风月好，却绕剡溪回。云山海上出，人物镜中来。一度浙江北，十年醉楚台。荆门倒屈宋，梁苑倾邹枚。苦笑我夸诞，知音安在哉。〔二〕大盗割鸿沟，如风扫秋叶。吾非济世②人，且隐屏风叠。中夜③天中望，忆君思见君。〔三〕明朝拂衣去，永与海鸥群。

文旁墨批：

〔一〕琢句法。④

〔二〕夭矫不凡。

〔三〕到底不懈，太白五古于结处最着意，不独此一诗也。

书眉朱批：

1. 直叙起，谁能如此潇洒宕逸。
2. "云山"十字，异样雄秀。

---

① "成"，诸本俱作"游"。
② "世"，诸本俱作"代"。
③ "夜"，宋本作"望"。
④ 据北宋诗僧惠洪《冷斋夜话》所载："唐僧多佳句，其琢句法，比物以意而不指言某物，谓之象外句。如无可上人诗曰：'听雨寒更尽，开门落叶深。'是以落叶比雨声也。"

赠常侍御

安石在东山,无心济天下。一起振横流,功成复潇①洒。〔一〕大贤有卷舒,季叶轻风雅。〔二〕匡复属何人,君为知音者。传闻武安将,气振长平瓦。燕赵期洗清,周秦保宗社。登朝若有言,为访南迁贾。

文旁墨批:

〔一〕写得出。
〔二〕接法横。

书眉朱批:

诗境如绝壁长松,弥望皆苍劲芊秀之气。②

经乱离后天恩流夜郎忆旧游书怀赠江夏韦太守良宰

天上白玉京,十二楼五城。〔一〕仙人抚我顶,结发受长生。误逐世间乐,颇穷理乱情。〔二〕九十六圣君,浮云挂空名。〔三〕天地赌一掷,未能忘战争。试涉霸王略,将期轩冕荣。时命乃大谬,弃之海上行。学剑翻自哂,为文竟何成。剑非万人敌,文窃四海声。儿戏不足道,五噫出西京。临当欲去时,慷慨泪沾缨。叹君倜傥才,标举冠群英。〔四〕开筵引祖帐,慰此远祖征。鞍马若浮云,送余骠骑亭。歌钟不尽意,白日落昆明。十月到幽州,戈铤若罗星。

---

① "潇",宋本、萧本、缪本、郭本、刘本、王本、咸本作"萧"。
② 《唐宋诗醇》评曰:"一往饶清刚之气。"

君王弃北海，扫地借长鲸。呼吸走百川，燕然可摧倾。心知不得语，却欲栖蓬瀛。〔五〕弯弧惧天狼，挟矢不敢张。揽涕黄金台，呼天哭昭王。无人贵骏骨，騄①耳空腾骧。乐毅倘再生，于今亦奔亡。蹉跎不得意，驱马还②贵乡。逢君听弦歌，肃穆坐华堂。百里独太古，陶然卧羲皇。征乐昌乐馆，开筵列壶觞。贤豪间青娥，对烛俨成行。醉舞纷绮席，清歌绕飞梁。欢娱未终朝，秩满归咸阳。祖道拥万人，供帐遥相望。一别隔千里，荣枯异炎凉。〔六〕炎凉几度改，九土中横溃。〔七〕汉甲连胡兵，沙尘暗云海。草木摇杀气，星辰无光彩。白骨成丘山，苍生竟何罪。函③关壮帝居，国命悬哥舒。〔八〕长戟三十万，开门纳凶渠。公卿如④犬羊，忠谠醢与菹。二圣出游豫，两京遂丘墟。〔九〕帝子许专征，秉旄控强楚。〔十〕节制非桓文，军师拥熊虎。〔十一〕人心失去就，贼势腾风雨。惟君固房陵，诚节冠终古。〔十二〕仆卧香炉顶，餐霞漱瑶泉。〔十三〕门开九江转，枕下五湖连。半夜水军来，浔⑤阳满旌旃。〔十四〕空名适自误，迫胁上楼船。徒赐五百金，弃之若浮烟。辞官不受赏，翻谪夜郎天。〔十五〕夜郎万里道，西上令人老。扫荡六合清，仍为负霜草。日月无偏照，何由诉苍昊。良牧称神明，深仁恤交道。〔十六〕一忝青云客，三登黄鹤楼。顾惭祢处士，虚对鹦鹉洲。樊山霸气尽，寥落天地秋。〔十七〕江带峨眉雪，川横⑥三峡流。万舸此中来，连帆过扬州。送此万里目，旷然散我

---

① "騄"，宋本、萧本、缪本、郭本、刘本、王本、咸本作"绿"。
② "还"，宋本、缪本、王本作"过"。
③ "函"，萧本、郭本、刘本、王本作"幽"。
④ "如"，宋本、缪本、王本作"奴"。
⑤ "浔"，宋本、萧本、缪本、郭本、刘本、王本、咸本作"寻"。
⑥ "川横"，宋本、缪本作"横穿"。

愁。纱窗倚天开，水树绿如发。窥日畏衔山，促酒喜得①月。吴娃与越艳，窈窕夸铅红。呼来上云梯，含笑出帘栊。对客小垂手，罗衣舞春风。宾跪请休息，主人情未极。〔十八〕览君荆山作，江鲍堪动色。清水出芙蓉，天然去雕饰。逸兴横素襟，无时不招寻。朱门拥虎士，列戟何森森。剪凿竹石开，萦流涨清深。登台②坐水阁，吐论多英音。片辞贵白璧，一诺轻黄金。谓我不愧君，青鸟明③丹心。五色云间鹊，飞鸣天上来。传闻赦书至，却放夜郎回。暖气变寒谷，炎烟生死灰。君登凤池去，忽④弃贾生才。〔十九〕桀犬尚吠尧，匈奴笑千秋。中夜四五叹，常为大国忧。旄旆夹两山，黄河当中流。连鸡不得进，饮马空夷犹。安得羿⑤善射，一箭落旄头。〔二十〕

文旁墨批：

〔一〕起法似比似兴，如闻钧天广乐，无一是人间音节。

〔二〕"理乱"二字，一篇之纲。

〔三〕"空名"二字，主中主。

〔四〕入韦⑥。

〔五〕吃紧语，以无意出之。

〔六〕己与韦，双锁法密。

〔七〕又拓开入时事，用浑括。

〔八〕入时事，又用明叙。

---

① "得"，宋本、缪本作"见"。
② "台"，宋本、萧本、缪本、郭本、刘本、王本、咸本作"楼"。
③ "明"，萧本、郭本、刘本作"问"。
④ "忽"，宋本、缪本、王本作"勿"。
⑤ "羿"，宋本作"弄"。
⑥ 韦，指韦太守。

〔九〕谓明皇、肃宗也。

〔十〕永王璘也。

〔十一〕口中雌黄。

〔十二〕赠韦，只带出，超绝。

〔十三〕趁势折落自己，奇变不测。

〔十四〕以下深情婉转，反复缠绵。其怨而不怒，则风人忠厚之遗。

〔十五〕此种冤屈谁为昭雪？当时若无郭汾阳，岌岌乎殆哉！①

〔十六〕二句关捩紧密。

〔十七〕横厉无前。

〔十八〕又拍合太守，夭矫不测。

〔十九〕又兜转韦太守，笔如游龙，用法则心细如发。

〔二十〕结法与"煌煌太宗业"同一，宏澜。②

书眉墨批：

1. 管韫山侍御亦以此诗配《北征》，一则苍浑，一则哀艳，其忠爱则均也。③
2. "空名"两字，一篇主意，此伏后应。

---

① 据《翰林学士李公墓碑》记载："又尝有知鉴，客并州，识郭汾阳于行伍间，为免脱其刑责而奖重之。后汾阳以功成官爵，请赎翰林，上许之，因免诛，其报也。"
② 杜甫《北征》诗曰："煌煌太宗业，树立甚宏达。"
③ 管韫山《读雪山房唐诗凡例》有载："《经乱离后赠江夏韦太守》计八百三十字，太白生平略具，纵横恣肆，激宕淋漓，真少陵《北征》劲敌。"

书眉朱批：

1. 前人以昌黎《南山》驰杜陵《北征》，非其伦也，唯此庶堪两大耳。[①]

2. 一种清迥之气，流行于恣津浩汗中，千古无对。

3. "心知"十字，蕴藉可味。

4. 忽然换韵，如铁板金钲，铿锵入破。

5. 透一层写法。[②]

6. 前路雪滚花飞，到此风驰电捲。

7. 凛然春秋之笔，太白自谓希圣有立，非妄语也。诗史之目，岂得独归少陵？[③]

8. 韦太守遏贼之功，只用一句勒住，是何神勇。

9. 观"节制非桓文，军师拥熊虎"等句，太白固不满于永王，特为所胁耳。千载后可以诛其心矣。

10. "空名"二句哽咽。

---

① 宋人范温《潜溪诗眼》云："孙莘老尝谓老杜《北征》胜退之《南山诗》，王平甫以为《南山》胜《北征》，终不能相服。山谷尚少，乃曰：'若论工巧，则《北征》不及《南山》，若书一代之事，以与《国风》、《雅》、《颂》相为表里，则《北征》不可无，而《南山》虽不作未害也。'二公之论遂定。"清人方东树《昭昧詹言》曰："《北征》《南山》体格不侔。昔人评论以为《南山》可不作者，滞论也。论诗文政不当如此比较。《南山》盖以京都赋体而移之于诗也，《北征》是《小雅》、《九章》之比。读《北征》、《南山》，可得满象，并可悟元气。"《唐宋诗醇》亦称李白此诗"卓乎大篇，可与《北征》并峙"。

② 据明人费经虞《雅论·琐语》载："诗之大端无他，一言以蔽之曰：'透过。'不透过，终隔一层，非是作者语。"清人沈德潜《杜诗偶评》评杜甫《夜闻觱篥》诗末二句"君知天地干戈满，不见江湖行路难"云："本言行路之难，而以干戈之满形之，则不见其难也。此透过一层法。"

③ 朱谏评曰："说者谓杜甫《北征》，李白《书怀》，皆长篇之作，冠绝古今，可拟风雅，然《北征》论时事而词严义正，《书怀》敷大义而痛切激扬。比而较之，《书怀》虽不若《北征》之纯，而辞藻清丽，情思忧乐，充然有余。所以明治乱之迹，著君臣之义者，则又未尝不皎然而明白也。二公俱大手笔，叙述有条理而不乱，宣芳誉并称，而世为天下之法也。"

11. 就地生情，妙在自然雅切。

12. "清水"十字，惟太白允蹈斯言。

13. "谓我"以下皆代吊太守之词。"君登"句"君"字，亦太守称太白也。言赐环诏下，必返凤池，我奉职楚江，亦如贾生之在长沙耳。以上皆慰藉语，"桀犬"以下方是太白自言，意谓被胁罹幸，方贻吠尧之笑。安敢望？但愿早觇太平。

赠别舍人弟台卿之江南

去国客行远，还山秋梦长。〔一〕梧桐落金井，一叶飞银床。〔二〕觉罢揽①明②镜，鬓毛飒已霜。良图委蔓草，古貌成枯桑。〔三〕欲道心下事，时人疑夜光。因为洞庭叶，飘落之潇湘。令弟经济士，谪居我何伤。潜虬隐尺水，著论谈兴亡。客③遇王子乔，口传不死方。〔四〕入洞过天地，登真朝玉皇。吾将抚尔背，挥手遂翱翔。

文旁墨批：

〔一〕发端精浑。

〔二〕接法清新，最为微妙。

〔三〕赋而比也，叙事之词夹入比兴，遂觉光焰万丈。宋元人忘失此法，一味抢白，无不茶然颓靡。

〔四〕到底仍用比兴，是以无语不警，气息亦弥深厚。

---

① "揽"，宋本、缪本作"把"。

② "明"，宋本、缪本作"朝"。

③ "客"，宋本、缪本作"玄"。

书眉朱批：

读太白诗，喜其奇逸而忘其清远，非知太白者。试味起四句，何等婉妙。近人黄仲则号学谪仙之巨擘①，亦不过略得其醉态耳。固未窥见精微之诗也。

赠宣城宇文太守兼呈崔侍御

白若白鹭鲜，清如清唳蝉。〔一〕受气有本性，不为外物迁。饮水箕山上，食雪首阳颠②。回车避朝歌，掩口去盗泉。岩嶢广成子，倜傥鲁仲连。〔二〕卓绝二公外，丹心无间然。〔三〕昔攀六龙飞，今作百炼铅。怀恩欲报主，投佩向北燕。弯弓绿弦开，满月不惮坚。〔四〕闲骑骏马猎，一射两虎穿。回旋若流光，转背落双鸢。胡卤③三叹息，兼知五兵权。枪枪突云将，却掩我之妍。〔五〕多逢剿绝儿，先著祖生鞭。据鞍空矍铄，壮志竟谁宣。蹉跎复来归，忧恨坐相煎。无风难破浪，失计长江边。〔六〕危苦惜颓光，金波忽三圆。时游敬亭上，闲听松风眠。〔七〕或弄宛溪月，虚舟信洄沿。颜公二④十万，尽付酒家钱。兴发每取之，聊向醉中仙。过⑤此无一事，静谈秋水篇。君从九卿来，水国有丰年。〔八〕鱼盐满市井，布帛如云烟。下马不作威，冰壶照清川。霜眉邑中叟，皆美太守贤。时时慰风俗，往往出东田。竹马数小儿，拜迎白鹿前。含笑问使君，日晚可回旋。〔九〕遂归池上酌，掩抑清风弦。曾标横浮云，下抚

---

① 洪亮吉《文甲集》评黄景仁曰："自湖南归，诗益奇肆，见者以为谪仙人复出也。后始稍稍变其体，为王、李、高、岑，为宋元祐诸君子，又为杨诚斋，卒其所诣，与青莲最近。"
② "颠"，宋本、萧本、缪本、郭本、刘本、王本、咸本作"巅"。
③ "卤"，诸本俱作"虏"。
④ "二"，宋本、缪本作"三"。
⑤ "过"，萧本作"运"。

谢朓肩。楼高碧海出，树古青萝悬。光禄紫霞杯，伊昔忝相传。良图堖沙漠，别梦绕旌旐。富贵日成疏，愿言杳无缘。登龙有直道，倚玉阻芳筵。敢献绕朝策，思同郭太①船。何言一水浅，似隔九重天。崔生何傲岸，纵酒复谈元。〔十〕身为名公子，英才苦迍邅。〔十一〕鸣凤托高梧，凌风何翩翩。安知慕群客，弹剑拂秋莲。

文旁墨批：

〔一〕兴起新鲜，笔力奇矫。

〔二〕排宕。

〔三〕总挈有力。

〔四〕音节、色泽宛然陈思②。

〔五〕二语奇隽。

〔六〕此指为永王迫胁而言。

〔七〕忽接入自己，清逸骀宕，所谓"清水出芙蓉，天然去雕饰"者，于此见到。

〔八〕入宇文太守。

〔九〕此段与《游敬亭》③一般相融，清丽芊绵。

〔十〕入崔侍卫。

〔十一〕微词。

书眉朱批：

1. 清迥宕逸乃李公本色，此又添以生旧之味，诗境如残雪满松，凉月到水。

---

① "太"，诸本俱作"泰"。
② 钟嵘《诗品》曰："魏陈思王植诗，其源出于国风。骨气奇高，词彩华茂。情兼雅怨，体被文质，粲溢今古，卓尔不群。"
③ 何焯《义门读书记》曰："玄晖诗有凌霄摩空之态，宜太白之赏心也。"

2. 前暗用陶潜事①，此又暗用山简事②，皆有神无迹，可为运典者法。

3. 长古句句入律，诵之一片宫商，太白最为长技。③

4. 唐人幕府多兼职，所谓奏行者，是如杜老之检校工部员外、李义山之御史，皆非实阶，崔君亦其流也。

于五松山赠南陵常赞府

为草当作兰，为木当作松。〔一〕兰秋④香风远，松寒不改容。松兰相因依，萧艾徒丰茸。〔二〕鸡与鸡并食，鸾与鸾同枝。拣珠去沙砾，但有珠相随。〔三〕远客投名贤，真堪写怀抱。若惜方寸心，待谁可倾倒。虞卿弃赵相，便与魏齐行。海上五百人，同日死田横。当时不好贤，岂传千古名。〔四〕愿君同心人，于我少留情。寂寂还寂寂，出门迷所适。〔五〕长铗⑤归来乎⑥，秋风思归客。

文旁墨批：

〔一〕比兴起。

〔二〕多多益善，后来惟坡公有此奇致。

---

① 《宋书·陶渊明传》载："先是颜延之为刘柳后军功曹，在浔阳与渊明情款，后为始安郡，经过浔阳，日造渊明饮焉。每往，必酣饮致醉。弘欲邀延之坐，弥日不得。延之临去，留二万钱与渊明，渊明悉遣送酒家，稍就取酒。"
② 《晋书·山简传》载："简优游卒岁，唯酒是耽。诸习氏，荆土豪族，有佳园池，简每出嬉游，多之池上，置酒辄醉，名之曰高阳池。"
③ 高棅《唐诗品汇》曰："盛唐五言律句之妙，李翰林气象雄逸。"
④ "秋"，萧本、郭本、刘本、王本、咸本作"幽"。
⑤ "铗"，宋本作"剑"。
⑥ "来乎"，宋本、缪本作"乎来"。

〔三〕再入一比，奇绝横绝。

〔四〕反棹不测。

〔五〕结法别致。

书眉朱批：

起处叠用比兴，深得古隽之味，其实不过"声应气求"[①]道理，宋人为之，必一口说破，便无味。

自梁园至敬亭山见会公谈陵阳山水兼期同游因有此赠

我随秋风来，瑶草恐衰歇。〔一〕中途寡名山，安得弄云月。渡江如昨日，黄叶向人飞。〔二〕敬亭惬素尚，弭节[②]流清辉。冰谷明且秀，陵峦抱江城。粲粲吴与史，衣冠耀天京。水国饶英奇，潜光卧幽草。会公真名僧，所在即为宝。开堂振白拂，高论横青云。雪山扫粉壁，墨客多新文。为余话幽栖，且述陵阳美。〔三〕天开白龙潭，月映清秋水。〔四〕黄山望石柱，突兀谁开张。黄鹤久不来，子安在苍茫。〔五〕东南焉可穷，山鸟飞绝处。稠叠千万峰，相连入云去。〔六〕闻此期振策，归来空闭关。相思如明月，可望不可攀。〔七〕何当移白足，早晚凌苍山。〔八〕且寄一书札，令予解愁颜。

文旁墨批：

〔一〕横空而来，正如瑶姬仙子，不食人间烟火。

---

① 《易经·乾卦》曰："同声相应，同气相求。水流湿，火就燥，云从龙，风从虎，圣人出而万物睹，本乎天者亲上，本乎地者亲下，各从其类也。"

② "节"，诸本俱作"棹"。

〔二〕奇闻。

〔三〕入"谈"字。

〔四〕开出异境,如海上三神山,可望不可即。

〔五〕此所谓随手之变,难以词逮意,此类是也。

〔六〕再接再厉,正如"神仙排云出,但见金银台"。①

〔七〕奇隽不测。

〔八〕又挽到会公,法密,气充。

书眉朱批:

1. "黄叶"五字,接法入神。

2. 足接健举。

3. "稠叠"十字,非真仙人安能作此?写景之句,不难于奇,惟不奇之奇,乃真奇也。

赠友人三首

其一

兰生不当户,别是闲庭草。〔一〕夙被霜雪②欺,红荣已先老。谬接瑶华枝,结根君王池。顾无馨香美,叨沐清风吹。余芳若可佩,卒岁长相随。〔二〕

文旁墨批:

〔一〕比法最妙。③

---

① 郭璞《游仙诗》曰:"神仙排云出,但见金银台。"

② "雪",诸本俱作"露"。

③ 严羽评本载明人批曰:"此首稍净,以'不当户'借意固妙。"

〔二〕赠人以言，非用套语。

书眉朱批：

1. 起四句乃极咤嚓语，以比兴出之，所谓怨而不怒。
2. 深厚。

其二

袖中赵匕首，买自徐夫人。〔一〕玉匣闭霜雪，经燕复历秦。其事竟不捷，沦落归沙尘。〔二〕持此愿投赠，与君同急难。荆卿一去后，壮士多摧残。长号易水上，为我扬波澜。凿井当及泉，张帆当济川。〔三〕廉夫唯重义，骏马不劳鞭。〔四〕人生贵相知，何必金与钱。

文旁墨批：

〔一〕突起不测。
〔二〕夹叙夹议，龙门史法入诗，唯李、杜为多。
〔三〕入比奇幻。
〔四〕此句作对，奇。

书眉朱批：

1. 此四句谓弗以一眚而遂弃之也，语特深，至痛心，人猝难领解。[1]
2. 古趣可掬。

---

[1] 指"其事竟不捷，沦落归沙尘，持此愿投赠，与君同急难"四句。《左传·僖公三十三年》："且吾不以一眚掩大德。"

其三

慢世薄功业，非无胸中画。谑浪万古贤，以为儿童剧。立产如广费，匡君怀长策。但苦山北寒，谁知道南宅。〔一〕岁酒上逐风，霜鬓两边白。蜀主思孔明，晋家望安石。〔二〕时人①列五鼎，谈笑期一掷。虎伏被胡尘，渔歌游海滨。弊裘耻妻嫂，长剑托交亲。夫子秉家义，群公难与邻。莫持西江水，空许东溟臣。〔三〕他日青云去，黄金报主人。〔四〕

文旁墨批：

〔一〕双顿有力。

〔二〕以古人陪衬。

〔三〕又用比喻，耐人吟讽。

〔四〕反衬第二，结语妙。

书眉朱批：

此三首不矜才、不使气，专以深细宕折见长，至为渊厚古茂。世之读太白者，每取其飞扬跋扈之作，而于此等略之，何也？

经乱后将避地剡中留赠崔宣城

双鹅飞洛阳，五马渡江徼。〔一〕何意上东门，胡雏更长啸。中原走豺虎，烈火焚宗庙。〔二〕太白昼经天，颓阳掩余照。王城皆荡覆，世路成奔峭。四海望长安，颦眉寡西笑。苍生疑落叶，白骨

---

① "人"，宋本、缪本、王本作"来"。

空相吊。〔三〕连兵似雪山，破敌谁能料。我垂北溟翼，且学南山豹。崔子贤主人，欢娱每相召。〔四〕胡床紫玉笛，却坐青①云叫。杨花满州城，置酒同临眺。忽思剡溪去，水石远清妙。〔五〕雪尽②天地明，风开湖山貌。闷为洛生咏，醉发吴越调。赤霞动金光，日足森海峤。〔六〕独散万古意，闲垂一溪钓。〔七〕猿近天上啼，人移月边棹。〔八〕无以墨绶苦，来求丹砂要。华发长折腰，将贻陶公诮。

文旁墨批：

〔一〕从经乱说起。

〔二〕接法横。

〔三〕入喻，奇思异采，层见叠出，无一笔不自然，非仙笔而何？

〔四〕入崔。

〔五〕飘然如云中白鹤、天半朱露。倒找剡中，笔妙不可思议。

〔六〕顿法奇。

〔七〕脱接不测。

〔八〕又入景语，奇妙不测。

书眉朱批：

1. "颓阳"句，比也。

2. 此首叙安史之乱，沉痛盘郁，雅近杜陵。"苍生"十字，尤为一副神旨。

3. 与"春光澹沱秦东亭"同一接法。③

4. 千古奇句、千古名句。

---

① "青"，宋本作"清"。

② "尽"，宋本、萧本、缪本、郭本、刘本、王本、咸本作"昼"。

③ 杜甫《醉歌行》诗曰："春光澹沱秦东亭，渚蒲牙白水荇青。"

5.取老杜至华宫诗①及此作,日日诵之,久而出笔,必有大过人处,所谓规矩准绳之至也。

献从叔当涂宰阳冰

金镜霾六国,亡新②乱天经。〔一〕焉知高光起,自有羽翼生。萧曹安屹屼,耿贾摧欃枪。〔二〕吾家有季父,杰出圣代英。〔三〕虽无三台位,不借③四豪名。激昂风云气,终协龙虎精。弱冠燕赵来,贤彦多逢迎。鲁连善④谈笑,季布折公卿。遥知礼数绝,常恐不合并。惕想结宵梦,素心久已冥。〔四〕顾惭青云器,谬奉玉樽倾。山阳五百年,绿竹⑤忽再荣。〔五〕高歌振林木,大笑喧雷霆。落笔洒篆文,崩云使人惊。吐辞又炳焕,五色罗华星。秀句满江国,高才揽天庭。宰邑艰难时,浮云空古城。〔六〕居人若薙草,扫地无纤茎。惠泽及飞走,农夫尽归耕。广汉水万里,长流玉琴声。雅颂播吴越,还如泰⑥阶平。〔七〕小子别金陵,来时白下亭。〔八〕群凤怜客鸟,差池相哀鸣。各拔五色毛,意重太⑦山轻。赠微所费广,斗水浇长鲸。弹剑歌苦寒,严风起前楹。月衔天门晓,霜落牛渚清。〔九〕长叹即归路,临川空屏营。

---

① 指杜甫《过华清宫绝句》。
② "新",宋本作"秦"。
③ "借",萧本、郭本、刘本作"惜"。
④ "善",宋本、缪本作"擅"。
⑤ "竹",萧本、郭本、刘本作"水"。
⑥ "泰",宋本、萧本、缪本、郭本、刘本、王本、咸本作"太"。
⑦ "太",全唐诗本作"泰"。

文旁墨批：

〔一〕以王莽之乱为比，起法光焰。

〔二〕申汉高祖、光武。

〔三〕入阳冰，有精彩。

〔四〕拓法恢宏。①

〔五〕比法雄恣。

〔六〕入当涂段用笔矫变，即从乱上写政治，愈见其才，此一笔作两笔用法②。

〔七〕兜转前半，笔力千钧。

〔八〕入自己。

〔九〕笔力纵横，兴会飙举。

书眉朱批：

1. 起得庄雅素穆。

2. 转折处皆具绝地通天神力。

3. 乱后光景，如此叙入，奇别。③

4. 应上，在暗中用意。④

---

① 严羽评"遥知礼数绝"四句曰："杰士胸怀，幽隐处尽此数句。"
② "一笔作两笔用法"，古代小说叙事技法之一，往往用以称赞小说语言精练，含义丰富，短短几句就将人物写得活灵活现。如《聊斋志异·小梅篇》写王家婢仆皆乐于奉小梅之命一节，众人有"并不自知，实非畏之。但睹其貌，则心自柔，故不忍拂其意耳"之语，金圣叹评曰："写其美，又似写其神，一笔作两笔用。"又如《红楼梦》第六回刘姥姥一进荣国府片段，陈其泰评曰："贾府房屋规模，以及大小人口，于黛玉来时叙明。此回特表凤姐起居，借村妪眼中一一看出。笔墨着纸，皆有生趣。而此村妪又是凤姐母女传中要紧脚色，安顿在此，闲处埋根。文字一笔作两笔用，非庸手所能及。"
③ 指"小子别金陵，来时白下亭"二句。
④ 指"雅颂播吴越，还如泰阶平"二句。

书怀赠南陵常赞府

岁星入汉年,方朔见明主。〔一〕调笑当时人,中天谢云雨。一去麒麟阁,遂将朝市乖。故交不过门,秋草日上阶。〔二〕当时何特达,独与我心谐。〔三〕置酒凌歊台,欢娱未曾歇。歌动白纻山,舞回天门月。问我心中事,为君前致辞。君看我才能,何似鲁仲尼。大圣犹不遇,小儒安足悲。云南五月中,频丧渡泸师。毒草杀汉马,张兵夺云①旗。至今西二河,流血拥僵尸。将无七擒略,鲁女惜园葵。咸阳天下枢,累岁人不足。〔四〕虽有数斗玉,不如一盘粟。赖得契宰衡,持钧慰风俗。自顾无所用,辞家方来归。霜惊壮士发,泪满逐臣衣。以此不安席,蹉跎身②世违。终当灭卫谤,不受鲁人讥。〔五〕

文旁墨批:

〔一〕奇峰特起,思笔超乎,不可端倪。

〔二〕名隽有味。

〔三〕拓法闳敞。

〔四〕接法即拓法,笔笔在空中飞舞。

〔五〕收法。

书眉朱批:

1. 自叙,入手作如此写,奇妙。

2. "故交"十字,乃似陶公。

3. 此下云蒸波起,忽夹入"虽有数斗玉"两句,似谚似谣,音节至为神妙。

---

① "云",宋本、缪本、王本作"秦"。

② "身",萧本、郭本作"因"。

安陆白兆山桃花岩寄刘侍御绾

　　云卧三十年,好闲复爱仙。〔一〕蓬壶虽冥绝,鸾鹤心悠然。归来桃花岩,得憩云窗眠。对岭人共语,饮潭猿相连。时升翠微上,邈若罗浮巅。两岑抱东壑,一嶂横西天。〔二〕树杂日易隐,崖倾月难圆。芳草换野色,飞萝摇春烟。入远构石室,选幽开上①田。独此林下意,杳无区中缘。永辞霜台客,千载方来旋。〔三〕

文旁墨批:

〔一〕凌空飞动,笔无点尘。
〔二〕排宕写景,如瑶花琪草,非复人间所有。
〔三〕寄刘意只末一点,高绝。

书眉朱批:

信手拈来,总非人间景色。

望终南山寄紫阁隐者

　　出门见南山,引领意无限。〔一〕秀色难为名,苍翠日在眼。〔二〕有时白云起,天际自舒卷。心中与之然,托兴每不浅。〔三〕何当造幽人,灭迹栖绝巘。〔四〕

---

① "上",宋本、萧本、缪本、郭本、刘本、王本、咸本作"山"。

文旁墨批：

〔一〕直起老。

〔二〕笔有仙气，故落韵甚轻，风神弥远。

〔三〕陶法妙处，不减"悠然见南山"。

〔四〕结峭旧。

书眉朱批：

此亦太白学陶之作，今人口颂烂熟，不暇细辨耳。①

闻丹丘子于城北石门幽居中有高凤遗迹仆离群远怀亦有栖遁之志因叙旧以寄之

春华沧江月，秋色碧海云。〔一〕离居盈寒暑，对此长思君。思君楚水南，望君淮山北。〔二〕梦魂虽飞来，会面不可得。畴昔在嵩阳，同衾卧羲皇。〔三〕绿萝笑簪绂，丹壑贱岩廊。晚途各分析，乘兴任所适。〔四〕仆在雁门关，君为峨眉客。心悬万里外，影滞两乡隔。长剑复归来，相逢洛阳陌。陌上何喧喧，都令心意烦。迷津觉路失，托势随风翻。以兹谢朝列，长啸归故园。故园恣闲逸，求古散缥帙。久欲入名山，婚娶殊未毕。〔五〕人生信多故，世事岂惟一。念此忧如焚，怅然若有失。闻君卧石门，宿昔契弥敦。〔六〕方从桂树隐，不羡桃花源。高风起遐旷，幽人迹复存。〔七〕松风清瑶瑟，溪月湛芳樽。〔八〕安居偶佳赏，丹心期此论。

---

① 《唐宋诗醇》评曰："淡雅自然处，神似渊明。白云天际，无心舒卷，白诗妙有其意。"

文旁墨批：

〔一〕从时令叙起，而用笔独奇，所谓意常则语欲新也。

〔二〕接法排宕，摇曳有神。

〔三〕提法。

〔四〕叙离群之久，婉转情深，胎息渊永。

〔五〕入栖遁之志，笔意超忽，无一笔平衍，句法清峭。

〔六〕兜转丹丘，细写幽居之况。

〔七〕写高风遗迹，绝不沾滞。

〔八〕六朝句法。

书眉朱批：

1. 步骤分明，雍容和鬯，仍不失清远之神。学太白者，先须从此问津，倘骤仿其飞扬之调，必深于任华、卢仝矣。

2. 太白诗多从曹子建、鲍明远两家透出，时亦取姿于庾、谢，特逸才天赋，令人目眩，不暇究其由来耳。又，太白每于豪丽中见清远、恣肆中见自然，此尤独绝之诣，流于此者辨之。

淮阴书怀寄王宗成

沙墩至梁苑，二十五长亭。〔一〕大舶夹双艣①，中流鹅鹳鸣。〔二〕云天扫空碧，川岳涵余清。〔三〕飞凫从西来，适与佳兴并。〔四〕眷言王乔舄，婉娈故人情。复此亲懿会，而增交道荣。〔五〕沿洄且不定，飘忽怅徂征。〔六〕瞑投淮阴宿，欣得漂母迎。斗酒烹黄鸡，一餐感素诚。〔七〕予为楚壮士，不是鲁诸生。有德必报之，千金耻为轻。

---

① "艣"，宋本、缪本、郭本、刘本、全唐诗本作"橹"。

缃书羁孤意,远寄棹歌声。〔八〕

文旁墨批:

〔一〕起法夭矫。

〔二〕接法雄厚,谓橹声也。

〔三〕顿法有力。

〔四〕从飞凫入胜,奇幻。

〔五〕写"寄"字。

〔六〕入淮阴。

〔七〕此书怀之所以然,感知己之不遇也。

〔八〕拖一笔结。

书眉朱批:

起得横逸,妙在第四句,用趣语作兜笔。五六以大谢句法,顿宕有致。以下因飞凫而及王乔,然后拍到宗成,人讶其隽颖,不知是切姓也。中间复顿挫数语,由"沿洄"而及"淮阴",然后拍到"书怀",均是相衔相递而下,宛转生情。此法启自陈思,太白后无继响者,并评选家亦对之茫然矣。末句以"寄"字收,仍回应入手处,至为深细。学太白者,不可不似此清逸不群,虽老杜不能不为之避舍。

月夜江行寄崔员外宗之

飘飘①江风起,萧飒海树秋。〔一〕登舻美清夜,挂席移轻舟。月随碧山转,水合青天流。〔二〕杳如星河上,但觉云林幽。〔三〕归路方浩浩,徂川去悠悠。徒悲蕙草歇,复听菱歌愁。〔四〕岸曲迷后浦,

---

① "飘",萧本、郭本、刘本、全唐诗本作"飘"。

沙明瞰前洲。怀君不可见，望远增离忧。[五]

文旁墨批：

〔一〕诗境一片空明，与题相称。

〔二〕接法窈窕，笔笔玲珑。

〔三〕情景兼融，如作广寒游，令人有飘飘欲仙之慨。[1]

〔四〕再垫一层，随手之变也。

〔五〕二字包括全章。[2]

书眉朱批：

通首皆纳入"望远"二字。

宿白鹭洲寄杨江宁

朝别朱雀门，暮栖白鹭洲。波光摇海月，星影入城楼。[一]望美金陵宰，如思琼树忧。徒令魂入[3]梦，翻觉夜成秋。[二]绿水解人意，为余西北流。[三]因声玉琴里，荡漾寄君愁。[四]

文旁墨批：

〔一〕接法妍秀。

〔二〕句奇。

〔三〕此种句意，后唯东坡肖之。

---

[1] 严羽评本载明人批曰："不切切模写，然兴致自有余，读之即如坐江舟中。"

[2] 指"望远"二字。

[3] "入"，宋本、缪本作"作"。

〔四〕结"寄"字,细。

书眉朱批:

飘洒是太白本色,"如思琼树忧"五字终未安,后人不必学,亦不必曲为之解。

新林浦阻风寄友人

潮水定可信,天风难与期。清晨西北转,薄暮东南吹。以此难挂席〔一〕,佳期益相思〔二〕。海月破圆影①,菰蒋生绿池。〔三〕昨日北湖梅,开花已满枝。〔四〕今朝东②门柳,夹道垂青丝。岁物忽如此,我来定几时。纷纷江上雪,草草客中悲。〔五〕明发新林浦,空吟谢朓诗。〔六〕

文旁墨批:

〔一〕阻风。

〔二〕寄友。

〔三〕随手拓开,妙绝。

〔四〕此接超变不测,气息又复渊永。

〔五〕又拓,总不使一平衍之笔。

〔六〕点照地名。

书眉朱批:

1. 起二句奇横,三、四专承而下。③

---

① "影",宋本、缪本作"景"。

② "东",宋本、缪本作"白"。

③ 《唐宋诗醇》评曰:"起势奇崛,寄怀处不胜晼晚之叹。"

2. 此接神妙①，太白佳处正在此，东坡往往学之，今人专取横放一路，而太白之真在隐。

寄东鲁二稚子 在金陵作

吴地桑叶绿，吴蚕已三眠。〔一〕我家寄东鲁，谁种龟阴田。春事已不及，江行复茫然。南风吹归心，飞堕酒楼前。〔二〕楼东一株桃，枝叶拂青烟。〔三〕此树我所种，别来向三年。〔四〕桃今与楼齐，我行尚未还②。娇女字平阳，折花倚桃边。〔五〕折花不见我，泪下如流泉。小儿名伯禽，与姊亦齐肩。〔六〕双行桃树下，抚背复谁怜。〔七〕念此失次第，肝肠日忧煎。裂素写远意，因之汶阳川。〔八〕

文旁墨批：

〔一〕时序起。

〔二〕超妙不可思议。

〔三〕接更不测。

〔四〕深情如诉，悱恻缠绵，一读一击节。

〔五〕搭入"娇女"，用笔不测。此种垫法，后唯东坡肖之。

〔六〕回应法③密，妙在轻便。

〔七〕总挈尤妙。

〔八〕结用淡笔以舒其气，不知者以为懈也。

---

① 指"昨日北湖梅，开花已满枝"二句。

② "还"，诸本俱作"旋"。

③ "回应法"，指诗文结尾处与题目或开头相呼应。如李锳《诗法易简录》评杜审言《和晋陵陆丞早春游望》曰："首尾回应法。'归思'回应首句'宦游'，绾结完密。"

书眉朱批：

1."南风"十字，神来之句，以下无非天籁在，太白无意求工，后人自历劫不到。①

2.情之至者，斯为千古之至文，玩此益信。

下寻阳城泛彭蠡寄黄判官

浪动灌婴井，寻阳江上风。〔一〕开帆入天镜，直向彭湖东。落景转疏雨，晴云散远空。〔二〕名山发佳兴，清赏亦何穷。石镜挂遥月，香炉灭彩虹。〔三〕相思俱对此，举目与君同。〔四〕

文旁墨批：

〔一〕起法突兀不测。

〔二〕夹入写景，气息深厚。②

〔三〕又挽浔阳。

〔四〕结"寄黄"，法细。

书眉朱批：

起用倒装句。

书情寄从弟邠州长史昭

自笑客行久，我行定几时。〔一〕绿杨已可折，攀取最长枝。翩翩

---

① 钟惺评曰："老杜妙于入诗，老杜愁苦得妙，妙在真；李摆脱得妙，妙在逸。"
② 严羽评曰："情在景中，景在眼中，不须多词。"

弄春色，延伫寄相思。谁言贵此物，意愿重琼蕤。昨梦见惠连，朝吟谢公诗。〔二〕东风引碧草，不觉生华池。临玩忽云夕，杜鹃夜鸣悲。〔三〕怀君芳岁歇，庭树落红滋。

文旁墨批：

〔一〕从"书情"起，抚时感兴，言外凄然。

〔二〕入"从弟"，矫变。

〔三〕以接为转，用笔几不着纸。

书眉朱批：

"池塘春草"典故久已习熟生厌，一经太白点化，遂尔簇簇生新，其实亦只平直写来，而他人终莫能及者，何也？此妙可思。①

流夜郎至西塞驿寄裴隐

扬帆借天风，水驿苦不缓。平明及西塞，已先投沙伴。回峦引群峰，横蹙楚山断。〔一〕砯冲万壑会，震旦② 百川满。龙怪潜溟波，俟③ 时救炎旱。〔二〕我行望雷雨，安得沾枯散。鸟去天路长，人愁④ 春光短。空将泽畔吟，寄尔江南管。〔三〕

---

① 严羽评本载明人批曰："'池塘生春草'，演作四句，风致飘然。"
② "旦"，诸本俱作"沓"。
③ "俟"，宋本、缪本、郭本、王本作"候"。
④ "愁"，宋本、缪本作"悲"。

文旁墨批：

〔一〕先写西寒驿，笔笔提点。

〔二〕似比似赋，夭矫不可思议。

〔三〕结亦缜密。

书眉朱批：

太白多拟明远，惟此专摹康乐。

江夏寄汉阳辅录事

谁道此水广，狭如一匹练。〔一〕江夏黄鹤楼，青山汉阳县。〔二〕大语犹可闻，故人难可见。〔三〕君草陈琳檄，我书鲁连箭。〔四〕报国有壮心，龙颜不回眷。〔五〕西飞精卫鸟，东海何由填。鼓角徒悲鸣，楼船习征战。抽剑步霜月，夜行空庭遍。〔六〕长呼结浮云，埋没顾荣扇。他日观军容，投壶接高宴。〔七〕

文旁墨批：

〔一〕从"江夏"起。

〔二〕双顿有力。

〔三〕二句关捩。

〔四〕入"录事"。

〔五〕拓法雄大。

〔六〕此语凄绝，写出英雄失路之悲。

〔七〕期望作结，两面都到。

书眉朱批：

竟从"谁谓河广"一节挽之，点化作起笔，他人即有此才，亦无此胆大语句，亦是加一倍法。

江上寄元六林宗

霜落江始寒，枫叶绿未脱。〔一〕客行悲清秋，永路苦不达。沧江①眇川汜，白日隐天末。〔二〕停棹依林峦，惊猿相叫聒。夜分河汉转，起视溟涨阔。〔三〕凉风何萧萧，流水鸣活活。浦沙净如洗，海月明可掇。〔四〕兰交空怀思，琼树讵解渴。勖哉沧洲心，岁晚庶不夺。幽赏颇自得，兴远与谁豁。

文旁墨批：

〔一〕笔笔超脱，字字洗练，真天仙化人之词。

〔二〕以拓法入题首二字。②

〔三〕造语奇隽。

〔四〕接法排宕，音节琅然，但觉一片空明，忘其对偶之迹。

书眉朱批：

1."夜分"四句，提笔清雄，音节亦殊似杜。

2.此诗入杜工部集中，不复可辨，惟善揣神骨者愈叹其奇。

---

① "江"，诸本俱作"波"。

② 指"江上"二字。

宣州九日闻崔四侍御与宇文太守游敬亭山余时登响山不同此赏醉后寄崔侍御二首

题下墨批： 选一。

其一

九日茱萸熟，插鬓伤早白。登高望山海，满目悲古昔。远访投沙人，因为逃名客。故交竟谁在，独有崔亭伯。重阳不相知，载酒任所适。手持一枝菊，调笑二千石。日暮岸帻归，传呼隘阡陌。彤襜双白鹿，宾从何辉赫。夫子在其间，遂成云霄隔。良辰与美景，两地方虚掷。晚从南峰归，萝月下水壁。却登郡楼望，松色寒转碧。咫尺不可亲，弃我如遗舄。

书眉朱批：

1. 崔君时在幕府，此数语看似歆羡，其实极写不堪，故下有"两地方虚掷"句。
2. 宇文太守不知何许人，太白每致不满之词。

早过漆林渡寄万巨

西经大蓝山，南来漆林渡。水色倒空青，林烟横积素。〔一〕漏流昔吞翕，沓浪竞奔注。潭落天上星，龙开水中雾。〔二〕峣岩注公栅，突兀陈焦墓。岭峭纷上干，川明屡回顾。〔三〕因思万夫子，解渴同琼树。何日睹清光，相欢咏佳句。

文旁墨批：

〔一〕清新俊逸，于此可见一斑。

〔二〕接法不测。

〔三〕古色古香，气韵尤妙。

书眉朱批：

1. 谢家句法。
2. 太白选学至深，五古特存楷则，明人之学选体，真儿戏傀儡也。

游敬亭寄崔侍御

我家敬亭下，辄继谢公作。相去数百年，风期宛如昨。〔一〕登高素秋月，下望青山郭。〔二〕俯视鸳鹭①群，饮啄自鸣跃。夫子虽蹭蹬，瑶台雪中鹤。〔三〕独立窥浮云，其心在寥廓。时来顾我笑，一饭葵与藿。世路如秋风，相逢尽萧索。〔四〕腰间玉具②剑，意许无遗诺。壮士不可轻，相期在云阁。

文旁墨批：

〔一〕笔意洒然。
〔二〕接法高旷。
〔三〕入比妙。
〔四〕入比更妙。

书眉朱批：

1. 谈语最妙，最有味。③

---

① "俯视鸳鹭"，宋本、缪本作"府中鸿鹭"。
② "具"，宋本、缪本作"巨"。
③ 严羽评曰："每从萧索后得豪。"

2. 太白最熟于衔带之法。

3. 十字凄警[①]，亦似不满于宇文太守，岂崔侍御所处之境，固有难言者耶？每一循讽，似倩麻姑痒处搔也[②]。

自金陵溯流过白璧山玩月达天门寄句容王主簿

沧江溯流归，白璧见秋月。〔一〕秋月照白璧，皓如山阴雪。幽人停宵征，贾客忘早发。〔二〕进帆天门山，回首牛渚没。〔三〕川长信风来，日出宿雾歇。故人在咫尺，新赏成胡越。寄君青兰花，惠好庶不绝。〔四〕

文旁墨批：

〔一〕从"溯流"起，次"白璧"，次"秋月"。

〔二〕停顿有法，再入天门，便不直泻。

〔三〕挽金陵有力。

〔四〕寄王结。

书眉朱批：

随手牵搭，自然颖妙。

秋日鲁郡尧祠亭上宴别杜补阙范侍御

我觉秋兴逸，谁云秋兴悲。〔一〕山将落日去，水与晴空宜。〔二〕鲁酒白玉壶，送行驻金羁。歇鞍憩古木，解带挂横枝。歌鼓川上亭，

---

① 指"世路如秋风，相逢尽萧索"二句。

② 杜牧《读韩杜集》诗曰："杜诗韩集愁来读，似倩麻姑痒处搔。"

曲度神飙吹。〔三〕云归碧海夕，雁没青天时。〔四〕相失各万里，茫然空尔思。

文旁墨批：

〔一〕一片神行，笔尖几不着纸。

〔二〕笔足达难显之情。

〔三〕神妙。

〔四〕接法超绝、隽绝。

书眉朱批：

神化之境，至何能名？[1]

感时留别从兄徐王延年从弟延陵

天籁何参差，噫然大块吹。元[2]元包[3]橐籥，紫气何逶迤。七叶运皇化，千龄光本支[4]。仙风生指树，大雅歌螽斯。诸王若鸾虬，肃穆列藩维。哲兄锡茅土，圣代罗[5]荣滋。〔一〕九卿领徐方，七步继陈思。伊昔全[6]盛日，雄豪动京师。〔二〕冠剑朝凤阙，楼船侍龙池。鼓钟出朱邸，金翠照丹墀。君王一顾盼，选色献蛾眉。列戟十八年，未曾

---

[1] 《唐宋诗醇》评曰："飘然而来，戛然而止，格调高逸，有如鹏翔未息，翩翩而自逝。"

[2] "元"，应作"玄"，避"玄"字讳。

[3] "包"，宋本、缪本作"苞"。

[4] "支"，宋本、缪本作"枝"。

[5] "罗"，宋本、缪本作"含"。

[6] "全"，宋本作"金"。

辄迁移。大臣小喑鸣①，谪窜天南垂。长沙不成②舞，贝锦且成诗。佐郡浙江西，病闲绝驱驰。阶轩日苔藓，鸟雀噪檐帷。时乘平肩舆，出入畏人知。北宅聊偃憩，欢愉恤荌藜。羞言梁苑地，烜赫耀旌旗。兄弟八九人，吴秦各分离。大贤达机兆，岂独虑安危。小子谢麟阁，雁行忝肩随。令弟字延陵，凤毛出天姿。清英神仙骨，芬馥茝兰蕤。梦得春草句，将非惠连谁。深心紫河车，与我特相宜。金膏犹罔象，玉液尚磷缁。伏枕寄宾馆，宛同清漳湄。药物多见馈，珍羞亦兼之。〔三〕谁道溟渤深，犹言浅恩慈。鸣蝉游子意，促织念归期。〔四〕骄阳何大赫，海水烁龙龟。百川尽凋枯，舟楫阁中逵。策马摇③凉月，通宵出郊圻④。泣别目眷眷，伤心步迟迟。〔五〕愿言保明德，王室伫清夷。掺袂何所道，援毫投此词⑤。

文旁墨批：

〔一〕徐王。

〔二〕自此至"肩随"句，皆感时也。后入"延陵"，错综入妙。

〔三〕以下写留别意，比兴深微，淋漓尽致。

〔四〕夹入时令，夭矫不测。

〔五〕感时留别，总结全诗。

---

① "鸣"，宋本、萧本、缪本、刘本、王本、全唐诗本作"呜"。

② "成"，诸本俱作"足"。

③ "摇"，宋本、缪本作"采"。

④ "圻"，宋本、缪本作"歧"。

⑤ "词"，诸本俱作"辞"。

书眉朱批：

1. 此用柱下五千言而点化之，庄雅称题。
2. 盛衰转眼，不难于叙次，而难于留出身分。
3. 句法。
4. "骄阳"四句，比也。

南阳送客

题下墨批： 此种诗与少陵拗七律同为绝唱。

斗酒勿为①薄，寸心贵不忘。〔一〕坐惜故人去，偏令游子伤。离颜怨芳草，春思结垂杨。挥手再三别，临歧空断肠。

文旁墨批：

〔一〕飞行绝迹，脱去畦町。②

书眉朱批：

与下一首皆似古似律，音节神韵无不入妙。③

---

① "为"，宋本、缪本作"与"。
② 应时《李诗纬》评曰："清空如话，逐句一转，此仙笔也。"
③ 严羽评本载明人批曰："空说意多，与唐人律调又稍不同，然却自苍古。"梅鼎祚《李诗钞》亦曰："此诗旧列五言古，然实律耳。"

送张舍人之江东

张翰江东去,正值秋风时。天清一雁远,海阔孤帆迟。〔一〕白日行欲暮,沧波杳难期。吴洲如①见月,千里幸相思。

诗尾墨批: 吴樊桐云:"此与《南阳送客》作古诗读,尤妙。"

文旁墨批:

〔一〕此亦一片神行,得其气息便可超凡入圣。

书眉朱批:

表圣《诗品》有"太华夜碧,人闻清钟"之句,意惟太白是以当之。

送王屋山人魏万还王屋　并序

王屋山人魏万云自嵩宋沿吴相访,数千里不遇。乘兴游台越,经永嘉,观谢公石门。后于广陵相见,美其爱文好古,浪迹方外,因述其行而赠是诗。

仙人东方生,浩荡弄云海。〔一〕沛然乘天游,独往失所在。魏侯继大名,本家聊摄城。〔二〕卷舒入元化,迹与古贤并。〔三〕十三弄文史,挥笔如振绮。〔四〕辩折田巴生,心齐鲁连子。西涉清洛源,颇惊人世喧。采秀卧王屋,因窥洞天门。〔五〕揭来游嵩峰,羽客何双双。〔六〕朝携月光子,暮宿玉女窗。鬼谷上窈窕,龙潭下奔潈。东浮汴河水,访我三千里。〔七〕逸兴满吴云,飘飖浙江汜。挥手杭越间,

---

① "如",宋本、缪本作"好"。

樟①亭望潮还。涛卷海门石，云横天际山。白马走素车，雷奔骇心颜。遥闻会稽美，且渡②耶溪水。万壑与千岩，峥嵘镜湖里。秀色不可名，清辉满江城。〔八〕人游月边去，舟在空中行。此中久延伫，入剡寻王许。笑读曹娥碑，沉吟黄绢语。天台连四明，日入向国清。五峰转月色，百里行松声。〔九〕灵溪咨沿越，华顶殊超忽。石梁横青天，侧足履半月。忽③然思永嘉，不惮海路赊。挂席历海峤，回瞻赤城霞。赤城渐微没，孤屿前嶣兀。水续万古流，亭空千山④月。缙云川谷难，石门最可观。瀑布挂北斗，莫穷此水端。喷壁洒素雪，空濛生昼寒。却思⑤恶溪去，宁惧恶溪恶。咆哮七十滩，水石相喷薄。路创李北海，岩开谢康乐。松风和猿声，搜索连洞壑。〔十〕径出梅花桥，双溪纳归潮。落帆金华岸，赤松若可招。沈约八咏楼，城西孤岩峣。岩峣四荒外，旷望群川会。云卷天地开，波连浙西大。乱流新安口，北指严光濑。钓台碧云中，邈与苍岭⑥对。稍稍来吴都，裴回上姑苏。烟绵横九疑，漭荡见五湖。目极心更远，悲歌但长吁。回桡楚江滨，挥策扬子津。〔十一〕身著日本裘〔十二〕，昂藏出风尘。五月造我语，知非伫僾人。〔十三〕相逢乐无限，水石日在眼。徒干五诸侯，不致百金产。吾友扬子云，弦歌播清芬。虽为江宁宰，好与山公群。乘兴但一行，且知我爱君。君来几何时，仙台应有期。东窗绿玉树，定长三五枝。至今天坛人，当笑尔归迟。〔十四〕我苦惜远别，茫然使心悲。黄河若不断，白首长

---

① "樟"，萧本、郭本、刘本作"章"。
② "且渡"，郭本、全唐诗本作"且度"，宋本、缪本、王本作"一弄"。
③ "忽"，宋本、萧本、缪本、郭本、刘本、王本、咸本作"眷"。
④ "山"，诸本俱作"霜"。
⑤ "思"，宋本、缪本作"寻"。
⑥ "岭"，宋本、缪本作"梧"。

相思。〔十五〕

文旁墨批：

〔一〕起势浩瀚，长篇须得此诀。

〔二〕入题紧。

〔三〕通篇关锁。

〔四〕拓法。

〔五〕次入"王屋"。

〔六〕又拓开笔势，如燕蹴飞花。[①]

〔七〕入自己，轻便。

〔八〕飘逸。

〔九〕画所不到。

〔十〕入"石门"，用暗运，笔法又变。

〔十一〕落到广陵。

〔十二〕裘则朝卿所赠，日本布为之。

〔十三〕以下写其爱文好古、浪迹方外，所谓述其行也。

〔十四〕收转王屋，滴水不漏。

〔十五〕十字收尽全诗，雄大高卓。

书眉墨批：

1. 昔人谓此诗原本齐梁，但气加雄而词增富，未若《北征》之独开生面。然题既不同，义各有当，较之杜陵，正如日月双悬，绝无轩轾。拟以鼎足，其唯长帽翁乎？昌黎犹是杜之支子，未可遽与争雄。（后有朱批曰：此评极允。）

2. 蓬蓬勃勃如釜上气，又如百折流泉，随石屈曲而绵亘千里，不使横风吹断。通篇纯以叙事胜，此尤难亦不难者也。诗至此圣矣、神矣。

---

① 杜甫《城西陂泛舟》诗曰："鱼吹细浪摇歌扇，燕蹴飞花落舞筵。"

书眉朱批：

1. 魏万奇人，有赠太白诗，亦殊宕迭入妙。①
2. 好接法。②
3. "五峰"十字、"石梁"十字，皆神助之句也。
4. 复押"月"字，盖亦焦仲卿诗之例。
5. 叙次都如风行水上，自然成文。
6. "大海回风生紫澜"，仍挽到王屋山，细帀。③

金乡送韦八之西京

客自长安来，还归长安去。〔一〕狂风吹我心，西挂咸阳树。〔二〕此情不可道，此别何时遇。望望不见君，连山起烟雾。〔三〕

文旁墨批：

〔一〕横空而来。
〔二〕接法奇矫。
〔三〕结亦宕往不尽。

书眉朱批：

奇语可爱。

---

① 魏万有《金陵酬李翰林谪仙子》诗赠李白。
② 指"人游月边去，舟在空中行"二句。
③ 王世贞《漫兴八首·其七》诗曰："野夫兴就不复删，大海回风生紫澜。""帀"同"匝"，谓李白作诗细密而周到。

送蔡山人

我本不弃世，世人自弃我。〔一〕一乘无倪舟，八极纵远柂①。燕客期跃马，唐生安敢讥。采珠勿惊龙，大道可暗归。〔二〕故山有松月，迟尔玩清晖。

文旁墨批：

〔一〕突兀。

〔二〕入比不测。

书眉朱批：

名理古致。

玩月金陵城西孙楚酒楼达曙歌吹日晚乘醉著紫绮裘乌纱巾与酒客数人棹歌秦淮石头访崔四侍御

昨玩西城月，青天垂玉钩。〔一〕朝沽金陵酒，歌吹孙楚楼。〔二〕忽忆绣衣人，乘船往石头。〔三〕草裹乌纱巾，倒被②紫绮裘。两岸拍手笑，疑是王子猷。酒客十数公，崩腾醉中流。谑浪棹海客，喧呼傲阳侯。半道逢吴姬，卷帘出揶揄。我忆君到此，不知狂与羞。〔四〕一月③一见君，三杯便回桡。舍舟共连袂，行上南渡桥。兴发歌绿④水，秦客为

---

① "柂"，宋本、萧本、缪本、刘本、王本作"柂"，郭本、全唐诗本作"舵"。

② "被"，宋本、缪本、王本作"披"。

③ "一月"，宋本、缪本、王本作"月下"。

④ "绿"，宋本、缪本作"渌"。

之摇①。鸡鸣复相招,清宴逸云霄。〔五〕赠我数百字,字字凌风飙。系之衣裘上,相忆每长谣。

文旁墨批:

〔一〕推前一层起。

〔二〕落到"楼"。

〔三〕又拓,布局不板,以拓入访崔奇侯不测。

〔四〕带入"访"字。

〔五〕结到"达曙",滴滴归源。

书眉朱批:

1. 活画一幅小影。
2. 兴到疾书之作,尘气远出。

寻鲁城北范居士失道落苍耳中见范置酒摘苍耳作

雁度秋色远,日静无云时。〔一〕客心不自得,浩漫将何之。忽忆范野人,闲园养幽姿。〔二〕茫然起逸兴,但恐行来迟。〔三〕城壕失往路,马首迷荒陂。不惜翠云裘,遂为苍耳欺。〔四〕入门且一笑,把臂君为谁。酒客爱秋蔬,山盘荐霜梨。他筵不下箸,此席忘朝饥。酸枣垂北郭,寒瓜蔓东篱。还倾四五酌,自咏猛虎词。近作十日欢,远为千载期。风流自簸荡,谑浪偏相宜。酣来上马去,却笑高阳池。〔五〕

---

① "摇",宋本、萧本、郭本作"讴"。

文旁墨批：

〔一〕起法迢递，曲折尽致。

〔二〕入"范"，超忽。

〔三〕写"失道"大方，层层展拓，情景兼融。

〔四〕写题，谁能如此落落大方？

〔五〕收法高迈不羁，奇绝。

书眉朱批：

1. 起法至可爱玩。①

2. 恣逸。

游泰山六首

天宝元年四月，从故御道上太山。

其一

四月上泰②山，石屏御道开。六龙过万壑，涧谷随萦回。马迹绕碧峰，于今满青苔。飞流洒绝巘，水急松声哀。北眺崿嶂奇，崖倾③向东摧。洞门闭石扇，地底④兴云雷。登高望蓬瀛，想像⑤金银⑥台。天门一长啸，万里清风来。玉女四五人，飘飖下九垓。含笑引素手，遗我流霞杯，稽首再拜之，自愧非仙才。旷然小宇宙，弃世何悠哉。

---

① 钟惺评曰："起得空远，若不著题，然相关之妙在此。"
② "泰"，宋本、萧本、缪本、郭本、刘本、王本、咸本作"太"。
③ "崖倾"，诸本俱作"倾崖"。
④ "底"，萧本、刘本作"低"，郭本作"阺"。
⑤ "像"，诸本俱作"象"。
⑥ "银"，宋本作"箓"。

书眉朱批：

1. 老杜望岱之作，着眼全在一"望"字，若《游泰山》诗，固常以此为千古第一。

2. 如此方是《游泰山》诗，群制纷纷，一切可废。

其二

清晓骑白鹿，直上天门山。山际逢羽人，方瞳好容颜。扪萝欲就语，却掩青云关。遗我鸟迹书，飘然落岩间。其字乃上古，读之了不闲。感此三叹息，从师方未还。

书眉朱批：

此因元宗之封禅而以微词寓规讽也，前人谓太白自记不识字，失其旨矣。

其三

平明登日观，举手开云关。精神四飞扬，如出天地间。黄河从西来，窈窕入远山。凭崖揽八极，目尽长空闲。偶然值青童，绿发双云鬟。笑我晚学仙，蹉跎凋朱颜。踌躇忽不见，浩荡难追攀。

书眉墨批：

"窈窕"二字，写远望入神。

书眉朱批：

真乃天仙之笔。飞仙词以"窈窕"二字加之黄河，石破天惊，其妙不可思议。

其四

清斋三千日，裂素写道经。吟诵有所得，众神卫我形。云行信长风，飒若羽翼生。攀崖上日观，伏槛窥东溟①。海色动远山，天鸡已先鸣。银台出倒景，白浪翻长鲸。安得不死药，高飞向蓬瀛。

书眉朱批：

非亲历其境者，莫由知其神妙，故前人操选，此首往往遗之。

其五

日观东北倾，两崖夹双石。海水落眼前，天光遥空碧。千峰争攒聚，万壑绝凌历。缅彼鹤上仙，去无云中迹。长松入云汉，远望不盈尺。山花异人间，五月雪中白。终当遇安期，于此炼玉液。

书眉墨批：

"山花异人间"二语，余昔游黄山，见石笋矼，山谷中秋花烂漫、千红万紫，不可名状。

书眉朱批：

奇景，真写得出，遂成千古奇句。

---

① "溟"，全唐诗本作"暝"。

其六

朝饮王母池,暝投天门关。独抱绿绮琴,夜行青山间①。山明月露白,夜静松风歇。仙人游碧峰,处处笙歌发。寂静娱清晖②,玉真连翠微。想象③鸾凤舞,飘飖龙虎衣。扪天摘匏瓜,恍惚不忆归。举手弄清浅,误攀织女机。明晨坐相失,但见五云飞。

书眉朱批:

1. 妙悟。
2. 收笔绝大神勇,非此外,何束得住?

下终南山过斛斯山人宿置酒

暮从碧山下,山月随人归。〔一〕却顾所来径,苍苍横翠微。相携及田家,童稚开荆扉。绿竹入幽径,青萝拂行衣。欢言得所憩,美酒聊共挥。长歌吟松风,曲尽星河稀。〔二〕我醉君复乐,陶然共忘机。

文旁墨批:

〔一〕清俊似宣城,自然似靖节。④

〔二〕接法横。

---

① "间",宋本、缪本作"月"。
② "晖",宋本、缪本、王本作"辉"。
③ "象",宋本、萧本、缪本、郭本、刘本、全唐诗本作"像"。
④ 严羽评本载明人批曰:"绝似陶,真意宛然。"

书眉朱批：

三、四是倒缺法，亦是消纳法①，不可不知。至此，诗之神妙不待言也。

邯郸南亭观妓

歌鼓燕赵儿，魏姝弄鸣丝。粉色艳日②彩，舞袖拂花枝。把酒顾③美人，请歌邯郸词。清筝何缭绕，度曲绿云垂。平原君安在，科斗生古池。〔一〕座客三千人，于今知有谁。我辈不作乐，但为后代悲。

文旁墨批：

〔一〕用撇法④写题，超迈不测。

书眉朱批：

就地生情，千秋一俯仰得之，此题为尤难。寻太白之才而效之，徒为杀风景而已。

春日游罗敷潭

行歌入谷口，路尽无人跻。〔一〕攀崖度绝壑，弄水寻回溪。云从石上起，客到花间迷。淹留未尽兴，日落群峰西。〔二〕

---

① 黄培芳《香石诗话》曰："右丞《终南山》结句云：'欲投人处宿，隔水问樵夫。'或疑与全体不称，不知就一事结住，如画家远山一角，此消纳法也，最是妙诀。"
② "日"，宋本、缪本作"月"。
③ "顾"，宋本、萧本、缪本、刘本、王本、全唐诗本作"领"。
④ 来裕恂《汉文典》曰："撇句：文欲置此事而论他事，则用撇句。"

文旁墨批：

〔一〕一片神行。

〔二〕悠然不尽。

书眉朱批：

超浑。

金陵凤皇[①]台置酒

置酒延落景，金陵凤皇台。长波写万古，心与云俱开。〔一〕借问往昔时，凤皇为谁来。凤皇去已久，正当今日回。明君越羲轩，天老坐三台。〔二〕豪士无所用，弹弦醉金罍。东风吹山花，安可不尽杯。〔三〕六帝没幽草，深宫冥绿苔。〔四〕置酒勿复道，歌钟但相催。〔五〕

文旁墨批：

〔一〕横然。

〔二〕接法宏大。

〔三〕忽入时令，奇绝、超绝、隽绝。

〔四〕收法雄大。

〔五〕以撇为点，妙绝。

书眉朱批：

插入"东风吹山花"五字，神妙。

---

① 本诗中"皇"，诸本俱作"凰"。

金陵白杨十字巷

白杨十字巷，北夹湖沟道。〔一〕不见吴时人，空生唐年草。天地有反覆，宫城尽倾倒。〔二〕六帝余古丘，樵苏泣遗老。〔三〕

诗尾墨批：雄浑高古，字字如锈。

文旁墨批：

〔一〕目空一世，胸有千古乃敢下此笔。
〔二〕接法脱。
〔三〕包埽一切。

书眉朱批：

如龙门之桐，百尺长枝，太白者笔也。

月下独酌四首

题下墨批：选其一、其三。

其一

花间一壶酒，独酌无相亲。〔一〕举杯邀明月，对影成三人。月既不解饮，影徒随我身。暂伴月将影，行乐须及春。我歌月裴回[①]，我舞影凌乱。醒时同交欢，醉后各分散。永结无情游，相期邈云汉。

---

① "裴回"，宋本、缪本、郭本、刘本、王本作"徘徊"。

文旁墨批：

〔一〕飞行绝迹，着纸欲飞。

书眉朱批：

此首被人读熟，其实奇构也，可以静味，如诵南华《秋水》之文。

其三

三月咸阳城，千花昼如锦。谁能春独愁，对此径须饮。穷通与修短，造化夙所禀。一樽齐死生，万事固难审。醉后失天地，兀然就孤枕。〔一〕不知有吾身，此乐最为甚。〔二〕

文旁墨批：

〔一〕笔有豪气，不是禅机。
〔二〕住法①高古。

书眉墨批：

此诗用意、用笔超妙不测，后唯东坡得其神味。

书眉朱批：

伯伦颂酒，只以十字括之。②

---

① 李腾芳《文字法三十五则》："进住，此二法相对。进者，于当尽处不尽，欣然复进也。住者，于未了时忽了，斩然而住也。进法易而住法难。"
② 指"醉后失天地，兀然就孤枕"二句。"伯伦颂酒"即刘伶《酒德颂》。

友人会宿

涤荡千古愁,留连百壶饮。〔一〕良宵宜清谈,皓月未能寝。醉来卧空山,天地即衾枕。〔二〕

诗尾墨批: 短古神境,王、孟同其清,未能及其厚也。

文旁墨批:

〔一〕清光大来,正如瑶台仙子,不食人间烟火。

〔二〕函盖语句如山立。

书眉朱批:

1. 兀臬。
2. 通体之神,全注"皓月未能寝"五字中。

春日醉起言志

处世若大梦,胡为劳其生。〔一〕所以终日醉,颓然卧前楹。觉来眄庭前,一鸟花间鸣。〔二〕借问此何时,春风语流莺。〔三〕感之欲叹息,对酒还自倾。浩歌待明月,曲尽已忘情。〔四〕

文旁墨批:

〔一〕语语自然,后来坡公之祖本也。

〔二〕中有元化。

〔三〕微妙。

〔四〕结亦宕往不尽。

书眉朱批:

学陶公。①

春日独酌二首

其一

东风扇淑气,水木荣春晖。白日照绿草,落花散且飞。〔一〕孤云还空山,众鸟各已归。彼物皆有托,吾生独无依。〔二〕对此石上月,长歌醉芳菲。

文旁墨批:

〔一〕眼前景物口头语,即是人间绝妙诗。②
〔二〕深得靖节神味。③

书眉朱批:

此亦拟陶之作。世人于太白诗,专学其恣肆飞扬,谁能领取深致?④

其二

我有紫霞想,缅怀沧洲间。〔一〕思⑤对一壶酒,澹然万事闲。〔二〕横琴倚高松,把酒望远山。长空去鸟没,落日孤云还〔三〕。但恐光景晚,

---

① 萧士赟评曰:"太白此诗,拟陶之作也。"
② 丘浚《答友人论诗》曰:"眼前景物口头语,便是诗家绝妙辞。"
③ 严羽评本载明人批曰:"意态近陶。"
④ 王夫之《唐诗评选》评曰:"以庾、鲍写陶,弥有神理。"
⑤ "思",宋本、缪本、王本作"且"。

宿昔成秋颜。

文旁墨批：

〔一〕与上首似接非接，章法最宜深玩。

〔二〕微妙不可思议。

〔三〕淡宕夷犹，笔墨之痕俱化。

书眉朱批：

"长空"二语，此陶公之神境，他人谁能到此？

日夕山中忽然有怀

久卧青①山云，遂为青②山客。〔一〕山深云更好，赏弄终日夕。月衔楼间峰，泉漱阶下石。〔二〕素心自此得，真趣非外惜。鼯啼桂方秋，风灭籁归寂。〔三〕缅思洪崖术，欲往沧洲③隔。云车来何迟，抚几④空叹息。〔四〕

文旁墨批：

〔一〕起法灵变。

〔二〕接法清隽，笔笔竖起。

〔三〕二语微妙。

---

① "青"，宋本、缪本作"名"。
② "青"，宋本、缪本作"名"。
③ "洲"，诸本俱作"海"。
④ "几"，宋本、萧本、缪本、郭本、刘本、王本、咸本作"己"。

〔四〕以有情结。

书眉朱批：

坚秀成削，可以疗俗。

拟古十二首

题下墨批： 古人连章诗章法极细，往往为选家割裂其法，遂失误后人不浅。

其一

青天何历历，明星如白石。黄姑与织女，相去不盈尺。银河无鹊桥，非时将安适。闺人理纨素，游子悲行役。〔一〕瓶冰知冬寒，霜露欺远客。客似秋叶飞，飘飘不言归。〔二〕别后罗带长，愁宽去时衣。乘月托宵梦，因之寄金徽。〔三〕

文旁墨批：

〔一〕接法排宕。

〔二〕接法入神。

〔三〕超脱。

书眉朱批：

子昂《感遇》，时沿六朝余习，张九龄《感兴》诸作，纯粹过之，然于《古诗十九首》终有堂奥之别。太白此作乃直超魏晋之上，接武西京矣。[①]

[①] 沈德潜《说诗晬语》云："诗十九首，不必一人之辞、一时之作。大率逐臣弃妻、朋友阔绝、游子他乡、死生新故之感，或寓言，或显言，或反复言，初无奇辟之思、惊险之句，而西京古诗，皆在其下。"

其二

高楼入青天,下有白玉堂。〔一〕明月看欲堕,当窗悬清光。遥夜一美人,罗衣沾秋霜。含情弄柔瑟,弹作陌上桑。弦声何激烈,风卷绕飞梁。行人皆踯躅,栖鸟起①回翔。但写妾意苦,莫辞此曲伤。愿逢同心者,飞作紫鸳鸯。〔二〕

文旁墨批:

〔一〕脱胎古乐府而面目全别,世人以粗豪拟太白,真未梦见。

〔二〕奇绝、超绝。

书眉朱批:

太白诗,人喜其闳肆,我服其深厚;人夸其排奡,我爱其清远;人诧其奇警,我取其自然。试静对此种,反复而咀味之,真如啖侧生果也。

其三

长绳难系日,自古共悲辛。黄金高北斗,不惜买阳春。石火无留光,还如世中人。〔一〕即事已如梦,后来我谁身。〔二〕提壶莫辞贫,取酒会四邻。〔三〕仙人殊恍惚,未若醉中真。

文旁墨批:

〔一〕接奇。

〔二〕炼法超隽。

---

① "起",宋本、萧本、缪本、郭本、刘本、王本、咸本作"去"。

〔三〕接法脱。

书眉朱批：

"即事"两句，百读不厌，其旨则漆园叟，其神则靖节翁也。

其四

清都绿玉树，灼烁瑶台春。攀花弄秀色，远赠天仙人。香风送紫蕊，直到扶桑津。〔一〕取掇世上艳，所贵心之珍。相思传一笑，聊欲示情亲。

文旁墨批：

〔一〕忽入比兴，笔意不测。

其五

今日风日好，明日恐不如。〔一〕春风笑于人，何乃愁自居。吹箫舞彩凤，酌醴鲙神鱼。〔二〕千金买一醉，取乐不求余。达士遗天地，东门有二疏。愚夫同瓦石，有才知卷舒。无事坐悲苦，块然涸辙鱼①。〔三〕

文旁墨批：

〔一〕清空一气，难在气息渊永。

〔二〕接脱。

〔三〕反结不测，笔如游龙。

---

① "鱼"，萧本、郭本、刘本、王本作"鲋"。

书眉朱批:

亦似柴桑神理。

其六

运速天地闭,胡风结飞霜。百草死冬月,六龙颓西荒。太白出东方,彗星扬精光。[一] 鸳鸯非越鸟,何为眷南翔。惟昔鹰将犬,今为侯与王。得水成蛟龙,争池夺凤凰①。北斗不酌酒,南箕空簸扬。

文旁墨批:

〔一〕比兴相兼,俯仰苍茫,令人莫可端倪。

书眉朱批:

指幸蜀事也,泽以古藻,运以古意,微婉可思。

其七

世路今太行,回车竟何托。万族皆凋枯,遂无少可乐。旷野多白骨,幽魂共销铄。荣贵当及时,春华宜照灼。人非昆山玉,安得长璀错。身没期不朽,荣名在麟阁。

书眉朱批:

峭拔。

---

① "凰",宋本、缪本作"皇"。

其八

月色不可埽,客愁不可道。〔一〕玉露生秋衣,流萤飞百草。日月终销毁〔二〕,天地同枯槁〔三〕。蟪蛄啼青松,安见此树老。〔四〕金丹宁误俗,昧者难精讨。尔非千岁翁,多恨去世早。饮酒入玉壶,藏身以为宝。〔五〕

文旁墨批:

〔一〕清到极处,艳到极处,气息深厚,尤人所难。

〔二〕奇语接。

〔三〕奇语。

〔四〕忽离。

〔五〕忽合,用笔不测。

书眉朱批:

1. 起真仙笔。

2. 此太白忧患之后,学道有得之言。

其九

生者为过客,死者为归人。〔一〕天地一逆旅,同悲万古尘。月兔空捣药,扶桑已成薪。〔二〕白骨寂无言,青松岂知春。前后更叹息,浮荣安①足珍。

---

① "安",宋本、萧本、缪本、郭本、刘本、王本、咸本作"何"。

文旁墨批：

〔一〕缩本《春夜宴桃李园序》。①

〔二〕接法超旷，不特造语奇特，难在深厚。

书眉墨批：

沉萧之极，翻成浏亮，世以粗豪学太白，真有天渊之别。

书眉朱批：

靖节《挽歌行》不过如此。

其十

仙人骑彩凤，昨下阆风岑。海水三清浅，桃源一见寻。〔一〕遗我绿玉杯，兼之紫琼琴。〔二〕杯以倾美酒，琴以闲素心。〔三〕二②物非世有，何论珠与金。琴弹松里风，杯劝天上月。风月长相知，世人何倏忽。

文旁墨批：

〔一〕接法横。

〔二〕换笔接。

〔三〕乐府体格，神于脱化。

---

① 《春夜宴桃李园序》，又题《春夜宴从弟桃花园序》，乃李白与众堂弟夜宴饮酒时所作，记录当时乐景，抒发人生感慨，其义与《拟古·其十二》同。

② "二"，缪本、萧本、郭本、刘本作"一"。

书眉朱批:

此亦是借作比兴,寓意在言外,古乐府多有诸格。①

其十一

涉江弄秋水,爱此荷花鲜。攀荷弄其珠,荡漾不成圆。〔一〕佳人②彩云里,欲赠隔远天。相思无由见,怅望凉风前。

文旁墨批:

〔一〕眼前语,绝妙诗。

其十二

去去复去去,辞君还忆君。汉水既殊流,楚山亦此分。人生难称意,岂得长为群。〔一〕越燕喜海日,燕鸿思朔云。〔二〕别久容华晚,琅玕不能饭。日落知天昏,梦长觉道远。〔三〕望夫③登高山,化石竟不返。

文旁墨批:

〔一〕主中主。

〔二〕排宕有神,非呆袭古人者比。

〔三〕再拓,无一平笔,太白最为擅长。

书眉朱批:

1. 此乃十二首之总束。

---

① 严羽评本载明人批曰:"不知何拟,句似《长歌行》。"
② "人",宋本、萧本、缪本、郭本、刘本、王本、咸本作"期"。
③ "夫",宋本作"天"。

2. 虽不必故为穿凿。要之，各首多系相体而下，线索分明也。

3. 直回应到第一首起笔。

感兴六首①

其一

瑶姬天帝女，精彩化朝云。宛转入宵梦②，无心向楚君。锦衾抱秋月，绮席空兰芬。茫昧竟谁测，虚传宋玉文。

书眉朱批：

深婉。

其二

洛浦有宓妃，飘飖雪争飞。轻云拂素月，了可见清辉。〔一〕解佩欲西去③，含情讵相违。香尘动罗袜，绿水不沾衣。〔二〕陈王徒作赋，神女岂同归。〔三〕好色伤大雅，多为世所讥。

文旁墨批：

〔一〕比兴深微。

〔二〕比"凌波微步"二语尤隽永。④

---

① "感兴六首"，宋本题作"感兴八首"。

② "宵梦"，宋本、萧本、缪本、郭本、刘本、王本、咸本作"梦宵"。

③ "去"，宋本、缪本作"走"。

④ 曹植《洛神赋》曰："凌波微步，罗袜生尘。"

〔三〕翻法。①

书眉朱批：

"芳与泽其杂糅兮，唯昭质其犹未亏"即是此意。

其三

裂素持作书，将寄万里怀。眷眷待远信，竟岁无人来。征鸿务随阳，又不为我栖。委之在深箧，蠹鱼坏其题。〔一〕何如投水②中，流落他人开。不惜他人开，但恐生是非。〔二〕

文旁墨批：

〔一〕言近情遥，有指与物化之妙，不但工于比兴也。③

〔二〕此转在人意中，出人意外。

书眉朱批：

"户服艾以盈要兮，谓幽兰其不可佩"即是此意。

其四

十五游神仙，仙游未曾歇。〔一〕吹笙坐④松风，泛瑟窥海月。西山玉童子，使我炼金骨。欲逐黄鹤飞，相呼向蓬阙。〔二〕

---

① 李腾芳《文字法三十五则》载："翻：此法出自孟子，将一意翻作二层，如'今王鼓乐如此'二节是也。韩退之用得甚熟。"

② "水"，宋本、缪本作"火"。

③ 《庄子·达生》曰："工倕旋而盖规矩，指与物化而不以心稽，故其灵台一而不桎。"

④ "坐"，宋本、萧本、缪本、郭本、刘本、王本、咸本作"吟"。

文旁墨批：

〔一〕起法突兀。

〔二〕露意。

书眉朱批：

凡太白之言游仙，皆寓意之词，犹《离骚》之倚阊阖而留灵琐也。世乃不知，遂以忠爱独推杜老。

其五

西国有美女，结楼青云端。蛾眉艳晓月，一笑倾城欢。〔一〕高节不可夺①，炯心如凝丹。常恐彩色晚，不为人所观。安得配君子，共乘②双飞鸾。

文旁墨批：

〔一〕清艳绝世。

书眉朱批：

凡太白之言游仙，亦寓身世之慨，如《离骚》之驾八龙、载云旗者有之。盖以写其离世独立之致，大约只有两种：一是忠君，一是悯俗。其言美人者，亦有娀佚女之例也。

其六

嘉谷隐丰草，草深苗且稀。农夫既不异，孤穗将安归。常恐委畴

---

① "不可夺"，宋本、缪本作"夺明主"。
② "乘"，宋本、缪本作"成"。

陇，忽与秋蓬飞。乌得荐宗庙，为君生光辉。〔一〕

文旁墨批：

〔一〕主意。

书眉朱批：

末首又以嘉谷自比，收乃明点正意。

秋夕旅怀

凉风度秋海，吹我乡思飞。〔一〕连山去无际，流水何时归。目极浮云色，心断明月辉①。〔二〕芳草歇幽②艳，白露催寒衣。梦长银汉落，觉罢天星稀。含悲③想旧国，泣下谁能挥。

文旁墨批：

〔一〕如此诗，方誉得"清新俊逸"四字。
〔二〕情含景中，字法、句法无不超凡入圣。

书眉朱批：

真乃神妙不可言。

---

① "辉"，诸本俱作"晖"。
② "幽"，诸本俱作"柔"。
③ "悲"，宋本、缪本作"叹"。

寻阳紫极宫感秋作

何处闻秋声，翛翛北窗竹。〔一〕回薄万古心，揽之不盈掬。〔二〕静坐观众妙，浩然媚幽独。〔三〕白云南山来，就我檐下宿。〔四〕懒从唐生决，羞访季主卜。〔五〕四十九年非，一往不可复。〔六〕野情转潇洒①，世道有翻覆。陶令归去来，田家酒应熟。〔七〕

文旁墨批：

〔一〕从"秋"入。

〔二〕提起"感秋"之神。

〔三〕入"紫极宫"。

〔四〕神妙不测。

〔五〕逼起下二句。

〔六〕所感在此，语意含蓄。

〔七〕切"浔阳"，结法密。

书眉朱批：

东坡专学此种，遂尔成家。②

江上秋怀

餐霞卧旧壑，散发谢远游。〔一〕山蝉号枯桑，始复知天秋。朔雁别海裔，越燕辞江楼。〔二〕飒飒风卷沙，茫茫雾萦洲。黄云结暮色，

---

① "潇洒"，宋本、萧本、缪本、郭本、刘本、王本、咸本作"萧散"，全唐诗本作"萧洒"。
② 刘辰翁评曰："其自然不可及矣。东坡和此有余，终涉拟议。"

白水扬寒流。恻怆心自悲,潺湲泪难收。蘅兰方萧瑟,长叹令人愁。

文旁墨批:

〔一〕发端精浑。

〔二〕排宕是六朝体格而高秀过之。

书眉朱批:

此首气韵似小谢而超迈胜之。①

秋夕书怀

北风吹海雁,南渡落寒声。〔一〕感此潇湘客,凄其流浪情。〔二〕海怀结沧洲,霞想游赤城。始探蓬壶事,旋觉天地轻。澹然吟高秋,闲卧瞻太清。萝月掩空幕,松霜结②前楹。〔三〕灭见息群动,猎微穷至精。桃花有源水,可以保吾生。

文旁墨批:

〔一〕发端超浑。

〔二〕六朝句法,此诗摹仿选体最为神似,而气韵之高、词旨之隽,则青莲本色也。③

〔三〕前写"书怀"是虚,此写"秋夕"尤隽。

---

① 严羽评本载明人批曰:"是选体,排对类谢,颈联似鲍。"

② "结",宋本、缪本作"皓"。

③ 严羽评本载明人批曰:"亦是学谢,但语态稍加快。"

书眉朱批：

顿挫有味。

览镜书怀

得道无古今，失道还衰老。〔一〕自笑镜中人，白发如霜草。〔二〕扪心空叹息，问影何枯槁。〔三〕桃李竟何言，终成南山皓。

文旁墨批：

〔一〕突兀。

〔二〕接法飘逸。

〔三〕以点为拓。

书眉朱批：

水晶世界，一片空明。

寄远十一首①

题下墨批： 其一、其三、其六、其七。其十一、其十二皆七言。

其一

三鸟别王母，衔书来见过。肠断若剪弦，其如愁思何。遥知玉窗里，纤手弄云和。奏曲有深意，青松交女萝。写水山井中，同泉岂殊波。秦心与楚恨，皎皎为谁多。

---

① "寄远十一首"，宋本、萧本、缪本、郭本、刘本、王本、咸本题作"寄远十二首"。

书眉朱批：

古趣。①

其三

本作一行书，殷勤道相忆。一行复一行，满纸情何极。瑶台有黄鹤，为报青楼人。朱颜凋落尽，白发一何新。自知未应还，离居经三春。桃李今若为，当窗发光彩。莫使香风飘，留与红芳待。

书眉朱批：

收句深婉，耐人寻味。

其六

阳台隔楚水，春草生黄河。相思无日夜，浩荡若流波。流波向海去，欲见终无因。遥将一点泪，远寄如花人。

其七

妾②在春陵东，君居汉江岛。一日望花光，往来成白道。一为云雨别，此地生秋草。秋草秋蛾飞，相思愁落晖③。何由一相见，灭烛解罗衣。

---

① 严羽评本载明人批曰："所托之仙浓古有深意。秦谓弄玉，楚则神女。"
② "妾"，宋本、缪本作"昔"。
③ "晖"，宋本作"辉"。

书眉朱批：

太白集中凡言仙人、美人者，大抵皆依恩恋关之，词忠爱至诚，溢于言表。今人不明骚理，宜乎相对茫然。

学古思边

衔悲上陇首，肠断不见君。〔一〕流水若有情，幽哀从此分。苍茫愁边色，惆怅落日曛。山外接远天，天际复有云。〔二〕白雁从中来，飞鸣苦难闻。〔三〕足系一书札，寄言难离群。离群心断绝，十见花成雪。〔四〕胡地无春晖①，征人行不归。〔五〕相思杳如梦，珠泪湿罗衣。〔六〕

文旁墨批：

〔一〕寄兴无端，飘扬超忽，非笔有仙气不能。

〔二〕接法横宕。

〔三〕借雁生情，运古入化。

〔四〕忽作停顿，用笔不测。

〔五〕宕漾有神，是真仙笔。

〔六〕含毫邈然。

书眉朱批：

1. 气骨在建安黄初以上。②

---

① "晖"，宋本、缪本作"辉"。
② 严羽《沧浪诗话·诗体》曰："以时而论，则有建安体、黄初体。"陆游《甲子秋八月丙辰鸡初鸣时梦刘韶美示诗八篇高》诗曰："建安黄初不足言，笔端直觉无秦汉。"

2. "胡地"十字,仙乎?

秋浦寄内

我今浔阳去,辞家千里余。结荷倦①水宿,却寄大雷书。〔一〕虽不同辛苦,怆离各自居。我自入秋浦,三年北信疏。红颜愁落尽,白发不能除。〔二〕有客自梁苑,手携五色鱼。〔三〕开鱼得锦字,归问我何如。江山虽道阻〔四〕,意合不为殊〔五〕。

文旁墨批:

〔一〕宛转关生,笔尖几不着纸。

〔二〕排宕。

〔三〕又棹一波,总不使此笔平衍纸上。

〔四〕拓笔气厚。

〔五〕主意,结醒。

书眉朱批:

读此当领略其气息渊茂处。

自代内赠

宝刀截流水,无有断绝时。〔一〕妾意逐君行,缠绵亦如之。别来门前草,秋巷春转碧。〔二〕扫尽更还②生,萋萋满行迹。鸣凤始

---

① "倦",宋本、缪本、王本、咸本作"见",萧本、郭本、刘本作"捲"。

② "更还",宋本、缪本作"还更"。

相①得，雄惊雌各飞。〔三〕游云落何山，一往不见归。估客发大楼，知君在秋浦。梁苑空锦衾，阳台梦行雨。妾家三作相，失势去西秦。犹有旧歌琯②，凄清闻四邻。曲度入紫云，啼无眼中人。妾似井底桃，开花向谁笑。〔四〕君如天上月，不肯回一照。窥镜不自识，别多憔悴深。安得秦吉了，为人道寸心。〔五〕

文旁墨批：

〔一〕兴起，光彩夺目，笔势峥嵘。
〔二〕又用比兴，气息渊永。
〔三〕再垫一层，如画宋山脚，重重烘以云气。
〔四〕又用比喻。层出不穷，奇逸纵横，如神龙蜿蜒，不可方物。
〔五〕又拓一波，奇峰叠起。

书眉朱批：

中插比兴，警动排宕，太白最善用之。

　　雄浑，则超以象外，得其环中也。高古，则太华夜碧，人闻清钟也。洗炼，则空潭泻春，古镜照神也。绮丽，则月明华屋，画桥碧阴也。自然，则幽人空山，过雨采蘋也。豪放，则晓策六鳌，濯足扶桑也。精神，则青春鹦鹉，杨柳池台也。清奇，则晴雪满竹，隔溪渔舟也。超诣，则乱山乔木，碧台

---

① "相"，萧本、郭本、刘本作"何"。
② "琯"，诸本俱作"管"。

芳晖也。飘逸，则缑山之鹤，华顶之云也。①

戊辰六月，荷花生日日，桐舟识

同治六年，岁次丁卯中秋，桐华舸主人手钞

---

① 出自《二十四诗品》中的"雄浑、高古、洗炼、绮丽、自然、豪放、精神、清奇、超诣、飘逸"十品。

下编 《瑶台风露》研究

第四章 《瑶台风露》编校者考

《瑶台风露》卷首题名"筱甫定本,桐华舸钞",卷尾落款"同治六年,岁次丁卯中秋,桐华舸主人手钞",扉页有桐华舸主人题识"同治七年,岁在戊辰二月,桐华舸藏本"。由此可知,《瑶台风露》由桐华舸抄写、筱甫校定,成书于同治七年(1868)二月。不过,书中仅以桐华舸、筱甫二人的字号落款,并未交代二人真实姓名,这便为后人进一步了解《瑶台风露》带来了麻烦,也在一定程度上限制了该书的传播和推广。

王定璋先生1985年在《天府新论》中发表了《〈瑶台风露〉——新发现的李白五古精选精批手抄本》一文,但该文并未考定出《瑶台风露》的编校者究竟何人:

> 此所谓"筱甫""桐华舸"均非真实名姓,大约是选评者、抄写者的别号或书斋、居室名号。无论"筱甫"和"桐华舸",限于资料,其身世不得而详。[1]

---

[1] 王定璋:《〈瑶台风露〉——新发现的李白五古精选精批手抄本》,《天府新论》1985年第3期,第50页。

《清人室名别称字号索引》有载："桐舟 鲍瑞骏""桐华舸 鲍瑞骏"[1]，又《清人别名字号索引》有载："笈甫 王鸿朗"[2]。可知桐华舸原名鲍瑞骏，笈甫原名王鸿朗，此二人生平在正史中均无记载，学界亦无相关研究。于是，为了更深入地研究《瑶台风露》，本章在梳理相关文献的基础上，对其编校者鲍瑞骏和王鸿朗二人的生平履历、诗文创作等情况做了较为具体的考证。

第一节　鲍瑞骏考

一　鲍瑞骏生平履历考

鲍瑞骏的生平资料，于正史中几不可寻，但在地方志中却有不少相关材料。《（民国）歙县志》卷七《人物志·文苑》记载：

> 鲍瑞骏，字桐舟，歙县人，咸丰壬子举人，力学能文。同治时，以军功官山东馆陶知县，擢候补知府，历郑、魏、齐、楚之郊，诗篇宏富，为时所称。著《桐华舸诗集》，又著《褒忠诗》《咏史诗》表章明季及咸丰时忠烈，盐官王鸿朗及同县汪鸿达、鲍康为之序。书法欧阳，极廉劲，画与汪昉齐名。

---

[1] 杨廷福、杨同甫编：《清人室名别称字号索引（增补本）》（上册），上海：上海古籍出版社，2001年，第381—382页。

[2] 王德毅编著：《清人别名字号索引》，北京：中文出版社，1985年，第422页。

鸿达字瘦梅，亦能诗。①

由此大致可以知晓，鲍瑞骏字桐舟，本是安徽歙县举人，以军功补官山东馆陶知县，后又擢升至山东候补知府。其人游历甚广，能文擅诗，书画两绝，是晚清小有名气的文人才子。

《（民国）安徽通志稿》卷一五七《艺文志》不仅简单介绍了鲍瑞骏的生平履历，还详细说明了他的著述情况：

> 《桐华舸诗钞》八卷，《续钞》八卷，《遗诗》一卷，《明季咏史诗钞》一卷，《褒忠诗》一卷，清鲍瑞骏著。瑞骏，字桐舟，又号渔梁山樵，歙人，道光二十三年举人（此据本集《皖雅》作咸丰壬子，误），历山东馆陶黄知县候补知府。《诗钞》八卷，道光六年丙戌至同治五年丙寅四十一年之作，都千八十八首，又附兄康七律一首，有同治二年王鸿朗、五年汪鸿达及四年兄康序。又小像及自赞，同治五年刻。《续钞》八卷，同治六年丁卯至光绪三年丁丑十一年之作，都八百首。又附张苣贞绝句二十四首、赵新七律四首，有光绪三年王鸿朗、二年程桓生序后，有光绪三年自跋，光绪三年刻。《遗诗》一卷，光绪四年戊寅至八年壬午作，都六十三首，光绪十年子鼎辑刻。《明季咏史诗钞》，自史可法至纸衣翁七律百零五首，有同治二年王鸿朗序。《褒忠诗》，自僧格林沁至妓女青莲、碧莲七律百零七首，有光绪三年王鸿朗序。瑞骏十岁赋

---

① 《中国地方志集成》编辑工作委员会编：《中国地方志集成　安徽府县志辑》（第51册），南京：江苏古籍出版社，1998年，第297页。

晚眺诗，有"晚烟遮远村"句，今集中诗即始此。自言宗法杜甫，辅以李白、韩愈、孟郊、苏轼四家，又谓得孟郊辅杜甫，而貌为闳肆者不得而托其论如此，其诗可知。苣贞，字琴秋，瑞骏继室也。①

"桐华舸"是鲍瑞骏的别号，因此他的诗集便题作《桐华舸诗钞》，此外还有《桐华舸诗续钞》《桐华舸遗诗》《明季咏史诗钞》《褒忠诗》等集，仅以其现存诗稿计算，存诗已逾三千首，堪称"诗篇宏富"。

鲍瑞骏的现存著作在《安徽文献研究集刊》中亦有记载：

《残明咏史诗》一卷 清稿本（浙江图书馆藏）
《桐华舸诗稿》清稿本（中国社会科学院文学研究所藏）
《桐华舸诗稿》一卷 清稿本（管晏、周士澄、方小东等跋 浙江图书馆藏）
《桐华舸诗稿》五卷 清稿本（浙江图书馆藏）
《桐华舸诗钞》清稿本（上海图书馆藏）
《秋窗夜雨词》一卷 清稿本（浙江图书馆藏）
《褒忠词》一卷 清稿本（管晏、周士澄、方小东等跋 浙江图书馆藏）②

值得注意的是，《（民国）安徽通志稿》中所谓的"皖雅"，是

---

① 安徽通志馆：《（民国）安徽通志稿》（第157卷），1934年铅印本，第34—35页。
② 牛继清主编：《安徽文献研究集刊》（第6卷），合肥：黄山书社，2014年，第275—276页。

指清末民初由陈诗编纂的安徽地方诗集《皖雅初集》。该集收录了鲍瑞骏《题画》诗一首，并注云："鲍瑞骏，咸丰壬子年举人"[1]，咸丰壬子年即咸丰二年（1852）；然而《（民国）安徽通志稿》却称鲍瑞骏是道光二十三年（1843）举人。两条材料记载他的中举时间相差近十年，有较大出入，为厘清鲍瑞骏的生平履历，文本略作辨正。

实际上，《（光绪）重修安徽通志》卷一百六十四《选举志》早有记载：

> 道光癸卯科举人：鲍瑞骏，歙县人，馆陶知县。[2]

道光癸卯年即是道光二十三年，将《（光绪）重修安徽通志》与《（民国）安徽通志稿》相印证，可以得出结论：《皖雅初集》所载有误，鲍瑞骏应是道光二十三年举人。

不过，关于鲍瑞骏的履历，大多数材料中仅见"官山东馆陶知县"一条记录，如徐世昌《晚晴簃诗汇》：

> 鲍瑞骏 字桐舟，歙县人，举人，官山东知县，有《桐华舸诗钞》。[3]

---

[1] 陈诗：《皖雅初集》，《安徽古籍丛书》（第25辑），合肥：黄山书社，2017年，第554—555页。
[2] 吴坤修等编：《（光绪）重修安徽通志》（第164卷），清光绪四年刻本，第12页。
[3] 徐世昌：《晚晴簃诗汇》（第157卷），1928年退耕堂刻本，第23页。

若鲍瑞骏为道光二十三年举人,而直至同治年间才得以补官入仕,其间二十余年履历几近空白,就其才华和声名而言,于情于理不合。于是,本书通过遍检地方志文献,大致梳理出了鲍瑞骏的仕途履历。

《(民国)邱县志》卷八《职官志·清知县》记载:

鲍瑞骏,安徽歙县人,举人。咸丰六年十月任。[1]

《(民国)山东通志》卷五十九《国朝职官·邱县知县》亦载:

(咸丰)五年,鲍瑞骏,安徽歙县举人。[2]

又《(同治)黄县志》卷六《秩官·国朝知县》记载:

鲍瑞骏(咸丰)八年任,歙县人,举人。[3]

《(光绪)增修登州府志》卷二十七《文秩三·黄县知县》亦载:

鲍瑞骏,歙县举人,(咸丰)八年十一月署任。[4]

---

[1] 刘德昌等编:《(民国)邱县志》(第8卷),1934年铅印本,第6页。
[2] 《(民国)山东通志》编辑委员会:《(民国)山东通志》(第59卷),1918年铅印本,第64页。
[3] 黄式度等编:《(同治)黄县志》(第6卷),清同治十年刻本,第11页。
[4] 方汝翼等编:《(光绪)增修登州府志》(第27卷),清光绪七年刻本,第6页。

又据《(民国)馆陶县志》卷八《职官志》载:

同治四年,(知县)鲍瑞骏,安徽歙县举人。[1]

《(民国)山东通志》卷六十二《国朝职官·馆陶知县》亦载:

(同治)四年,鲍瑞骏,安徽歙县举人。[2]

另外,据《徽州人物志》记载,鲍瑞骏除了任山东馆陶知县外,还曾为黄县、长山两地知县,官至山东候补知府:

鲍瑞骏,字桐舟,号渔梁山樵,清道光、光绪时歙县岩镇人。桂星从子,康弟。道光二十三年举人,同治中以军功授山东馆陶知县,徙黄县、长山。擢后补知府。力能学文,诗篇宏富,善书画,书法欧阳询,尝作画题诗寄其兄康。[3]

要之,鲍瑞骏是道光二十三年举人,曾于咸丰五年(1855)获官直隶邱县知县,并于次年十月赴任。咸丰八年,迁任山东黄县知县,其间又迁任山东长山知县。同治四年(1865),再迁山东馆陶县知县。对此,鲍诗《补官馆陶,感成四律》可以为证:

---

[1] 王华安等编:《(民国)馆陶县志》(第8卷),1936年铅印本,第53页。
[2] 《(民国)山东通志》编辑委员会:《(民国)山东通志》(第62卷),1918年铅印本,第43页。
[3] 万正中:《徽州人物志》,合肥:黄山书社,2008年,第566—567页。

梦鹿频年幻似真，长官难是职亲民。轴空徒泣孤嫠纬，绠短谁抽独茧纶。曲突每滋投鼠议，养痈半出厝薪人。古今有几循良传，况乃西园拜爵新。

比来天水总违行，岂是旁观眼倍明。牧令数迁无善政，屯防才缮转愁声。蠲租诏下归虚额，原禁恩宽藉寇兵。最是东羌分置处，倒戈蠢蠢欲翻城。

小劫红羊血未干，穷檐元气太凋残。得情狱讼沽名易，触目疮痍抚字难。自昔囊金争括地，非关篝火愤探丸。誓将饮水盟清夜，那计阳城白简弹。

踏破河山万马腾，无家如我等哀矜。流亡渐复嗟何赖，暮夜追呼恐弗胜。满地江湖悲杜甫，几人涕泪赋春陵。西京钟鼓灵常在，但愿春鸠漫化鹰。[1]

其时正值太平天国起义，江苏、安徽、浙江都被占领，鲍瑞骏的故乡歙县亦为之攻克。他虽远在山东为官，却仍心系故土，寝食难安，写下了"踏破河山万马腾，无家如我等哀矜。流亡渐复嗟何赖，暮夜追呼恐弗胜"等句，读来摧肝断肠，感人肺腑。至于《(民国)歙县志》《(民国)安徽通志稿》所载，鲍瑞骏"以

---

[1] 鲍瑞骏：《桐华舸诗钞》，《清代诗文集汇编》(第630册)，上海：上海古籍出版社，2010年，第67页。

军功补官""擢候补知府"或也是因此而起。

山东巡抚丁宝桢同治六年（1867）八月初四的奏折《捻窜江境暂驻沂州并北路剿匪折》记载：

> 又，馆陶县鲍瑞骏密获匪首胡三一名，供称与匪徒约合，拟勾聚二三百人起事。尚在审究，未即正法。①

同治六年，太平天国起义已被镇压，但在山东还有零星余火，欲反扑作乱。而鲍瑞骏抢先侦破敌情，俘获匪首，防患于未然，于是山东巡抚上奏为他表功。或许鲍瑞骏后来就是因此功绩而得以擢升候补知府一职，不过限于材料，终未得其详。

鲍瑞骏《陈氏婿鸿藻由山左来鄂，相依一月余，归有日矣，为之黯然》诗曰：

> 失意独归去，风尘抱璞难。汝孤谁念旧，我老况休官。江晚饥鸥散，天空病鹤寒。薄田经乱在，努力更承欢。②

"汝孤谁念旧，我老况休官"二句，写到了他休官一事。鲍瑞骏应试多年才终于谋得一官半职，如今刚升任候补知府不久，他却自行辞官，实在出人意料。不过，依其诗文观之，他在为官期间也并不如意。其内弟汪鸿达为《桐华舸诗钞》作序，有"（鲍瑞

---

① 丁宝桢：《丁文诚公奏稿》（第3卷），清光绪二十五年补刻本，第12页。
② 鲍瑞骏：《桐华舸诗续钞》，《清代诗文集汇编》（第630册），上海：上海古籍出版社，2010年，第264页。

骏）又不幸家中落，释褐后，连蹇于礼部，试久之，始出为令。既仕，而愈困其羁愁骚屑"①之语。可知鲍瑞骏自乡试中举以后，接连在礼部会试中碰壁，历经多年才获任县令，可他在入职后困于案牍羁绊，始终未得自由。

鲍瑞骏常在诗文中吐露自己因官事所累而不得自由的愁闷心绪，如《寒宵感旧诗》的序中说：

> 仆本恨人中年多故，一官鲍系，遂隔关河。故乡师友之间，感恩知己有能已于言者，冬夜寂寥，挑灯兀坐，怅触往事，追悼成诗，仍向子期思旧之名，抑庾元规报书之祭云尔。②

又如《二十九日五十生日感怀》：

> 嗟嗟我鲜民，爱日何可得。有哀方靡庆，初度转戚戚。今年政五十，一梦空陈迹。吾家举茂才，七叶书香积。吾祖乡大宾，始焉从货殖。手作王阳金，施予无吝色。杖履日优游，乡间颂陈实。至今孤孀家，述之犹泪滴。吾父名一黉，清芬归世德。回忆十龄时，辟咡承口泽。吾母调羹汤，张灯宵宴客。非曰誉袞师，惟祝儿成立。自以羸瘵深，婚嫁恐难毕。

---

① 鲍瑞骏：《桐华舸诗钞》，《清代诗文集汇编》（第630册），上海：上海古籍出版社，2010年，第2页。
② 鲍瑞骏：《桐华舸诗钞》，《清代诗文集汇编》（第630册），上海：上海古籍出版社，2010年，第12页。

前言曾几何，风木倏萧瑟。谁为广绝交，一门膀如翟。三兄又早世，茕茕影成只。途穷气益振，乍奋秋风翮。梦断长安花，虚名叹鸡肋。不校刘向书，祇奉毛生檄。真除两载余，忽作六月息。我无竿牍情，尽退殊自适。傥使博循良，亦重素餐责。廉吏不可为，况乃酷而墨。守株人海中，青蝇污白璧。几似陶渊明，三旬营九食。志士沟壑心，岂其巧趋避。嗟哉仕为贫，乡山矧锋镝。昔之锦绣场，瓦砾丛荆棘。万家丘与坟，朽骨皓狼藉。当时议团防，搢绅类掊克。筹饷竭民脂，歌筵供一掷。履亩折帛钱，依然斋寇贼。人心日以摧，杀运日以迫。如今粟一升，几及钱一陌。糠秕踰珍羞，榆皮尽剥剔。可怜人食人，空村鬼俱瘠。思之泪欲倾，何心问铜秋。昨夜梦尤奇，天子临轩策。命我为元戎，一扫江南北。将帅无褊衷，召募无虚额。献捷无张皇，掩败无粉饰。恩信如汾阳，花门消反侧。河内倚寇恂，综核非朘刻。元气凋敝深，赖此回天力。告成绛阙前，凌烟绘巾帻。煌煌摩崖碑，勋烈寿金石。长揖归去来，再蜡东山屐。婆娑一老槐，记得手亲植。其阴清满庭，如志王公宅。遇奇福亦奇，所奇年半百。自慰还自惊，一枕东方白。[1]

又如《中秋风雨家宴述怀》：

明月招不来，晚雨灯前细。阿妇笑治疱。今宵差强意。

---

[1] 鲍瑞骏：《桐华舸诗钞》，《清代诗文集汇编》（第630册），上海：上海古籍出版社，2010年，第101页。

骨肉情依依，十年方一遂。有弟来军中，谈深亦歔欷。吾乡被贼频，鸡犬无遗类。兵氛比廓清，元气久凋敝。弟云夜归村，阡陌那复识。破屋三两间，垣倾门不闭。窜身荆棘丛，前山砚所异。始焉一燐红，荧荧出荒翳。继则钲鼓鸣，涧谷走烽燧。刀声人马声，骷髅跳满地。惊魂晓未定，又报黄熊至。豺目而虎颐，朝夕人为饵。或曰黑白祥，疑妖复疑魅。呜呼兵燹余，幸生身反累。胡然毒爪牙，兼之鬼为厉。长官悬赏金，猎人敢轻试。战魄无所归，谁与招魂祭。唯有新科条，百货罔不税。呜呼今夕筵，时事何足议。佳节几天涯，团栾且心慰。山左兵又动，一官叹鲍系。遥望天都峰，会作桃源避。携家卧白云，共赏烧笋味。一庐风雪深，醉倚梅花睡。①

就上述诗文来看，鲍瑞骏辞官的原因主要有三个：其一，他性情洒脱，想像陶渊明一样，过闲适自在的生活。"携家卧白云，共赏烧笋味，一庐风雪深，醉倚梅花睡"四句，正好表达出了他心向山林，不愿为案牍所羁绊的衷情。其二，太平天国起义，时局动荡。"履亩折帛钱，依然斋寇贼。人心日以摧，杀运日以迫"四句，直言贼寇凶恶，因而他只得辞官归隐以避战乱。其三，当时官场腐朽，吏治黑暗。"廉吏不可为，况乃酷而墨。守株人海中，青蝇污白壁"四句，道出他心有余而力不足的满腹无奈，纵有济世之意，值此乱世也难以有所作为。他诗中还有"真除两载余，忽作六月息。我无竿牍情，尽退殊自适"等语，自言无意为官，

---

① 鲍瑞骏：《桐华舸诗续钞》，《清代诗文集汇编》（第 630 册），上海：上海古籍出版社，2010 年，第 214 页。

候补知府两年有余，便辞官归田了。

另外，《（光绪）黄冈县志》卷一《纂修职名》中也罗列出了他的名字：

安徽举人 鲍瑞骏[①]

可知鲍瑞骏在光绪年间还曾参与纂修《黄冈县志》，但那时他已无官职在身，因此书中仅以"安徽举人"作为头衔，此又是一证。

除了地方志，在鲍瑞骏的诗文中，也可以发现一些关于他履历的线索。《桐华舸诗钞》收选了鲍瑞骏道光六年（1826）至同治五年（1866）间的诗作，就其创作地点来看：

鲍瑞骏在安徽时，有《太白酒楼》《昉溪感旧》二诗作于歙县，有《晏公台纪游》一诗作于泾县，有《黄峰》《慈光寺晚晴》《由小心坡宿文殊院》《始信峰纪游》《富溪夜归》等诗作于黄山。以上诸诗皆为鲍瑞骏早年在故乡歙县周边游玩时所作，或因创作时间较早，而多有散佚，故集中收录较少。

咸丰五年（1855），鲍瑞骏始官直隶邱县知县，遂由安徽经江苏北上赴任。在此期间，他有《杭州夜泊》《江干夜泊》《夜归中途宿慧因寺》《杭州感事》等诗作于杭州，有《吴江夜泊》《平望晚眺》《秋日宿余杭》《晓过唐栖》等诗作于苏州，有《秦淮感旧》《秦淮教坊旧址歌》《龙潭旅夜》等诗作于南京，有《京口夜泊》

---

① 戴昌言等编：《（光绪）黄冈县志》（第1卷），清光绪八年刻本，第2页。

一诗作于京口，有《扬州》《梅花岭怀古》二诗作于扬州，有《高邮夜泊》一诗作于高邮。以上诸诗都是他在赴任途中所作，从中亦可大略知晓鲍瑞骏自故乡歙县，沿杭州、苏州、南京、扬州等地，一路北上的踪迹。

咸丰八年，鲍瑞骏官迁山东黄县知县，同治四年再迁山东馆陶县知县。他在山东为官期间，有《过临淄》一首作于临淄，有《禹城道中》《大风过齐河》《齐河食鲤鱼》《喜晤禹城尹王伯尊同年》《平原怀古》《德州待渡》等诗作于德州，有《龙山驿》《宿滕城驿》《宿龙山古刹》《宿龙山》《滕城驿》等诗作于滕州，有《千佛山后有径可达泰山，然非结伴多人不敢行也，秋日登览，为之愕然》《鹊山旅宿》《明湖看雨》《明湖晚眺》《晓过鲍山》《千佛山》《晚步趵突泉同王山人作》《鹊华桥感旧》《明湖即事》《汇泉寺夜眺》《明湖秋夜》《鹊华桥晚眺》《九日北极阁望千佛山呈竹朋太守同年》《千佛山远眺》《明湖春望》《大明湖夜泛》《九日书怀和王笈甫千佛山登高》《明湖雨夜怀笈甫》等诗作于济南。以上诸诗皆写于鲍瑞骏山东任上，多为游山玩水、行役怀古之作。

《桐华舸诗续钞》收录的是鲍瑞骏同治六年至光绪三年（1877）间的诗作。不过，依其生平履历观之，集中部分篇目或为鲍瑞骏同治五年以前的作品。如《春游渔梁道院，偶然追忆赋之》一诗，当作于歙县，因鲍瑞骏自北上为官以后，再未回乡；又如《固安经古战场》《大风过赵州》《豫让桥》《雨过蔺相如墓》等诗，均作于河北，或为鲍瑞骏任直隶邱县知县时所作。鲍瑞骏于咸丰五年获官直隶邱县知县，次年十月赴任，咸丰八年又迁山东黄县知县，故而以上诸诗应系咸丰五年至咸丰八年间作品。

同治六年以后，鲍瑞骏在山东所作的诗篇较少，如《宿南馆陶镇》《大风登蓬莱阁放歌》二诗作于烟台，《明湖步月》《明湖秋柳》二诗作于济南，《贼平后宿高唐》一诗作于聊城，这也从侧面证明了他出任馆陶知县不久便辞官的事实。因鲍瑞骏于同治四年赴任山东馆陶县知县，依其诗《二十九日五十生日感怀》"真除两载余，忽作六月息"①二句推测，他或于同治六年至同治七年间辞官归隐。

鲍瑞骏辞官以后，由山东移居至湖北汉阳，并与"笈甫"（王鸿朗）一起定居武昌，有《卜居汉阳寄怀笈甫》《移居二首》《五月移居武昌呈笈甫》等诗可以为证。

《桐华舸诗续钞》中还有《比干墓》一诗作于卫辉、《南阳道中》一诗作于南阳，或是鲍瑞骏自山东经河南至湖北途中所作。

鲍瑞骏在湖北的诗篇颇丰，有《汉江夜泊听雨有怀》一诗作于汉江、《松滋雨泊，有怀笈甫武昌》一诗作于松滋、《宜昌守水》一诗作于宜昌、《泊归州》一诗作于归州、《泊巴东》一诗作于巴东、《十二月一日长湖阻风》一诗作于长湖、《潜江夜泊》《潜江感事》二诗作于潜江、《荆州舟中夜坐感怀》《荆州夜泊》二诗作于荆州、《襄阳夜雨有怀》《襄江夜眺》《望岘亭晚望》《舟中望鹿门山》《九日樊城登高不果》《游岘山回寄笈甫》《隆中》等诗作于襄阳、《黄鹤楼》《大风渡江，明日登晴川阁放歌》《武昌食刀鱼甚美值又廉而市中不知贵也》《武昌借中秋》《九日黄鹤楼登高有怀王二笈甫》《武昌生日感怀》《斧头湖》《上巳偕笈甫游墩

---

① 鲍瑞骏：《桐华舸诗钞》，《清代诗文集汇编》（第630册），上海：上海古籍出版社，2010年，第101页。

子湖水阁》《鄂渚晚眺》《黄鹤楼听道士弹琴》《墩子湖小楼即目》《十一月十一日黄鹤楼对雪》《十五夜再登黄鹤楼》《汉皋夜泊》《汉皋晓渡》《汉川夜泊》《汉川》《沔阳行》《秋末登伯牙台》等诗作于武昌。这体现出他辞官以后,醉心于湖北山水,决定长居此地的心意。

除此之外,《桐华舸诗续钞》还收录了《游洪山寺》《江口守风》《雨次巫山》《白帝城怀古》《夔州留别》《白帝城夜泊闻琵琶声,赠熊鹤村司马》等诗,可见鲍瑞骏的足迹还涉及湖南、贵州、重庆等地。

尽管鲍瑞骏一生钟爱山水,涉足了不少地方,但他的生活却是相当穷困的。鲍康在《桐华舸诗钞》序言中称:"可弟自弱冠后,家中落,饥驱奔走,悲欢离合之感胥于诗写之。"[1] 鲍瑞骏弱冠以后,家道中落,一生多为饥寒所迫。在他的诗作中,亦常有伤穷苦贫之语,如《敝裘》:

> 不似军中短后衣,清寒弥觉晓凄凄。披来大泽薪曾负,换向谁家酒可携。百结犹存慈母线,十年空感故人绨。黑貂零落书难上,风雪还思蓟苑西。[2]

---

[1] 鲍瑞骏:《桐华舸诗钞》,《清代诗文集汇编》(第630册),上海:上海古籍出版社,2010年,第3页。

[2] 鲍瑞骏:《桐华舸诗续钞》,《清代诗文集汇编》(第630册),上海:上海古籍出版社,2010年,第266页。

鲍瑞骏为官清廉，又不事产业，辞官以后自然一贫如洗，再加上连年的战乱，一家人常常为衣食所困。诗中所言典衾易粟之事，亦不过是他晚年潦倒生活的一个缩影。

又如《苦贫》：

> 旦夕疑非我，贫如病薄人。出门忘所望，问卜漫无因。梦里天犹诉，沟中鬼不邻。甘心凭恶祷，胜作倒悬鳞。
>
> 金以披沙得，珠如掷米成。豪情幻奇想，广厦易愁城。风雪黄尘暗，江湖白发生。中宵揽衣起，屋角一星明。[①]

鲍瑞骏此诗直言自己为贫所苦，"梦里天犹诉，沟中鬼不邻"二句尤其摧肠断腑，想来他心中一定是埋藏了许多怨愤，以至于身在梦中犹自控诉不休。

但贫困并未消磨尽鲍瑞骏胸中的矜持，无论处于何种境地，他依然保持着文人的才情和气骨，如《除夕》：

> 寂寞柴门冻犬僵，索逋人岂恕清狂。业无书卖空三箧，那有钱鸣剩一囊。烧烛烛尽残雪冷，祭诗还比送穷忙。自磨古墨临春帖，换得梅花胜换羊。[②]

---

① 鲍瑞骏：《桐华舸诗钞》，《清代诗文集汇编》（第630册），上海：上海古籍出版社，2010年，第116页。
② 鲍瑞骏：《桐华舸诗钞》，《清代诗文集汇编》（第630册），上海：上海古籍出版社，2010年，第116页。

时值除夕佳节，而鲍瑞骏一家卖书空箧、烛尽雪冷，可以说已到了山穷水尽的地步。可他不仅没有悲伤，反而还怀有写春帖、赏梅花的雅兴。雪冷赏寒梅这样的意趣，并不同于画饼充饥或是苦中作乐，这是一种深入骨髓的文人情调，没有长年饱受艰苦岁月洗礼的人是永远无法想象的，苦难之中的一点雅趣，正是那个动乱时代无数文人得以为继的精神食粮。

又如《雪后苦寒，怆然成咏》：

层城积雪皓漫漫，我亦茅茨褐不完。鸡栅冰填三径静，牛衣风裂五更寒。友非仁祖羞求食，穷似卢殷欲乞棺。突兀胸中万间屋，尚思冻骨远生欢。

朱门香暖祒裘新，犹觉肌肤粟细皴。绝塞寄衣能几日，荒村击柝更何人。茫茫大块无凉燠，落落浮生有屈伸。深掩柴扉烧败叶，烹泉索共老梅春。

忆昔村居陋不嫌，浅斟低唱斗叉尖。夜归竹屋灯笼壁，客散溪楼月满帘。更犯晨霜携破笠，独登荒堰钓寒鲇。而今箧里残诗卷，还记当时酒令严。[1]

"深掩柴扉烧败叶，烹泉索共老梅春"二句之境界已是不凡，"突兀胸中万间屋，尚思冻骨远生欢"更似有老杜《茅屋为秋风所破歌》中"安得广厦千万间，大庇天下寒士俱欢颜"的气概和胸襟，直将自己一身的苦难升华，化作对世上万千受苦百姓的担忧。

---

[1] 鲍瑞骏：《桐华舸诗钞》，《清代诗文集汇编》（第630册），上海：上海古籍出版社，2010年，第111页。

正是在每天对诗歌的琢磨中以及与苦难的斗争下，鲍瑞骏才练就了这样一身脱尘绝俗的才情和气骨。

从《二十九日五十生日感怀》①可以看出，鲍瑞骏出自书香门第，祖上七辈都是秀才。鲍氏在歙县或为世家大族，他的祖父亦为地方乡绅，弃文经商以后，得以发家致富。其父鲍一黌，又重归祖德，弃商从文。鲍瑞骏共有兄弟几人而今不得其详，仅知他在大家族中排行第四，三兄字子远，五弟鲍瑞驹字梦莲。鲍瑞骏有《冬夜检书簏得家兄子远书，书中有"吾弟才华素以翰苑相许，今就此官，殊为可惜"之语，兄没于广东任所四年矣，读之泫然，诗以志痛》《秋夜读子远兄遗诗》二诗怀念早逝的三兄子远，有《吴中春日感怀，寄五弟梦莲瑞驹及王月川》《与梦莲弟夜话偶成》二诗酬寄五弟瑞驹。其诗《中秋风雨家宴述怀》云："骨肉情依依，十年方一遂。有弟来军中，谈深亦欷歔。"②五弟瑞驹入伍从军，与鲍瑞骏聚少离多，十年方得一见。

鲍瑞骏原配夫人汪氏早亡，继室张莅贞，字琴秋，亦善作诗，有诗集《琴秋阁绝句》附于《桐华舸诗续钞》后。鲍瑞骏在《桐华舸诗续钞》跋语中称：

> 丙寅付刊后，积稿又得八卷，未免敝帚自享，而以内子《琴秋阁绝句》附焉。内子雅不欲存，以同艰苦者廿余载，精神所寄，何可弃之？况罢官以来，借以消遣。或雪窗，或

---

① 见本书第160—161页。
② 鲍瑞骏：《桐华舸诗续钞》，《清代诗文集汇编》（第630册），上海：上海古籍出版社，2010年，第225页。

月夜，一筹相对，吟哦之声往往达旦未已，未必非人生之一乐也。①

《安徽名媛诗词征略》亦选张茝贞《同夫子题画》《旅宿》《春游》三首诗。②鲍瑞骏辞官以后穷困潦倒，而妻子张茝贞与他同甘共苦，二十余年来不离不弃，实为难能可贵，更何况二人性情相投，夫妻之间还时常吟哦赋诗相对；鲍瑞骏能有妻如此，也是他人生中的一大幸事。他曾作《寄内》一诗感谢妻子张茝贞：

二十年来并白操，尊前话旧奋吟毫。秋风落叶黄泥坂，春雨飘灯白裕袍。老易感恩愁报称，贫唯守拙恐孤高。中宵每下牛衣泪，萍梗江湖亦太劳。③

张茝贞嫁与鲍瑞骏后，生得一儿一女。儿子名为鲍鼎，生平好棋，他编纂的《蜗簃弈录》被誉为"晚清四大围棋丛谱"之一。女儿名字不详，仅知女婿名为陈鸿藻，有《陈氏婿鸿藻由山左来鄂，相依一月余，归有日矣，为之黯然》一诗可以为证。

鲍瑞骏《六十一岁生日口号》一诗就写到了家中的妻儿：

---

① 鲍瑞骏：《桐华舸诗续钞》，《清代诗文集汇编》（第630册），上海：上海古籍出版社，2010年，第270页。
② 光铁夫：《安徽名媛诗词征略》，合肥：黄山书社，1986年，第156—157页。
③ 鲍瑞骏：《桐华舸诗续钞》，《清代诗文集汇编》（第630册），上海：上海古籍出版社，2010年，第256页。

六十年前堕地时，居然今日鬓丝丝。妇能拈韵翻炊黍，儿未趋官且剧棋。静里遣怀贫亦适，闲中寻味老方知。据鞍顾盼终为耻，红折庭花手一卮。①

从诗中的描述看来，鲍瑞骏一家虽然清贫，却是妻贤子孝，其乐融融。正因如此，他才能安贫乐道，从容赋诗。

鲍瑞骏不仅家庭美满，交友也非常广泛。他在任官期间，与当地一众官宦名流多有酬唱：有《寒柳和牛仲远刺史翰鉁》一诗酬和济南章丘县知县牛翰鉁、《蔡玉棠明经以诗见赠，依韵奉酬》《感怀二律叠前韵，奉呈玉棠》二诗酬和江宁府举人蔡懋镛、《老树和赵玉甫大令惟见》一诗酬和古浪县乡绅赵玉甫，又有《送高恒猷进士銮宣之官四川》一诗送赠长乐县进士高銮宣、《敝帚词赠赵晴岚同年新》《雪夜喜赵晴岚同年过访，越日拜之，已返长清矣，作此代柬》二诗寄与邹平县摄县篆赵新。当时也有许多文人墨客请他题词作评，有《汤东笙刺史鋐盂兰会小乐府题词》《与周朴卿太守士澄论诗，即题其集》《方小东刺史〈谈瀛征实〉编题词》《读屈梅翁复〈弱水集〉》《读吴野人〈陋轩集〉》等诗为证。

《安徽历代书画篆刻家小传》记载：

鲍瑞骏，清代咸丰时画家。安徽歙县人。字桐舟，一字

---

① 鲍瑞骏：《桐华舸诗续钞》，《清代诗文集汇编》（第630册），上海：上海古籍出版社，2010年，第264页。

四山。举人。官山东馆陶知县。书法欧阳，画与汪昉齐名。①

"欧阳"指的是"楷书四大家之一"的欧阳询。而汪昉是清末著名画家。鲍瑞骏能与汪昉齐名，其造诣之高不言而喻，以至于当时许多地方名望都慕名前来，索求他的笔墨丹青。鲍瑞骏有《姜玉溪大令秋山读书图》《齐介平同年梧阴邀月图》《黄笙伯大令银屏花影图》《为吴筱晴比部得英作湖田草堂图》《方小东刺史红袖乌丝图》等多首题画诗。

尽管鲍瑞骏在内妻贤子孝，在外胜友如云，然其晚景亦甚凄凉。鲍瑞骏善著挽诗，有《明季咏史诗钞》《桐华舸褒忠诗钞》刊刻行世。他饱受生离死别之苦，其友王侣樵、汪鸿达、汪兰甫等相继去世后，他作《湖楼夜坐悼汪兰甫四首》《王十一侣樵沧城殉难传题词》《检箧得瘦梅书志痛》等诗相悼，诗中哀思如潮，无不令人唏嘘。

关于鲍瑞骏的卒年，其子鲍鼎在《桐华舸遗诗》的跋语中有所提及：

> 先君子遗诗一卷皆己卯暨壬午所作。先君子性耽吟咏，往往日课一诗或数诗，自笈甫王先生捐馆后，以知音遽逝，辍琴不弹。故四年中著述止此，去冬疾革遗命。搜辑賸句补刊集后，顾手稿随时弃置，兹仅于故纸中及与友人倡和札内录如千首，急付剞劂。坿诸之诗从此终矣，风木之恸，不胜

---

① 刘景龙、胡家柱：《安徽历代书画篆刻家小传》，南京：南京大学出版社，1994年，第350页。

泫然。

光绪甲申闰夏既望，男鼎谨识[1]

鲍鼎的跋语作于光绪十年（1884），文中提到鲍瑞骏"去冬疾革遗命"；由是可知，鲍瑞骏卒于光绪九年冬。

《桐华舸遗诗》一卷乃鲍瑞骏之子鲍鼎所刻，收录鲍瑞骏光绪五年至光绪八年间的诗作，有《辛亥之冬又治北游之装，怆然成咏》一诗，写到鲍瑞骏晚年的境况：

儿寄姻家女外家，鳏鱼今日又天涯。贱贫骨肉分三地，梦幻功名等一花。如此萍踪神易瘁，即论蔗境发将华。临歧更下尸饔泪，不为人情薄似纱。[2]

从此诗看来，鲍瑞骏的妻子张茝贞早已撒手人寰，一双子女也都寄宿于姻家，仅剩他一人独居武昌，最后孤寂而终。

二　鲍瑞骏诗文创作考

鲍瑞骏在《桐华舸诗续钞》后的跋语中提到了自己学诗和作诗的经历：

---

[1] 鲍瑞骏：《桐华舸遗诗》，《清代诗文集汇编》（第630册），上海：上海古籍出版社，2010年，第276页。

[2] 鲍瑞骏：《桐华舸遗诗》，《清代诗文集汇编》（第630册），上海：上海古籍出版社，2010年，第275页。

予十龄通四声，胡简斋师授以唐人诗，遂解拈韵。一日从游溪楼，以晚眺命题，予有"晚烟遮远村"之句，师大叹赏。年十六负笈金师箬谿先生之门，于是始知诗之门径矣。予宗法少陵，辅以韩、孟、青莲、东坡四家，其异曲同工。学之虽未能至，而心窃向往焉。笈甫则以为造诣至此，须谨持之，断断不可成家。盖不别为一家而自然成家，即"大而化之，化而不可知"之谓也。予今老矣，深恐才华日退，渐即颓唐。丙寅付刊后，积稿又得八卷，未免敝帚自享，而以内子琴秋阁绝句附焉。内子雅不欲存，以同艰苦者廿余载，精神所寄，何可弃之？况罢官以来，借以消遣，或雪窗，或月夜，一罏相对，吟哦之声往往达旦未已。未必非人生之一乐也。至剞劂得获告成，则予戚程方伯尚斋赠朱提九百六十铢，予友王运使笈甫赠四百八十铢，高司马聚卿赠五百七十六铢。同年，赵运使晴岚赠四百八十铢也。自顾何人，拜兹佳惠，即使他日用以覆瓿，亦不至草亡木卒同归于尽，谓非予之厚幸也。

夫光绪三年，岁在丁丑二月之望，
渔梁山樵鲍瑞骏跋于随州幕次[①]

鲍瑞骏十岁学唐诗于胡简斋，能够取韵赋诗。十六岁拜师金箬谿先生，始知诗之门径。自谓其诗宗法于杜甫，辅以韩愈、孟郊、李白、苏轼四家。又在笈甫（王鸿朗）的告诫下钻研诗道、谨慎

---

① 鲍瑞骏：《桐华舸诗续钞》，《清代诗文集汇编》（第630册），上海：上海古籍出版社，2010年，第270页。

修持，不求别为一家而期自然成家。

汪鸿达，字瘦梅，鲍瑞骏内弟（汪鸿达是鲍瑞骏原配夫人汪氏之弟），供职于工部。鲍瑞骏有《内弟汪瘦梅虞部暂来济南感赋》《汪瘦梅书来，述及家乡被贼之惨，诗以悼之》《汪瘦梅虞部书来，述及里中被乱之事，诗以记之》《梅城望雨有怀瘦梅虞部》《寄怀汪瘦梅工部里中》等诗酬赠，汪鸿达也曾为鲍瑞骏的《桐华舸诗钞》作序：

女兄之婿鲍桐舟司马衷其所为诗若干卷以示余曰。吾幼而嗜此，专精毕力四十年，至今日而粗幸其有成，惧夫来者之无闻而日力之可惜也。将梓而行之，则嫌于好名。子其谓我何？余曰：诗之为教，本乎性情。性情之故，必求其至者。学诗者宗老杜，非特语言文字之工，亦其性情有独至也。

国初以来，诗人辈出，新城司寇首以王、孟为标准，天下靡然从风。不善学者徒揣听于声色之间，而性情遂流于伪。又阅百余年，而袁、蒋、赵三家者，出思矫新城之弊，务为澜翻彀激之词，天下亦靡然从风。不善学者逞其胸臆，惟所欲言，于是情多而性少，流于伪者，其性犹可复也。情多而性少，则将恣情以害性，而诗教之衰且陵迟而不可抹。余与君以潘杨之谊，游处日久，知君至性过人，而发于情者，必介然有以中乎节，故能和易而不流。宜其诗之适，相肖也。虽然君之诗有不仅系乎天授者矣。君少长华胙，多接通儒，精求其本源而剖析其利病。有名山大川以助其奇，有风云花鸟以壮其采。又不幸家中落，释褐后，连蹇于礼部，试久之，始出为令。既仕，而愈因其羁愁骚屑，摧撞拂郁，又足以激宕其中之所存。由是赡藻缛节，应物不匮，修章窄构，随变杂施。持原以往，扶质以立，阴阳开阖，神鬼出没，观者回肠荡气。而精求之，则皆自道其性情，合诸温柔敦厚之旨而无戾。犹以为未足也，前贤之矩，式步式趋。盖蕲向专属乎杜陵，而嚆矢于玉谿、昌谷以闯其樊，浸淫于太白、昌黎、东坡以宣其闷，又返而折衷于东野。以为不如是，则其教不严而其道不尊。尝谓余曰："老杜之诗，如阊阖九天，衣冠万国。唐宋以来，诸大家则如群侯之散处于天下，禀正朔以畅其设施。而东野则如虎贲之士，执戈将铎以卫王宫者焉。欲范性情者，必先祛外物之蔽。得东野以辅杜陵，其氾除涤荡之功，足以祛一切之蔽，而貌为闳肆者，不得而托言。蔽既祛，则性情之真出，而性情之流于伪与夫情多而性少者，皆失声却步，不敢自外于'四始六义'之归。"呜呼！其论如此，其诗可知，其性情又从可知已。已秘而自怡，奚以振一世之诗教？且集非手定，无憯率率之作，后之人或羼于其间，而一己之性情反隐。若夫好名之讥，必不出于巨眼，浮游之口，则有之矣。君于一世之诗教、一己之性情不之恤，而恤夫浮游之口、之言乎？君笑曰："诺。"乃撰次而为之序。

同治五年，岁在丙寅冬十月，
瘦梅弟汪鸿达叙于都门宣武坊南寓舍[①]

[①] 鲍瑞骏：《桐华舸诗钞》，《清代诗文集汇编》（第630册），上海：上海古籍出版社，2010年，第2—3页。

汪鸿达在序中称鲍瑞骏本是至情至性之人，而发情皆中于节，故鲍诗虽多有悲天悯人之语，皆怨而不怒、和而不流。汪鸿达还称鲍瑞骏诗有如此功力，并非"仅系乎天授"，还有后天的钻研和打磨。他还注意到，热爱郊游的鲍瑞骏从大自然中汲取灵感，外界的山水花鸟为其写景状物增奇添彩，而坎坷的人生经历也给予了他更强烈的创作冲动。汪鸿达也认为鲍瑞骏的诗歌创作以杜甫为宗，又兼取李商隐、李贺、李白、韩愈、苏轼、孟郊各家之长。汪鸿达在序中记录了鲍瑞骏对于唐诗各家的看法。鲍瑞骏认为唐宋以来，各诗家唯以杜甫独尊，如帝王衣冠万国，而孟郊则似王宫卫士，可以为辅助。杜甫沉郁顿挫，孟郊终生苦吟，两人都注重以诗歌反映现实，因此鲍瑞骏这个比喻是相当贴切的，而他学诗的宗旨也是以杜甫为主、以孟郊为辅，主张性情真出，归于"四始六义"之旨。

鲍康，字子年，鲍瑞骏族兄，官居四川夔州知府，是晚清有名的古泉学家，有《古泉汇》《观古阁丛刻》《观古阁泉说》《大钱图录》等著作存世。鲍康与鲍瑞骏交情甚笃，鲍瑞骏集中有《为家子年八兄作落花图》《子年八兄属画并题》《子年八兄来书，欲买田归隐，作画寄之》《子年八兄评定拙诗赋酬》《述事偶成，寄子年八兄都中》《子年八兄因阅唐书开宝年间之事，成读史感事四律，因和奉呈》《子年八兄以迁居见梁燕甚多，感赋七绝寄示，适余移寓，爰和奉呈》《今年春余以书寄子于子年八兄，荷蒙慨诺，感呈二律》《子年八兄赠句，有"络绎家书人莫笑，连篇累牍只论诗"之语，作此当之》《子年八兄来书云近日中书省之烦，有甚于各衙者，又云功名最足赚人，盖谓无益于贫也，戏呈二律，以博一粲》《子年八兄又云管朋友事如打仗，然一仗败即不敢出头，非豪杰也，还要一战再战云云，语虽奇创，殊有至理，再呈一律》《读子年八兄观古阁集却寄》《作画寄子年八兄》《人日寄子年八兄都中》《闻子年侍读兄出守夔州，书呈志别》等诗酬应鲍康。鲍康也曾为《桐华舸诗钞》作序：

  论诗如选将，名将难，大将尤难。世所称名大家者，亦犹是也。同年陈晴丈太守曾索观先世父觉生公诗，谓余曰："吾阅近人诗多矣，独此卷可称大家。"晴丈盖深知此中甘苦者。吾乡多诗人率以桐城刘海峰先生为宗，世父亦尝私淑之。世父而后，家有专集者，指不胜屈。里人或谓之鲍派族弟桐舟尤吾宗之杰出者也，弟沉酣、书史一皆资以为诗。族叔絜斋先生庭训綦严，又以提倡风雅为己任，一时如程瑶田、汪雉川、胡城东诸名流皆与之游。以弟能诗，甚喜，特命从箬谿金明经学明经，遂于词章为世父所称许。弟每以未侍世父为憾，然即谓弟诗为波澜莫二也。可弟自弱冠后，家中落，饥驱奔走，悲欢离合之感胥于诗写之。每一诗出在人意中，复出人意外。闻游黄山诸作最奇，惜稿多散佚，存者尚不及二三。癸卯岁计偕入都，始于余晤，欢若同胞。比官山左，虽浮沉人海，而应官之暇，杜门吟哦，不以生计自累。有所作辄寄示余，余纠其失必立时改定，邮筒络绎不绝。所刊《明季咏史》略见一斑，兹以全稿付梓，复问序于余。余惟诗至我朝，称极盛矣，别裁伪体，上亲风雅，或以神韵胜，或以格律胜，或以才华胜；无体弗备，亦无格不工。大率缘本性情，自成馨逸。弟于名家林立后，乃能特树一帜。其精严若退之，其坚削若东野，其傲诡与哀艳又若长吉，若义山而笔力之雄大，气体之沉郁则一以少陵为归，复导其源于灵均。往往出新意于古法之中，七律一体尤哇町自辟，前无古人，更历百十年犹当在纸上。炰炰震动，日久论定，非阿好之私言也。虽然数年来，使弟早任繁剧，则簿书鞅掌所诣，未必遽若是苍苍者。或有意玉成乎，是不特世父之遗绪未湮，即海峰先生之诗教亦不至久而失坠。此日已卓然名家，更加数年学力，安知不成大家？惜不起晴丈于九京而质之。

同治四年十月，兄康序①

鲍康在序中提到的"世父觉生公"，即鲍桂星，字觉生，安徽歙县人，嘉庆四年进士，历任工部侍郎、翰林学士。鲍桂星是桐城派代表人物姚鼐之徒，有《觉生古文》《觉生诗钞》《咏物诗钞》《咏史诗钞》等著作存世。（前文所引《（民国）歙县志》卷十《人物志》称鲍康为鲍桂星之从子，由此观之，其所言有误。鲍康既称鲍桂星为"世父"，那么他应当是鲍桂星的侄儿。）序中有"族叔絜斋先生庭训綦严"一句，其中"族叔"或是指鲍瑞骏之父鲍一黉。序言又讲述了鲍瑞骏之师金箬谿先生得中明经，鲍瑞骏向他学习明经之后，诗词文章大有进步，从而得到鲍桂星的赞赏。鲍康称"吾乡多诗人率以桐城刘海峰先生为宗"，刘海峰先生即为刘大櫆，字才甫，号海峰，安徽桐城人，与方苞、姚鼐并称"桐城三祖"。

---

① 鲍瑞骏：《桐华舸诗钞》，《清代诗文集汇编》（第630册），上海：上海古籍出版社，2010年，第3—4页。

桐城派在晚清风光一时，对此曾国藩在《欧阳生文集序》中有所提及：

> 乾隆之末，桐城姚姬传先生鼐，善为古文辞，慕效其乡先辈方望溪侍郎之所为，而受法于刘君大櫆及其世父编修君范。三子既通儒硕望，姚先生治其术益精。历城周永年书昌为之语曰："天下之文章，其在桐城乎！"由是学者多归向桐城，号"桐城派"，犹前世所称江西诗派者也。①

当时"天下文章在桐城"，而歙县与桐城相距仅五百里，当地文人自然也多归于桐城一派。鲍瑞骏出自书香门第，他祖上七辈都是举人，而歙县文人又多以桐城派刘大櫆为宗，鲍家自然也在其中。况且鲍瑞骏自幼好文、钟情于诗，其族叔鲍桂星更是桐城派的嫡系传人，他自幼聆听族叔教诲，必也深受熏陶。由此观之，桐城派对于鲍瑞骏一生的诗道学问都有莫大影响。

鲍康对鲍瑞骏诗歌创作的总体评价是"弟于名家林立后，乃能特树一帜"。《桐华舸诗钞》八卷共录诗1088首，再加上《桐华舸诗续钞》所录的800首、《桐华舸遗诗》所录的63首、《桐华舸明季咏史诗钞》所录的705首和《桐华舸褒忠诗钞》所录的107首，这样算来，鲍瑞骏生平作诗数量接近三千，这个数字甚至超越了李白、杜甫等一众名家。就这一点来说，鲍瑞骏已可卓然成家了。鲍康在序中将鲍瑞骏诗歌创作的渊源从晚唐的李商隐，追溯到中

---

① 曾国藩：《曾文正公文集》（第1卷），湖南传忠书局光绪二年刻本，第14页。

唐的韩愈、孟郊、李贺，再到盛唐的杜甫，最后至于先秦的屈原。他认为鲍瑞骏善于出新意于古法之中，诸篇以黄山诸作最奇，诸体以七律成就最高，甚至称得上是"前无古人，更历百十年犹当在纸上"。

关于鲍康对鲍瑞骏七言律诗的称赞，鲍瑞骏有《人有谓余诗爱作近体者，占此答之》一诗以佐证，可见鲍瑞骏不仅喜作律诗，而且善作律诗：

古今妙手属空空，立马千言只字穷。猴刻棘端原狡狯，山藏芥孔始神通。但教元气微茫孕，何必繁花烂漫红。丈六金身一茎草，老僧寸铁有殊功。

杜诗高大是峰峦，阔大尤征紫海澜。俯首一生唯屈马，替人千古几苏韩。我曾寝馈开天句，世有文章入律难。买菜求多同笑柄，蛟螭蝼蚓杂讥弹。①

鲍康在序中还说鲍瑞骏虽然常为饥驱奔走，然而诗心不改，不为生计自累，更将一生悲欢离合之感尽付诸诗篇。鲍瑞骏《人有谓余诗太牢骚者，作此答之》一诗对此亦有所提及：

人心郁不平，奋迅百川注。满纸作秋声，如泣复如诉。剪裁媚春风，毋乃失其故。我昔长绮罗，中落感孤露。甘作枯死萤，安望神仙蠹。上欲位尸饔，下亦愁待哺。惨淡瞿公

---

① 鲍瑞骏：《桐华舸诗钞》，《清代诗文集汇编》（第630册），上海：上海古籍出版社，2010年，第135页。

罗，日卖相如赋。自从偕计吏，春风俄六度。斋志就一官，天涯哭歧路。慈母寄书来，每每慰且谕。食贫二十年，毋以我为虑。闻之心骨悲，白云空孺慕。况乃烽火然，五载故山戍。朋旧半存亡，一弟又终窭。往往风雨夜，归梦远侵曙。急湍无安流，声林无静树。身世慨以慷，焉能貌为豫。不见陶渊明，饮酒寄悲怒。嗣宗有咏怀，曲江犹感遇。无病而呻吟，固为古人误。日行榛莽中，而我岂泥塑。太上苟忘情，胡为浮海去。千秋穷者诗，不顾鬼胆怖。富贵墦间人，试问心何处。[1]

鲍瑞骏此诗自写身世，自称家道中落以后，食贫二十年。由"斋志就一官，天涯哭歧路"二句，可知他赴山东馆陶为知县，并非乐意，后因战乱之故，又弃官返乡避乱，故曰"况乃烽火然，五载故山戍"。他一生常为贫穷所困，故其诗中也多以悲怨系之。不过，如其内弟汪鸿达在序中所言，鲍瑞骏牢骚虽多，却都"合诸温柔敦厚之旨而无戾"。

鲍瑞骏的亲家程桓生为《桐华舸诗续钞》作序曰：

鲍桐舟太守于随州讲席续刊《桐华舸诗》两卷，邮寄见示，并问序于予，辞之不获。然予实不能诗，安敢轻序桐舟之诗哉？忆家居时，乡里相望姻好，往来人试同黉序，习知桐舟能诗而喁于应声，愧未之逮。自宦辙分驰中，更寇乱不

---

[1] 鲍瑞骏：《桐华舸诗钞》，《清代诗文集汇编》（第630册），上海：上海古籍出版社，2010年，第18页。

谋面者，几三十年。一旦来游江汉，得复叙契阔，聊天涯之旧。两岁时馈遗，欢若平生，桐舟虽不得志于时，而著作篇章乃日益宏富。其初集行世，久经时贤论定，推为钜手，续存之稿又已蔚然成巨秩。予得见之，且愧且慕，信桐舟之能自力于学，以必传其诗为不可及也。抑予固不知诗，亦尝侧聆先生长者之绪论矣。嘉道以来，所见吾乡之能诗者若胡城东老人、王度和、曹念生、潘少菊、程鄂轩、鹤槎，诸君子皆才藻奋发，驰骋时誉。第是四始六义之道，端必以比兴为先，诗中有人在言外，有事在此诣，未易骤臻。今桐舟之诗以风雅为导源，以盛唐为根柢，以国初为归宿，既于乡先正之旨趣无或异，而其性情、学问、才猷、经济，渊然涵溢于楮墨之间，而不为悲愤所掩。至藉古事发今情，亦唐宋名家所未及，盖已骎骎乎有乐府之遗音焉。夫以四十年之精力专工为诗，久而不懈，宜其格律之深纯浑化，令人不可方物。予比年所见诗刻，佳者至夥。然每颂桐华舸诗，乡思顿生而尘襟尽涤。诗之感人，岂浅鲜耶？桐舟之诗，固不止此，闻将以旅资之余、友朋之助，尽刊其所存稿，其深入往复又当何如耶？郢中山水雄天下，骚客正轨，由斯笔兴。桐舟以老斲轮，侨寄此邦，取给祠禄，岁月悠闲而更得江山之助，其所以恢拓诗境者，固日新月盛而不穷天桊。诗人良非偶然，予虽不能诗，亦知桐舟之蕲至于古大家，不徒播诗名于新安已也，故承命而为之序。

光绪丙子仲冬月，姻愚弟程桓生拜著于汉皋差次[①]

---

① 鲍瑞骏：《桐华舸诗续钞》，《清代诗文集汇编》（第630册），上海：上海古籍出版社，2010年，第163—164页。

程桓生在序中说鲍瑞骏作诗"以风雅为导源,以盛唐为根柢,以国初为归宿",此言与鲍康所作跋语可相互印证。鲍瑞骏幼时师从胡简斋,以唐诗开蒙,唐诗则以盛唐为最高峰,故而鲍瑞骏作诗也以盛唐为根柢。鲍瑞骏一生的学问深受桐城派影响,桐城派源远流长,早在明末清初,方以智、钱澄之等人便开振兴古文之先河,因此鲍诗又以国初为归宿。汪鸿达在《桐华舸诗钞》序言中转引鲍瑞骏自己的话,有"不敢自外于'四始六义'之归"等语,亦是鲍瑞骏作诗以风雅为导源的证明。

王鸿朗也尝为鲍瑞骏的《桐华舸诗钞》作序:

> 义弦辍响,正声遂希,太璞韫精,越石斯宝。节族阐缓,聋俗眩愚,自命作家,芥视流辈。诗之横决,迤至于斯,材匪兼人,谁其正之?桐舟先生家于黄山,梦吞丹篆。中落之慨,交战乎统蘤,孝廉之船,往来于京洛。阅历日富,研都愈工,性命所依,作吏不废。凡厥素蕴,一寓于诗,步月谷而五岳失其隆,餐云腴而八珍澹其味。胎息最正,标寄独高,蔚为一家之言,欲驾三唐而上。瓣香之祝,积有岁年,缟带之欢,喻诸水乳。卒读余稿,不能已于言焉。夫履原有迹,迹非履也,马固有白,白非马也。庖丁解牛,谓之悬解,师涓闻雉,谥以中声。落花无言,表圣领其至趣,庭草随意,阿孃妙能审音。河梁汾水之篇,锦瑟洞房之作,譬之八洒,如屋漏痕,以拟三乘,浮阆密藏。确有可据,非同捕风,悟且不知,遂至扪烛。先生日中定晷,夜半传衣,淑离不淫,咸迟合度。契其微而无弦之韵可以振空山,通其变则不火之

墟可以铄金石。刘彦和有言:"陶钧文思,贵在虚静。"考其得力,意在斯乎?而或以塍句蕉萃,夐思郁湮,少之不知,语贵因心,士羞借面。先生骨原似鹤,釜每生鱼,说邻家之饭香,喜破窗之月,语虽郊岛,才则杜韩。重以监门,图成念家,山破别风,淮雨横集。后有子云将资其折证,而况春陵示吏,无非缱绻之忠,鄂杜怀人,大得风云之气者乎?於戏!存心千古,岂是空言?学诗大愚,方忧腾笑。不意鄙人之癖,乃为先生所同。指月为师,因符得契,黄鹄并举,碧天四空。相知之深,相得之乐,岂特兰蕙之香交,淄渑之味合已哉?爰标大旨,辄弁小文,性不好谀,径拟让君八斗,论将自定,盖思托以千秋。此集必传,吾言不易,自非玄晏,弗以示人。

  岁在昭阳大渊献,壮月朔有四日,古盐官王鸿朗序[1]

  王鸿朗对鲍瑞骏推崇备至,他称鲍诗"胎息最正,标寄独高,蔚为一家之言,欲驾三唐而上"。所谓"胎息最正",亦是就鲍瑞骏诗歌创作的渊源而言,赞他学诗的路子很正;"标寄独高"则是说鲍瑞骏用语新颖、构思奇妙,能够出人意料,鲍康的序言中"每一诗出在人意中,复出人意外"一语可以佐证。序中还提到了鲍瑞骏的诗歌以"酬寄""送别""爱情""闺怨"等题材为主;"先生骨原似鹤,釜每生鱼,说邻家之饭香,喜破窗之月,语虽郊岛,才则杜韩"一句,道出了鲍瑞骏清高的品格和苦寒的诗风。由此

---

[1] 鲍瑞骏:《桐华舸诗钞》,《清代诗文集汇编》(第630册),上海:上海古籍出版社,2010年,第1页。

序可见，王鸿朗不愧为鲍瑞骏的平生知己。

王鸿朗又在《桐华舸诗续钞》的序言中评论了鲍瑞骏的诗歌：

> 吾生平不善诗而喜论诗，尝谓神、气、筋、骨、髓五者，阙一不可以为人，诗而阙其一，岂得谓之成诗哉？然而备焉者，寡矣。其备者又各有其偏至者焉。太白以神胜，昌黎以气胜，东野以骨胜，东坡以筋胜，唯少陵独以髓胜。天之五星，地之五岳，莫能起而代也。闻吾语者，辄诋为怪论。吾友桐舟先生特信之。先生之诗，能合五家之长而取其精者也。每成一诗，必与余往复商榷而后定稿，其心之所至，吾心亦随其曲折而与之俱至。世之善论先生诗者，宜莫余若矣。丙寅刻前集竣，属余弁其首。又五年，重遇于汉皋，谓余曰："吾向者作诗，常患神至而髓不至，今境日困，诗日进，子之论其几矣。"丙子复取所作，裒为续集，刻之随。吾诵之夷然怪然，不自觉形神之俱化也。夫髓不可见，仍于神、气、筋、骨见之。置先生之诗于五家中，不必皆似，求先生诗于五家外，更无似者。盖其神、气、筋、骨间无非五家之髓酝酿团结而出者也。嗟乎！嗟乎！发古今之奥窔，抉鬼神之情状者，此乎？傲斯人以不能干造物之深忌者，此乎？而欲其身之不困也得乎，而欲其诣之不至也得乎，虽然先生之诗之诣未有已也。人过六十，英华消沮，流于颓唐者有之。今观此集，神、气、筋、骨、髓曾不减于壮盛之年。吾虽善论诗，焉足以测先生之所至哉。异时三集、四集成，犹将序之，以自考其识力。嘉槜张恭人亦善诗，附载集中。先生试举此说质之，或

当许为知言。

光绪丁丑三月笈甫弟王鸿朗序[1]

王鸿朗认为鲍瑞骏能合杜甫、李白、孟郊、东坡、韩愈五家之长而取其精华,其诗之神、气、筋、骨、髓则浑然一体,故能卓而成家。

其实从鲍瑞骏的诗歌作品中也能发现他对历代诗人的学习和继承。如《拟张若虚春江花月夜》一诗,是效习初唐诗人张若虚之作;《拟李青莲白云歌》《拟李青莲夜坐吟》《拟李青莲千里思》三诗,是效习盛唐诗人李白之作;《读少陵七绝偶成》一诗,是效习盛唐诗人杜甫之作;《孟东野吊卢殷诗书后》《拟孟东野游华山云台观》《拟孟东野婵娟篇》《读孟东野集》《蚊拟孟东野》《孟东野落第诗有情如刀刃伤语,读之黯然,犹忆长安下第,其夜枕上闻卖题名录,尤令人泪涔涔下也,伤触往事,俯仰伤怀,补吟二绝》六诗,是效习中唐诗人孟郊之作;《拟刘随州八咏》一诗,是效习中唐诗人刘禹锡之作;《拟白太傅城盐州新乐府》《拟白香山寒食野望吟》《读白太傅长恨歌、琵琶行偶古》《拟白太傅缚戎人新乐府》四诗,是效习中唐诗人白居易之作;《拟李长吉天上谣》《古战场效昌谷体》二诗,是效习中唐诗人李贺之作;《拟李端古别离》一诗,是效习中唐诗人李端之作;《拟温飞卿阳春曲》一诗,是效习晚唐诗人温庭筠之作。还有《村居效皮陆体》一诗,效习"皮陆体";《三月二日效西昆体》一诗,效习"西昆体"。

---

[1] 鲍瑞骏:《桐华舸诗续钞》,《清代诗文集汇编》(第630册),上海:上海古籍出版社,2010年,第162—163页。

又如《拟黄涪翁题落星寺七律》一诗，是效习北宋诗人黄庭坚之作；《游城外古刹，用东坡渼陂鱼七古原韵》《游山用东坡弹子涡五古韵》《拟东坡赋杨康功醉道士石五古》《读苏子美、梅圣俞诗书后》四诗，是效习北宋诗人苏轼之作；《拟陆剑南秋晚登城北门》一诗，是效习南宋诗人陆游之作；《拟杨诚斋芭蕉雨》一诗，是效习南宋诗人杨万里之作；《拟宋梁栋四禽言》一诗，是效习宋代诗人梁栋之作。

又如《效元人春词》一诗，效习元人；《拟袁海叟杨白花》一诗，是效习明代诗人袁凯之作；《拟何大复落花》《拟何大复嗟哉行》二诗，是效习明代诗人何景明之作；《望岳拟李沧溟体》一诗，是效习明代诗人李攀龙之作；《读钱牧斋有学集感赋》一诗，是效习清初诗人钱谦益之作。

从上述诗歌作品中可以看出，鲍瑞骏对唐、宋、元、明、清历代诗人都有继承，尤以唐宋诗人为重，以效仿白居易、孟郊、苏轼三人居多。鲍瑞骏对白居易的继承，主要在白居易"文章合为时而著，歌诗合为事而作"的创作原则上，注重以时事入诗。鲍瑞骏对于孟郊的偏爱，是因为鲍瑞骏自身坎坷困苦的人生经历与孟郊相仿，故而他的诗作也带有清寒苦吟的特点。鲍瑞骏对于苏轼的推崇，则是由于苏轼"以文字为诗、以议论为诗、以才学为诗"的特点，恰与桐城派重"义法"的主张不谋而合。

第二节　王鸿朗考

一　王鸿朗的生平著述考

1. 生平考

相较于"桐华舸"鲍瑞骏而言,"笈甫"王鸿朗的生平资料更加零散而有限。

目前已知最早记载王鸿朗生平资料的文献是清人潘衍桐的《两浙輶轩续录》,其中还收录了王鸿朗的三首诗:

> 王鸿朗,字笈甫,海宁人。候选知府。
> 汪曾唯曰:"笈甫善属文,工绘事。幼随父客楚北,长游山左。中岁复至楚北,元瑜记室,名动公卿。诗文遗稿均未刊,潘椒坡大令刻其《画钟馗题记》一卷。
>
> 江出乌尤东,石骨渐坚瘦。碌砢插中流,骇浪日夜吼。又鱼天下险,闻此盖已旧。曩从枕上过,惊悸且昏瞀。今者立船头,奇观快出觑。一峰出波底,逸翮矫灵鹜。怪石排纵横,往往势相凑。江乃束其中,曲折与后斗。奋然夺路出,其疾若悬溜。吾身乘上流,赴的满张彀。篙拨迅如飞,舵转畏于寇。群艘视所指,衔尾继其后。誓将生死争,甘以性命授。何来祷佛声,船底穿欲透。行止真两难,号呼觊一救。天容正惨澹,江波忽驰骤。始焉嘿无声,俄而起相诟。猛将欻突围,尚书笑尤窭。岂不藉人力,或者亦神佑。嗟予老江

湖，目击便眉皱。去岁青狼滩，纤断舟遂覆。蛟龙相鄙夷，波涛幸赦宥。至今思艰难，痛若被针灸。脱险胡不惩，浪游岂非谬。峰转危亭东，飞雪拥岩岫。亭上双井翁，挈榼倘相就。烂醉庆更生，余酣晚汀漱。(《又渔滩》)

断岸参差势不交，人家随意便诛茅。平桥似笕通沙觜，一塔如帆挂树梢。梦远江湖乡讯杳，客兼吴楚语声淆。斜阳闪闪翻鸦背，羡尔归飞有定巢。(《晚泊尤溪》)

息息浅夏换深冬，到眼江山忽改容。谁把荒滩移木杪，别从波底出奇峰。(《蓝沱》)[1]

由此可知，王鸿朗，字筱甫，浙江海宁人，官候选知府。汪曾唯是晚清著名刊刻家，浙江钱塘附贡生，历任云骑尉、施南府咸丰知县。他称赞王鸿朗"善属文""工绘事"。建安七子之一阮瑀，字元瑜，官封记室，著有《阮元瑜集》(又称《阮记室集》)。阮瑀以善为章表书记而得名。"元瑜记室，名动公卿"一句，是汪曾唯将王鸿朗与阮瑀相提并论，说明王鸿朗撰写公文的才能，在当时的公卿之间已是小有名气。

清人李濬之的《清画家诗史》也记载了王鸿朗的生平，并收录了王鸿朗的两首诗：

---

[1] 潘衍桐：《两浙𫐐轩续录》，杭州：浙江古籍出版社，2014年，第4638—4640页。

王鸿朗，字筿甫，海宁人。游合肥李文忠昆仲幕中。善写钟馗，潘椒坡爱其变态百出，为刊所著《钟馗画记》。①

《晚泊尤溪》

断岸参差势不交，人家随意便诛茅。平桥似笕通沙觜，一塔如帆挂树梢。梦远江湖乡讯杳，客兼吴楚语声淆。斜阳闪闪翻鸦背，羡尔归飞有定巢。

《题钟进士图》

世人作钟进士像多猬须鲐背，举止龙钟，路鬼揶揄之。岂知终南山下，三五少年时，英姿勃发，自足屏黜百邪乎？壬申夏五，子用汪兄索作此帧，以充振绮堂清秘之玩。余画不足观，然他日谈艺家新增年少终葵一格，实自此始。阅十年，重晤子用，则襄阳吟吻新苴纍纍，因复作此以致眉祝：

进士龙钟学满颠，自循双鬓感华年。若从雁塔论先辈，尚在真元大历前。②

"合肥李文忠"即是李鸿章。李鸿章有兄弟六人，他在其中排行第二。其长兄李瀚章曾历任广东布政使、江苏巡抚、湖广总督、两广总督。三弟李鹤章以军功升知县，后返乡置业。四弟李蕴章早年随长兄代办湘军粮饷，后返乡编修府志。五弟李凤章以军功升保道员，加按察使，后返乡经商。六弟李昭庆官至记名盐运使。

---

① 李濬之：《清画家诗史》，杭州：浙江人民美术出版社，2014年，第1311页。
② 李濬之：《清画家诗史》，杭州：浙江人民美术出版社，2014年，第1311—1312页。

《清画家诗史》虽言王鸿朗曾做过李鸿章兄弟二人的幕僚,却未指明另一人是李鸿章的哪个兄弟,现以官职来看,当是其长兄李瀚章。文中还提到王鸿朗所绘的钟馗像"变态百出",潘介繁十分喜爱,由是为他刊刻画记。

虽然王鸿朗仅为一介小吏,却也曾被两广总督李鸿章写信鼓励:

复湖广制台幕府王鸿朗
同治十三年正月十五日

笈甫仁弟太守阁下:

顷奉手书,远荷因时记注。就审慈侍康和,文祺佳善,至符臆颂。执事上年回杭料理葬务,嗣以秋风报罢,仍返鄂中。十试乡闱,屡次铩羽,才丰遇啬,扼腕良深。科名迟早,本有定分,执事抱清隽之才,负瑰奇之望,终当一鸣惊人,目前得失,不足介意也。畿疆绥谧如常,省南前得冬雪,麦畴沾润,春收可望接济,惟晴暖过久,盼泽尚殷。陵差在迩,奔走不遑,时虞陨越,幸孱躯耐劳,津署均叨平善,足慰雅怀。专泐布复,敬颂侍祺万福,顺贺春祺。不具。鸿章顿首。[①]

信中提到王鸿朗"十试乡闱,屡次铩羽",可见他的科举之路十分不顺。尽管如此,但却不能就此否定王鸿朗的才能,从古至今,不知道有多少文人才俊在科举的道路上屡屡碰壁。而李鸿章"才丰遇啬,扼腕良深""执事抱清隽之才,负瑰奇之望,终当一

---

① 顾廷龙、戴逸主编:《李鸿章全集》(第31册),合肥:安徽教育出版社,2008年,第10页。

鸣惊人"等语，也反映出王鸿朗的才能实已得到了他的认可。

与曾国藩、李鸿章、彭玉麟并称"中兴四大名臣"的湖北巡抚胡林翼，也曾与王鸿朗通信：

> 复王笈甫太守
> 十一月二十四日
> 　　奉函具悉，磊落长才，固知不久于抑塞，严公处暂时未便言及。弟于司道，向守在官，官之训相交极深，而界限甚严，未可即以私情相渎也。①

此信或是因王鸿朗科举受挫，转求胡林翼帮助疏通关系而起，但最终被胡婉言拒绝。胡林翼在信中说王鸿朗"磊落长才，固知不久于抑塞"，在宽慰的同时，也对他的才能表示了肯定。

鲍瑞骏《长歌赠笈甫》一诗记叙了王鸿朗为太平军俘虏后侥幸脱逃的经历：

> 湖山积雪深，策蹇君过访。时事无足谈，论诗迭酬唱。苦茗两三巡，寒日移纸帐。不顾俗耳惊，希古心愈抗。语半忽默然，凝睇两相向。已乃执手言，远游温清旷。行当归汉皋，一慰高堂望。数载苦依人，显扬劳梦想。京兆槐花黄，罷罷愁怀襄。忆昔订神交，我诗叨说项。前年明湖滨，蓬门驾方枉。一见凤愿伸，棣萼联同榜。斯时馆莱芜，书来论何

---

① 胡林翼：《胡文忠公遗集》，《清代诗文集汇编》（第649册），上海：上海古籍出版社，2010年，第276页。

谎。诣造绚烂时，惨淡乃精爽。谓当谨持之，横流即断港。老手易颓唐，猛喝当头棒。直哉益友言，我欲金铸像。二月山花开，三秋霜叶响。尽是感怀诗，一一邮筒往。或逢风雨晦，窗虚一灯晃。重披手赠函，味比酥流盏。何当居南村，朝夕共欣赏。胡为赋骊歌，无计挽归鞅。我在穷愁中，奚以关痛痒。盘飧倾旧醅，小集尽吾党。夜久烛花摧，星河入檐朗。失意在科名，告归终怏怏。我谓时数奇，朱紫本来傥。千秋公与侯，那及鱼菽养。况从胡文忠，早许王贻上。军中荐剡频，曾不加绣蟒。可知九方歅，风尘识龙驷。又闻避地初，忽为贼所掠。缚之雉堞间，一踊竟无恙。文章非有神，焉免灾无妄。养晦且遵时，人定天亦偿。独是屋梁月，照梦地分两。我颠谁也扶，我垢谁也荡。欲从访鹿门，一官嗟世纲。高文班与扬，清风受与广。为君卜他年，漫随时俯仰。明湖待后游，敝帚仍同享。敢信璧无瑕，惟惭齿加长。金石两人心，茫茫视天壤。[①]

因为鲍瑞骏与王鸿朗是于同治二年（1863）夏在大明湖初识的，而由诗中"前年明湖滨，蓬门驾方枉"二句，可知此诗作于同治四年。"况从胡文忠，早许王贻上"二句，则道出了王鸿朗在认识鲍瑞骏之前曾为胡林翼之幕僚。

王鸿朗为鲍瑞骏的《桐华舸褒忠诗钞》作序时称："鸿朗弱冠即参胡文忠、李忠武军事，复从今相国合肥李公平定东西两捻，

[①] 鲍瑞骏：《桐华舸诗钞》，《清代诗文集汇编》（第630册），上海：上海古籍出版社，2010年，第118—119页。

与兵事相终。"①"李忠武"即是湘军名将李续宾,谥号"忠武"。可知王鸿朗自二十岁起便入胡林翼、李续宾军中,后又随李鸿章平定两捻之乱。

鲍瑞骏《王笈甫属作山居图,并系以诗》一诗,又提到了王鸿朗移幕入湘的经历:

> 同治二年夏,见君明湖湄。君工六朝文,我嗜三唐诗。当其未谋面,我诗君所推。忆昔苦奔走,十载九天涯。山川恣登眺,凭吊以欶长。长安风雨夜,高歌酬者谁。托为王笈甫,形影相倡随。其人亡是公,东庄亦如之。岂意君所履,一一如前知。苍茫天地心,作合何其奇。古今许与分,端在观于微。里巷何足道,文字潜祸胎。其始徇意气,标榜交为资。猜嫌杯酒间,割席几不辞。讲学有同异,迹合神终离。甚者情掩义,一赇忘四维。君则淡以成,虚心犹我师。幕府从戎日,长揖容徐摛。不食武昌鱼,惟采湘江蓠。文章见经济,慷慨知音稀。策马首燕路,献赋明光墀。大器奈晚成,王适今是依。天遣钟期来,听我弹残丝。富贵名磨灭,风尘尤可悲。岂无流水音,朽蠹成寒灰。他年位山斗,声价龙门开。韩文出废簏,梅诗登品题。欧公一提唱,名作星日垂。男儿舍知己,何处乞恩私。况乃结弟昆,豁达披肝脾。君壮我方艾,久要庸见疑。今者日南至,寄我新侧釐。寒林图老屋,煮茗黄叶飞。纵谈上下古,哀时同

---

① 鲍瑞骏:《桐华舸褒忠诗钞》,《清代诗文集汇编》(第630册),上海:上海古籍出版社,2010年,第278页。

郁伊。才名最误人，相勉还相规。君布庚开府，我趋杜拾遗。两人性所近，何妨分道驰。呜呼古交宜，今日何陵迟。尚其矢金石，安用钱刀为。[①]

前文提到，鲍瑞骏《桐华舸诗钞》刻于同治六年（1867），集中收录的是他道光六年（1826）至同治五年间诗作，《王笈甫属作山居图，并系以诗》一诗亦在此集之中，可知其创作时间最晚不过同治五年。而诗中"幕府从戎日，长揖容徐摛，不食武昌鱼，惟采湘江蒿"四句，说到了鲍瑞骏与王鸿朗结识不久，便移幕入湘。由是可知，王鸿朗移幕入湘的时间应在同治六年以前。对此，张荫桓亦有《醉中送别王笈甫移幕入湘》《退思堂冬夜即事寄王笈甫长沙》二诗，可以为证。

因曾国藩督师无功，李鸿章于同治五年接手剿捻，统帅湘、淮各军。据此推测，王鸿朗很可能是于同治五年移幕入湘，任李鸿章幕僚的。况且他还曾于同治八年七月初一至十二月廿七随李鸿章入蜀（其游记《游蜀纪程》有载）。可见他移幕长沙以后，一直身处李鸿章军中。

鲍瑞骏另有《笈甫书来，有长沙之行，诗以送之》一诗，提到了王鸿朗的行迹：

此行得似蜀中不，君从牙旗侈庄游。未落洞庭龙气静，雪晴衡岳雁声遒。孙刘梦断横诗槊，吴楚烟青儒酒瓯。黄鹤

[①] 鲍瑞骏：《桐华舸诗钞》，《清代诗文集汇编》（第630册），上海：上海古籍出版社，2010年，第96页。

楼前梅欲放，载将胜迹话归舟。①

"此行得似蜀中不，君从牙旗侈庄游"证明此诗作于王鸿朗蜀行归来以后。从诗题可以看出，王鸿朗自蜀行归来后仍就职于李鸿章幕中。

综上所述，王鸿朗或于咸丰年间，从李续宾、胡林翼军平定太平天国叛乱。咸丰十一年（1861），胡林翼卒于武昌，王鸿朗也离开湖北，卜居山东。同治年间，王鸿朗与张荫桓、鲍瑞骏等人结识，不久后又移幕长沙，为李鸿章之幕僚。

关于其履历，王鸿朗在鲍瑞骏《桐华舸诗钞》序言中的落款为："岁在昭阳大渊献，壮月朔有四日，古盐官王鸿朗"②，在《桐华舸明季咏史诗钞》序言中的落款为："同治二年，岁在昭阳大渊献，涂月既望，盐官笈甫，愚弟王鸿朗撰。"③同治二年（1863）是癸亥年，故曰"岁在昭阳大渊献"。他在《冬心先生题画记》跋语中的落款为："壬申夏四月，古盐官王鸿朗"④，壬申年即是同治十一年。可知同治二年至同治十一年间，王鸿朗都自称为"古盐官王鸿朗"。然而，"古盐官"并不是指官职。因浙江海宁有盐官镇，故而海宁亦有"古盐官县"之名，王鸿朗所谓的"古盐官王

---

① 鲍瑞骏：《桐华舸诗续钞》，《清代诗文集汇编》（第630册），上海：上海古籍出版社，2010年，第230页。

② 鲍瑞骏：《桐华舸诗钞》，《清代诗文集汇编》（第630册），上海：上海古籍出版社，2010年，第1页。

③ 鲍瑞骏：《桐华舸明季咏史诗钞》，《清代诗文集汇编》（第630册），上海：上海古籍出版社，2010年，第147页。

④ 金农：《冬心先生集》，杭州：西泠印社出版社，2012年，第296—297页。

鸿朗"即是海宁人王鸿朗之意。

清人叶昌炽的《缘督庐日记钞》也有相关记载，可见"盐官"是指籍贯而非官职：

> 十五日，椒坡丈赠王笈甫《画钟馗进士像题记》一册。笈甫，名鸿朗，浙之盐官人，亦寓鹦。①

不过，据《中国历代人名大辞典》记载，王鸿朗曾官四川通判：

> 王鸿朗，清浙江海宁人，字笈甫。官四川通判。善画钟馗。潘椒坡爱其变态百出，为撰《钟馗画记》。(《清画家诗史》)②

通判是正六品官，又称"分府"，即是分掌知府政务之意，主要掌管水田、粮运、诉讼等事务。

《浙江古今人物大辞典》亦载：

> 王鸿朗，清，字笈甫，海宁人，官四川通判。曾游合肥李鸿章昆仲幕。工绘事，有《画钟馗题记》一卷。③

从内容来看，以上两条材料都本自《清画家诗史》和《两浙

---

① 叶昌炽：《缘督庐日记钞》(第1卷)，1933年上海蝉隐庐石印本，第71页。
② 张㧑之、沈起炜、刘德重主编：《中国历代人名大辞典》，上海：上海古籍出版社，1999年，第217页。
③ 单锦珩总主编：《浙江古今人物大辞典》，南昌：江西人民出版社，1998年，第37页。

辎轩续录》，但是《清画家诗史》和《两浙辎轩续录》均无王鸿朗曾官四川通判的相关记载，不知这一说法究竟源于何处。

踪凡先生在《〈宋金元明赋选〉王鸿朗跋语考辨》一文中也称王鸿朗曾官四川通判，但亦未言明其出处：

> 王鸿朗，字笈甫，浙江海宁人，清末画家，曾官四川通判。①

据《（民国）海宁州志稿》所载，王鸿朗晚年曾随尚书李鸿藻赴云南：

> 王鸿朗，字笈甫，尝客楚北及山左，旋随李制军鸿藻赴滇。治案牍，以疾卒。生平善写钟馗，变态百出，人争宝之。《钟馗画记》一卷（见《杭郡诗三辑》）。②

而《重修浙江通志稿》却言王鸿朗是随李鸿葆赴云南的：

> 《钟馗画记》一卷 清·王鸿朗著
> 案：鸿朗，字笈甫，海宁人。客楚、鲁等省，为幕宾，旋随李鸿葆赴滇，竟卒。生平善画钟馗，故有是作，见《杭诗三辑》。③

---

① 踪凡：《赋学文献论稿》，北京：商务印书馆，2017年，第422页。
② 刘蔚仁等编：《（民国）海宁州志稿》（第16卷），1922年铅印本，第4页。
③ （民国）浙江省通志馆编：《重修浙江通志稿（标点本）》（第8册），北京：方志出版社，2010年，第5444—5445页。

对比上述两条材料可以发现，"李鸿葆"应是"李鸿藻"之讹误，《重修浙江通志稿》所载或摘自《海宁州志稿》，因"葆""藻"二字形近而致误。李鸿藻，字兰荪，同治十年（1871）由礼部侍郎升为都察院左都御史，加太子少保，光绪二年（1876）兼总理各国事务衙门。

然而，鲍瑞骏在写给王鸿朗的《闻笈甫覆舟青狼滩遥有此寄》[①]一诗诗题下作注："时随李小荃制府赴滇"，称王鸿朗是随李小荃赴云南。李小荃即是李鸿章之长兄李瀚章，字筱泉（一作"小泉"或"小荃"），光绪元年由湖广总督调任四川总督，光绪二年又调回湖广总督。

结合王鸿朗的各项生平资料分析，王鸿朗应当是随湖广总督李瀚章赴滇的。因为李鸿藻历任礼部侍郎、都察院左都御史、兵部尚书、礼部尚书，均在京中任职，光绪二年又兼总理各国事务衙门，所以他并没有远赴云南的时间和机会。而李瀚章曾率湘军在云、贵两地剿匪，又历任湖广、四川总督，其任所皆与云南相去不远，很可能有赴滇之行。

关于王鸿朗的卒年，鲍瑞骏的儿子鲍鼎在《桐华舸遗诗》跋语中有所提及："自笈甫王先生捐馆后，以知音邃逝，辍琴不弹。"[②]《桐华舸遗诗》收录了鲍瑞骏光绪五年至光绪八年间的诗作，可知王鸿朗是在光绪五年至光绪八年间去世的。

---

① 鲍瑞骏：《桐华舸诗续钞》，《清代诗文集汇编》（第630册），上海：上海古籍出版社，2010年，第266页。

② 鲍瑞骏：《桐华舸遗诗》，《清代诗文集汇编》（第630册），上海：上海古籍出版社，2010年，第276页。

王鸿朗《王笈甫先生画钟馗进士像题记》序言之后，有棱伽山民评语：

笈甫先生不得意，画出终葵吓小鬼。题诗无乃太疏豪，棱伽山民为歔唏。

先生海盐人，大才不售，在湖北阔幕，奏事主稿，豪于诗酒，年五十余而卒矣。①

根据邹绵绵考证，棱伽山民即是清代画家顾大昌。② 在近代书画文玩集中，多有"棱伽山民"题识，所评亦颇有见地，可谓晚清之奇人。棱伽山民在《王笈甫先生画钟馗进士像题记》的评语中并未提到王鸿朗官四川通判之事，只言他曾在湖北幕僚主稿奏事，离世时年仅五十余岁。

孙旭升《笔记小说名篇译注》选王鸿朗《游蜀纪程》片段，他还在选段下作注曰：

选自清王笈甫《游蜀纪程》，题目为译者所加。王笈甫，即鸿朗，清浙江海宁人。生年不详，卒于光绪庚辰（1880），享年五十余。书记同治八年七月随李鸿章入川的事。③

孙旭升称王鸿朗卒于光绪庚辰，光绪庚辰即是光绪六年，但

---

① 王鸿朗：《王笈甫先生画钟馗进士像题记》，清光绪三年潘氏桐西书屋刻本，第1页。
② 参见邹绵绵：《清代吴门画家"棱伽山民"其人续考》，《苏州文博论丛》2013年第4期。
③ 孙旭升译注：《笔记小说名篇译注》，南京：凤凰出版社，2014年，第128页。

他在注释中也未言明这条信息的出处。

而香禅居士潘秋谷在《王笈甫先生画钟馗进士像题记》中的序言道：

> 曩余游鄂渚，值丁丑端午会，吕素纸乞笈甫先生画钟馗进士象，未得也。去年闰春复往，笈甫见余，即言负君债未还。余因索之，遂出戊寅端午所画一帧，携归刚及端午，县诸斋辟。今又逢端午，而笈甫下世已数月矣。重展画幅，又诵斯编，辄忆老馗霑醉奋笔时也。
>
> 庚辰五月七日香禅记[①]

潘秋谷的序言作于光绪庚辰五月七日，他在序中称"今又逢端午，而笈甫下世已数月矣"，可知王鸿朗在光绪六年端午前几月去世。

综合上述材料，可以得出结论：王鸿朗卒于光绪六年年初，享年五十余岁。

2. 著述考

清人李濬之的《清画家诗史》提到，潘介繁曾为王鸿朗刊刻《钟馗画记》，而这卷画记在《清史稿艺术志拾遗》中也有记载：

> 王笈甫画钟进士像题记 一卷 王鸿朗撰 同治十一年中冬

---

① 王鸿朗：《王笈甫先生画钟馗进士像题记》，清光绪三年潘氏桐西书屋刻本，第1页。

至光绪三年潘氏桐西书屋刻本（附金冬心题画记四卷后）①

著名散文家周作人先生《画钟进士像题记》一文，专门考证了王鸿朗的这卷画记：

> 案潘氏刻题画记五种时在同治壬申，比丁氏本才早六年，有王鸿朗跋，不言所据何本，略一比较，似反多鲁莽删改处，唯末附刻王笈甫先生《画钟进士像题记》一卷，却颇可喜。王笈甫即鸿朗，前有光绪丁丑潘介繁序，画钟馗题词世多有之，但只散见各人集中，今汇为一卷。一人之作而有二十二则，可谓难得矣。今年夏日乃又得一册，则上有红蓝二色批语及墨笔题识。语多可取，但亦有足资考据处，因择要摘录之。②

今国家图书馆所藏《王笈甫先生画钟馗进士像题记》一卷，即为周作人所言的有红蓝二色批语及墨笔题识的版本，卷前还有潘介繁作的序：

> 吾友笈甫素不工画，一夕大醉，忽点笔作钟进士象，须麋翁张，欲与客语。题句慷慨，在玉川昌谷，闲见者惊诧，竞相求索。得酒辄画，辄有题记。然不能遍应也。坐是为指摘所从，甚厌苦之。比自蜀归，饮少辄醉，颓然就榻，不复

---

① 王绍曾主编：《清史稿艺文志拾遗》，北京：中华书局，2000年，第1339页。
② 周作人：《药堂杂文》，北京：北京十月文艺出版社，2012年，第151—152页。

能作此狡狯矣。吾悯焉，乃录其昔日所题为一册。笈甫曰：子与麋侯，我乎规其文以徕矢也。则应曰：以金注者负，以瓦注者胜。吾方挈楗操觚，以观子之瓦注。

光绪丁丑仲春月椒坡潘介繁识①

序中"吾友笈甫素不工画，一夕大醉，忽点笔作钟进士象"之语，好像王鸿朗本不善绘画，而在某天晚上喝醉酒之后，忽然提笔画起钟馗像来，竟然画得惟妙惟肖，如有神助。这样的说法，似带几分传奇色彩，夸大了事实。

《两浙輶轩续录》载，汪曾唯尝言"笈甫善属文，工绘事"②。王鸿朗自己在《冬心先生题画记》跋语中也称"鸿朗少时无赖，喜作山水、花鸟及诸菩萨像，近乃概弃不为，时写二一幅终南进士，欲以吓鬼"③。可见王鸿朗向来工于绘画，对山水、花鸟、人物各题均有涉猎，只是最近"概弃不为"，而潘介繁不明就里，误以为他"素不工画"。

著名学者顾颉刚先生在他的《祖父》一文中，就提到了王鸿朗的画：

> 他在人家幕府里，很有机会认识当代名士，像作《畴人传》的诸可宝，研究古文字学的郑知同，工于治印的徐三庚，

---

① 王鸿朗：《王笈甫先生画钟馗进士像题记》，清光绪三年潘氏桐西书屋刻本，第1页。
② 潘衍桐：《两浙輶轩续录》，杭州：浙江古籍出版社，2014年，第4638页。
③ 金农：《冬心先生集》，杭州：西泠印社出版社，2012年，第297页。

善画钟馗的王鸿朗，他们的手迹我们家里都有。①

陆萼庭的《钟馗考》中亦有记载：

> 不少生活杂画后来清代画家颇多仿作，或在原基础上加工的，如《品茶图》，海宁王鸿朗也有一幅，画得很细致。②

这也说明了王鸿朗所画的钟馗像在晚清和民国时期都是小有名气的。

其实，除了画记《王笈甫先生画钟馗进士像题记》一卷，王鸿朗还有游记《游蜀纪程》两卷留存，现藏于国家图书馆。《游蜀纪程》在《中国古籍总目》中亦有记载：

> 《游蜀纪程》二卷 清王鸿朗著 清同治九年刻本③

《游蜀纪程》是王鸿朗于同治九年所著，叙述了同治八年七月初一至十二月廿七他随李鸿章入蜀的经历，鲍瑞骏、沈能虎、许榮徵、施山、许赓藻、赵熙文等人为之题词。书中记载了武昌至夔州沿途的自然风光和乡土人情，文笔雅致，叙事翔实，对于研究晚清巴蜀地区的地理和民俗具有一定的参考价值。

---

① 刘俐娜编：《顾颉刚自述》，郑州：河南人民出版社，2005年，第9页。
② 陆萼庭：《钟馗考》，上海：上海古籍出版社，2017年，第53页。
③ 中国古籍总目编纂委员会：《中国古籍总目（史部）》，上海：上海古籍出版社，2009年，第4012页。

王鸿朗自序《游蜀纪程》曰：

> 蜀道之难，难于上青天，扪参历井，自古叹之矣。余以羁屑久赋，远游苍苍夔巫乃复，蹞䮄学娵禺之蛮语，借宣明之面目，争猿狙之巢栿，试蛟鼍之窟宅。靡盬之咏事，异于昔贤，劳者之歌声，咽于麇缏。模范山水，讵复措意，徒以足迹所践，日力可惜。辄命柔翰，排日割记，悲同潘岳之憨途，体类虞初之小说。藏诸篋衍，媵我归装，灯下诵之以娱老母。至于文字之绳尺，山川之经脉，郡邑人物之考证，匪惟不暇，抑亦纂述之旨。固无取尔朋侪劳问，亦以示之，俾共愕眙，兼代酬答。
>
> 己巳九月二十有一日，王鸿朗识[1]

西晋诗人潘岳《关中诗》十六章，叙述了元康六年（296）关中战乱的始末，有悲天悯人之情；西汉文人虞初的《周说》以《周书》为本，演义周史，被誉为"小说家之祖"。而王鸿朗自谓其游记"悲同潘岳之憨途，体类虞初之小说"，即是指《游蜀纪程》体似小说，除了记叙行程、状写山水，还有对晚清巴蜀地区百姓生活现状的考察。

孙旭升《笔记小说名篇译注》节选了王鸿朗《游蜀纪程》的片段，题作《抵老鹳嘴》：

---

[1] 王鸿朗：《游蜀纪程》，同治九年刻本，第2页。

初六日晴，好风吹帆，百二十里，帅舟峨峨，胶于浅沙，百夫推挽，江湖上迎，天人交助仅而得达。抵老鹳嘴，日暮遂泊。侧有木筏，修广盈亩，茅茨鳞比，俨如江村，试登其上，匠方锯材，邪许之声，与波相答。[1]

既然孙旭升将王鸿朗的《游蜀纪程》纳入笔记小说名篇之列，其叙述之精细、文笔之秀丽自不待多言。

著名文史学家邓之诚先生在他的《邓之诚文史札记》中亦对《游蜀纪程》有所提及：

阅王鸿朗（筦甯）《蜀游纪程》。盖同治八年，随两湖总督李鸿章入蜀查案往返纪程之作。不羼入地志考据，唯状山川之奇，及所见风物，颇有奇语，徐霞客一派。惜其名不甚彰，盖一行作吏，埋没久矣。[2]

《邓之诚文史札记》将王鸿朗的《游蜀纪程》误作"蜀游纪程"。不过以邓之诚先生眼光之高，尚称赞其乃"徐霞客一派"，可见王鸿朗识见高妙，实非寻常之辈。

据《（民国）吴县志》记载，王鸿朗曾与潘介繁合编《国朝各家诗钞》：

---

[1] 孙旭升译注：《笔记小说名篇译注》，南京：凤凰出版社，2014年，第128页。
[2] 邓之诚：《邓之诚文史札记》（上），南京：凤凰出版社，2012年，第119页。

潘介繁《国朝各家诗钞》八十七卷 海昌王鸿朗同辑[1]

今《国朝各家诗钞》或已散佚，但仅以此书卷数便可见其巨制。据本书所考，王鸿朗另有未刊诗集《竹兜集》一卷流落于民间，不得亲见。

除了上述著述之外，王鸿朗还多有题识序跋留存。清人汪宪的《宋金元明赋选》书前就有王鸿朗题跋：

> 钱衎石先生云：汪鱼亭宪所选宋、金、元、明四朝赋，采择精博，所本之集，多人间未见者。雍、乾间，汪氏振绮堂藏书甲于两浙，故能办此。授梓未藏，板遭回禄，仅存副本。询之汪氏子孙，并皆芒然，不知尚在天涯否。
>
> 右录《曝书琐记》一则。衎石翁与余家仍世相交，著此书时，竟不知已归王氏。此种海内孤本，最难瓦全。咸丰中，兵燹流离，幸未失坠，殆有默为呵护者，安得数百金重锓之，以广其传。卷中舛误之字，原本均留空格未填，非萃百余家专集，莫能校补，是亦一憾事也。鸿朗题记。
>
> 余弄此集有年矣，今以赠子用表兄，物归故主，殆非偶然。
>
> 光绪元年三月廿有一日，鸿朗识[2]

今《宋金元明赋选》的原书已毁，仅存王鸿朗所藏副本，他在汪曾唯搜求遗稿时，慨然以书相赠。《宋金元明赋选》得以

---

[1] 曹允源等编：《(民国)吴县志》(第56卷)，1933年铅印本，第34页。

[2] 汪宪：《宋金元明赋选》，清代抄本，第1页。

保存至今，王鸿朗可说是功不可没。踪凡先生在《〈宋金元明赋选〉王鸿朗跋语考辨》一文中，还专门针对王鸿朗的跋语展开研究，称"王鸿朗不仅是《宋金元明赋选》副本的重要收藏者，还慨然割爱，将其物归原主，为该书历经磨难而幸存于世贡献甚巨；此外他还在书前撰有题跋数行，为后人留下了关于钱仪吉《曝书琐记》佚文和汪宪《宋金元明赋选》之编纂、付梓、流失、归还等方面的重要信息，折射出中国古代典籍的遭遇和命运，弥足珍贵。"[①]

二 鲍瑞骏与王鸿朗交游考

上文考证鲍瑞骏时，提到他交游广泛、胜友如云，而论其至交，则非王鸿朗莫属。

户部侍郎张荫桓是鲍瑞骏与王鸿朗友情的见证人，他的《春夜王笺甫、鲍桐舟见过》一诗，记叙了二人在山东初次见面时的经过：

> 同是齐东客，相逢百感生。高文涵岱色，孤馆撼江声。酒熟邻家酿，风鸣静夜筝。闲情揽亭树，怀旧窃谈瀛。[②]

鲍瑞骏与王鸿朗一见如故，自此结为知己，下面就结合二人

[①] 踪凡：《赋学文献论稿》，北京：商务印书馆，2017年，第422页。
[②] 张荫桓：《铁画楼诗钞》，《清代诗文集汇编》（第733册），上海：上海古籍出版社，2010年，第721页。

的现存诗文，详加讨论。

1. 序跋

前文提到，鲍瑞骏著有《桐华舸诗钞》八卷、《桐华舸诗续钞》八卷、《桐华舸遗诗》一卷、《桐华舸明季咏史诗钞》一卷、《桐华舸褒忠诗钞》一卷，这些诗集除了《桐华舸遗诗》以外，均由王鸿朗作序。因为《桐华舸遗诗》刊成时，王鸿朗已经去世，故而王鸿朗未能为之作序。

王鸿朗在为鲍瑞骏《桐华舸诗钞》所作序中称："学诗大愚，方忧腾笑。不意鄙人之癖，乃为先生所同。指月为师，因符得契，黄鹄并举，碧天四空。相知之深，相得之乐，岂特兰蕙之香交，淄渑之味合已哉？"[①]这几句提到了二人皆以诗为好，气味相投，是以结为知己。

王鸿朗在为鲍瑞骏《桐华舸诗续钞》所作序中称鲍瑞骏善作诗，而王鸿朗善论诗，鲍瑞骏每成一诗，必先交与王鸿朗品鉴，经二人反复修订后方才定稿。"其心之所至，吾心亦随其曲折而与之俱至"[②]一语，道出了二人如伯牙子期般的友谊，可见二人不仅气味相投，而且心意相通。

王鸿朗序鲍瑞骏《桐华舸明季咏史诗钞》曰：

> 粤以龙柠饬缮，元都有背日之城，鼍峪搏飙碧瀣，苗返风之草。萃冠簪于左衽，尚有孑遗，合玉帛于盒山，岂无后

---

① 见本书第 185 页。

② 见本书第 186 页。

至？然龙胧洒泣褒扬之典，未闻豹死留皮，歌咏之文不作。未有黄图锡美，碧血衔恩俾胜。朝死事之孤臣，沐亘古独隆之旷典如我。

　　　　　　　朝者乾隆四十年十一月

　　诏自明臣史可法，以次易名，赠恤有差，如天之仁，此举实光于万叶陈风之使，迄今未觏其一篇。岂汪濊之泽难摹，粤扬之思莫罄。与吾友桐舟司马于是，蹶然以兴曰：

　　朝廷有盛典，臣子不宣者，鄙也。忠节垂后裔，衡论不及者，陋也。爰操鸿笔，被之麟簧，语皆出于褒忠，旨则归于尊。

　　圣成明季咏史诗一册，俾为之序，余惟明祚，告终神洲。鼎沸翟泉苍鸟，饮恨沉沙邺苑，铜驼长埋断堙。划金陵之带水，感玉垒之浮云。诚使侧荐悲恫，凿门命将，龙髯恨远虽难，然已死之灰，驴背愁多，或可作偏安之想。而乃处堂燕乐，酣歌玉树之花，负局猾忙，乱砰金杯之子。谣兴帝鬼，酒祝天妖，等象箸之荒淫，射鸲尊而不动。凄凉碧月，照出降幡，奄冉青燐，皈依华表。正使杜鹃啼彻，望帝之魂不归，精卫衔残，穷桑之壑奚补。诸臣生丁阳九，众辑人三，以忠义感人，得便宜行事。登陴痛哭，抗节婴城，留赞披发以叫天，光弼纳刀而入阵。陪都无恙，将排碣石以屠鲸，高庙有神，定汗昭陵之铁马。乃此则誓师于江上，彼方决策于庐中，掣肘何心，搏膺奚揆。王黑冢在徒，九死之心坚，苏武节来望，三军而涕下。至若永桂仓皇而蒙难，岭峤奄息以偷生，仅此游魂，遑云成国。乃重耳在外，从亡之臣九人，田横就征，赴义之士五百。纵昧吠尧之义，何殊保路之谋。其或关塞漂蓬，家山藉蒿，惊回噩梦，事竟如斯。痛甚皋台，天何此醉。借一之怀莫奋，在三之谊弥敦。怀沙而追彭咸，厝火而焚仲矩。漆身劓面，谁收轵里之残骸，髡顶披缁，自屏沙门而灭迹。血淬桃花之剑，娘子军孤悲，填麦曲之谣，杞梁城圮。斯皆荟两间之正气，为一代之完人，以视信国。挥琴司农奋笏，都归一恸，并峙千秋于廑二百七十年。养士之报萃于斯时，一百有五人，尽瘁之忱，光于前代。戈难返日，弹鸟之技何施，鼎已升云，洛马之归有在。论古者可以兴，识微者可以喟矣。今日者，鸟啼故垒，腾有垂杨，萤火荒陵，惟闻落叶。话南朝之金粉，处处伤心，对北固之云山，床床泪雨。虽潜德之光必发，载在史宬而转喉之讳难言，谁搜稗乘何幸。

纶音眷往，尽节昭来。沫土遗封，悯殷顽之已尽，谷城旧迹，嘉鲁国之后降。

特加绰楔之荣，俾人精忠之传表墓，式闾而后。

皇谟远迈，成周泳仁蹈德之诗，秉笔正需作者：君乃以胸中之绮绩，写皮里之阳秋，揽半壁之兴亡，拟七哀之体制。一灯摇梦，古人奔走于毫端，万树鏖秋，好句飞来于纸上。欲吐成虹之气，金铁皆鸣，疑闻击筑之声，鬼神皆泣。余之卒读是集也，屋在万山之中，阶有盈尺之雪，残蝉忽堕，匣剑有声。四壁啾啾，挟惊飙而骤至，满林窣窣，讶人语之何来。胆气素豪，不觉肤栗，孤影植立，遂至废眠。盖通神之说为不诬，征实之词皆可信焉。昔安仁汧督之诔，约而未周，班固典引之文，靡而非实，惟君此作恢张。

皇度一视同仁，扬厉遗徽，万流仰镜。虽复谱于荐之辞，献破阵之乐，何以加兹于乎。植百世之纲常，以一言为华衮，足使河山气壮。封下壶以昭忠，岂惟凭吊诗工，补昌黎之后序也哉。

同治二年，岁在昭阳大渊献，涂月既望，
盐官笈甫，愚弟王鸿朗撰①

序中称"昔安仁汧督之诔，约而未周，班固典引之文，靡而非实，惟君此作恢张"，称鲍瑞骏的《桐华舸明季咏史诗钞》胜得过潘岳的《马汧督诔》和班固的《典引》，可以"补昌黎之后序"，将其与韩愈的《张中丞传后序》相提并论，可谓推崇备至。

王鸿朗序鲍瑞骏《桐华舸褒忠诗钞》曰：

粤逆起浔梧，犯湘鄂，浮江而东，踞金陵，蔓延十数省。颍毫之捻匪乘间傲扰，与相犄角，百城风靡，海水群飞。自匹夫匹妇一命以上，迄封疆将帅，罔不忠义奋发，剿精勚力。茹锋镝、膏原野者，踵相属而气益振，卒能廓清摧陷，殄灭凶丑，同我太平。

天子屡诏守土吏于死事之地建昭忠之祠，列于祀典，复俾儒臣纂修。

---

① 鲍瑞骏：《桐华舸明季咏史诗钞》，《清代诗文集汇编》（第630册），上海：上海古籍出版社，2010年，第147—148页。

方略用垂，亿世中兴之烈伟焉。方其磨牙横噬，殆不减于西汉之赤眉、东汉之黄巾、唐之巢、明之闯、献然。始也若火燎原，终且如汤沃雪，厥故何哉惟？

天眷佑我

圣清二百余年，仁深泽厚，沦浃乎无垠。异材挺生师，武臣力秉承。

庙算所向，有功警人，元气充盈，创伤不足为患，非尫羸者所可比。彰彰明矣，谨考军兴以来，亮节焯荦。

诏付史官立传者，稿成二百余卷。入祠坿祀者，各行省七万余人，于虖古未有也！古未有之奇必竢古未有之笔以张之，则吾友桐舟先生是也。先生诗句妙天下，正续两集及明季咏史诗吾皆序之。复取褒忠之作，编次成帙，以爵为序，不计殉节之先后，遵史例也。略缀小引，不求详备，有国史在也。其诗光焰腾跃，金石砰訇，白虹在天，碧血满纸，吾读之而毛发渐沥、精魄震荡，不知涕泗之何从。每慨廿四史中以忠义称者，何限顾其名若灭若没于天壤间，读先生诗而若而人者，森然植立于吾前，如睹其嘳血衔须之义烈，慨然欲与之同仇。则以史之博而难稽，不若诗之深而易感也。于虖其亦古未有已！鸿朗弱冠即参胡文忠、李忠武军事，复从今相国合肥李公平定东西两捻，与兵事相终。始诗之所咏，多吾故人。先生之诗又皆吾所商定，是集之刻，非鸿朗序之而谁宜焉方今？

威弧远扬西陲列城，势若破竹，飞走绝迹，譬懔乎海外。知先生犹将濡染大笔、铺张洪庥，以驾于柳雅韩碑之上。古语有之，季札以乐卜，赵孟以诗卜，吾于先生卜之矣。

光绪丁丑仲冬，王鸿朗谨序[1]

王鸿朗在序中提到为鲍瑞骏评诗一事，鲍瑞骏的许多诗作都是经过了王鸿朗评议和修改后才定稿的；王鸿朗对于鲍瑞骏诗歌创作的帮助和贡献自是不言而喻。他还称鲍瑞骏的《桐华舸褒忠诗钞》可以凌驾于柳宗元的《献平淮夷雅表》和韩愈的《平淮西碑》之上。

鲍瑞骏也曾为王鸿朗的游记《游蜀纪程》题词：

昔人曾歌《蜀道难》，山山危石江危滩。天工恣意辟灵境，待君收入银毫端。忆昨途中纵遐瞩，去天一握青巑岏。两崖对峙水百折，下有潭洞蛟龙蟠。竹柏萧森猿啸歌，村墟高下泉声环。路行木杪苔藓滑，身宿云端衾簟寒。孤城雨黑䚻燐出，荒戍风腥冲虎还。天彭井络一掌上，雄镇直控西南蛮。锦城亦是文物薮，霸王陈迹仍榛菅。境过情迁易生慨，当前肯使虚跳丸。少陵入蜀诗纪事，君文即寓诗兴观。世有欧阳癖嗜古，插架或想牙签攒。此册名山藏可待，底须废簏文搜韩。星霜掇拾非耳食，梦华碎录犹衔官。况复昇平土风朴，网罗应付丛书刊。假设干戈尚格斗，绳桥火井谁追攀。墨磨盾鼻且未暇，安得有录如骖鸾。抑或幽探胆力怯，何以刻画千岩峦。去日沙征回水宿，归舟犹望峨眉山。向者王师用武

---

[1] 鲍瑞骏：《桐华舸褒忠诗钞》，《清代诗文集汇编》（第630册），上海：上海古籍出版社，2010年，第277—278页。

处，颂今怀古愁诗屏。清时在德不在险，邈然流露含毫间。岂其真宰铲叠嶂，移向纸上神游先。人疑高揖《蜀都赋》，我作皇舆益地编。秋窗读罢灯半灺，湘娥帘外冰轮悬。[1]

鲍瑞骏将《游蜀纪程》与《蜀道难》《蜀都赋》等名篇相提并论，也代表了他对王鸿朗的高度赞赏。

鲍瑞骏的儿子鲍鼎为《桐华舸遗诗》所作跋中提到："先君子性耽吟咏，往往日课一诗或数诗，自笼甫王先生捐馆后，以知音遽逝，辍琴不弹。故四年中著述止此，去冬疾革遗命。"[2] 鲍瑞骏往常一日之内可以创作数首诗篇，但自从王鸿朗去世以后，鲍瑞骏心灰意冷，几不著诗，不久后便郁郁而终；由此亦足以见得王鸿朗在其心中的地位。鲍、王二人相识相知正似高山流水，曲罢绝弦，相携而去，为后人留下一段千古佳话。

2. 诗歌

令人遗憾的是，王鸿朗的诗歌均未刊刻行世，如今几已散佚殆尽。不过鲍瑞骏集中提到王鸿朗的篇目却高达百首，从中亦可见出二人的交游经过。

鲍瑞骏的《王山人招饮东庄》一诗，应当是他首次在诗中写到王鸿朗：

---

[1] 鲍瑞骏：《桐华舸诗续钞》，《清代诗文集汇编》（第630册），上海：上海古籍出版社，2010年，第238页。

[2] 鲍瑞骏：《桐华舸遗诗》，《清代诗文集汇编》（第630册），上海：上海古籍出版社，2010年，第276页。

闭门就松菊，饮酒读《离骚》。何必真名士，少微星自高。西风此山麓，一笑正持螯。归路月明里，溪声寒不涛。①

因为该诗题下注曰："'笈甫'，吾友王君鸿朗旧号"，其余篇目皆无。鲍瑞骏初识王鸿朗时，呼之"王山人"，这一称呼在他早期的游宴类诗歌中比较常见，如《春夜饮王山人东庄》《乱后宿王笈甫东庄》《晓起访王山人》《雨夜喜王山人过访》《访王山人不遇》等等。待二人熟识之后，鲍瑞骏便以"笈甫"相称，如《秋日访王笈甫》《雪后过笈甫东庄》《笈甫招饮有赠》《潘椒坡大令介繁设西洋筵招笈甫与余戏成》等等。除此之外，鲍瑞骏还曾为王鸿朗新居题壁，有《东庄题壁》《题王笈甫新居》两首题壁诗。

鲍、王二人自相识以后，常一同游山玩水，鲍瑞骏亦作诗纪之，如《晚步趵突泉同王山人作》：

携酒登临处，斜阳共倚阑。云开孤塔直，野旷一雕盘。天地清笳老，关山病马寒。且休论近事，极北是长安。②

又如《重九同王笈甫山人、苏逸庵明经登高》：

---

① 鲍瑞骏：《桐华舸诗钞》，《清代诗文集汇编》（第630册），上海：上海古籍出版社，2010年，第28页。
② 鲍瑞骏：《桐华舸诗钞》，《清代诗文集汇编》（第630册），上海：上海古籍出版社，2010年，第55页。

秋色输兵气，山川雁唳愁。故人重携酒，落日一登楼。磊落王郎剑，飘零季子裘。天涯逢令节，忍插菊盈头。[1]

二人早年间卜居山东，多在济南周边游玩，后来又一同迁居湖北，也常到武汉周围漫游，有《上司偕笈甫游墩子湖水阁（三首）》可以为证：

沿堤杨柳近新栽，水阁珠帘面面开。一片明漪浮塔影，洪山晴过女墙来。

宜晴宜雨此开樽，废垒犹思万马屯。春满莺花歌吹起，何人落日吊忠魂。

山影逶迤水不潮，最宜月夜荡轻桡。蜀冈禊事如重举，乞借箫声廿四桥。[2]

在鲍瑞骏的诗集中，酬赠一类，尤其繁多，写给王鸿朗的诗篇亦是如此。鲍瑞骏雅擅丹青，常作画题诗相赠王鸿朗，如《王笈甫属作山居图，并系以诗》[3]。此诗首二句"同治二年夏，见君

---

[1] 鲍瑞骏：《桐华舸诗钞》，《清代诗文集汇编》（第630册），上海：上海古籍出版社，2010年，第55页。
[2] 鲍瑞骏：《桐华舸诗续钞》，《清代诗文集汇编》（第630册），上海：上海古籍出版社，2010年，第247页。
[3] 见本书第195—196页。

明湖湄"交代了鲍瑞骏与王鸿朗是于同治二年（1863）夏在济南大明湖初次相见的。"君工六朝文，我嗜三唐诗，当其未谋面，我诗君所推"四句，又写出了王鸿朗擅文而鲍瑞骏好诗，王鸿朗于二人未谋面之前已对鲍瑞骏的诗作深为赞许。"天遣钟期来，听我弹残丝"二句，则道出了二人俞伯牙、钟子期一般的友谊；"况乃结弟昆，豁达披肝脾"二句，更是二人义结金兰的证明。除此之外，鲍瑞骏尚有《清溪夜话图赠笈甫》《村居图寄笈甫》《王笈甫山馆听秋图》等赠画诗相酬王鸿朗。

前文提到，王鸿朗也工于绘事，尤善钟馗，在他的画记《王笈甫先生画钟馗进士像题记》中就记载了他写给鲍瑞骏的题画诗文，可知王鸿朗亦曾赠画与鲍瑞骏：

胪句唱彻森罗殿，馗也题名喜欲旋。倒持手板去朝天，回顾同年皆白面。刘蕡失色方干羡，昂然直入琼林宴。浓髭浸杯讶磔猬，雅步降阶岂舒雁。簪花酩酊醉扶归，忘却腰间荆缑剑。路鬼揶揄笑吃吃，馗曰男儿须作健。此身纵步登蓬莱，犹堪试宰丰都县。呜呼县谱日千变，召杜龚黄世所贱。馆陶旧尹古循良，落魄似馗君不见。（《为鲍桐舟作》）[1]

鲍、王二人都能诗善画，自然是志趣相投。鲍瑞骏还有《王笈甫题渔洋山人本事诗残稿，谱南曲一阕，情文双绝，足以远攀玉茗，近接藏园，倾倒之余，因成一律，奉尘吟定》一诗称

---

[1] 王鸿朗：《王笈甫先生画钟馗进士像题记》，清光绪三年潘氏桐西书屋刻本，第6页。

赞王鸿朗：

> 白云词人笔，红楼倩女魂。鸳鸯三十六，都向曲中论。天地谁情种，文章只梦痕（时与笈甫未经谋面）。高谈如会座，碎尽玉昆仑。①

此诗写出王鸿朗不仅诗画两绝，还精通音律，早在未谋面前就令鲍瑞骏倾倒，故曰"天地谁情种，文章只梦痕"。

鲍瑞骏还经常将自己的诗作交与王鸿朗品评，对此，他在《长歌赠笈甫》②诗中有所论述。

《王笈甫属作山居图，并系以诗》一诗，提到鲍、王二人于同治二年夏天初次谋面，于是由《长歌赠笈甫》"前年明湖滨，蓬门驾方柱"二句，可知该诗作于同治四年。诗中详细记叙了二人以书信论诗的经过：鲍瑞骏将自身的惨淡经历苦吟成诗，王鸿朗则告诫他要以惨淡为精爽，时时谨持，不可恣意横流。鲍瑞骏深以为然，直言王鸿朗为良师益友，还称愿铸金像感谢他对自己诗歌创作的指导和帮助。末二句"金石两人心，茫茫视天壤"，表达出鲍瑞骏自信两人的友谊可以地久天长。

《长歌赠笈甫》"尽是感怀诗，一一邮筒往"二句，提到了鲍瑞骏寄给王鸿朗的诗篇多为感怀之作。鲍瑞骏一生漂泊，足迹遍布苏皖、齐鲁、荆楚等地，他在伤春悲秋之时、舟车劳顿之中，

---

① 鲍瑞骏：《桐华舸诗钞》，《清代诗文集汇编》（第630册），上海：上海古籍出版社，2010年，第86页。

② 见本书第193—194页。

难免触景生情，多有人生感慨欲诉诸王鸿朗，如《赠笈甫》：

> 家摧烽火未安枝，卖尽文章不疗饥。入幕那除名士气，临风殊有故人思。一丘一壑知何处，三楚三吴任所之。尘世艰难休看剑，酒天烂漫且吟诗。①

鲍瑞骏此诗先从己身写起，"家摧烽火未安枝，卖尽文章不疗饥"二句，提到了家乡安徽的动乱以及自己生活的潦倒。"入幕那除名士气，临风殊有故人思"二句，又转而宽慰王鸿朗，劝他不必为前途忧心，以他的一表人才自然是"三楚三吴任所之"，不管身在何处都能有一番作为。鲍瑞骏一官鲍系，一生饱受饥寒贫苦，王鸿朗久沉下僚，仕途多遭坎坷险阻；二人均是身怀大才而郁郁不得志，故常有同病相怜之慨。末二句"尘世艰难休看剑，酒天烂漫且吟诗"，犹似苦中作乐，道出了二人心中的症结所在：既然现实烦忧，不如一醉了之，将满怀不平之气都尽付于诗。

又如《六十余矣，余悲之，作此寄笈甫》：

> 诵君一官黄叶飞，有句亦作秋风悲。我友怜才走书告，极口几欲纱笈诗。为述访秋城畔路，夕阳满地红黄树。板桥茅店小勾留，疥壁模糊见新句。搔首咨嗟拂暗尘，款书典史虮虱臣。有才如此百僚底，傲岸之气犹嶙峋。归来惆怅莲花幕，寒不成眠听残柝。等是名场落魄人，何日相逢话畴昨。

---

① 鲍瑞骏：《桐华舸诗钞》，《清代诗文集汇编》（第630册），上海：上海古籍出版社，2010年，第132页。

愧非荐白贺知章，数篇乐府深揄扬。又非识贾京兆尹，一字推敲行汲引。霜叶飘零此一官，揭来捧檄关山难。唇缺声雌鬓且秃，一尊灯下开吟坛。囊中旧制丘迟锦，不教人憾吴江冷。读我残明咏史编，别有伤心怀抱尽。三复瑶函一雁哀，黄金何处筑高台。因君共下孤寒泪，犹胜蛾眉谣诼来。[1]

由"诵君一官黄叶飞""霜叶飘零此一官"等句，可知该诗为鲍瑞骏晚年辞官后所作。鲍瑞骏在诗中亦称自己和王鸿朗"等是名场落魄人"，有时候，千万句安慰的话，也比不上一滴感同身受的眼泪。"因君共下孤寒泪，犹胜蛾眉谣诼来"二句，就提到了王鸿朗读鲍瑞骏《桐华舸明季咏史诗钞》时，不禁潸然泪下，令鲍瑞骏大为感动。由此更见出二人心意互通，患难与共。

鲍瑞骏还有《感遇呈王笈甫》《五月十五夜对月柬笈甫》《十月十五夜月下感怀寄呈笈甫》《偶成寄笈甫》《秋生寄笈甫》《中秋月寄笈甫》《秋思呈笈甫》《秋日感怀，呈笈甫四首》《秋日校抄旧诗有感，寄怀笈甫》《怨情寄笈甫》《夜坐吟寄笈甫》《快雨新霁呈笈甫》《雨夜见月寄笈甫》《感兴一首呈笈甫》《春阴遣兴寄笈甫》《感遇寄王笈甫》《黄山云一首呈笈甫》《春柳四首寄笈甫》《逼仄行岁暮寄笈甫》《十一月十四夜，湖上雪月交辉，徘徊久之，凛乎其不可留也，作歌寄笈甫》《雨夜口号寄笈甫》《舟中寄笈甫》《江上待月寄笈甫》《次夜待月再寄笈甫》等诗，均系感怀之作，酬寄王鸿朗。

---

[1] 鲍瑞骏：《桐华舸诗续钞》，《清代诗文集汇编》（第630册），上海：上海古籍出版社，2010年，第213—214页。

另外，鲍瑞骏迁居湖北后，亦有《卜居汉阳寄怀笈甫》《五月移居武昌呈笈甫》《闲居呈笈甫》《市居呈笈甫》等诗寄呈王鸿朗，自叙迁居后的情况。

鲍、王二人酒逢知己千杯少，常常对酒长谈至深夜，鲍瑞骏还将二人的谈话也写成了诗，赠予王鸿朗，如《夜话赠王山人》：

突兀胸中万卷书，逃名心迹溷樵渔。可堪天宝遗民后，又见公孙跃马初。梦里家山烽惨淡，眼中人事月盈虚。萧斋剪烛同尊酒，何处桃源且卜居。①

此诗或为鲍瑞骏早期诗作，从他与王鸿朗的夜话中可以看出，鲍瑞骏对于名场已生倦意，渴望远避俗世，隐居山林。与之类似的还有《与王山人茶话》《夜话赠王笈甫》《与笈甫夜话偶占》等等。鲍瑞骏更有《夜梦寄笈甫》《笈甫书以梦告为诗纪之》二诗，分别记叙了鲍瑞骏和王鸿朗的梦中之事，可见他二人"情投意合"，甚至连做梦都要向对方倾诉。

王鸿朗好收藏文物，曾请鲍瑞骏为自己的藏品作诗，有《笈甫藏有袁候台瓦研，属作长歌纪之》《题笈甫所藏卞润父中丞画册》等诗为证。鲍瑞骏还送了王鸿朗一方砚台，并附有《赠笈甫龙尾枣心坑刷丝砚，以诗媵之并序》一诗相赠。

鲍、王二人之间的书信往来络绎不绝，鲍瑞骏集中亦多有酬答之作，如《六月三日得笈甫书，作此答之》《迟笈甫书不至》《得

---

① 鲍瑞骏：《桐华舸诗钞》，《清代诗文集汇编》（第630册），上海：上海古籍出版社，2010年，第50页。

笈甫途次金陵书却寄》《游岘山回寄笈甫》等等。

除此之外，王鸿朗念在鲍瑞骏一家生活清贫，常以物相赠，鲍瑞骏亦作诗酬谢，如《笈甫以鲜荔枝十枚分饷赋谢》《笈甫赠蒙顶茶》等等。

尽管王鸿朗的诗篇几已失传，但在鲍瑞骏的诗集中，却还存有他和王鸿朗相与唱和的诗作，如《王山人笈甫以感事诗见示，依韵和之》《蟋蟀和笈甫韵》《土偶和笈甫作》《九日书怀，和王笈甫千佛山登高》等等。值得注意的是《笈甫又以五律相示，语尤愤激，依韵再和，为笈甫解抑自广也》一诗，或是王鸿朗因名场失意而在诗中大发牢骚，鲍瑞骏便以此诗相和，为之排忧解闷：

愁苦金银气，汹汹极不平。十羊常九牧，一岁例三征。泪落监门笔，天寒骠骑营。试看邹鲁阆，小刦亦分明。[①]

实际上，王鸿朗一生命途多舛，鲍瑞骏诗集之中多有相与宽慰之作。如《笈甫失解，作此慰之》一诗，是为王鸿朗应试不中而作：

四壁吟蛩风雨哀，孤灯照影独徘徊。那堪异地怀人夜，又是名场失意来。水阔漫嗟鲍叶苦，山空仍放桂花开。明年

---

① 鲍瑞骏：《桐华舸诗钞》，《清代诗文集汇编》（第630册），上海：上海古籍出版社，2010年，第41页。

归棹君应悟，请看钟期汉上台。①

又如《笈甫失子，诗以解之》一诗，是王鸿朗中年丧子之后，鲍瑞骏作诗相慰，诗中还详细记述了王鸿朗在南京丧子的经过：

> 有子且勿喜，无子固勿叹。昌黎喻东野，托为元夫言。君年正三十，汤饼初开筵。顾惟远游久，赖以娱亲年。于戏孝养心，契在行神先。去年一女殇，金鹿同忧煎。今年举一男，庶几私慰焉。名之曰铁牛，无灾并无害。不愿为公卿，但愿书勿卖。箧笥有青毡，旧物守家诫。不谓旬日中，兰牙春雨败。人言君盛德，得祸无乃太。先是北极阁，赛神开剧场。不知谁家儿，瑜珥生辉光。娟娟四五龄，有人负而走。君时行药迟，花午铜街口。熟视略卖人，尾之麾以手。其人诺诺然，瞠目无可否。酬以青铜钱，伥伥去如狗。君乃提携之，问儿儿不知。惟言剧场闹，保姆均在斯。路逢相识人，导至城北陲。划舟渡未半，遥闻声苦悲。失儿正无措，村妇喧成围。岂知合浦珠，一日俄来归。责报本无心，市义尤所耻。其家思献环，君日子休矣。是夕方还家，乳下儿竟死。虽云裸裎物，得失偶然耳。何以博亲欢，命蹇故如此。我乍闻之叹，已复为君喜。君有济人德，毕万大有以。此子倏委化，或者不才子。不然报施神，胡为倒冠履。谓天为有知，豺声馁其鬼。谓天为无知，三槐昌后起。何须欷天阍，万古

---

① 鲍瑞骏：《桐华舸诗续钞》，《清代诗文集汇编》（第630册），上海：上海古籍出版社，2010年，第213页。

准一理。收悲以欢欣，春风满桃李。[①]

又如《闻笈甫覆舟青狼滩遥有此寄》一诗，鲍瑞骏听说王鸿朗在赴云南途中翻船，又幸而脱险之后，借诗问候好友：

曩者任城役，舟沉安不危。知君能济险，随节又边陲。河伯方观海，龙神岂借碑。青狼滩下水，相试亦奚为。[②]

王鸿朗常因转幕之故，流转多地，鲍瑞骏诗中亦有送别王鸿朗之作，如《饯王笈甫秋赋武林叠前韵》《笈甫书来，有长沙之行，诗以送之》等等。

其实鲍瑞骏与王鸿朗"聚少离多"，中岁以后更是难得会面，二人多以书信联络。然而不论王鸿朗身在何处，鲍瑞骏都会时常想起他。在鲍瑞骏写给王鸿朗的诗作中，也以怀人题材的篇目居多，如《九日黄鹤楼登高，有怀王二笈甫》《晓起怀王笈甫》《湖上怀笈甫》《明湖雨夜怀笈甫》《闰五月十六夜，湖上待月，怀王笈甫济阳》《旅思怀笈甫》《秋夜对酒，有怀笈甫》《夜雨有怀笈甫》《江上晚眺，有怀笈甫浙闱》《夜雨有怀二首呈笈甫》《传经书院夜坐，有怀笈甫》《夜雨独坐，有怀笈甫》《九月十四夜水阁玩月，寄怀笈甫》《夜雨独坐，有怀笈甫武昌二首》《夜雨归思怀笈甫》

---

① 鲍瑞骏：《桐华舸诗钞》，《清代诗文集汇编》（第630册），上海：上海古籍出版社，2010年，第128页。

② 鲍瑞骏：《桐华舸诗续钞》，《清代诗文集汇编》（第630册），上海：上海古籍出版社，2010年，第266页。

《秋夕闻雁怀笈甫博平》《春夜怀笈甫汉皋》《秋夕怀笈甫》《冬夜有怀笈甫南中》《松滋雨泊,有怀笈甫武昌》《暮秋有怀笈甫》《登楼寄怀王笈甫》《秋夜听雨有怀笈甫》《雨夜有怀笈甫时久不得手书》等等,足以见得王鸿朗在鲍瑞骏心中的地位,非他人可比。

王鸿朗之所以能在鲍瑞骏心中有如此地位,其中一个很重要的原因是王鸿朗于鲍瑞骏来说,是亦师亦友的关系,在诗歌创作中二人常常切磋交流,彼此鼓励。鲍瑞骏在《编诗付刊,感成四韵寄笈甫》一诗中,就提到了王鸿朗对自己的帮助:

风骚变态日翻新,修到梅花几劫尘。词以平常山奇崛,气从炼冶得清真。二千里外江湖梦,五十年中傀儡人。言语一科惭附骥,多君指月悟空因。[①]

鲍瑞骏先叙述了自己对于诗歌创作的看法,他认为用词当于平常之中见出奇崛,神气则须千锤百炼方可至于清真。末二句"言语一科惭附骥,多君指月悟空因",道出了自己对王鸿朗的感激和赞赏,他将王鸿朗比作千里马,称自己只是附骥而行,多赖王鸿朗指点迷津。由此可以推知,王鸿朗对于鲍瑞骏诗歌宗旨和创作主张的形成,都具有一定的指导和修正作用。

鲍瑞骏常以诗歌的形式向王鸿朗表达自己的创作观念,并与其论诗,如《与友人论诗并呈笈甫》:

---

① 鲍瑞骏:《桐华舸诗续钞》,《清代诗文集汇编》(第630册),上海:上海古籍出版社,2010年,第269页。

昔人议新城，谓之王爱好。如今读其诗，无一字草草。我病与之同，精心恣探讨。经营惨淡中，渊然若枯槁。触事句偶忘，恚若后搜蚤。少焉徐自还，快若兔依藻。研求一字安，梦寐亦颠倒。凿开混沌眉，穷极都卢杪。腾天旋入渊，一霎疾于鸟。拓尽万古胸，现出三神岛。家人问米盐，往往寅讹卯。人言太求工，雕饰病不少。岂必樊宗师，乃属名山稿。傅粉画无盐，那及徐娘老。不知人五官，何爱一目眇。花不培不妍，镜不磨不皎。馔不调不精，帛不裁不袄。不然骑生马，狂驰必失道。荡荡阊阖开，焉得不洒扫。试观天上月，合之以七宝。神仙撒手行，亦要修炼早。所以古圣人，不能使人巧。既非志怪书，荒诞唯所造。又非重译文，侏离不相晓。随园续诗品，焚香为拜倒。不入人意中，不出人意表。[1]

鲍瑞骏称自己与清初文宗王士禛"同病"，作诗好苦吟，精研细探以求一字之安。有人说他的诗刻意求工，免不了雕饰之病，但他却认为"花不培不妍，镜不磨不皎"，就是要不断研磨修炼才能有所提高，这是诗歌创作必须经历的过程。

又如《论诗呈笈甫》：

活计唯诗那得肥，寒来织字不为衣。蛟龙非雨无奇态，风月如花有化机。味别淄渑终是淡，声参天地始云希。大江

---

[1] 鲍瑞骏：《桐华舸诗钞》，《清代诗文集汇编》（第630册），上海：上海古籍出版社，2010年，第113页。

一苇飘然去，九载端由面壁归。①

鲍瑞骏写到了自己清寒苦吟的作诗方法：崇奇崛、尚变化，当参天地以尽性，欲效达摩而面壁，亦是精研细磨之意。

又如另一首《论诗呈笈甫》：

> 一月三致书，缺焉即心疲。无语为寒暄，但觉吟诗瘦。君言有伧父，眼光小如豆。谓似李西涯，白诗辨声臭。岂知腐鼠来，视若良璞购。义山既贻讥，东坡亦蒙垢。我谓两家诗，殊难议良莠。当其依河阳，以才缔婚媾。无奈令狐绹，设醴情不厚。蛾眉谣诼多，谁与引手救。此意难斥言，半付鸳鸯绣。实则饭颗山，有笔梦中授。东坡尤天才，万斛泉源富。曲折尽诗骚，示人志于縠。惜稿不自刊，玉石几相糅。况乃诗祸深，身后犹勿宥。我昔宗义山，惟恐雉窜圄。晚乃师东坡，岂其船放溜。我欲置诗龛，唐宋合一构。李杜为升堂，韩孟为对霤。义山枨之初，东坡海之后。走书以报君，慎毋阿所谬。傥开宗派图，应出西江右。②

鲍瑞骏在诗中提到自己的学诗体系：将唐宋诗人合为一体，以李白、杜甫为主，辅之以李商隐、苏轼。他还称自己如果开宗

---

① 鲍瑞骏：《桐华舸诗续钞》，《清代诗文集汇编》（第630册），上海：上海古籍出版社，2010年，第201—202页。

② 鲍瑞骏：《桐华舸诗续钞》，《清代诗文集汇编》（第630册），上海：上海古籍出版社，2010年，第178页。

立派，则将有胜于宋代的江西诗派，可见鲍瑞骏自视甚高，对自己的诗歌造诣非常有自信。

然而实事求是地说，鲍瑞骏在晚清诗坛的名声并不显赫。但是王鸿朗等一众诗友对他的肯定和赞赏，却成为鲍瑞骏多年来不懈修持、钻研诗道的主要动力。这从《笈甫评余诗有"如此境界、如此兴致，必非久于困穷"诸语，感呈一律》中，就可以看出：

> 寂寞穷途泪，何曾洒向人。斯文千古脉，相许一心真。盐米煎寒暑，功名蛰贱贫。孤松冬岭上，那识李桃春。①

鲍瑞骏的诗歌创作之路相当崎岖，他一方面在现实中饱受饥寒困苦，一方面在精神上渴望得到大多数人的认可。但晚清时期中国的传统文化深受西方现代文化冲击，小说和散文的兴起，使得古典诗歌甚至整个古典文学的地位都面临挑战。鸦片战争以后，曾经盛极一时的桐城派也逐渐走向了落寞，而鲍瑞骏于此时提出标举风雅、尊崇盛唐的诗学主张，在当时的时代背景和社会现实下已难以造成强烈的反响。因此鲍瑞骏的文学理想也一直未能实现。可以想象，在现实和理想的双重夹击之下，若没有王鸿朗的理解和鼓励，鲍瑞骏很难保持高度的创作热情，孜孜以求地坚持下去。

事实也证明，在王鸿朗去世以后，鲍瑞骏再无从前"一日课数诗"的创作热情，甚至伯牙绝弦，几不著诗。鲍瑞骏晚年时，

---

① 鲍瑞骏：《桐华舸诗续钞》，《清代诗文集汇编》（第630册），上海：上海古籍出版社，2010年，第173页。

妻子已先他而去，儿女亦宿于亲家，一众好友都相继去世，唯一的知己王鸿朗又随李瀚章去往云南，他孤苦伶仃，只能与诗为伴。《订诗自慨》一诗，就写到了他晚年寂寞的心境：

  冰雪常携一卷文，酸咸世味太纷纷。伤心木坏山颓后，哭向秋风待子云。①

鲍瑞骏在诗中称世味酸咸，他只觉"木坏山颓"，有满怀酸辛正待与知己王鸿朗哭诉。而王鸿朗却卒于赴云南途中，鲍瑞骏身在湖北，作此诗时还未得噩耗。诗末注曰："时笈甫赴滇，益形落寞。"可见鲍瑞骏晚年亲友丧尽，只有知己王鸿朗与他相依为命，所以王鸿朗离世后不久，他也随之而去。

关于二人合编《瑶台风露》一事，鲍瑞骏亦有诗以纪之，如《游仙词读笈甫所评青莲、东坡两家五古》：

  瑶台春夜雪，月满百花香。听罢云璈奏，归来鹤背凉。蓬莱有楼阁，旦暮小沧桑。换得玲珑骨，酣斟玉露浆。②

由诗题可知，鲍瑞骏分别编写了李白、苏轼两家的五言古诗选本，并交予王鸿朗作评。鲍瑞骏在此诗之中或已点出了两册五

---

① 鲍瑞骏：《桐华舸诗续钞》，《清代诗文集汇编》（第630册），上海：上海古籍出版社，2010年，第266页。
② 鲍瑞骏：《桐华舸诗续钞》，《清代诗文集汇编》（第630册），上海：上海古籍出版社，2010年，第197—198页。

古诗选的书名,如"瑶台春夜雪""酙斟玉露浆"二句之中,就暗含了李白的五古诗选《瑶台风露》之名。由此类推,苏轼的五古诗选可能就叫作"月满蓬莱"或"蓬阁月华"。

又如《游仙词与笈甫论诗》:

> 君如安期生,我亦卫叔卿。高寒风露中,步虚时有声。苍麟脯可餐,薰髓酒尤冽。小宴蓬莱巅,黄庭论真诀。半酣骑紫云,渡海揽明月。采得三山花,鲸鱼时一掣。[1]

此诗或是鲍瑞骏读王鸿朗评点李白、苏轼五言古诗后有感而作。鲍瑞骏将自己和王鸿朗比作安期生与卫叔卿,称二人如神仙宿高寒风露之中,不食人间烟火,而于蓬莱之巅、黄庭之内谈诗论道。末四句"骑云""揽月""采花""掣鲸"等语皆是形容二人之才学气魄超凡脱俗、高人一等。这也说明了鲍瑞骏对自己编纂的李白、苏轼五言古诗诗选十分自信。

鲍瑞骏善写诗,王鸿朗善论诗,二人相交有如珠联璧合,相得益彰,而二人合编的《瑶台风露》,则正是其才华与智慧的结晶。

---

[1] 鲍瑞骏:《桐华舸诗续钞》,《清代诗文集汇编》(第630册),上海:上海古籍出版社,2010年,第210页。

第五章 《瑶台风露》的选诗

《瑶台风露》书眉第一条墨批称:"此册与东坡五古选择精绝细绝,可云双璧,讽诵万遍,凡骨皆仙,知音宝之。"可知鲍瑞骏原本抄选了李白与苏轼两家的五言古诗,而今仅见李白的五古诗钞《瑶台风露》一卷,苏轼的五古诗钞或已散佚。

上一章提到,鲍瑞骏的《桐华舸诗续钞》中有《游仙词读笈甫所评青莲、东坡两家五古》《游仙词与笈甫论诗》二诗,反映出了《瑶台风露》的成书经过。书中所选李白五言古诗,都是先由鲍瑞骏初步筛选,再交由王鸿朗二次审定,经过两人反复商讨后,才最终成书的。

这于《瑶台风露》扉页和卷末的落款中可得到证明:卷末落款为"同治六年,岁次丁卯中秋,桐华舸主人手钞",扉页的落款为"同治七年,岁在戊辰二月,桐华舸藏本"。可见,在同治六年(1867)中秋至同治七年二月这段时间里,就是王鸿朗在进行最后的审校工作。虽然《瑶台风露》篇幅不长,但因为鲍、王二人身处异地,只能在信中论诗商议,所以足足花了半年的时间才定稿。

第一节 《瑶台风露》的成书

《瑶台风露》全书共一百一十六页，选李白五言古诗一百七十九首，分作古风、乐府、古诗三类。书眉上有朱批二百余条、墨批二十余条，诗行间有墨批五百余条。究其字迹，朱批乃"笈甫"王鸿朗所加，墨批乃"桐华舸主人"鲍瑞骏所加。

扉页有鲍瑞骏手书："太华夜碧，人闻清钟"，落款为"同治七年，岁在戊辰二月，桐华舸藏本"，证明《瑶台风露》成书的具体时间是在同治七年二月。"太华夜碧，人闻清钟"出自司空图《二十四诗品》中的"高古"一则，鲍瑞骏将之题于扉页，代表了他对李白五言古诗的整体认识。

卷首题名："李青莲五古精选""笈甫定本，桐华舸钞"。有"桐舟""包鱼"两枚铅印。"桐舟"即为鲍瑞骏字号，"包鱼"则是将他的姓氏"鲍"字左右颠倒而成。

卷末落款："同治六年，岁次丁卯中秋，桐华舸主人手钞"，有"桐舟"与"桐华舸藏"两枚铅印，可知《瑶台风露》抄定于同治六年中秋。

另有"桐华舸主人"鲍瑞骏跋语：

> 雄浑，则超以象外，得其环中也。高古，则太华夜碧，人闻清钟也。洗炼，则空潭泻春，古镜照神也。绮丽，则月明华屋，画桥碧阴也。自然，则幽人空山，过雨采蘋也。豪放，则晓策六鳌，濯足扶桑也。精神，则青春鹦鹉，杨柳池台也。清奇，则晴雪满竹，隔溪渔舟也。超诣，则乱山乔木，碧台

芳晖也。飘逸，则缑山之鹤，华顶之云也。

鲍瑞骏从《二十四诗品》中摘出"雄浑""高古""洗练""绮丽""自然""豪放""精神""清奇""超诣""飘逸"十品来形容李白五言古诗的风格，甚为贴切。正如此书之名："瑶台"乃是天上神仙所居之处，而"风露"则是瑶台之上的寒风和冷露。《离骚》曰："望瑶台之偃蹇兮，见有娀之佚女"[①]，更是有遥不可及、高不可攀之慨。因此"瑶台风露"原是高处不胜寒之义，意指李白的五言古诗曲高和寡，世人大多难以索解，且待知音冥心探索，以求太白真意。

一 《瑶台风露》的抄选底本

王定璋先生《〈瑶台风露〉——新发现的李白五古精选精批手抄本》一文，在论及《瑶台风露》的底本情况时称：

> 若将抄本与王琦《李太白集》和瞿蜕园、朱金城的《李白集校注》相比勘，发现异文有多处，如《结客少年场》中，抄本作"徒令"，今本作"从令"；《长干行》里"蝴蝶黄"，今本作"蝴蝶来"等等，未可缕指。抄本的异文与两宋本、萧士赟本颇吻合，故可推知桐华舸主人当以两宋本和萧本为

---

① 董楚平：《楚辞译注》，上海：上海古籍出版社，2014年，第20页。

蓝本所抄选。①

王定璋先生认为《瑶台风露》底本是两宋本和萧士赟本，然而本书通过逐一比对了宋刻本《李太白文集三十卷》、元至大三年建安余氏勤友书堂萧士赟注本《分类补注李太白诗二十五卷》、明正德十五年刘氏安正书堂刻本《分类补注李太白诗二十五卷》、明嘉靖二十二年郭云鹏宝善堂刻本《分类补注李太白诗二十五卷》、明万历三十年长洲许自昌聚奎楼刻本《分类补注李太白诗二十五卷》、清康熙五十六年吴门缪日芑双泉草堂刻本《李太白文集三十卷》、清乾隆二十四年聚锦堂王琦注本《李太白文集三十六卷》、清光绪三十四年至宣统元年贵池刘氏覆刻《景宋咸淳本李翰林集三十卷》等通行版本与《瑶台风露》的异文情况，发现《瑶台风露》的选诗底本与上述版本均不甚相合，却与全唐诗本李白集较为相似。

如《古风》其七《五鹤西北来》"五鹤西北来"句，宋本、萧本、缪本、郭本、刘本、王本、咸本作"客有鹤上仙"，全唐诗本作"五鹤西北来"；"仙人绿云上"句，宋本、萧本、缪本、郭本、刘本、王本、咸本作"扬言碧云里"，全唐诗本作"仙人绿云上"；"我欲一问之"句，宋本、萧本、缪本、郭本、刘本、王本、咸本作"举首远望之"，全唐诗本作"我欲一问之"。

又如《古风》其五十九《恻恻泣路歧》"嗟嗟失权客"句，宋本、萧本、缪本、郭本、刘本、王本、咸本作"嗟嗟失欢客"，全唐诗本作"嗟嗟失权客"。

---

① 王定璋：《〈瑶台风露〉——新发现的李白五古精选精批手抄本》，《天府新论》1985年第3期，第50页。

又如《门有车马客行》"门有车马客"句，宋本、萧本、缪本、郭本、刘本、王本、咸本作"门有车马宾"，全唐诗本作"门有车马客"。

又如《丁督护歌》"一唱督护歌"句，宋本、萧本、缪本、郭本、刘本、王本、咸本作"一唱都护歌"，全唐诗本作"一唱督护歌"。

又如《赠常侍御》"功成复潇洒"句，宋本、萧本、缪本、郭本、刘本、王本、咸本作"功成复萧洒"，全唐诗本作"功成复潇洒"。

又如《经乱离后天恩流夜郎忆旧游书怀赠江夏韦太守良宰》"骥耳空腾骧"句，宋本、萧本、缪本、郭本、刘本、王本、咸本作"绿耳空腾骧"，全唐诗本作"骥耳空腾骧"；"浔阳满旌旃"句，宋本、萧本、缪本、郭本、刘本、王本、咸本作"寻阳满旌旃"，全唐诗本作"浔阳满旌旃"；"登台坐水阁"句，宋本、萧本、缪本、郭本、刘本、王本、咸本作"登楼坐水阁"，全唐诗本作"登台坐水阁"。

又如《赠宣城宇文太守兼呈崔侍御》"食雪首阳颠"句，宋本、萧本、缪本、郭本、刘本、王本、咸本作"食雪首阳巅"，全唐诗本作"食雪首阳颠"。

又如《于五松山赠南陵常赞府》"兰秋香风远"句，萧本、缪本、郭本、刘本、王本、咸本作"兰幽香风远"，宋本、全唐诗本作"兰秋香风远"。

又如《经乱后将避地剡中留赠崔宣城》"雪尽天地明"句，宋本、萧本、缪本、郭本、刘本、王本、咸本作"雪昼天地明"，全唐诗本作"雪尽天地明"。

又如《献从叔当涂宰阳冰》"还如泰阶平"句，宋本、萧本、缪本、郭本、刘本、王本、咸本作"还如太阶平",全唐诗本作"还如泰阶平"。

又如《安陆白兆山桃花岩寄刘侍御绾》"选幽开上田"句,宋本、萧本、缪本、郭本、刘本、王本、咸本作"选幽开山田",全唐诗本作"选幽开上田"。

又如《送王屋山人魏万还王屋》"忽然思永嘉"句,宋本、萧本、缪本、郭本、刘本、王本、咸本作"眷然思永嘉",全唐诗本作"忽然思永嘉"。

又如《游泰山六首》其一《四月上泰山》"四月上泰山"句,宋本、萧本、缪本、郭本、刘本、王本、咸本作"四月上太山",全唐诗本作"四月上泰山"。

又如《日夕山中忽然有怀》"抚几空叹息"句,宋本、萧本、缪本、郭本、刘本、王本、咸本作"抚己空叹息",全唐诗本作"抚几空叹息"。

又如《拟古十二首》其二《高楼入青天》"栖鸟起回翔"句,宋本、萧本、缪本、郭本、刘本、王本、咸本作"栖鸟去回翔",全唐诗本作"栖鸟起回翔"。其九《生者为过客》"浮荣安足珍"句,宋本、萧本、缪本、郭本、刘本、王本、咸本作"浮荣何足珍",全唐诗本作"浮荣安足珍"。其十一《涉江弄秋水》"佳人彩云里"句,宋本、萧本、缪本、郭本、刘本、王本、咸本作"佳期彩云里",全唐诗本作"佳人彩云里"。

又如《寻阳紫极宫感秋作》"野情转萧洒"句,宋本、萧本、缪本、郭本、刘本、王本、咸本作"野情转萧散",全唐诗本作"野情转萧洒"。

又如《秋浦寄内》"结荷倦水宿"句，宋本、缪本、王本、咸本作"结荷见水宿"，萧本、郭本、刘本作"结荷捲水宿"，全唐诗本作"结荷倦水宿"。

又如《感兴六首》宋本、萧本、王本等作《感兴八首》，而《瑶台风露》无其四《芙蓉娇绿波》与其七《揭来荆山客》，与《全唐诗》本同。萧士赟《分类补注李太白诗》注其四《芙蓉娇绿波》曰："此篇已见二卷古诗四十七首，必是当时传写之误。编诗者不能别，姑存于此卷。观者试以首句比并而论，美恶显然，识者自见之矣。"① 又注其七《揭来荆山客》曰："此篇已见二卷《古风》三十六首，但有数语之异，编诗者故两存之。"② 因《感兴》其四《芙蓉娇绿波》、其七《揭来荆山客》与《古风》其四十七《桃花开东园》、其三十六《抱玉入楚国》仅有数语之别，故而《全唐诗》将此二首从《感兴》中剔除，《瑶台风露》亦如其体例，题作《感兴六首》。其一《瑶姬天帝女》"宛转入宵梦"句，宋本、萧本、缪本、郭本、刘本、王本、咸本作"宛转入梦宵"，全唐诗本作"宛转入宵梦"。其四《十五游神仙》"吹笙坐松风"句，宋本、萧本、缪本、郭本、刘本、王本、咸本作"吹笙吟松风"，全唐诗本作"吹笙坐松风"。

由此不难发现，《瑶台风露》抄本与全唐诗本李白集十分相似。而《全唐诗》是康熙四十四年（1705）彭定求等人奉敕编校的，由

---

① 萧士赟补注：《分类补注李太白诗》（第24卷），《四部丛刊》，民国上海涵芬楼景明本，第10页。

② 萧士赟补注：《分类补注李太白诗》（第24卷），《四部丛刊》民国上海涵芬楼景明本，第11页。

曹寅主持刊刻，在胡震亨《唐音统签》和季振宜《唐诗》的基础上，旁采残碑断碣、稗史杂书，历时一年编成，可以称得上是当时的权威本。故《瑶台风露》以全唐诗本为底本选诗，亦不足为怪，但若究其版本优劣，全唐诗本自然是不能与两宋本相提并论的了。

应当注意的是，《全唐诗》收诗规模巨大、编纂时间紧促，难免会出现诸多颠倒错讹的现象。《全唐诗》的李白集里就有不少错误存在。如李白的名篇《将进酒》未被纳入他的诗卷中去，如《望黄鹤楼》应题作"望黄鹤山"，又如王昌龄《从军行》误入李白诗卷，等等。还有许多诗文上的错讹之处，这里不再一一列举。因此，公正地说，《瑶台风露》若将《全唐诗》李白集作为底本进行抄选，是不严谨的，也是不规范的。不过，逐一比对《瑶台风露》的诗歌文本与《全唐诗》的诗歌文本，发现二者也有异文存在。

如《古风》其十五《燕昭延郭隗》"千里独徘徊"句，全唐诗本作"千里独裵回"，宋本、萧本、缪本、郭本、刘本、王本、咸本作"千里独徘徊"。

又如《秋浦歌》其一《秋浦长似秋》"客愁不可渡"句，萧本、缪本、郭本、刘本、王本、咸本、全唐诗本作"客愁不可度"，宋本作"客愁不可渡"。

又如《去妇词》"常嫌玳瑁孤"句，全唐诗本作"尝嫌玳瑁孤"，宋本、萧本、缪本、郭本、刘本、王本、咸本作"常嫌玳瑁孤"。

又如《献从叔当涂宰阳冰》"意重太山轻"句，全唐诗本作"意重泰山轻"，宋本、萧本、缪本、郭本、刘本、王本、咸本作"意重太山轻"。

又如《感时留别从兄徐王延年从弟延陵》"大臣小暗鸣"句，

宋本、萧本、缪本、刘本、王本、咸本、全唐诗本作"大臣小喑鸣"，郭本作"大臣小嗜鸣"。

又如《送王屋山人魏万还王屋》"且渡耶溪水"句，宋本、缪本、王本、咸本作"一弄耶溪水"，郭本、全唐诗本作"且度耶溪水"，萧本、刘本作"且渡耶溪水"。

又如《游泰山六首》其四《清斋三千日》"伏槛窥东溟"句，全唐诗本作"伏槛窥东暝"，宋本、萧本、缪本、郭本、刘本、王本、咸本作"伏槛窥东溟"。

除此之外，《瑶台风露》抄本中还存在多处与众通行版本均不相同的异文现象。

如《古风》其十二《松柏本孤直》"使我长太息"句，诸本俱作"使我长叹息"；"冥栖岩石山"句，诸本俱作"冥栖岩石间"。

又如《古风》其十三《君平既弃世》"观变穷大易"句，诸本俱作"观变穷太易"。

又如《古风》其三十四《羽檄如流星》"何如舞干戚"句，诸本俱作"如何舞干戚"。

又如《古风》其四十七《桃花开东园》"独立自萧瑟"句，诸本俱作"独立自萧飔"。

又如《古风》其四十八《秦皇按宝剑》"但求蓬岛乐"句，诸本俱作"但求蓬岛药"。

又如《长干行二首》其一《妾发初覆额》"八月胡蝶黄"句，诸本俱作"八月蝴蝶来"。

又如《独不见》"黄金边塞儿"句，诸本俱作"黄龙边塞儿"。

又如《妾薄命》"汉皇宠阿娇"句，诸本俱作"汉帝宠阿娇"；

"今成断肠草"句，诸本俱作"今成断根草"。

又如《怨歌行》"卷衣恋香风"句，诸本俱作"卷衣恋春风"。

又如《相逢行》"相见不相亲"句，诸本俱作"相见不得亲"。

又如《豫章行》"斩卤素不闲"句，诸本俱作"斩虏素不闲"。

又如《赠王判官时余归隐居庐山屏风叠》"蹭蹬成吴越"句，诸本俱作"蹭蹬游吴越"；"吾非济世人"句，诸本俱作"吾非济代人"。

又如《赠宣城宇文太守兼呈崔侍御》"胡卤三叹息"句，诸本俱作"胡虏三叹息"；"思同郭太船"句，诸本俱作"思同郭泰船"。

又如《自梁园至敬亭山见会公谈陵阳山水兼期同游因有此赠》"弭节流清辉"句，诸本俱作"弭棹流清辉"。

又如《赠友人三首》其一《兰生不当户》"夙被霜雪欺"句，诸本俱作"夙被霜露欺"。

又如《安陆白兆山桃花岩寄刘侍御绾》"选幽开上田"句，诸本俱作"选幽开山田"。

又如《寄东鲁二稚子》"我行尚未还"句，诸本俱作"我行尚未旋"。

又如《流夜郎至西塞驿寄裴隐》"震旦百川满"句，诸本俱作"震沓百川满"。

又如《江上寄元六林宗》"沧江眇川汜"句，诸本俱作"沧波眇川汜"。

又如《感时留别从兄徐王延年从弟延陵》"长沙不成舞"句，诸本俱作"长沙不足舞"；"援毫投此词"句，诸本俱作"援毫投此辞"。

又如《送王屋山人魏万还王屋》"亭空千山月"句,诸本俱作"亭空千霜月"。

又如《游泰山六首》其一《四月上泰山》"崖倾向东摧"句,诸本俱作"倾崖向东摧";"想像金银台"句的"像",诸本俱作"象"。

又如《金陵凤皇台置酒》中的几处"皇"字,诸本俱作"凰"。

又如《日夕山中忽然有怀》"欲往沧洲隔"句,诸本俱作"欲往沧海隔"。

又如《秋夕旅怀》"心断明月辉"句,诸本俱作"心断明月晖";"芳草歇幽艳"句,诸本俱作"芳草歇柔艳"。

又如《自代内赠》"犹有旧歌琯"句,诸本俱作"犹有旧歌管"。

由于《瑶台风露》的选诗数量较大,鲍瑞骏在抄选过程中难免会出现一些错误,如《古风》其十三《君平既弃世》"观变穷大易"句,诸本俱作"观变穷太易",或是出于笔误,将"太"误作"大"之故。再者,明清之际异体字盛行,书家尚奇好异,往往以此来表现"其形各异,为体互乖"的书写变化,从而避免同一个字的多次重复出现。"胡卤三叹息"和"斩卤素不闲"二句中的"卤"字,或即此例,属于"虏"字的异体。可见书中的某些异文现象或是鲍瑞骏的抄写习惯所致。然而上述与众通行版本均不相同的异文现象多达三十余处,并非都出于偶然,足以证明《瑶台风露》的抄选底本并不是当时刊刻流行的李白集,而是更为少见的版本,并与全唐诗本李白集较为相似。

《瑶台风露》与其他李白集版本的异文情况,详见上编注释,这里不再过多赘述。

二 《瑶台风露》的分类体例

关于李白五言古诗的分类，清人管世铭的《读雪山房唐诗序例·五言凡例》提到：

> 太白五古言有极经意，有极不经意。乐府，咏古诸题，合节应弦，极经意之作也；寻常酬应，乱头粗服，不经意之作也。于经意处得其深奇，于不经意处得其洒脱。①

汤华泉先生的《李白五古三论》根据《读雪山房唐诗序例》将李白的五言古诗分作古风、乐府、酬应三类：

> 这里的"咏古"似指古风，似是将李白的五古分成古风、乐府、酬应三类。前二类一般人都常提起，第三类少有人归纳，古风、乐府之外的作品，给它一个什么样的类名，不大好定。这类作品一般都有较具体的写作目的、背景和人事关系，管世铭称其为"酬应"，应当说是可以的。②

宫立华的《李白五古研究》也沿用了《李白五古三论》中的分类，将李白五言古诗划为古风、乐府、酬应三类。事实上，正

---

① 管世铭：《读雪山房唐诗序例·五言凡例》，《清诗话续编》，上海：上海古籍出版社，1983年，第1546页。
② 汤华泉：《李白五古三论》，《苏州科技学院学报（社会科学版）》2009年第3期，第42页。

如汤华泉先生所言，在李白的五言古诗之中，古风和乐府是比较容易界定的，早在宋本的《李太白文集》中就已经划分出了古风和乐府两个类别。但除去古风、乐府之外的诗歌作品，由于体裁相似而主题各异的原因，却很难归纳到同一类别中去。《李白五古三论》和《李白五古研究》以"酬应"诗来命名李白除古风、乐府之外的五言古诗，似乎并不能囊括所有类别。比如"怀古""感遇""写怀"等类的五言古诗，若是归为"酬应"一类，则未免不妥。

也许是因为李白古风和乐府类诗歌成就杰出、地位显著的缘故，古今学者在讨论李白五言古诗时，常常将其古风、乐府类诗歌与其他五言古诗分开来谈，久而久之，便形成了这样的一种思维定式：有意地将李白五言古诗划分成古风、乐府和其他三类。如何概括古风和乐府以外的五言古诗篇目，这不仅在李白的五言古诗分类中是一个难题，对整个五言古诗的分类来说，亦是难题。

《瑶台风露》对李白五言古诗的编次大致与宋蜀本《李太白文集》相仿，都是依题材分类地对李白诗歌进行排序的。鲍瑞骏在《古风》其五十九《恻恻泣路歧》诗后作跋语，在随后一篇《侠客行》的诗题下注曰："以下乐府"，又在《秋浦歌》诗题下注曰："以下古诗"；由此将《瑶台风露》的选诗划分为古风、乐府和古诗三类。这里所谓的古诗即是相对于近体诗而言的古体诗，泛指近体诗产生以前，除楚辞以外的各种诗歌体裁。就这一意义来说，古风、乐府亦属古诗，李白所有的五言古诗都可以称为古诗。因此，若言《李白五古三论》和《李白五古研究》归纳出的"酬应"一类范围太小的话，《瑶台风露》归纳出的"古诗"一类则范围太大。

与古人分类不同的是，今人在划分李白的五言古诗时，一般将《效古》二首、《寓言》三首、《感遇》四首、《感兴》八首、《拟古》十二首，都划入"古风"一类中。郁贤皓先生的《李白〈古风〉五十九首刍议》一文就对《古风》组诗的编排提出了质疑：

> 如果我们仔细比较一下，卷二十四的《效古》二首、《拟古》十二首、《寓言》三首、《感遇》四首，这些组诗，不但体裁与《古风》五十九首相同，而且内容主旨亦多相似。由此我们可以推知，《古风》五十九首，李白原来只取名《咏怀》《感遇》之类的题目，在流传过程中这些题目失落了，可能是李阳冰在编集时把有关咏怀内容的短篇五言古诗集中在一起，题名为《古风》。①

但鲍瑞骏与王鸿朗二人对《古风》组诗的看法，却与郁贤皓先生大不相同，他们认为"《古风》五十九首收尾回合成一篇大文字"，直将《古风》五十九首视为一个整体。因此《瑶台风露》不仅将《古风》五十九首作为一个单独的类别，而且将其置于选本之首。

关于《瑶台风露》对《古风》组诗整体性的认识，后文会做详细讨论，此处暂且略过，下面主要谈一谈该书对李白五言古诗的体裁界定。

李白的五言古诗的总数有多少，学界众说纷纭，一直未有定

---

① 郁贤皓：《李白〈古风〉五十九首刍议》，《中国文学研究》1989年第4期，第3页。

论。根据葛景春先生在《论李杜五言古诗之嬗变》中的统计,李白五言古诗共有512首:

> 从数量上看,李白诗集中的五古有512首,杜甫诗集中有五古263首,李白的五古是杜甫的一倍。从他们诗歌总数的比例上来看,李白的五古占其诗总量的51.3%,而杜甫五古只占其诗总量的18.1%。从中可以看出,李白是以写古诗尤其是五古为主的,占其诗的一半左右;而杜甫的五古,却只占其诗总量不到1/5。①

汤华泉先生的《李白五古三论》一文,更是通过排除法,以李诗总数减去其近体诗、七言古诗、四言诗、四六混杂体诗的数量,计算出李白的五言古诗共有493首:

> 因此,李白近体数量应为328首,宋本李白集有诗986首,减去已知七古161首,得497首,再减去四言诗二首、四言混杂六言《学谚诗》一首、《改九子山为九华山联句》一首,得493首,这应当就是李白集中五言古诗的数量。②

汤华泉先生在文中还提到了统计李白五言古诗的难度:

---

① 葛景春:《论李杜五言古诗之嬗变》,《中州学刊》2006年第5期,第237页。
② 汤华泉:《李白五古三论》,《苏州科技学院学报(社会科学版)》2009年第3期,第42页。

古风、乐府类统计相对要容易些，从诗题大致可以判定，而之外的酬应类五古则不太容易识别，与其它的五言诗容易混淆，迄今李白集基本是分题类编，而不像其它诗集多有分体编排，要把五古从全部五言诗中拣取出来殊非易事，既要与五绝、五律区分，又要与五排区分，还要识别少量的五言小律，而李白格律意识、格律规范与同期其它诗人相比不太强，古体与近体之间界限不是很清楚，这给本类五古的识别、统计带来了很大困难。①

李白飘逸恣肆的性格，决定了他不拘泥于章法和格律的创作态度；而李白似古非古、似律非律的艺术风格，也使得他的古体诗和近体诗之间没有明确的界限。因此，很难从体裁上逐篇对李诗加以界定。

2011年，宫立华的硕士学位论文《李白五古研究》，在汤先生统计数据的基础上，将李白五言古诗的具体篇目罗列了出来，其中古风类90首、乐府类52首、酬应类335首，共计477首。今暂且忽略其统计过程中可能存在的错判和遗漏，尽管《李白五古三论》与《李白五古研究》的统计结果相同，但李白的五言古诗的总数仍不能就此定论。

将《瑶台风露》所选篇目与《李白五古研究》中罗列的李白五言古诗进行比较可以发现，《秦女卷衣》《去妇词》《秋浦歌·其一》《秋浦歌·其二》《古意》《南阳送客》《送张舍人之江东》《金

---

① 汤华泉：《李白五古三论》，《苏州科技学院学报（社会科学版）》2009年第3期，第41页。

乡送韦八之西京》《春日游罗敷潭》《金陵白杨十字巷》《览镜书怀》《寄远·其六》等12首诗，并未被《李白五古研究》纳入李白五言古诗之列。

晚清名臣曾国藩的《十八家诗钞》，按体裁分类选诗，对于研究李白五言古诗具有非常重要的参考价值，但大多数李白研究者并未关注到此。本书将《十八家诗钞》所选篇目与宫立华《李白五古研究》统计的李白五言古诗进行比较，发现在五言古诗的界定上，二者存在着不小的差异。《十八家诗钞》所选的《宫中行乐词八首》《南都行》《淮海对雪赠傅霭》《寄上吴王三首》《金陵白下亭留别》《送张舍人之江东》《酬裴侍御留岫师弹琴见寄》《宴郑参卿山池》《早望海霞边》《上三峡》《王右军》《待酒不至》《望月有怀》《览镜书怀》《南轩松》《题元丹丘山居》《平虏将军妻》《代秋情》等九十余篇，均未被《李白五古研究》纳入李白五言古诗之列。

然而《瑶台风露》的选诗却与《十八家诗钞》十分接近，除《秋浦歌·其一》《秋浦歌·其二》《南阳送客》《春日游罗敷潭》《寄远·其六》五篇以外，《瑶台风露》选入的其他一百七十四篇均被《十八家诗钞》收录为五言古诗。这一方面说明《十八家诗钞》对李白五言古诗进行了几乎穷尽式的收选；另一方面体现出《十八家诗钞》与《瑶台风露》在界定李白五言古诗的标准上，是极为相似的。

因曾国藩与鲍、王二人处于同一时代，曾国藩是晚清桐城派之流"湖湘派"的创始人，而鲍瑞骏也深受"桐城三祖"之一刘大櫆的影响，是以《瑶台风露》和《十八家诗钞》的选诗有异曲同工之妙。

下面便对这些在体裁划分上存有争议的篇目略做讨论：

1.《去妇词》

从体裁上看，《去妇词》属五言古诗无疑，然而《李白五古研究》并未将其纳入李白五言古诗之列。萧士赟注曰："此篇即顾况《弃妇词》也，后人添增数句而窜入太白集中。语俗意重，斧凿之痕斑斑可见。可谓作伪心劳日拙者矣。"[①] 也许是因为《去妇词》被前人指出是顾况所作，故而《李白五古研究》并未将此诗纳入李白的五言古诗之列，但《瑶台风露》仍然选入了此诗。王定璋先生的《〈瑶台风露〉——新发现的李白五古精选精批手抄本》一文也提到了此篇："《去妇词》前人早已指出为顾况之作混入李白集中，笈甫翁其实也知其情，本来作为选本是可以避免的，却也入选。"[②] 不过，鲍瑞骏的题下墨批却道："此诗无一不妙，非仙笔不能，顾况万不能到。"王鸿朗的书眉朱批也云："此诗或以为顾况作，愚谓非太白不能也。汉魏之苍浑、六朝之哀艳，合为一手。"可见，鲍、王二人都认为《去妇词》造诣高妙，确系李白之作。《唐宋诗醇》亦曰："直起悲凉，通篇缠绵凄婉，怨而不怒，直从《谷风篇》脱化而出。一结古甚，却有无限悲感在。的是李白手笔。"[③]

---

① 萧士赟补注：《分类补注李太白诗》（第 6 卷），《四部丛刊》，民国上海涵芬楼景明本，第 26 页。

② 王定璋：《〈瑶台风露〉——新发现的李白五古精选精批手抄本》，《天府新论》1985 年第 3 期，第 50 页。

③ 爱新觉罗·弘历编：《唐宋诗醇》，北京：中国文学出版社，2000 年，第 74—75 页。

鲍、王二人明知《去妇词》作者存在争议，仍然将该诗选入《瑶台风露》，并且通过细读作品，分析其艺术风格与诗歌造诣，反驳前人观点，这对此诗的研究和考证有一定的参考价值。

2.《南阳送客》

梅鼎祚《李诗钞》云："此诗旧列五言古，然实律耳。"① 鲍瑞骏注曰："此种诗与少陵拗七律同为绝唱。"鲍瑞骏将李白的《南阳送客》与杜甫的拗体七律相提并论，已是将该诗视作了拗体五律。而王鸿朗又评之曰："与下一首（指《送张舍人之江东》）皆似古似律，音节神韵无不入妙。"既然此诗体裁似古似律，那么《瑶台风露》选或不选皆无不可。

《送张舍人之江东》一诗严评本所引明人批云："是拗律，然亦带古意，佳。"② 吴昌祺《删订唐诗解》评曰："此拟五律拗体。"③ 鲍瑞骏在《送张舍人之江东》注曰："吴樊桐云：'此与《南阳送客》作古诗读，尤妙。'""吴樊桐"不知何许人也，或是指清人朱琰。朱琰字桐川，号"樊桐山人"，浙江海盐人，乾隆三十一年进士，有《唐诗律笺》《笠亭诗钞》《金华诗录》《明人诗钞》《金粟山人遗事》等著作存世。与《南阳送客》一诗相仿，《送张舍人之江东》虽然体不甚工，却系李白的拗体五律。不过鲍瑞骏引"吴樊桐"语，称此二诗宜作古体诗读，故而《瑶台风露》也将其归为李白五言古诗。

---

① 詹锳主编：《李白全集校注汇释集评》，天津：百花文艺出版社，1996年，第2253页。
② 詹锳主编：《李白全集校注汇释集评》，天津：百花文艺出版社，1996年，第2256页。
③ 詹锳主编：《李白全集校注汇释集评》，天津：百花文艺出版社，1996年，第2256页。

依格律相考，《秦女卷衣》《秋浦歌·其一》《古意》《览镜书怀》四诗均有律句，但也存在明显失粘失对之处，故应属五言古诗，为《李白五古研究》一文所遗漏。而《春日游罗敷潭》《寄远·其六》二诗均系五律拗体，与《送张舍人之江东》一诗相仿，是《瑶台风露》有意将之选入，当作古体诗来品读。

实际上，鲍瑞骏与王鸿朗为了呈现李白五言古诗之中多用律句的特点，会有意选取一些在体裁上似古又似律的篇目，如《塞上曲》一诗，王鸿朗评曰："前后四语皆用律句，此变格也"，亦可见其用意。《秋浦歌·其二》《金乡送韦八之西京》《金陵白杨十字巷》三诗也是如此。

对于古体、近体诗歌的界定，各朝文人的划分标准是存在差异的。宋人严羽的《沧浪诗话》在论述诗体时称："有律诗彻首尾对者，有律诗彻首尾不对者。""律诗彻首尾对"一条注曰："少陵多此体，不可概举。""律诗彻首尾不对"一条注曰："盛唐诸公有此体。如孟浩然诗：'挂席东南望，青山水国遥。轴舻争利涉，来往接风潮。问我今何适，天台访石桥。坐看霞色晚，疑是赤城标。'又'水国无边际'之篇，又太白'牛渚西江夜'之篇，皆文从字顺，音韵铿锵，八句皆无对偶者。"[①] 在他看来，有的诗歌即使整篇失粘失对，只要满足文从字顺、音韵铿锵的条件，就可以视为律诗，如李白的《夜泊牛渚怀古》。后人亦多依严羽所论，将此篇作为律诗的一种变体，如清人沈德潜《唐诗别裁集》云："不用对偶，一气旋折，律诗中有此一格。"[②]

---

① 严羽：《沧浪诗话》，《历代诗话》，北京：中华书局，1982年，第692页。
② 沈德潜：《唐诗别裁集》，上海：上海古籍出版社，1979年，第343页。

但是，将这一问题说得最透彻的，要数清人王琦，他在《李太白全集》中注曰：

> 赵宧光曰："律不取对，如太白'牛渚西江夜'云云，孟浩然'挂席东南望'云云，二诗无一句属对，而调则无一字不律。故调律则律，属对非律也。"近有诗家窃取古调作近体，自以为高者，终是古诗，非律也。中晚唐之律，每取一贯而下，已自失款，况今日之以古作律乎？杨用修云："五言律，八句不对，太白、浩然有之，乃是平仄稳贴古诗也。"杨谬以对为律，亦浅之乎观律矣。古诗在格与意义，律诗在调与声韵，如必取对，则六朝全对者，正自多也，何不即呼律诗乎？律诗之名起于唐，律诗之法严于唐，未起未严，偶然作对，作者观者慎勿以此持心，方能得一代作用之旨。王阮亭曰："此诗色相俱空，政如羚羊挂角，无迹可求，画家所谓逸品者也。"[①]

王琦提到，乐调也是区分古诗与律诗的关键之一，如李白《夜泊牛渚怀古》一诗，虽然通篇全不取对，然其音调尽皆合律，故可称律诗。不过，随着诗与乐的逐渐分离，以乐调来区分诗歌体裁变得越来越困难，如今古调不传，对于以前的划分标准更是无从考察。

清人陈仅的《竹林问答》曰：

---

① 王琦注：《李太白全集》，北京：中华书局，2011年，第894页。

盛唐人古律有两种，其一纯乎律调而通体不对者，如太白"牛渚西江月"、孟浩然"挂席东南望"是也。其一为变律调而通体有对有不对者，如崔国辅"松雨时复滴"、岑参"昨日山有信"是也。虽古诗仍归律体。故以古诗为律，为太白能之，岑、王其辅车也；以古文为诗，唯昌黎能之，少陵其少路也。[①]

其实李白不仅善于以古诗为律体，也善于以律句为古诗，他对诗歌音节的把控实已超越了古、律体裁的界限，跳出了格律的条条框框，更不能以寻常的标准去看待。"桐城三祖"之一姚鼐的《古文辞类纂》序曰："凡文之体类十三，而所以为文者八，曰：神、理、气、味、格、律、声、色。神理气味者，文之精也。格律声色者，文之粗也。然苟舍其粗，则精者亦胡以寓焉？学者之于古人，必始而遇其粗，中而遇其精，终则御其精者而遗其粗者。"[②] 由此观之，李白正是得了神理气味之精而将格律声色之粗都抛却了，他对于格律声色的抛却是打破既定的规范，并将之潜移默化为自己诗文创作的习惯，随心而发，无意而为，是谓大宗。

[①] 陈仅：《竹林问答》，《唐诗汇评（增订本）》，上海：上海古籍出版社，2015年，第1087页。

[②] 姚鼐：《古文辞类纂》，北京：中国书店，1986年，目录第26页。

第二节 《瑶台风露》的选诗篇目

《瑶台风露》共选诗179首，其中古风类59首，乐府类24首，古诗类96首。本书又依宋蜀本《李太白文集》的体例，对《瑶台风露》所选篇目进行了更详细的分类，以便更清楚地呈现出该书的选诗特点：古诗一类按题材又可划分为"歌吟"3首、"赠"19首、"寄"17首、"别"2首、"送"5首、"酬答"2首、"游宴"10首、"怀古"1首、"闲适"7首、"感遇"19首、"写怀"4首、"闺情"7首。

一 题材类别

明人朱谏的《李诗选注》是现存明代最早的李白诗歌注本，相较其他李诗选本而言，其选诗数量较多、范围较广、影响较大。清人曾国藩的《十八家诗钞》选李白五言古诗360首，是迄今为止收录李白五言古诗最多的选本。于是本书在古人选本中择取了《李诗选注》《十八家诗钞》来与《瑶台风露》进行比较。又在今人选本中，择取了葛景春《李白诗选》、詹锳《李白诗选译》、赵昌平《李白诗选评》、复旦大学《李白诗选》四个较为权威的选本加以参考。连同詹锳《李白诗文系年》和安旗《李白全集编年笺注》对《瑶台风露》所选篇目的编年情况，一并制成表格，以凸显其选诗特点（见表1）。

表1 《瑶台风露》与古今李白诗选选诗篇目对比

类别	《瑶台风露》	李白诗选本					李白诗编年	
		古人选本		今人选本				《李白诗文系年》	《李白全集编年笺注》
		《十八家诗钞》	《李诗选注》	《李白诗选》（葛）	《李白诗选译》	《李白诗选评》	《李白诗选》		
古风	《古风》五十九首	√	√	√	√	√	√		
乐府	《侠客行》	√	√						731
	《关山月》	√	√	√	√	√	√	741	743
	《结客少年场行》		√	√	√				732
	《长干行》其一		√		√	√	√	√	726
	《长干行》其二		√						
	《古朗月行》	√	√	√	√		√	753	753
	《独不见》	√	√				√		743
	《妾薄命》	√		√	√		√		743
	《门有车马客行》	√	√	√				759	759
	《东海有勇妇》	√						746	745
	《黄葛篇》	√	√				√		754
	《怨歌行》	√						744	743
	《塞上曲》	√							743
	《大堤曲》	√		√	√		√	734	734
	《秦女卷衣》	√	√						729
	《邯郸才人嫁为厮养卒妇》	√	√						746
	《出自蓟北门行》	√	√						752

续表

类别	《瑶台风露》	李白诗选本					李白诗编年	
		古人选本		今人选本					
		《十八家诗钞》	《李诗选注》	《李白诗选》(葛)	《李白诗选译》	《李白诗选评》	《李白诗选》	《李白诗文系年》	《李白全集编年笺注》
乐府	《枯鱼过河泣》	√	√					753	751
	《空城雀》	√	√						757
	《丁督护歌》	√	√	√	√		√	738	747
	《相逢行》	√						744	743
	《树中草》		√					757	757
	《豫章行》	√	√				√	760	760
	《去妇词》	√							
歌吟	《秋浦歌》其一		√	√			√	754	754
	《秋浦歌》其二		√	√			√	754	754
	《古意》	√							
古诗 赠	《赠从兄襄阳少府皓》	√	√	√			√	739	734
	《秋日炼药院镊白发赠元六兄林宗》	√	√					750	741
	《赠崔郎中宗之》	√	√					747	739
	《赠裴司马》	√	√						746
	《游溧阳北湖亭望瓦屋山怀古赠同旅》	√	√					726	739
	《赠秋浦柳少府》	√	√					754	754

续表

类别	《瑶台风露》	李白诗选本					李白诗编年	
			古人选本		今人选本				
			《十八家诗钞》	《李诗选注》	《李白诗选》（葛）	《李白诗选译》	《李白诗选评》	《李白诗选》	《李白诗文系年》	《李白全集编年笺注》
古诗	赠	《赠王判官时余归隐居庐山屏风叠》	√	√		√		√	756	756
		《赠常侍御》	√	√					758	756
		《经乱离后天恩流夜郎忆旧游书怀赠江夏韦太守良宰》	√	√	√			√	759	756
		《赠别舍人弟台卿之江南》	√	√					759	759
		《赠宣城宇文太守兼呈崔侍御》	√	√					753	753
		《于五松山赠南陵常赞府》	√						754	755
		《自梁园至敬亭山见会公谈陵阳山水兼期同游因有此赠》	√	√					753	753
		《赠友人三首》其一	√	√					756	756
		《赠友人三首》其二	√	√					756	756
		《赠友人三首》其三	√						756	756
		《经乱后将避地剡中留赠崔宣城》	√	√				√	756	759

续表

类别	《瑶台风露》	李白诗选本					李白诗编年	
			古人选本		今人选本				《李白诗文系年》	《李白全集编年笺注》
			《十八家诗钞》	《李诗选注》	《李白诗选》（葛）	《李白诗选译》	《李白诗选评》	《李白诗选》		
古诗	赠	《献从叔当涂宰阳冰》	√						762	762
		《书怀赠南陵常赞府》	√	√					754	755
	寄	《安陆白兆山桃花岩寄刘侍御绾》	√	√	√				730	733
		《望终南山寄紫阁隐者》	√	√	√				744	743
		《闻丹丘子于城北石门幽居中有高凤遗迹仆离群远怀亦有栖遁之志因叙旧以寄之》	√	√					751	751
		《淮阴书怀寄王宗成》	√	√					753	738
		《月夜江行寄崔员外宗之》	√	√	√			√	739	739
		《宿白鹭洲寄杨江宁》	√	√					754	754
		《新林浦阻风寄友人》	√	√					754	754
		《寄东鲁二稚子》	√	√	√	√	√	√	750	749
		《下寻阳城泛彭蠡寄黄判官》	√	√					760	760

第五章 《瑶台风露》的选诗

259

续表

类别	《瑶台风露》	李白诗选本					李白诗编年	
			古人选本		今人选本				《李白诗文系年》	《李白全集编年笺注》
			《十八家诗钞》	《李诗选注》	《李白诗选》（葛）	《李白诗选译》	《李白诗选评》	《李白诗选》		
古诗	寄	《书情寄从弟邠州长史昭》	√						745	
		《流夜郎至西塞驿寄裴隐》	√	√					758	758
		《江夏寄汉阳辅录事》	√						759	759
		《江上寄元六林宗》	√	√					759	739
		《宣州九日闻崔四侍御与宇文太守游敬亭山余时登响山不同此赏醉后寄崔侍御》	√	√					753	753
		《早过漆林渡寄万巨》	√						761	755
		《游敬亭寄崔侍御》	√	√					753	753
		《自金陵溯流过白璧山玩月达天门寄句容王主簿》	√	√					747	748
	留别	《秋日鲁郡尧祠亭上宴别杜补阙范侍御》	√	√	√	√		√	746	746
		《感时留别从兄徐王延年从弟延陵》	√	√					756	756

续表

类别	《瑶台风露》	李白诗选本					李白诗编年	
			古人选本		今人选本				《李白诗文系年》	《李白全集编年笺注》
			《十八家诗钞》	《李诗选注》	《李白诗选》（葛）	《李白诗选译》	《李白诗选评》	《李白诗选》		
古诗	送	《南阳送客》		✓					740	738
		《送张舍人之江东》	✓	✓					734	734
		《送王屋山人魏万还王屋（并序）》	✓	✓					754	754
		《金乡送韦八之西京》	✓	✓	✓	✓ || ✓	746	745
		《送蔡山人》	✓	✓					744	744
	酬答	《玩月金陵城西孙楚酒楼达曙歌吹日晚乘醉著紫绮裘乌纱巾与酒客数人棹歌秦淮石头访崔四侍御》	✓						753	748
		《寻鲁城北范居士失道落苍耳中见范置酒摘苍耳作》	✓		✓			✓	746	745
	游宴	《游泰山六首》其一	✓	✓					742	742
		《游泰山六首》其二	✓	✓					742	742
		《游泰山六首》其三	✓	✓	✓				742	742
		《游泰山六首》其四	✓	✓					742	742

续表

类别		《瑶台风露》	李白诗选本						李白诗编年	
			古人选本		今人选本				《李白诗文系年》	《李白全集编年笺注》
			《十八家诗钞》	《李诗选注》	《李白诗选》（葛）	《李白诗选译》	《李白诗选评》	《李白诗选》		
古诗	游宴	《游泰山六首》其五	√	√			√		742	742
		《游泰山六首》其六	√	√	√			√	742	742
		《下终南山过斛斯山人宿置酒》	√	√	√	√	√	√	744	743
		《邯郸南亭观妓》	√	√					752	752
		《春日游罗敷潭》							745	731
		《金陵凤皇台置酒》	√	√					761	748
	怀古	《金陵白杨十字巷》	√						726	747
	闲适	《月下独酌四首》其一	√	√	√	√	√	√	744	744
		《月下独酌四首》其三	√	√					744	744
		《友人会宿》	√	√						737
		《春日醉起言志》	√	√	√					733
		《春日独酌二首》其一	√	√						737
		《春日独酌二首》其二	√	√						737
		《日夕山中忽然有怀》	√							750

续表

类别	《瑶台风露》	李白诗选本					李白诗编年	
		古人选本		今人选本					
		《十八家诗钞》	《李诗选注》	《李白诗选》（葛）	《李白诗选译》	《李白诗选评》	《李白诗选》	《李白诗文系年》	《李白全集编年笺注》
古诗	感遇	《拟古十二首》其一	√	√						
		《拟古十二首》其二	√	√						
		《拟古十二首》其三	√	√	√					
		《拟古十二首》其四	√	√						
		《拟古十二首》其五	√	√						
		《拟古十二首》其六	√	√						
		《拟古十二首》其七	√	√						
		《拟古十二首》其八	√	√						
		《拟古十二首》其九	√	√	√					
		《拟古十二首》其十	√	√	√					
		《拟古十二首》其十一	√	√						
		《拟古十二首》其十二	√	√						
		《感兴六首》其一	√	√						
		《感兴六首》其二	√	√						

续表

类别	《瑶台风露》	李白诗选本					李白诗编年	
^	^	古人选本		今人选本				《李白诗文系年》	《李白全集编年笺注》
^	^	《十八家诗钞》	《李诗选注》	《李白诗选》（葛）	《李白诗选译》	《李白诗选评》	《李白诗选》	^	^
古诗	感遇	《感兴六首》其三	√	√						
^	^	《感兴六首》其四	√	√						
^	^	《感兴六首》其五	√	√						
^	^	《感兴六首》其六	√	√	√					
^	写怀	《秋夕旅怀》	√	√					758	726
^	^	《寻阳紫极宫感秋作》	√	√					750	750
^	^	《江上秋怀》	√	√						
^	^	《秋夕书怀》	√	√					759	759
^	^	《览镜书怀》	√	√					762	763
^	闺情	《寄远十二首》其一	√							731
^	^	《寄远十二首》其三	√							731
^	^	《寄远十二首》其六	√			√				731
^	^	《寄远十二首》其七	√							731
^	^	《学古思边》	√							
^	^	《秋浦寄内》	√						756	755
^	^	《自代内赠》	√						756	755

本书又通过《瑶台风露》与古今李诗选本的选诗对比，将具体篇目的异同情况绘制成表格如下（见表2）：

表2 《瑶台风露》与其他李白诗选选诗异同情况汇总

类别		《瑶台风露》和大多数选本都收录的篇目	《瑶台风露》收录而大多数选本未收录的篇目	《瑶台风露》未收录而大多数选本收录的篇目
古风类		《古风》五十九首		
乐府类		《长干行·其一》《关山月》《古朗月行》《妾薄命》《大堤曲》《丁督护歌》	《长干行·其二》《东海有勇妇》《怨歌行》《塞上曲》《相逢行》《去妇词》	《玉阶怨》《静夜思》《子夜吴歌》四首
古诗类	歌吟		《古意》	
	赠	《赠王判官时余归隐居庐山屏风叠》《经乱离后天恩流夜郎忆旧游书怀赠江夏韦太守良宰》	《于五松山赠南陵常赞府》《赠友人·其三》《书怀赠南陵常赞府》	《读诸葛武侯传书怀赠长安崔少府叔封昆季》《赠从弟冽》
	寄	《月夜江行寄崔员外宗之》《寄东鲁二稚子》	《书情寄从弟邠州长史昭》《早过漆林渡寄万巨》	《淮南卧病书怀寄蜀中赵征君蕤》
	留别	《秋日鲁郡尧祠亭上宴别杜补阙范侍御》		《闻李太尉大举秦兵百万出征东南懦夫请缨冀申一割之用半道病还留别金陵崔侍御十九韵》
	送	《金乡送韦八之西京》	《南阳送客》	
	酬答		《玩月金陵城西孙楚酒楼达曙歌吹日晚乘醉著紫绮裘乌纱巾与酒客数人棹歌秦淮石头访崔四侍御》	《五月东鲁行答汶上翁》

续表

类别		《瑶台风露》和大多数选本都收录的篇目	《瑶台风露》收录而大多数选本未收录的篇目	《瑶台风露》未收录而大多数选本收录的篇目
古诗类	游宴	《游泰山·其六》《下终南山过斛斯山人宿置酒》	《春日游罗敷潭》	
	登览			《登锦城散花楼》《登峨眉山》《登太白峰》
	行役			《自巴东舟行经瞿塘峡登巫山最高峰晚还题壁》《下泾县陵阳溪至涩滩》
	怀古		《金陵白杨十字巷》	《经下邳圮桥怀张子房》
	闲适	《月下独酌·其一》	《日夕山中忽然有怀》	
	感遇	《拟古》十二首《感兴》六首		《效古》二首《寓言》三首《感遇》四首
	写怀		《秋夕旅怀》	《翰林读书言怀呈集贤诸学士》
	咏物			
	题咏			
	杂诗			
	闺怨		《寄远·其一》《寄远·其三》《寄远·其六》《寄远·其七》《学古思边》《秋浦寄内》《自代内赠》	《怨情》《越女词》五首

《李白五古研究》所统计出的李白五言古诗，虽然存在值得商榷之处，但其数据仍是目前学界关于李白五言古诗具体篇目最详尽可靠的研究成果。于是本书且以《李白五言古诗研究》中所列篇目为基础，参考宋本《李太白文集》的分类体例，进一步对《瑶台风露》各类选诗的占比情况进行考察：

其中，古风类选诗59首，占比100%，乐府类选诗24首，占比63%，"赠"一类选诗19首，占比24%，"寄"一类选诗17首，占比61%，"留别"一类选诗2首，占比11%，"送"一类选诗5首，占比13%，"酬答"一类选诗1首，占比6%，"游宴"一类选诗11首，占比34%，"怀古"一类选诗1首，占比8%，"闲适"一类选诗7首，占比32%，"感遇"一类选诗19首，占比58%，"写怀"一类选诗4首，占比44%，"闺情"一类选诗7首，占比32%。另外，对于李白五言古诗中的"登览""行役""怀思""咏物""题咏""杂咏"等类别，《瑶台风露》均未收录。

这样一来，《瑶台风露》的选诗比重也更加直观地呈现了出来。比如《瑶台风露》"赠"类五言古诗选了19首之多，但由于李白"赠"类五言古诗基数较大，故而其仅占李白"赠"类五言古诗的24%；同理，虽然《瑶台风露》"写怀"类五言古诗只选了4首，但由于李白"写怀"类五言古诗基数本来就小，其反而占了李白"写怀"类五言古诗的38%。若是不考虑所选类别的占比情况，仅从数量来分析，结果难免有失偏颇。

综合不同类别选诗数量及其所占的比例来看：《瑶台风露》选诗以李白五言古诗中成就最高的古风、乐府为主；对于"古诗"类的收选，则更侧重于"赠""寄""感遇""游宴""闲适""闺情"

等类别。

《瑶台风露》选诗自然以李白的五言古诗名篇佳作为先，其中选得较多的类别也是李白五言古诗艺术成就较高的类别，而像"咏物""题咏""杂咏"等类，就直接被该书排除在外。另外，《瑶台风露》对"赠""寄""游宴"等"酬应"类诗歌收选较多，或有其编选者鲍瑞骏自身善为酬应诗的因素在里面；而该书对"感遇"类诗歌收选较多，则是由于"感遇"类诗歌在形式和内容上都与"古风"类诗歌颇为相近。其余各类别篇目还需要根据《瑶台风露》选诗的具体情况去加以分析，才能得出较为合理的结论。

二 创作时间

李白的大致生平已为世人所熟知，本书便不再赘述，下面仅罗列他一生中几个重要的时间节点，以供参考：开元十三年（725），二十五岁的李白辞亲远游，离开蜀地；天宝元年（742），四十二岁的李白奉诏入朝，并于次年供奉翰林；天宝三载（744），李白受同列谗谤，去朝远游；至德元年（756），安禄山于洛阳称帝，五十六岁的李白投身永王李璘军中为僚佐；至德三年，李白因从永王作乱而流放夜郎，并于次年遇赦得释；上元三年（762），李白依附从叔李阳冰，卒于当涂，享年六十一岁（依詹锳先生《李白诗文系年》编年）。

表1显示，《瑶台风露》所选篇目的创作时间早至开元十四年，晚至上元三年，几乎收录了李白各个人生阶段的五言古诗代表作品，却唯独没有选取开元十三年以前，他在蜀中求学时期所创作

的诗歌作品，其中甚至还包括《登锦城散花楼》《登峨眉山》等五言古诗名篇。这或许是因为鲍瑞骏与王鸿朗二人认为，李白这一时期的作品在艺术风格上尚未定型，在写作技法上也不够成熟，不足以体现李白五言古诗的成就和特点。

《金陵白杨十字巷》《游溧阳北湖亭望瓦屋山怀古赠同旅》二诗，交代了李白开元十四年出蜀以后，经过湖北，游至江苏溧阳、金陵（南京）等地的踪迹。《安陆白兆山桃花岩寄刘侍御绾》一诗，反映出李白自开元十五年娶前宰相许圉师孙女后，定居于安陆的悠闲生活。天宝二年，李白供奉翰林期间，在长安周边的终南山游玩，留下了《下终南山过斛斯山人宿置酒》一诗。天宝三载，李白受谗去京以后，借酒浇愁，《月下独酌》四首正是缘此而作。《经乱后将避地剡中留赠崔宣城》《赠王判官时余归隐居庐山屏风叠》二诗，叙述了安禄山造反以后，李白于至德元年往浙江剡中（剡县）避难，随后又隐居于庐山屏风叠的经历。《赠常侍御》《流夜郎至西塞驿寄裴隐》二诗，则是写于至德三年，李白流放夜郎的途中。至德四年，李白将至夜郎前闻赦，遂还归江夏，有《经乱离后天恩流夜郎忆旧游书怀赠江夏韦太守良宰》《江夏寄汉阳辅录事》二诗，历数一生辛酸往事。李白晚年染病，于上元三年投靠从叔当涂宰李阳冰，有《献从叔当涂宰阳冰》一诗相酬。《览镜书怀》一诗，李白对镜自伤，属于他临终前的作品（以上篇目皆依詹锳先生《李白诗文系年》编年而言）。

不难看出，《瑶台风露》的选诗，更侧重于李白中晚年时期所创作的五言古诗作品，这也正是他的诗歌艺术渐趋成熟的阶段。李白中年仕途受挫，辞官放还，晚年身陷囹圄，遭流放夜郎，坎坷的人生经历和动荡的社会时局使他在中晚年时期常常处于理想和现实的挣扎之中。他时而忧心现实，自言"中夜四五叹，常为大国忧"，时而避世远游，想要"明朝拂衣去，永与海鸥群"，时而又彷徨无措，感慨"长叹即归路，临川空屏营"，而这种挣扎，无疑也丰富了李白诗歌创作的思想内涵和情感表达。

安旗先生在《李白全集编年笺注》中也提到李白诗歌创作与人生境遇的关系：

> 按着年代先后考察李白诗歌，可以发现一个耐人寻味的事实：开元前期，唐王朝阳光灿烂，李白诗歌中也呈现出一派天朗气清、风和日丽的景象。《峨眉山月歌》《初下荆门》《金陵酒肆留别》《越女词》诸作最为典型。在这些作品中很少感慨，更无牢骚，即使书写离情别绪也使人心旷神怡。开元中期以后，唐王朝本来潜伏着的阴影逐渐出现，李白的诗歌中也呈现出明暗交错、悲欢杂糅的色调。《行路难》《梁园吟》《梁甫吟》《将进酒》诸作最为典型。在这些作品中，感慨和牢骚就多起来，但旋发牢骚旋又自慰自解，往往在最后还有一个光明的尾巴。天宝中，唐王朝乌云满天，黄风匝地，李白的诗歌中也出现了阵阵闪电和雷鸣。《答王十二寒夜独酌有怀》和《战城南》等诗最为典型。到了天宝季叶，大乱前夕，唐王朝已是危若累卵，祸在眉睫，李白诗歌中也出现了前所未有的忧愤深广的特点，有些诗简直是血泪交织。《远别离》《横江词六首》《古朗月行》《宣州谢朓楼饯别校书叔云》

等诗最为典型。①

这不能不使人联想起《瑶台风露》的选编者鲍瑞骏和王鸿朗一生郁郁不得志的坎坷经历。鲍瑞骏自从辞官归田以后，饱受饥寒之苦，身边的亲友相继离世，他的晚年更是孤独潦倒，最后郁郁而终。王鸿朗屡试不第，久沉幕僚，尽管他自视甚高，然而终其一生也是名不甚彰。另外，鲍瑞骏的诗风也偏于苦寒，近似孟郊体，多有牢骚、忧愤之语。他在《人有谓余诗太牢骚者，作此答之》②一诗中，也提到了这一点。也许正是因为李白中年以后牢骚满腹、忧愤深广的作品引起了鲍、王二人的共鸣，他们才会在《瑶台风露》中有意偏重于这一时期五言古诗的选取。相信李白那种无论何时也不丧失斗志的热忱和自信，也使鲍、王二人在他的诗歌中找到了慰藉。

三 创作地点

根据《李白诗文系年》与《李白全集编年笺注》的编年，本书将《瑶台风露》所选篇目的创作地点也尽可能地罗列了出来：

写于江苏的篇目有：《长干行·其一》、《长干行·其二》（以上 2 首作于江苏，具体创作地点存在争议），《赠崔郎中宗之》、《月夜江行寄崔员外宗之》、《宿白鹭洲寄杨江宁》、《新林浦阻风寄友

---

① 安旗等笺注：《李白全集编年笺注》（第 1 册），北京：中华书局，2015 年，前言第 11—12 页。

② 见本书第 181—182 页。

人》、《寄东鲁二稚子》、《自金陵溯流过白璧山玩月达天门寄句容王主簿》、《送王屋山人魏万还王屋》、《玩月金陵城西孙楚酒楼达曙歌吹日晚乘醉著紫绮裘乌纱巾与酒客数人棹歌秦淮石头访崔四侍御》、《金陵凤皇台置酒》、《金陵白杨十字巷》（以上10首作于金陵）、《游溧阳北湖亭望瓦屋山怀古赠同旅》（作于溧阳）、《淮阴书怀寄王宗成》（作于淮阴）、《感时留别从兄徐王延年从弟延陵》（作于余杭），共计15首。

写于安徽的篇目有：《秋浦歌·其一》、《秋浦歌·其二》、《赠秋浦柳少府》、《秋浦寄内》、《自代内赠》（以上5首作于秋浦），《赠宣城宇文太守兼呈崔侍御》、《自梁园至敬亭山见会公谈陵阳山水》、《经乱后将避地剡中留赠崔宣城》、《宣州九日闻崔四侍御与宇文太守游敬亭山余时登响山不同此赏醉后寄崔侍御》（以上4首作于宣城），《于五松山赠南陵常赞府》（作于铜陵），《献从叔当涂宰阳冰》（作于当涂），《书怀赠南陵常赞府》（作于南陵），《早过漆林渡寄万巨》（作于漆林渡），共计13首。

写于山东的篇目有：《秋日鲁郡尧祠亭上宴别杜补阙范侍御》、《寻鲁城北范居士失道落苍耳中见范置酒摘苍耳作》（以上2首作于鲁城），《金乡送韦八之西京》（作于金乡），《游泰山六首》（作于泰山），共计9首。

写于湖北的篇目有：《大堤曲》、《赠从兄襄阳少府皓》（以上2首作于襄阳），《经乱离后天恩流夜郎忆旧游书怀赠江夏太守韦良宰》、《江夏寄汉阳辅录事》、《送张舍人之江东》（以上3首作于江夏），《安陆白兆山桃花岩寄刘侍御绾》（作于安陆），《流夜郎至西塞驿寄裴隐》（作于西塞驿），共计7首。

写于陕西的篇目有：《侠客行》、《望终南山寄紫阁隐者》、《下终南山过斛斯山人宿置酒》、《月下独酌二首》（以上5首作于长安），《书情寄从弟邠州长史昭》（作于邠州），《春日游罗敷潭》（作于华州），共计7首。

写于河南的篇目有：《结客少年场行》（作于洛阳），《秋日炼药院镊白发赠元六兄林宗》（作于颍阳），《南阳送客》（作于南阳），共计3首。

写于江西的篇目有：《下寻阳城泛彭蠡寄黄判官》、《寻阳紫极宫感秋作》（以上2首作于寻阳），《赠王判官时余归隐居庐山屏风叠》（作于庐山），共计3首。

写于河北的篇目有：《邯郸南亭观妓》（作于邯郸）。

可见，《瑶台风露》所选篇目的创作地点多为江苏和安徽，其中又尤以金陵、宣城二地为最。然而李白在巴蜀地区创作的五言古诗，如《冬日归旧山》《自巴东舟行经瞿塘峡登巫山最高峰晚还题壁》等，却均未入选。究其原因，上文也言及，一方面是由于巴蜀诸作系李白少年时期作品，尚未到炉火纯青之境；另一方面是由于李白在巴蜀地区留下的诗歌较少，其中的五言古诗数量则更加有限，鲜有上乘之作。李白一生多次涉足于江苏、安徽地区，还曾定居于金陵、宣城二地，他存世的五言古诗也多是在苏、皖所作。李白在他人生中几个重要的阶段都曾寓居于金陵、宣城，而当地厚重的历史文化和秀丽的自然风光，无疑也激发了他在五言古诗上的创作热情。《瑶台风露》选诗侧重于苏、皖两地，正是从主体上去把握李白五言古诗的创作情况；就这一点来说，鲍瑞骏与王鸿朗确有见地。

不过，若从编选者的角度出发，王鸿朗是浙江海宁人，他早年参军，助湖北巡抚胡林翼平定太平天国起义，而后卜居山东，旋随湖广总督李鸿章移幕入湘，别有川、滇之行。鲍瑞骏是安徽歙县人，曾为山东知县，弃官后迁居湖北，终老于武昌。除苏、皖外，《瑶台风露》对李白在鲁、鄂二地所作的五言古诗篇目也收选较多，而于河北、河南、江西等地所创作的五古篇目却收选较少，这与鲍、王二人自身所处地域亦不无关系。

四　酬应对象

上文提到，汤华泉先生的《李白五古三论》将李白的五言古诗分作古风、乐府、酬应三类，以"酬应"来命名古风、乐府以外的五言古诗，这也从侧面反映出李白五言古诗中有大量的酬应之作。

诗歌中的"酬应"，指诗人与亲朋好友之间，相互往来，酬答唱和，是一个具有社会性的文学活动。与写怀、题咏等诗不同的是，酬应诗中既然有交流，也就必然存在着一个或多个酬应对象。于是，本书拟对《瑶台风露》所选篇目中的酬应对象略做讨论。

李白一生漂泊不定，与亲人聚少离多，可无论他身在何处，心里都总是保留着对家的牵挂。《寄东鲁二稚子》《秋浦寄内》《自代内赠》等篇，就是他写给妻儿的诗作。魏颢《李翰林集序》云："白始娶于许，生一女一男，（男）曰明月奴，女既嫁而卒。又合于刘，刘诀。次合于鲁一妇人，生子曰颇黎。终娶于宋。"[①]又据《李

---

① 王琦注：《李太白全集》，北京：中华书局，2011年，第1236页。

白全集校注汇释集评》所考："二稚子，女平阳、子伯禽。"[1]知李白《寄东鲁二稚子》诗中所谓"二稚子"，即是他与宰相许圉师孙女所生的儿子伯禽、女儿平阳。而《秋浦寄内》《自代内赠》则都是李白晚年寓居秋浦时，写给第四任妻子宗氏的诗。王琦注《李翰林集序》曰："太白《窜夜郎留别宗十六璟》诗有'君家全盛日，台鼎何陆离。斩鳌翼娲皇，三人凤凰池''令姊忝齐眉'等语，是其终娶者乃宗楚客之家也。而此云'宋'（指魏颢《李翰林集序》），盖是'宗'字之讹耳。"[2]

古代的门阀制度流毒甚深，东晋刘毅在《上书请罢中正除九品》文中称："上品无寒门，下品无势族"[3]，一语道出了当时门阀专政的社会形势。隋唐始以科举取士，虽然在一定程度上打破了世家大族的垄断，但门第为重的观念依然根深蒂固。因此，唐人多攀附高门望族以自抬身价，李白也不例外，他在流寓途中，经常作诗攀附当地政要，并以同宗相称。《赠从兄襄阳少府皓》一诗是酬应襄阳少府李皓之作，李白呼为从兄。李皓，一作"李晧"，生平不详。《书情寄从弟邠州长史昭》是酬应邠州长史李昭（生平不详）之作，李白呼为从弟。《感时留别从兄徐王延年从弟延陵》是酬应徐王李延年、李延陵两兄弟之作，李白亦呼为同宗兄弟。《新唐书·徐王元礼传》载："神龙初，以茂子璀嗣，开元中，为宗正员外卿。薨，子延年嗣。拔汗那王入朝，延年将以女嫁之，为右相李林甫劾奏，贬文安郡别驾，终余杭司马，国除。永泰初，

---

[1] 詹锳主编：《李白全集校注汇释集评》，天津：百花文艺出版社，1996年，第1983页。
[2] 王琦注：《李太白全集》，北京：中华书局，2011年，第1236页。
[3] 严可均编：《全上古三代秦汉三国六朝文》，北京：中华书局，1958年，第1663页。

延年婿黔中观察使赵国珍言诸朝，诏以其子讽嗣王。"①《赠别舍人弟台卿之江南》是酬应李台卿之作，李白即以兄弟相称。李台卿，生平不详，或为永王李璘幕僚。《新唐书·永王璘传》载："璘生宫中，于事不通晓，见富则强，遂有窥江左之意，以薛鏐、李台卿、韦子春、刘巨鳞、蔡駉为谋主。"②《献从叔当涂宰李阳冰》是酬应当涂宰李阳冰之作，李白呼为从叔。《李白大辞典》云："李阳冰，字少温，赵郡人，乾元间为缙云县县令，上元中迁当涂县县令，官至将作少监。工篆书，时人谓其书不减李斯。"③李白暮年卧病于当涂，多赖李阳冰周济。临终前，李白便将诗稿交予李阳冰，后经其整理，辑成《草堂集》十卷流传后世。

李白与当时各地的官宦也有密切交往，亦常作诗相酬。如《赠崔郎中宗之》《月夜江行寄崔员外宗之》二诗，酬应郎中崔宗之。崔宗之乃宰相崔日用之子，《新唐书·崔日用传》载："子宗之，袭封。亦好学，宽博有风检，与李白、杜甫以文相知者。"④杜甫《饮中八仙歌》中，便将崔宗之与李白都纳入"八仙"之列。《李白全集校注汇释集评》引崔佑甫《齐昭公崔府君集序》云："公嗣子宗之，学通古训，词高典册，才气声华，迈时独步。仕于开元中，为起居郎，再为尚书礼部员外郎，迁本司郎中。"⑤又如《经乱离后天恩流夜郎忆旧游书怀赠江夏韦太守良宰》一诗，酬应江

---

① 欧阳修等编：《新唐书》，北京：中华书局，1975年，第3550页。
② 欧阳修等编：《新唐书》，北京：中华书局，1975年，第3611页。
③ 郁贤皓主编：《李白大辞典》，南宁：广西教育出版社，1995年，第200页。
④ 欧阳修等编：《新唐书》，北京：中华书局，1975年，第4331页。
⑤ 詹锳主编：《李白全集校注汇释集评》，天津：百花文艺出版社，1996年，第1959页。

夏太守韦良宰。韦良宰与李白交往颇多,《李白大辞典》载:"尚书右丞韦行俭子。天宝初李白供奉翰林时,即有过从。三载(744)李白离开长安时,韦良宰曾为李白饯行。天宝十一载(752)在贵乡县(今河北大名)县令任,李白从幽州南乡过贵乡,又曾会见。安禄山叛乱时,韦良宰在房陵郡(今湖北房县)太守任,后移鄂州(今湖北武汉市武昌)刺史。李白《天长节使鄂州刺史韦公德政碑》中的'韦公',即韦良宰。又《经乱离后天恩流夜郎忆旧游书怀赠江夏韦太守良宰》诗,'江夏郡'即鄂州,太守即刺史。两诗文并为乾元二年(759)作,时李白流放夜郎半途遇赦返回江夏,正当韦良宰在鄂州刺史任,即将任满返京。"[1] 又如《赠宣城宇文太守兼呈崔侍御》《宣州九日闻崔四侍御与宇文太守游敬亭山余时登响山不同此赏醉后寄崔侍御》《游敬亭寄崔侍御》《玩月金陵城西孙楚酒楼达曙歌吹日晚乘醉著紫绮裘乌纱巾与酒客数人棹歌秦淮石头访崔四侍御》四诗,酬应宣城宇文太守与崔侍御。宇文太守,生平不详,王维有《送宇文太守赴宣城》一诗,亦为此人。崔侍御,名成甫,李白又称之为"崔四侍御"。崔成甫有《赠李十二白》一诗酬应李白,又有《泽畔吟》二十章,李白为之作序。《李白全集校注汇释集评》引颜真卿《崔孝公宅陋室铭记》云:"长子成甫,进士擢第,校书郎,陕县尉,知名当时,不幸早世。"[2] 又如《经乱后将避地剡中留赠崔宣城》一诗,酬应宣城县令崔钦,李白《赵公西候新亭颂》文曰:"录事参军吴镇,宣城令崔钦,令

---

[1] 郁贤皓主编:《李白大辞典》,南宁:广西教育出版社,1995年,第189—190页。
[2] 詹锳主编:《李白全集校注汇释集评》,天津:百花文艺出版社,1996年,第1359页。

德之后，良材间生。"① 又如《赠秋浦柳少府》一诗酬应秋浦柳少府。柳少府，名圆，李白另有《赠柳圆》一诗相酬。又如《江夏寄汉阳辅录事》酬应汉阳辅录事。辅录事，名翼，据詹锳先生《李白诗文系年》考证："《泛沔州城南郎官湖》诗序云：'席上文士辅翼，岑静以为知言。'翼盖即汉阳辅录事也。"② 还有如《赠常侍御》《赠王判官时余归隐居庐山屏风叠》《于五松山赠南陵常赞府》《书怀赠南陵常赞府》《安陆白兆山桃花岩寄刘侍御绾》《下寻阳城泛彭蠡寄黄判官》《自金陵溯流过白璧山玩月达天门寄句容王主簿》《秋日鲁郡尧祠亭上宴别杜补阙范侍御》等，皆为酬应地方官员之作，然诗中所谓常侍御、王判官、常赞府、刘侍御、黄判官、王主簿、杜补阙、范侍御等人，生平皆不详。

李白在《上安州裴长史书》中自言："曩昔东游维扬，不逾一年，散金三十余万，有落魄公子，悉皆济之。此则是白之轻财好施也。又昔与蜀中友人吴指南同游于楚，指南死于洞庭之上，白禫服恸哭，若丧天伦。炎月伏尸，泣尽而继之以血。行路闻者，悉皆伤心。猛虎前临，坚守不动。遂权殡于湖侧，便之金陵。数年来观，筋骨尚在。白雪泣持刃，躬申洗削。裹骨徒步，负之而趋。寝兴携持，无辍身手。遂丐贷营葬于鄂城之东。故乡路遥，魂魄无主，礼以迁窆，式昭朋情。此则是白存交重义也。"③ 李白性格开朗，平生最喜结交好友，而他为人又如此重义轻财，自然友遍天下。如《秋日炼药院镊白发赠元六兄林宗》《闻丹丘子于

---

① 王琦注：《李太白全集》，北京：中华书局，2011年，第1110页。
② 詹锳编著：《李白诗文系年》，北京：人民文学出版社，1984年，第136页。
③ 王琦注：《李太白全集》，北京：中华书局，2011年，第1060页。

城北石门幽居中有高凤遗迹仆离群远怀亦有栖遁之志因叙旧以寄之》《江上寄元六林宗》三诗,酬应道士元丹丘的。元丹丘,名元林宗,号丹丘子,李白又称其为"元六林宗"。元丹丘是李白的挚友,李白能得胡紫阳授箓入教、为玉真公主引荐入朝,可以说都是得益于他,故而李白在《秋日炼药院镊白发赠元六兄林宗》一诗中也写道:"弱龄接光景,矫翼攀鸿鸾。投分三十载,荣枯同所欢。"①足见二人交情之深。又如《送王屋山人魏万还王屋》一诗,酬应王屋山人魏万。该诗序云:"王屋山人魏万,云自嵩、宋沿吴相访,数千里不遇。乘兴游台、越,经永嘉,观谢公石门。后于广陵相见,美其爱文好古,浪迹方外,因述其行而赠是诗。"②魏万为见李白一面,不惜行数千里相访,可以算得上是李白最忠实的仰慕者。据《唐诗纪事》所载:"万后名颢,上元登第。始见白于广陵,白曰:'尔后必著大名于天下,无忘老夫与明月奴。因尽出其文,命颢集之。'"③又如《宿白鹭洲寄杨江宁》《新林浦阻风寄友人》二诗,酬应杨江宁。杨江宁,即杨利物,据《李白全集校注汇释集评》所考:"《江宁杨利物画赞》谓其'作宰作程',知本诗之杨江宁乃江宁县令杨利物。"④又有《新林浦阻风寄友人》诗题一作"金陵阻风雪书怀寄杨江宁",可知此诗所寄者,亦是江宁县令杨利物。又如《寻鲁城北范居士失道落苍耳中见范置酒摘苍耳作》一诗,酬应范居士。范居士,生平不详,据《李白全集

---

① 王琦注:《李太白全集》,北京:中华书局,2011年,第445页。
② 王琦注:《李太白全集》,北京:中华书局,2011年,第640页。
③ 计有功:《唐诗纪事》,上海:上海古籍出版社,1995年,第327页。
④ 詹锳主编:《李白全集校注汇释集评》,天津:百花文艺出版社,1996年,第1963页。

校注汇释集评》所考:"天宝四载秋,白与杜甫复会于鲁郡(今兖州)。期间,二人同行同止,情似手足,在访范氏途中,失道落苍耳间。"① 杜甫亦有《与李十二白同寻范十隐居》一诗,可以为证。又如《早过漆林渡寄万巨》一诗,酬应万巨。万巨,生平不详,大历诗人韩翃、卢纶亦有酬赠万巨之作。《李白诗文系年》引《华国府志》卷三十一《人物志·隐逸类》云:"万巨,世居震山,天宝间以材荐不就。李白有《赠扶风豪士歌》,即巨也。因巨远祖汉槐里侯修封扶风,因以为名。"② 又如《流夜郎至西塞驿寄裴隐》一诗,酬应裴隐。裴隐,生平不详,据《李白全集校注汇释集评》考:"(《流夜郎至西塞驿寄裴隐》)诗云:'平明及西塞,已先投沙伴。'知裴氏亦当时逐臣。"③ 李白、裴隐皆遭流放,二人同病相怜,可谓患难之友。又如《自梁园至敬亭山见会公谈陵阳山水兼期同游因有此赠》一诗,酬应会公。会公,生平不详,李白《自梁园至敬亭山见会公谈陵阳山水兼期同游因有此赠》诗云:"会公真名僧,所在即为宝",可知其乃僧人。李白友人中多有僧道隐逸之辈,会公亦属其流。还有《望终南山寄紫阁隐者》《淮阴书怀寄王宋城》《金乡送韦八之西京》《送张舍人之江东》《送蔡山人》《赠友人三首》《友人会宿》《南阳送客》《游溧阳北湖亭望瓦屋山怀古赠同旅》等,皆为酬应之作,只是诗中所谓王宋城(一作"王宗成")、韦八、张舍人、蔡山人者,生平不详,所谓友人、客人、同旅者,皆不知何许人也。另外,《寄远》组诗也属酬应之作,据詹锳考证:"《寄

---

① 詹锳主编:《李白全集校注汇释集评》,天津:百花文艺出版社,1996年,第2778页。
② 詹锳编著:《李白诗文系年》,北京:人民文学出版社,1984年,第109页。
③ 詹锳主编:《李白全集校注汇释集评》,天津:百花文艺出版社,1996年,第2033页。

远十二首》疑是后人将李白此类之诗汇为一处的总称。诗不写于一时、一地，寄赠亦不主一人。或寄内、或寄他人；或自代内赠、或代他人寄赠。但以寄内和自代内赠为多。"①

通过对上述酬应类五言古诗的整理，可以发现《瑶台风露》所选篇目的酬应对象范围十分广泛，身份也各不相同，上至高官皇族，下至僧道罪臣，既遍及四海友朋，又兼顾家中妻儿。而《瑶台风露》的编选者鲍瑞骏一生诗篇宏富，在他现存的三千多篇作品中，亦以酬应类诗歌居多。既然鲍瑞骏本来就善为酬应诗，那么他在编选《瑶台风露》的过程中自然也会对李白的酬应之作精心挑选。这一点，仅从其所选诗酬应对象的均匀分布上，就可以看出。《瑶台风露》所选酬应类五言古诗，几乎是一个酬应对象一首诗。对于那些与李白交往密切，或是对李白的人生轨迹有重要影响的对象，则适当地增选，如酬应崔侍御的有四首、酬应元丹丘的有三首、酬应杨江宁的有两首、酬应崔郎中的有两首，还有《秋浦寄内》《自代内赠》，是李白写给妻子宗氏的。由此可知，《瑶台风露》酬应类篇目的选诗倾向，是有针对性地突出重点人物，并广泛包含各类酬应对象，尽可能地呈现李白酬应类五言古诗的整体面貌。

---

① 詹锳主编：《李白全集校注汇释集评》，天津：百花文艺出版社，1996年，第3647页。

第三节 《瑶台风露》的选诗宗旨

前文结合《瑶台风露》选诗的创作时间、创作地点以及酬应对象,大致讨论了《瑶台风露》的选诗倾向。下面将通过《瑶台风露》与古今李诗选本的比较,具体分析其选诗宗旨。

一 思想情旨:崇尚诗教传统

《礼记·经解第二十六》曰:"入其国,其教可知也。其为人也,温柔敦厚,《诗》教也。"孔颖达疏曰:"'温柔敦厚,《诗》教也'者,温,谓颜色温润;柔,谓情性和柔。《诗》依违讽谏不指切事情,故云'温柔敦厚',是《诗》教也。"[1]可见,"温柔敦厚"是言以委婉的方式进行讽谏,讲求温和宽厚,即所谓"怨而不怒"。"诗教"一词,本来专指《诗经》的教化作用,后来泛指文学作品的教化作用。

对于诗歌的社会功用,孔子早有言道:"《诗》可以兴、可以观、可以群、可以怨。"[2]其所谓"怨",是指怨刺时政,但要求"乐而不淫、哀而不伤",有节制地表达感情。正因为诗歌有节制情性、教忠育德的作用,历代的统治者都十分重视诗教。然而,到了封建社会末期,商品经济的发展和市民阶层的壮大,在很大程

---

[1] 孔颖达疏:《礼记正义》,《十三经注疏》,北京:北京大学出版社,1999年,第1368页。
[2] 程树德撰:《论语集释》,北京:中华书局,1990年,第1212页。

度上冲淡了诗歌的教化功用，使其沦为人们日常抒情和娱乐的工具。于是，清代许多文人开始上溯诗歌的源头，主张恢复诗教传统。沈德潜就是最典型的代表之一，他在《说诗晬语》中称："（诗）至有唐而声律日工，托兴渐失，徒视为嘲风雪、弄花草、游历燕衎之具，而诗教远矣。"① 沈德潜编《清诗别裁集》也是本着恢复诗教传统的目的来选诗的，《清诗别裁集》序云："然而不嫌其少者，以牧斋、竹垞所选，备一代之掌故，而予惟取诗品之高也。不嫌其多者，以殷璠、高仲武只操一律以绳众人，而予唯祈合乎温柔敦厚之旨，不拘一格也。"② 由此，足以见得他对诗教传统的重视。

《瑶台风露》的编选者鲍瑞骏和王鸿朗亦是如此，他们将诗教传统中"温柔敦厚"的思想情旨作为其重要的选诗标准之一。王定璋先生也注意到了这一点，但他却说："（《瑶台风露》）在评论诗歌时，儒家'温柔敦厚''怨而不怒'诗教的影响也还明显存在，如评《怨歌行》时说的怨而不怒、温婉和平，则与李白创作个性抵牾。"③ 直将《瑶台风露》选诗重诗教的特点视作一大缺憾来看待，这样的说法或许有失偏颇。

于是我们不妨先就《瑶台风露》中所选《怨歌行》一诗来进行讨论。《怨歌行》沿用乐府旧题，李白以班婕妤事为喻，借古讽

---

① 王宏林笺注：《说诗晬语笺注》，北京：人民文学出版社，2013年，第1页。
② 沈德潜：《清诗别裁集》，《历代诗别裁集》，杭州：浙江古籍出版社，1998年，第365页。
③ 王定璋：《〈瑶台风露〉——新发现的李白五古精选精批手抄本》，《天府新论》1985年第3期，第53页。

今,自伤受谗被逐出长安的遭遇。诗的前半部分写班婕妤得宠之时,后半部分则写她失宠之后,宠辱的一喜一忧形成鲜明对比。尽管"夺宠恨无穷",却仍是"寒苦不忍言,为君奏丝桐",是以王鸿朗评之曰:"怨而不怨,此其所以高也,只合如此收束,再加一句不得。"王鸿朗认为该诗以"悲心夜忡忡"收尾,哀思婉转,胜过以怨言作结,故谓之"再加一句不得"。萧士赟亦评曰:"此诗虽宫怨之体,然寄兴深远,怨而不诽,其得《国风》之遗意欤。"[①]可见《怨歌行》在情感表达上,确实具有"温柔敦厚"的特点,而李白的创作并非只有热情喷薄、豪迈奔放的一面,也有雍和温厚、含蓄委婉的一面。

又如《古朗月行》一诗,萧士赟评曰:"按此诗借月以引兴。日君象,月臣象,盖为安禄山之叛兆于贵妃而作也。"[②]该诗借景抒情,以"蟾蜍蚀圆影"为喻,影刺时弊。王鸿朗评曰:"此首亦全是比兴,盖为玉环发也。少陵蒿目时艰,寓规于讽,太白则多推本于宫闱,以究主德所由蔽,其为忠君爱国则一也。"他称此诗是讽刺杨贵妃之作,尽管杜甫多有讽喻现实的作品,但李白也多以宫闱诗来寄寓托讽,二人都同样有一颗忠君爱国之心。《古朗月行》一诗,托讽委婉,亦合诗教。

又如《东海有勇妇》一诗,王鸿朗评曰:"大略言匹妇之遇,是以回天皆精诚致之,而自慨忠而见疑也,通首不及本意,高绝。"

---

① 萧士赟补注:《分类补注李太白诗》(第5卷),《四部丛刊》,民国上海涵芬楼景明本,第9页。
② 萧士赟补注:《分类补注李太白诗》(第4卷),《四部丛刊》,民国上海涵芬楼景明本,第29页。

东海妇人为夫报仇而终能幸免罪责,只因其精诚所至,感动天子,然李白却以忠心而见疑于君上。王鸿朗称此诗实是李白借勇妇事以感慨己身,全诗不露本意,正是其高妙之处,所谓"怨而不怒"是也。

又如《邯郸才人嫁为厮养卒妇》一诗,王鸿朗评曰:"此题易涉怨诽,此诗抑何忠厚。"萧士赟曰:"《乐府遗声》佳丽四十八曲有《邯郸才人嫁为厮养卒妇》,盖古有事也。"① 虽然其本事今已不可考,就其题材而言,此篇亦属宫怨诗。诗中的崇台女情深义厚,纵使被弃,亦对君王念念不忘,李白以此自喻,表现其忠君爱国之心。《诗比兴笺》评之曰:"沦谪之感,贵在忠厚。"②

又如《豫章行》一诗,鲍瑞骏评"岂惜战斗死,为君扫凶顽"二句云:"捐躯报国,写来磊落光明,此等诗可以教忠。"此诗前半部分着力渲染征夫辞亲离乡的悲戚之情,后半部分又极写戍边将士浴血沙场的英勇之貌,凸显出戍边将士舍己为国的品格。以诗褒忠,故能为后世子弟立教。

又如《赠友人》其一一诗,王鸿朗评曰:"起四句乃极咤嚓语,以比兴出之,所谓怨而不怒。"又曰:"深厚。"前四句"兰生不当户,别是闲庭草。凤被霜雪欺,红荣已先老",似是李白自言秉性高洁而所处非位,以致怀才无用,遭受奸邪欺凌,暗指自己在长安供奉翰林期间的遭遇。该诗以兰生闲庭而为霜欺作比,委婉曲折,将一腔怨言含蓄出之。诗的后半部分更是表现出李白心系君

---

① 萧士赟补注:《分类补注李太白诗》(第5卷),《四部丛刊》,民国上海涵芬楼景明本,第24页。

② 詹锳主编:《李白全集校注汇释集评》,天津:百花文艺出版社,1996年,第799页。

王，渴望尽忠报国"卒岁长相随"的一腔热情，合于温柔敦厚之旨。

又如《去妇词》一诗，王鸿朗评曰："此诗人之忠厚，所以有裨于风教也。宋元以后之诗，使气衿才，其于'兴观群怨'之旨，去之千里。收尤妙绝。"此诗结尾处写弃妇好心告诫小姑"莫嫁如兄夫"，不仅表现了女子的纯善品质，也反映出李白的忠厚用心，也有一定的引人向善的教化作用。王鸿朗还指出宋元以后的诗作崇尚以学问为诗，徒然恃才自夸，却偏离了"兴观群怨"的要旨，削弱了诗歌的社会功能。

又如《黄葛篇》一诗，李白以闺中妇人自比，言己身怀才，虽不见用于君王，其心中仍是一片热忱，期望得到赏识。王鸿朗评曰："殷肶婉笃，接迹风人，班姬团扇之诗犹未免露骨。""班姬团扇之诗"指西汉女诗人班婕妤的《团扇歌》，而王鸿朗却认为李白的《黄葛篇》委婉曲折，胜于班婕妤的《团扇歌》。萧士赟亦曰："太白此诗，忠厚之意发于情性，风雅之作也。今世蜉蝣辈作诗评，乃谓太白无关于人伦风教。吁！是亦未之思耳！"[①]萧士赟此论或许可以回应王定璋先生对《瑶台风露》选诗重诗教，与李白创作个性相抵牾的看法。

后人论及唐代最杰出的诗人时，多将李白与杜甫进行比较，而认为李诗的思想情旨有悖于诗教。《苕溪渔隐丛话》引《钟山语录》云："荆公次第四家诗，以李白最下，俗人多疑之。公曰：'白诗近俗，人易悦故也。白识见污下，十首九说妇人与酒，然其才

---

① 萧士赟补注：《分类补注李太白诗》（第5卷），《四部丛刊》，民国上海涵芬楼景明本，第6页。

豪俊，亦可取也。'"[①] 关于这一点，清人姚培谦所论较为中肯："李杜二公诗篇原本忠爱，若以温柔敦厚论之，则李不及杜……要之，自其骨性中带来，不可强也。"[②] 他称李诗"原本忠爱"，但若拿李白与杜甫相比，则未免显得李白不够温柔敦厚，这是李白自身飘逸豪迈的性格所致，不能强求。鲍瑞骏评李白《经乱离后天恩流夜郎忆旧游书怀赠江夏韦太守良宰》一诗曰："管韫山侍御亦以此诗配《北征》，一则苍浑，一则哀艳，其忠爱则均也。"前文已提到过，管韫山即是管世铭，鲍瑞骏引管世铭评语，将此诗与杜甫的《北征》相提并论，认为此诗苍浑而《北征》哀艳，但二诗所反映出的忠君爱国之情却是一致的。

实际上，李白的诗歌创作并非无关于人伦风教，他在《古风》其一《大雅久不作》中写道："我志在删述，垂辉映千春。"李白想效仿孔子，以诗文来反映王政得失，明是非而寓褒贬，垂教于后世。这不正应和了儒家诗教当中"兴观群怨"的宗旨吗？因此我们可以说，儒家的诗教传统其实已在李白身上打下了深刻的烙印。他所谓的"大雅久不作，吾衰竟谁陈"，即是说反映王政兴废的文学作品许久都没有出现了，以诗文来恢复古道，舍我其谁！而李白的诗文复古之中，当然也包括了对诗教的恢复。

因此，为了呈现李白这一特点，《瑶台风露》在选诗的过程中更倾向于选择思想情旨较为"温柔敦厚"的篇目。上文提到的《东海有勇妇》《怨歌行》《去妇词》等诗为大多数选本所遗漏，而《瑶

---

① 胡仔纂集：《苕溪渔隐丛话》，北京：人民文学出版社，1962年，第37页。
② 姚培谦：《松桂读书堂集》，《四库全书存目丛书（集部）》（第277册），济南：齐鲁书社，1996年，第53页。

台风露》偏偏选入，这也体现出鲍瑞骏与王鸿朗二人对于诗教的重视。

二 艺术风格：以"高古"为主

鲍瑞骏在为《瑶台风露》所作跋中，从司空图的《二十四诗品》中，摘出了"雄浑""高古""洗练""绮丽""自然""豪放""精神""清奇""超诣""飘逸"十个品类来概括李白五言古诗的艺术风格。不仅如此，鲍瑞骏还在《瑶台风露》的扉页上题写了"太华夜碧，人闻清钟"八字，这是司空图用来形容"高古"一品的原文。由此，不难得出结论：《瑶台风露》在艺术风格上的选诗宗旨，以"高古"一品为主，同时又兼采"雄浑""洗练""绮丽""自然""豪放""精神""清奇""超诣""飘逸"九品。

可以说，《瑶台风露》几乎直接沿用了《二十四诗品》的理论体系。如今学界关于《二十四诗品》的研究成果已颇为丰赡，但在原文的阐释方面，却是众说纷纭、各有千秋，始终未得确解。本书因研究《瑶台风露》选诗风格的需要，将从文本层面对上述十品逐一试析，所解均是浅尝辄止，仅供参考。

1. 高古

《二十四诗品·高古》原文：

> 畸人乘真，手把芙蓉。泛彼浩劫，窅然空踪。月出东斗，好风相从。太华夜碧，人闻清钟。虚伫神素，脱然畦封。黄

唐在独,落落玄宗。①

鲍瑞骏从中摘出"太华夜碧,人闻清钟"二句来形容"高古"的风格。"太华"即是华山,华山自古便以高峻而闻名,更有许多神话流传至今,据《太平寰宇记》载:"太华山,在县南八里。《山海经》云:'太华之山,削成而四方,其高五千仞,广十里,鸟兽莫居。有蛇焉,名曰肥遗,六足四翼,见则天下大旱。'远而望之,若华状,故名华山。"②"夜碧"即夜空碧蓝的意思,李白《黄鹤楼送孟浩然之广陵》诗云:"孤帆远影碧空尽"③,即描绘出了天色幽碧、一片空阔的景象。唐人多建佛寺,寺中早晚则以敲钟报时,其声浑厚清亮,可传数里之外。

人临于华山千仞之巅,则其处身至高;仰望夜空碧蓝无云,则其所见广阔;闻远寺钟声清响,则其所闻幽深。所谓"太华夜碧,人闻清钟",即是高妙、广阔、幽深之境,鲍瑞骏引此二句来概括"高古"一品,是十分恰当的。

《瑶台风露》所选篇目的艺术风格以"高古"居多,《古风》五十九首、《拟古》十二首就是最典型的代表。除此之外,《送张舍人之江东》一诗也是如此,鲍瑞骏评其首四句曰:"此亦一片神行,得其气息便可超凡入圣。"上文提到,前人多以《送张舍人之江东》一诗为拗律,然而《瑶台风露》却将此篇纳入五言古诗之内,其主要原因还是由于此诗气息渊厚,映带古意。严评本所载明人

---

① 祖保泉:《二十四诗品校注译评》,芜湖:安徽师范大学出版社,2018年,第61页。
② 乐史:《太平寰宇记》,北京:中华书局,2007年,第618—619页。
③ 王琦注:《李太白全集》,北京:中华书局,2011年,第626页。

批语云:"是拗律,然亦带古意,佳。"[1]王鸿朗更是称:"表圣《诗品》有'太华夜碧,人闻清钟'之句,意惟太白是以当之。"故此诗当属"高古"一品无疑。

又如,李白的《赠友人》三首,其他选本多选其一与其二,往往将其三排除在外,而《瑶台风露》却将该篇选入。王鸿朗评此诗曰:"此三首不矜才、不使气,专以深细宕折见长,至为渊厚古茂。世之读太白者,每取其飞扬跋扈之作,而于此等略之,何也?"其所谓"不矜才、不使气"或是言李白此诗并不以夸耀才学、逞露意气为胜,而是深细宕折,娓娓道来。诗中接连引用疏广、孔明、谢安、苏秦、冯谖、庄周等历史人物的典故,借古喻今,抒发胸中抱负,遂至为"渊厚古茂"。王鸿朗还说世人读李诗,多取其飞扬跋扈之作,而与此等作品却往往略过,因此《瑶台风露》的选诗以"高古"为主,其目的就是要向世人展示李白渊厚古茂的一面。

其他如《丁督护歌》《古意》《早过漆林渡寄万巨》《学古思边》等诗,其艺术风格都带有"高古"的特点。

2. 雄浑

《二十四诗品·雄浑》原文:

> 大用外腓,真体内充,反虚入浑,积健为雄。备具万物,横绝太空,荒荒油云,寥寥长风。超以象外,得其环中,持

---

[1] 詹锳主编:《李白全集校注汇释集评》,天津:百花文艺出版社,1996年,2256页。

之匪强，来之无穷。①

鲍瑞骏从中摘出"超以象外，得其环中"二句来形容"雄浑"的风格。《庄子·齐物论》云："是亦彼也，彼亦是也。彼亦一是非，此亦一是非。果且有彼是乎哉？果且无彼是乎哉？彼是莫得其偶，谓之道枢。枢始得其环中，以应无穷。"②其大意是只要消除彼此间的是非对待，掌握了"道"的要旨，就能像处身于圆环的中心那样，以不变应万变。"超以象外，得其环中"二句即是对《庄子·齐物论》的继承和发衍，或指"雄浑"的艺术风格，其实已超越了事物实际的大小、高低、深浅等表象，而重在写意，以表现其真体充盈的本质和内在。

如《关山月》"明月出天山，苍茫云海间。长风几万里，吹度玉门关"四句，旨在刻画边关的苍广、辽远之境，并非长风真的吹过了万里之遥。鲍瑞骏评曰："绛云在天，随风舒展，气宇固是不凡。"而他说的"气宇不凡"则正是"雄浑"一品所谓的环中内充之真体。胡应麟《诗薮》亦曰："'明月出天山，苍茫云海间。长风几万里，吹度玉门关'，浑雄之中，多少闲雅。"③可见，李白《关山月》一诗确实有"雄浑"一品的精髓。

又如《赠王判官时余归隐居庐山屏风叠》一诗，王鸿朗称："'云山'十字，异样雄秀。"为表现剡溪的平静与清澈，李白运

---

① 祖保泉：《二十四诗品校注译评》，芜湖：安徽师范大学出版社，2018年，第42页。
② 陈鼓应注译：《庄子今注今译》，北京：中华书局，1983年，第54页。
③ 胡应麟：《诗薮》，《明诗话全编》（第5册），南京：江苏古籍出版社，1997年，第5537页。

用了比喻和夸张的手法:"云山海上出,人物镜中来",剡溪与天地浑然一色,仿佛云和山皆自水中化生,湖面上的船影清晰可见,好像游人都是从镜面里出来的。剡溪之水纵然清澈,却也不至于使人混淆现实与倒影,这种表现手法其实超越了剡溪实际的清澈程度,重在取其意境,故而既雄且秀。

其他如《送王屋山人魏万还王屋》《江夏寄汉阳辅录事》《流夜郎至西塞驿寄裴隐》等诗,其艺术风格都带有"雄浑"的特点。

3. 洗练

《二十四诗品·洗练》原文:

> 如矿出金,如铅出银。超心炼冶,绝爱缁磷。空潭泻春,古镜照神。体素储洁,乘月返真。载瞻星辰,载歌幽人。流水今日,明月前身。[①]

鲍瑞骏从中摘出"空潭泻春,古镜照神"二句来形容"洗练"的风格。所谓"空潭泻春"并非是说潭中无水,而是说潭水清澈见底无杂质,因此流水亦可以映带春色。古人以水照形,只可粗观其概形,必不能详见其细貌,是以"古镜照神"即是抛开形貌,以观神髓之义。"空潭泻春,古镜照神"二句,指出诗歌创作在形式上要高度凝炼,在内容上要注重传神达意,在心境上要崇尚空灵纯净。如《江上寄元六林宗》一诗,鲍瑞骏评"霜落江始寒,

---

① 祖保泉:《二十四诗品校注译评》,芜湖:安徽师范大学出版社,2018年,第72页。

枫叶绿未脱"二句曰："笔笔超脱，字字洗练，真天仙化人之词。"此二句以霜落江寒、枫叶犹绿两个意象点明时令，短短十字便渲染出初秋时江上清幽冷寂的气氛，为全诗奠定了基调。他又评"凉风何萧萧，流水鸣活活。浦沙净如洗，海月明可掇"四句曰："接法排宕，音节琅然，但觉一片空明，忘其对偶之迹。"此四句对偶工整却无斧凿痕迹，且意境空阔澄净，正是"空潭泻春，古镜照神"。王鸿朗评此诗曰："此诗入杜工部集中，不复可辨，惟善揣神骨者愈叹其奇。"

其他如《大堤曲》《秋日鲁郡尧祠亭上宴别杜补阙范侍御》《月夜江行寄崔员外宗之》等诗，艺术风格都带有"洗练"的特点。

4. 绮丽

《二十四诗品·绮丽》原文：

> 神存富贵，始轻黄金。浓尽必枯，淡者屡深。雾余水畔，红杏在林。月明华屋，画桥碧阴。金尊酒满，伴客弹琴。取之自足，良殚美襟。[1]

鲍瑞骏从中摘出"月明华屋，画桥碧阴"二句来形容"绮丽"的风格。屋中原是金碧辉煌，又得明月清光相映，自然富丽典雅；画桥已有精美雕饰，再添绿荫掩映，更是清秀非凡。故而"绮丽"一品不仅要形式华丽，还要格调高雅、情致绵长。如《相逢行》

---

[1] 祖保泉：《二十四诗品校注译评》，芜湖：安徽师范大学出版社，2018年，第86页。

一诗，鲍瑞骏评曰："情词婉笃，十九首之遗，而词特加丽。"鲍瑞骏认为李白此诗情真意切、温婉动人，继承了《古诗十九首》的叙事传统，而语言更加玲珑秀丽。王鸿朗评曰："'似月'五字奇丽。"又曰："句句秀婉、字字曲折，笔舌互用而不见笔舌之痕，岂非神品？""似月云中见"一句，以云中见月来比喻女子容色秀丽，若隐若现似笼轻纱，委婉深至，故曰"奇丽"。严评本所载明人批语云："'相见'二句转舌出声，何其浑成而圆妙也。"① 王鸿朗所谓"笔舌互用而不见笔舌之痕"，或同此意，是言《相逢行》一诗语言秀丽、表达通俗，宛如以女子声口娓娓道来，圆转自然而无斧凿痕迹，是以谓之"神品"。

其他如《赠裴司马》《赠宣城宇文太守兼呈崔侍御》《书情寄从弟邠州长史昭》等诗，艺术风格都带有"绮丽"的特点。

5. 自然

《二十四诗品·自然》原文：

> 俯拾即是，不取诸邻。俱道适往，着手成春。如逢花开，如瞻岁新。真与不夺，强得易贫。幽人空山，过雨采蘋。薄言情悟，悠悠天均。②

鲍瑞骏从中摘出"幽人空山，过雨采蘋"二句来形容"自然"的风格。"幽人"，隐士也。"空山"，人迹罕至也。"过雨采蘋"，冒

---

① 詹锳主编：《李白全集校注汇释集评》，天津：百花文艺出版社，1996年，850页。
② 祖保泉：《二十四诗品校注译评》，芜湖：安徽师范大学出版社，2018年，第91页。

雨摘菜也。蘋是一种可食用的蕨类植物,《诗经·国风·召南·采蘋》云:"于以采蘋,南涧之滨。"① 可见,早在先秦时期,人们便已有采蘋而食的习俗了。幽人隐居于深山之中,凡尘俗事不能相扰,遂能挣脱桎梏,率性而为,与自然相亲。"幽人空山,过雨采蘋"二句,即是指亲近自然、率性不羁。如《下终南山过斛斯山人宿置酒》一诗,鲍瑞骏评曰:"清俊似宣城,自然似靖节。""宣城"指南齐诗人谢朓,因他曾为宣城太守,是以后人又称其为"谢宣城"。李白《宣州谢朓楼饯别校书叔云》诗曰:"蓬莱文章建安骨,中间小谢又清发"②,称赞谢诗清新俊秀。"靖节"指东晋诗人陶渊明。陶渊明正是"自然"一格的代表,钟嵘在《诗品》中称其为"古今隐逸诗人之宗"③。李白五古诗中多有效陶之作,《下终南山过斛斯山人宿置酒》就是其中之一。严评本所载明人批语亦云:"绝似陶,真意宛然。"④ 可见,李白此诗已得陶诗自然之真意。

其他如《自金陵溯流过白璧山玩月达天门寄句容王主簿》《春日醉起言志》《经乱后将避地剡中留赠崔宣城》等诗,其艺术风格都带有"自然"的特点。

---

① 孔颖达疏:《毛诗正义》,《十三经注疏》,北京:北京大学出版社,1999年,第71—72页。
② 王琦注:《李太白全集》,北京:中华书局,2011年,第737页。
③ 钟嵘:《诗品》,《历代诗话》,北京:中华书局,1981年,第13页。
④ 詹锳主编:《李白全集校注汇释集评》,天津:百花文艺出版社,1996年,第2826页。

6. 豪放

《二十四诗品·豪放》原文：

> 观花匪禁，吞吐大荒。由道反气，处得以狂。天风浪浪，海山苍苍。真力弥满，万象在旁。前招三辰，后引凤凰。晓策六鳌，濯足扶桑。[1]

鲍瑞骏从中摘出"晓策六鳌，濯足扶桑"二句来形容"豪放"的风格。《淮南子·览冥训》云："于是女娲炼五色石以补苍天，断鳌足以立四极，杀黑龙以济冀州，积芦灰以止淫水。"东汉高诱注曰："鳌，大龟。天废顿，以鳌足柱之。《楚辞》曰'鳌载山下，其何以安之'是也。"[2] 可见，鳌是一种大龟，在神话传说中，女娲曾断鳌之四足为四极之柱，用以支撑天地。又据《山海经》载："汤谷上有扶桑，十日所浴。"[3] 传说中，扶桑是十日之浴所，足见其大。因此，"晓策六鳌，濯足扶桑"二句，是极宏大景象，而在此情境之下，人心境亦豪。此即为"豪放"一品。如《月下独酌》其三，鲍瑞骏评曰："笔有豪气，不是禅机。"又曰，"此诗用意、用笔超妙不测，后唯东坡得其神味。"相对于描写宏大的景象，《月下独酌》其三重在表现内心的豪气，因此鲍瑞骏认为此诗所发者，并非禅机，而是豪气。苏轼词开豪放一派，可说是"豪放"风格的代表人物，而鲍瑞骏却说苏东坡是得了李太白的神味，可知他

---

[1] 祖保泉：《二十四诗品校注译评》，芜湖：安徽师范大学出版社，2018年，第102页。

[2] 何宁撰：《淮南子集释》，北京：中华书局，1998年，第479—480页。

[3] 冯国超译注：《山海经》，北京：商务印书馆，2016年，第410页。

将此诗归为"豪放"一品之中。

其他如《侠客行》《结客少年场行》《拟古·其九》等诗，艺术风格都带有"豪放"的特点。

7. 精神

《二十四诗品·精神》原文：

> 欲返不尽，相期与来。明漪绝底，奇花初胎。青春鹦鹉，杨柳池台。碧山人来，清酒深杯。生气远出，不着死灰。妙造自然，伊谁与裁。①

鲍瑞骏从中摘出"青春鹦鹉，杨柳池台"二句来形容"精神"的风格。"青春"，指春色青绿，因春季草木萌发，故常谓之曰"青春"。《楚辞·大招》云："青春受谢，白日昭只。"东汉王逸注曰："青，东方春位，其色青也。"② 鹦鹉羽色鲜艳而善于学舌，是代表聪敏和活力的意象，唐人冯延巳就在《虞美人》中写道："玉钩鸾柱调鹦鹉，宛转留春语。"③ 李白《下途归石门旧居》云："向暮春风杨柳丝"④，《赠从弟南平太守之遥·其一》诗云："梦得池塘生春草"⑤；可见，杨柳与池塘两个意象也多用于形容春景。如此说来，

---

① 祖保泉：《二十四诗品校注译评》，芜湖：安徽师范大学出版社，2018年，第111页。
② 洪兴祖补注：《楚辞补注》，北京：中华书局，1983年，第216页。
③ 李煜：《李煜词集》，上海：上海古籍出版社，2016年，第122页。
④ 王琦注：《李太白全集》，北京：中华书局，2011年，第861页。
⑤ 王琦注：《李太白全集》，北京：中华书局，2011年，第502页。

"青春鹦鹉，杨柳池台"二句所指便是新春时节蓬勃的生机与活力。如《书情寄从弟邠州长史昭》一诗，王鸿朗评曰："'池塘春草'典故久已习熟生厌，一经太白点化，遂尔簇簇生新，其实亦只平直写来，而他人终莫能及者，何也？此妙可思。"钟嵘《诗品》引《谢氏家录》云："康乐每对惠连，辄得佳句。后在永嘉西堂，思诗竟日不就，寤寐间忽见惠连，即成'池塘生春草'。故尝云'此语有神助，非我语也。'"[①]李白此诗前半写春景，透出勃勃生气，后半则化用谢灵运"池塘春草"典故，以"东风引碧草，不觉生华池"比喻自己和从弟李昭的深厚情谊，读来甚清新，精神为之一振。

其他如《赠崔郎中宗之》《寄远·其三》《春日独酌·其一》等诗，其艺术风格都带有"精神"的特点。

8. 清奇

《二十四诗品·清奇》原文：

> 娟娟群松，下有漪流。晴雪满竹，隔溪渔舟。可人如玉，步屟寻幽。载瞻载止，空碧悠悠。神出古异，淡不可收。如月之曙，如气之秋。[②]

鲍瑞骏从中摘出"晴雪满竹，隔溪渔舟"二句来形容"清奇"的风格。天晴以后，忽见积雪满竹，此景出人意料，可以称奇。

---

① 钟嵘：《诗品》，《历代诗话》，北京：中华书局，1981年，第14页。
② 祖保泉：《二十四诗品校注译评》，芜湖：安徽师范大学出版社，2018年，第126页。

雪本纯洁，竹本正直，积雪满竹是极清高之象；又见渔船隔溪驶来，则更添幽情。"晴雪满竹，隔溪渔舟"二句，即是指清高幽致而又出人意料的风格。如《书怀赠南陵常赞府》一诗，鲍瑞骏评首二句"岁星入汉年，方朔见明主"云："奇峰特起，思笔超乎，不可端倪。"王鸿朗亦曰："自叙，入手作如此写，奇妙。"此二句乃李白引东方朔事以自喻。《太平广记》卷六《神仙六》"东方朔"条载："朔未死时，谓同舍郎曰：'天下人无能知朔，知朔者唯太王公耳。'朔卒后，武帝得此语，即召太王公问之曰：'尔知东方朔乎？'公对曰：'不知。''公何所能？'曰：'颇善星历。'帝问：'诸星皆具在否？'曰：'诸星具，独不见岁星十八年，今复见耳。'帝仰天叹曰：'东方朔生在朕傍十八年，而不知是岁星哉！'惨然不乐。"[1]李白以东方朔下凡（传说东方朔原是岁星）辅佐汉武帝来隐喻自己供奉翰林，曾为天子执笔的经历，借古喻今，其构思与用笔皆令人不测，此其奇也。王鸿朗又评此诗"故交不过门，秋草日上阶"二句曰："'故交'十字，乃似陶公。"此二句写出世态炎凉，李白受谗之时，故交都不登门，唯有常赞府与其心谐，把酒言欢。二人立身高洁，远胜一众流俗之辈，此其清也。

其他如《经乱后将避地剡中留赠崔宣城》《月下独酌·其一》《自代内赠》等诗，其艺术风格都带有"清奇"的特点。

---

[1] 李昉等编：《太平御览》，北京：中华书局，1961年，第41页。

9. 超诣

《二十四诗品·超诣》原文：

> 匪神之灵，匪几之微。如将白云，清风与归。远引若至，临之已非。少有道契，终与俗违。乱山乔木，碧苔芳晖。诵之思之，其声愈希。①

鲍瑞骏从中摘出"乱山乔木，碧苔芳晖"二句来形容"超诣"的风格。《诗经·国风·周南·汉广》云："南有乔木，不可休思。"东汉郑玄注曰："南方之木，美乔上竦也。"② 上竦，即高起直立貌。乱山之中，乔木高高耸立，可谓一枝独秀。碧苔芳香，又得日照垂晖，更是雅致脱俗。"乱山乔木，碧苔芳晖"二句，即是指超迈绝尘、高雅脱俗的风格。如《瑶台风露》中篇幅最短的《友人会宿》，鲍瑞骏在诗尾批注道："短古神境，王、孟同其清，未能及其厚也。"王、孟即是王维和孟浩然。皓月良宵，醉卧空山，其乃此诗之清也。涤荡千古，留恋百壶，其乃此诗之厚也。故而鲍瑞骏称王维与孟浩然同其清而未能及其厚。他又评此诗曰："清光大来，正如瑶台仙子，不食人间烟火。"直言此诗格调非凡。王鸿朗亦曰："兀臬。通体之神，全注'皓月未能寝'五字中。"兀臬即是孤高不群之义，正应了"超诣"二字。

其他如《金陵凤皇台置酒》《玩月金陵城西孙楚酒楼达曙歌吹日晚乘醉著紫绮裘乌纱巾与酒客数人棹歌秦淮石头访崔四侍御》

---

① 祖保泉：《二十四诗品校注译评》，芜湖：安徽师范大学出版社，2018年，第161页。
② 孔颖达疏：《毛诗正义》，《十三经注疏》，北京：北京大学出版社，1999年，第53页。

等诗,其艺术风格都带有"超诣"的特点。

10. 飘逸

《二十四诗品·飘逸》原文:

> 落落欲往,矫矫不群。缑山之鹤,华顶之云。高人画中,令色氤氲。御风蓬叶,泛彼无垠。如不可执,如将有闻。识者已领,期之愈分。①

鲍瑞骏从中摘出"缑山之鹤,华顶之云"二句来形容"飘逸"的风格。缑山,又名缑氏山,或许因缑山多鹤,此地多有仙人驾鹤的神话传说。《列仙传》载:"王子乔者,周灵王太子晋也。好吹笙作凤凰鸣。游伊、洛之间,道士浮丘公接以上嵩高山。三十余年后,求之于山上,见桓良,曰:'告我家,七月七日待我于缑氏山巅。'至时,果乘白鹤驻山头。望之不得到,举手谢时人,数日而去。"②华顶即是华山之巅。鹤可展翅腾空,云可随风飘散,二者均是虚无缥缈之象,故"缑山之鹤,华顶之云"二句,即是指遗世独立、羽化登仙的风格。如《自梁园至敬亭山见会公谈陵阳山水兼期同游因有此赠》一诗,鲍瑞骏评"我随秋风来,瑶草恐衰歇"二句曰:"横空而来,正如瑶姬仙子,不食人间烟火。"这二句以乘秋风、采瑶草起势,营造出一种仙人下凡的缥缈境界。鲍瑞骏评"天开白龙潭,月映清秋水"二句曰:"开出异境,如海

---

① 祖保泉:《二十四诗品校注译评》,芜湖:安徽师范大学出版社,2018年,第168页。
② 王叔岷撰:《列仙传校笺》,北京:中华书局,2007年,第65页。

上三神山,可望不可即。"赞其构思奇特,出人意料。鲍瑞骏评"稠叠千万峰,相连入云去"二句曰:"再接再厉,正如'神仙排云出,但见金银台'。"郭璞《游仙诗》有"神仙排云出,但见金银台"之句,鲍瑞骏以此作评,是赞此诗兴象脱俗,如游仙境。王鸿朗亦曰:"'稠叠'十字,非真仙人安能作此?写景之句,不难于奇,惟不奇之奇,乃真奇也。"他提到李白诗中之奇,并非是用怪诞诡谲的意象炫异争奇,而是以平凡之象造超凡之境,此即"诗仙"之所以仙也。明人谢榛《四溟诗话》亦曰:"独谪仙思无难易,而语自超绝,此朱考亭所谓'圣于诗者'是也。"[1]

其他如《游溧阳北湖亭望瓦屋山怀古赠同旅》《游泰山·其六》《览镜书怀》等诗,其艺术风格都带有"飘逸"的特点。

当然,《瑶台风露》选诗的艺术风格也并非是严格按照上述十品来一一划分的,这其中也有交叉重合。有的篇目还带有多种艺术风格,如《金陵白杨十字巷》一诗,鲍瑞骏在诗尾注曰:"雄浑高古,字字如锈。"认为此诗既有"高古"一品之古雅,又具"雄浑"一品之浑厚。因此,就具体篇目而言,很难认定它究竟属于哪种风格。司空图的《二十四诗品》原本也是从感性的角度去概括不同艺术风格的特点,并没有确切的划分和界定标准,而本书旨在厘清《瑶台风露》在艺术风格上的选诗宗旨,对于具体篇目的艺术风格就不一一展开讨论了。

---

[1] 谢榛:《四溟诗话》,《历代诗话续编》,北京:中华书局,1983年,第1222页。

三 写作技巧:重视行文章法

如果从篇幅上来考察《瑶台风露》选诗可以发现,《瑶台风露》的选诗以中长篇五言古诗为主。除了《友人会宿》只有六句三十字以外,其余各篇都在八句四十字以上,以十二句六十字者为多。篇幅较长的有《感时留别从兄徐王延年从弟延陵》七十四句三百七十字、《赠宣城宇文太守兼呈崔侍御》八十六句四百三十字、《送王屋山人魏万还王屋》一百二十句六百字、《经乱离后天恩流夜郎忆旧游书怀赠江夏韦太守良宰》一百六十六句八百三十字。组诗有《古风》五十九首、《拟古》十二首、《感兴》六首、《游泰山》六首、《寄远》四首(十二首选四首)、《赠友人》三首、《长干行》二首、《秋浦歌》二首(十七首选二首)、《月下独酌》二首(四首选二首)、《春日独酌》二首。

《瑶台风露》以中长篇为主的选诗宗旨,实则是为了呈现李白五言古诗的章法特点,即李白行文的"起承转合"之法。"章法"即诗文中的谋篇布局之法。郑玄为《诗经·大雅·荡之什》中的《抑》篇作笺曰:"章,文章法度也。"[1] 这表明文学创作的章法意识早在汉代已经出现了。明清两代的诗文评说,更是集前人之大成,尤其注重分析诗文的创作方法,并且深入到章、句、字等每一个环节之中。明人胡应麟评杜甫《登高》曰:"杜'风急天高'章五十六字,如海底珊瑚,瘦劲难名,沉深莫测,而精光万丈,力

---

[1] 孔颖达疏:《毛诗正义》,《十三经注疏》,北京:北京大学出版社,1999年,第1165页。

量万钧。通章章法、句法、字法，前无昔人，后无来学。"[1]清人卢震在《说安堂集》中专门论述了"章法"："而又有所谓章法者。尼父曰：'斐然成章。'子舆氏曰：'不成章不达。'章者，片段也。姑以织锦譬之，文者，五色丝相杂也，章者，机轴尺寸全匹之锦也。有其文而不成章，是碎锦矣。有其章而复有文，完一机之功而锦乃成。古人诗文未有无章而徒文者。诗以韵传，以句成，故人多知文而不知章。"[2]他上溯孔子"斐然成章"之语，以织锦为喻，指出章是诗文形成的必要条件，强调了章法的重要性。

《瑶台风露》的选诗就相当看重作品的章法，如《枯鱼过河泣》一诗，鲍瑞骏评"谁使尔为鱼，徒劳诉天帝"二句曰："接法灵变不测。"首二句"白龙改常服，偶被豫且制"叙述白龙化鱼被制之事，此二句忽自陈述转为议论，直刺白龙不重身份，自取其辱，是以鲍瑞骏谓之"灵变不测"。评"作书报鲸鲵，勿恃风涛势"二句曰："拓法幻思奇想。"此二句引入"蝼蚁食鲸"的比喻，又拓宽了诗歌的思想内容，鲍瑞骏谓之"幻思奇想"。评末二句"万乘慎出入，柏人以为识"曰："收法突兀，反客为主法也。"鲍瑞骏指出，全诗本为叙述白龙化鱼之事，而结语却用高祖过柏人县一事揭示主旨，是将叙述主体颠倒，反客为主。王鸿朗亦曰："结法入神，于题意为正意，于题面为旁意，封面用笔，最为超脱。"称该诗以白龙化鱼之事为讽喻，末二句忽引汉高祖过柏人县不宿之事，以喻天子应当时时自慎。其所言虽非枯鱼过河之事，但合于

---

[1] 胡应麟：《诗薮》，《明诗话全编》（第5册），南京：江苏古籍出版社，1997年，第5516页。

[2] 卢震：《说安堂集》（第3卷），清康熙刻本，第14页。

本诗主旨，故谓之超脱。

由此可见，为了着重对李白五言古诗的写作技巧和章法结构进行讨论，鲍瑞骏与王鸿朗在选诗过程中，会有意摘取章法特点较为明显的篇目。因此，《瑶台风露》更倾向于选取中长篇的五言古诗，一些篇幅过短的五言古诗也就未被纳入其中。如《静夜思》《玉阶怨》《怨情》《越女词》等名作，都是四句二十字的短篇五言古诗，是以《瑶台风露》未加选入。而《子夜吴歌》四首，每篇六句三十字，虽比上述篇目稍长，但亦属短古之列，不能较好地体现行文"起承转合"之法，故也未被选入。《唐宋诗醇》评《子夜吴歌》曰："一气浑成，有删末二句作绝句者。"[①] 从中或可看出其失选的原因。

长篇诗歌作品，最讲究谋篇布局，往往要求章法细密、首尾呼应。说到唐人的长篇五言古诗，则以杜甫、韩愈二人最负盛名，而李白作为五言古诗正宗，其长篇五言古诗却很少被人提及，如清人陈维崧《箧衍集·五古长篇》云："五古长篇乐府推《为焦仲卿妻作》，有唐则惟杜陵《北征》、昌黎《南山》二章为绝后空前之作。宋时临川、山谷虽间有长篇，笔势终不逮也，附记于此。"[②]

这一点，葛晓音先生有所论述："但即使是李白、岑参这些五古正宗，也很少有以散句为主直陈其事的长篇五古。李白古诗大部分是汉魏六朝风味的乐府和歌行，中长篇五古数量较少，且充满想象和夸张，如《送王屋山人魏万还王屋》虽自注'述其行'，然全篇都是将魏万写成一个飘游于吴越山水中的仙人，以仙境烘

---

① 爱新觉罗·弘历编：《唐宋诗醇》，北京：中国文学出版社，2000年，第71页。
② 陈维崧辑：《箧衍集》，芜湖：安徽师范大学出版社，2015年，第42页。

托其仙迹。篇幅最长的《乱离后经天恩流夜郎忆旧游书怀赠江夏韦太守良宰》本来应有许多叙述性的回忆，却也极少连贯的叙述片段。"①其意大致是说，李白的长篇五言古诗与杜诗相比，在叙事上不连贯，更很少直陈其事。然而，《瑶台风露》却对李白的中长篇五言古诗"情有独钟"，这或与葛晓音先生对李白长篇五言古诗的看法有所不同。

下面，我们不妨就李白五言古诗中篇幅最长的《经乱离后天恩流夜郎忆旧游书怀赠江夏韦太守良宰》一诗来展开讨论。

鲍瑞骏对此诗的"起承转合"之法，有详细的评点。他评首二句"天上白玉京，十二楼五城"曰："起法似比似兴，如闻钧天广乐，无一是人间音节。"李白五言古诗在叙事过程中多夹杂比兴，其所指往往又难以捉摸，难免给人造成叙事不连贯的错觉，如此二句，既似以神仙居所来起兴引入下文，又似自喻其受箓入道的经历。鲍瑞骏评"误逐世间乐，颇穷理乱情"二句曰："'理乱'二字，一篇之纲。"因诗中写的都是李白一生所逢之乱象，故而"理乱"二字，不仅点照诗题，更是全诗的纲领所在。他评"九十六圣君，浮云挂空名"二句曰："'空名'二字，主中主。"指出李白一生颠沛流离，皆因受"空名"所误，是以此二字乃"主中主"。他评"叹君倜傥才，标举冠群英"二句曰："入韦。"前文皆李白自叙，此处方写到韦太守，故曰"入韦"。鲍瑞骏评"炎凉几度改，九土中横溃"二句曰："又拓开入时事。"此即行文之转折处，诗至此二句，从写韦太守事转入写时事。他评"惟君固房陵，诚节

---

① 葛晓音：《从五古的叙述节奏看杜甫"诗中有文"的创变》，《岭南学报》2016年第2期，第226—227页。

冠终古"二句曰:"赠韦,只带出,超绝。"点出李白言罢安禄山、哥舒翰之事,笔锋一转,又写到韦太守,与题目"赠韦太守"呼应。鲍瑞骏评"仆卧香炉顶,餐霞漱瑶泉"二句曰:"趁势折落自己,奇变不测。"评"宾跪请休息,主人情未极"二句曰:"又拍合太守,夭矫不测。"评"君登凤池去,忽弃贾生才"二句曰:"又兜转韦太守,笔如游龙,用法则心细如发。"这一段叙事中,李白在赞扬韦太守功绩的同时,交代了自己的潦倒近况,又从自己因罪流放、忠心见疑的遭遇写到韦太守对自己不离不弃、相待甚厚。最后,鲍瑞骏评末二句"安得羿善射,一箭落旄头"曰:"结法与'煌煌太宗业'同一,宏澜。""煌煌太宗业"[①]出自杜甫《北征》,鲍瑞骏以此作评,也有将李白此诗与杜甫《北征》并列的意思。王鸿朗亦评此诗曰:"前人以昌黎《南山》驰杜陵《北征》,非其伦也,唯此庶堪两大耳。"历代评诗家多以韩愈《南山》与杜甫《北征》相较,但王鸿朗却认为韩愈的《南山》比不上杜甫的《北征》,只有李白的《经乱离后天恩流夜郎忆旧游书怀赠江夏韦太守良宰》才可与《北征》并驾齐驱。《唐宋诗醇》亦称此诗曰:"汪洋浩瀚,如百川之灌河,如长江之赴海,卓乎大篇,可与《北征》并峙。"[②]

要之,李白此诗的章法确然夭矫难测,但通过鲍瑞骏的评点,却可从那些看似不连贯的叙事片段中,梳理出一条清晰的行文线索来。尽管此诗篇幅甚长,但诗中叙事有节,起、承、转、合,皆是法度井然。也许正是由于李白长篇五言古诗在行文章法上的零散,才更凸显出他在结构叙事上的天才,看似笔如游龙,实则

---

① 仇兆鳌注:《杜诗详注》,北京:中华书局,1979年,第395页。
② 爱新觉罗·弘历编:《唐宋诗醇》,北京:中国文学出版社,2000年,第99页。

心细如发。

又如《读诸葛武侯传书怀赠长安崔少府叔封昆季》一诗，就其篇幅而言，属于中篇五言古诗。大多数李诗选本都选入此诗，而《瑶台风露》却未加收录，这或许与其叙事过于直白有关系：

汉道昔云季，群雄方战争。霸图各未立，割据资豪英。赤伏起颓运，卧龙得孔明。当其南阳时，陇亩躬自耕。鱼水三顾合，风云四海生。武侯立岷蜀，壮志吞咸京。何人先见许，但有崔州平。余亦草间人，颇怀拯物情。晚途值子玉，华发同衰荣。托意在经济，结交为弟兄。毋令管与鲍，千载独知名。[1]

此诗前半部分写汉末群雄割据之际，刘备三顾茅庐请诸葛亮出山，奠定了蜀国的基业，暗以诸葛亮自喻；后半部分以崔州平比喻崔少府，希望他能够赏识自己并加以提携。诗中攀附之意颇为露骨，其叙事手段也较为平直，可以算得上是直陈其事。而《瑶台风露》选诗以章法为重，着意考察五言古诗的叙事技巧，故将此类篇目排除在外。

与之相对，《树中草》一诗仅八句四十字，论篇幅当属短篇五言古诗，今人李诗选本多未收录此诗，而《瑶台风露》却偏偏选入：

鸟衔野田草，误入枯桑里。客土植危根，逢春犹不死。

---

[1] 王琦注：《李太白全集》，北京：中华书局，2011年，第419页。

草木虽无情，因依尚可生。如何同枝叶，各自有枯荣。

前四句叙述精炼，仅以二十字，便将野草落入枯桑的原因及其如何在艰难的环境下生根发芽的经过交代清楚。后四句以"草木""枝叶"作比，喻同胞手足之情。草入树中，二者虽非同生，却能共存，而枝叶生于一处却各有枯荣，寓意深远。鲍瑞骏评此诗曰："千回百折，尺幅应须论万里，诗境似之。""尺幅应须论万里"[1]，言此诗以小见大。王鸿朗亦曰："寥寥四十字中有无数层次、无穷转折，使人读之忘其为短篇，大是奇构。"此诗以直叙起，每句一转，层层深入，诗中有所寄寓而不显露一字，故谓之"奇构"。

综上所述，《瑶台风露》本着尚诗教、主高古、重章法的宗旨进行选诗，在题材上以古风、乐府为主，兼具酬应、感遇、闲适等类别，所选多属李白中晚期写于江苏、湖北等地的五言古诗作品；不仅摘取了《关山月》《寄东鲁二稚子》《下终南山过斛斯山人宿置酒》《月下独酌》等大众熟知的名篇，还收录了《东海有勇妇》《塞上曲》《春日游罗敷潭》《金陵白杨十字巷》等较为小众的篇目，既能较好地反映李白五言古诗的整体面貌，又能突出重点，体现鲍、王二人对于李白五言古诗的理解和主张。

---

[1] 仇兆鳌注：《杜诗详注》，北京：中华书局，1979年，第754页。

第六章 《瑶台风露》的评点

前文提到,《瑶台风露》书眉上有朱批二百余条、墨批二十余条,诗行间有墨批近五百条;其中,朱批为王鸿朗所加,墨批为鲍瑞骏所加。值得注意的是,书中还出现了两处王鸿朗为鲍瑞骏批语作评的地方。一处在《长干行》其一中,鲍瑞骏书眉墨批曰:"二诗曲曲折折、絮絮叨叨,宛然儿女子声口,真神品也。其音节之妙不减《西洲曲》,青莲此种诗,少陵集即无之。此其所以两大也。"墨批后有王鸿朗朱批曰:"妙评。"另一处在《送王屋山人魏万还王屋》中,鲍瑞骏在书眉作墨批称:"昔人谓此诗原本齐梁,但气加雄而词增富,未若《北征》之独开生面。然题既不同,义各有当,较之杜陵,正如日月双悬,绝无轩轾。拟以鼎足,其唯长帽翁乎?昌黎犹是杜之支子,未可遽与争雄。"墨批后有王鸿朗朱批曰:"此评极允。"由此可见,书眉上王鸿朗的朱批是作于鲍瑞骏墨批之后的。

而鲍瑞骏在《古风》组诗后所作跋语道:"所加朱评,真太白功臣也",由此可知,鲍瑞骏写跋语的时间必然在王鸿朗作评之后。而且鲍瑞骏于《古风》部分所加旁批,多摘自王鸿朗的朱批。比如他评其四十三《周穆八荒意》"此叹君志之荒也,如封禅之类",评其四十四《绿萝纷葳蕤》"此惜贤臣之去也,如《曲江》之类",

等等，皆摘自王鸿朗的朱批："约略言之，则'周穆'一首，叹君志之荒也。'绿萝'一首，惜贤臣之去也，天宝之封禅、九龄之罢相是也。'八荒'一首，慨逸夫之昌也。'一百'一首，痛权臣之侈也。'桃花'一首，责文臣之贡谀而无忠谏也。'秦皇'一首，感时君之好土木而竭民力也。人而猫如林甫，刍而鲊如国忠。登封之颂，磨崖连昌之宫蔽日是也。'美人'一首，谓贤才之隐遁。'宋国'一首，指金壬之伟登。'殷后'一首，悲忠党而获罪。'青春'一首，伤婢直而见尤。语意分明，皆可推验。'战国'一首，是以田成喻禄山诸人也。'倚剑'一首，伤贤士之无名，如当时杜甫诸人是也。'齐瑟'一首，喟才人之失足，如当时王维、郑虔诸人是也。词严义正，意迥思深，华衮以荣之，斧钺以诛之，讵不肯造就一字，所由系艳辞而返大雅者如是。向来评选家都草草读过，特为拈出，以见五十九首回合成章，乃一篇大文字。衔接不断，滴滴归深，太白有灵，亦当骛知己于千古矣。"可以推知，鲍瑞骏的旁批应当是作于王鸿朗的朱批之后。

因此，鲍瑞骏、王鸿朗二人批点《瑶台风露》的顺序应是：鲍瑞骏先抄写选诗原文，并在书眉上以墨笔作评，再将诗选交与王鸿朗作评，王鸿朗加上朱批之后，鲍瑞骏又以墨笔在文旁作评，完成对《瑶台风露》的批点。

第一节 《瑶台风露》的评点特征

《瑶台风露》的评点有墨批和朱批两种，在研究其评点特征时，本应当分别进行讨论，但由于鲍瑞骏与王鸿朗的评语观点一致、风格相似，显然是二人共同商议后所加，彼此可以互补，一唱一和，相得益彰，故本书在论述时并未将二人的评点分开来谈。

一 重视探寻李白五言古诗的渊源、影响

鲍瑞骏与王鸿朗在评诗过程中，善于拿李白的五言古诗与其他诗人的作品进行比较，从具体篇目的艺术风格和写作技巧入手作评，探讨李白五言古诗对前人的继承及对后人的影响。

1. 标举"风雅"

"风雅"一词，出自《诗经》。"风"即是《国风》，《诗序》云："风，风也，教也。风以动之，教以化之。"[①] 又云："上以风化下，下以风刺上。主文而谲谏，言之者无罪，闻之者足以戒，故曰风。"[②] "雅"即是《大雅》与《小雅》，《诗序》云："雅者，正也，言王政之所由废兴也。政有小大，故有小雅焉，有大雅焉。"[③] 又云："是以一国之事，系一人之本，谓之风；言天下之事，形四方

---

① 孔颖达疏：《毛诗正义》，《十三经注疏》，北京：北京大学出版社，1999年，第6页。
② 孔颖达疏：《毛诗正义》，《十三经注疏》，北京：北京大学出版社，1999年，第13页。
③ 孔颖达疏：《毛诗正义》，《十三经注疏》，北京：北京大学出版社，1999年，第15页。

之风，谓之雅。"① 可见，"风雅"原指以诗文来进行讽喻和教化，反映王政兴废，而后上升为一种热情关注现实人生、积极参与社会政治的精神与态度，被历代文人所传承。

李白的五言古诗之中多有化用《诗经》的句子，如《秦女卷衣》中的"愿君采葑菲，无以下体妨"二句化用了《国风·谷风》"采葑采菲，无以下体"；《拟古》其六中的"北斗不酌酒，南箕空簸扬"二句化用了《小雅·大东》"维南有箕，不可以簸扬。维北有斗，不可以挹酒浆"。李白在《古风》其一中的"大雅久不作，吾衰竟谁陈"二句，更是道出了自己想要继承《大雅》、恢复古道的志向。

《瑶台风露》的评点指出，李白五言古诗对于风雅传统的继承，尤以男女之事比喻君臣之道为多。如《古风》其二《蟾蜍薄太清》，王鸿朗评此诗曰："闺门为王化之始，故《风》首二南之《关雎》《鹊巢》，今王后之冤如此而莫之悟，本实拨矣。所以'大雅不作'而有'吾衰'之叹也。故以此为五十八首之发端。"《毛诗正义》曰："《周南》《召南》，正始之道，王化之基，是以《关雎》乐得淑女以配君子，忧在进贤，不淫其色。哀窈窕，思贤才，而无伤善之心焉，是《关雎》之义也。"② 又曰："《鹊巢》，夫人之德也。国君积行累功以致爵位，夫人起家而居有之，德如鸤鸠，乃可以配焉。"③ 王鸿朗认为李白此诗是反用《关雎》《鹊巢》二诗之

---

① 孔颖达疏：《毛诗正义》，《十三经注疏》，北京：北京大学出版社，1999年，第14页。
② 孔颖达疏：《毛诗正义》，《十三经注疏》，北京：北京大学出版社，1999年，第21—22页。
③ 孔颖达疏：《毛诗正义》，《十三经注疏》，北京：北京大学出版社，1999年，第62页。

意，《关雎》《鹊巢》以正夫妇为王化肇兴之始，故而闺门不净是"大雅不作"的根源。

又如《古风》其二十二《秦水别陇首》，王鸿朗评曰："采薇蕨而赋阜螽，对雨雪而怀杨柳，此太白所欲于'蔓草荆榛'之后陈之，以进风雅者也。承接分明，人自不得其线索耳。"《国风·召南·草虫》曰："喓喓草虫，趯趯阜螽。未见君子，忧心忡忡。"①《小雅·采薇》曰："昔我往矣，杨柳依依。今我来思，雨雪霏霏。"②《草虫》《采薇》二诗有以男女喻君臣之意，王鸿朗认为此诗亦是如此，李白远在边塞，心中仍是惦念君上，足见其一片赤诚之心，深合于"风雅"之旨。

又如《长干行》其一，王鸿朗谓之："真得《国风》之遗意。"此诗以女子口吻叙述一生的悲惨遭际，属于闺怨题材，李白借男女喻君臣，以女子守闺望夫暗指自己怀才不遇，渴望得到赏识。

又如《黄葛篇》，王鸿朗谓之："殷肫婉笃，接迹风人，班姬团扇之诗犹未免露骨。""风人"指古代负责在民间采诗的官员，风人以诗观民俗，又以诗寓讽喻，即所谓"上以风化下，下以风刺上"是也。王鸿朗从艺术风格和情感表达上作评，将李白《黄葛篇》与班婕妤《团扇歌》相比较，认为《黄葛篇》的讽喻之意更加委婉含蓄，故能接迹风人。

又如《赠裴司马》，王鸿朗评曰："深有合于风骚之旨，换赠之诗至为难得，此调一到晚唐遂成《广陵散》，不待宋元也。近并解此者亦罕矣。"李白此诗以美人自比，请求裴司马相与提携，

---

① 孔颖达疏：《毛诗正义》，《十三经注疏》，北京：北京大学出版社，1999年，第69页。
② 孔颖达疏：《毛诗正义》，《十三经注疏》，北京：北京大学出版社，1999年，第595页。

然通篇皆言女子之事，而于结尾处方显露本意，耐人寻味。王鸿朗称此诗虽为酬赠之作，却能继承《诗经》和《离骚》讽喻和比兴的传统，十分难得。他还认为似李白《赠裴司马》这等能在酬赠之中寄托讽喻的诗作，到了晚唐已成绝唱，之后的宋、元两朝再无如此佳作，而能将酬唱与讽喻相结合的清代文人，同样寥寥无几。

但《丁督护歌》一诗稍有不同，鲍瑞骏批"云阳上征去，两岸饶商贾"二句曰："借商喻民，风诗之选。"此二句言云阳为水陆集散之会，两岸多商贾，是以税收富饶。鲍瑞骏称此处是以商贾泛指百姓，在朝廷的重役苛税压迫之下，受苦的不仅是商贾，更是两岸的百姓。他认为该诗继承了《国风》以诗歌反映社会现实的传统，借古喻今，讽刺当时朝廷征役不得其时，故谓之"风诗之选"。

还有《经乱离后天恩流夜郎忆旧游书怀赠江夏韦太守良宰》一诗，鲍瑞骏评"半夜水军来，浔阳满旌旃"二句曰："以下深情婉转，反复缠绵。其怨而不怒，则风人忠厚之遗。"李白紧接着此二句写到自己参加永王军队以及因罪流放夜郎的遭遇，自言因空名而致误，虽有满腹怨愁苦楚，仍含蓄出之，是以温柔敦厚，深得风人之遗。

总的说来，李白五言古诗对于风雅传统的继承，主要体现在情感表达上多寄寓讽兴、曲折深致，虽指称时事，却托意于言外。李阳冰在《草堂集序》中也说道："凡所著称，言多讽兴，自三代已来，《风》《骚》之后，驰驱屈、宋，鞭挞扬、马，千载独步，唯公一人。"① 可见，长于讽兴是李白诗歌的一大特征，而这也体现出李白在文学创作中时时都标举着"风雅"的传统。

2. 骚经作骨

《瑶台风露》指出的李白对于屈原和《离骚》的继承，主要是针对游仙题材的五言古诗而言的。

"骚经作骨"借用自王鸿朗在《古风》其三十九《登高望四海》中的评语："'孤兰'一首，婉约深至。'登高'一首，跌荡淋漓。皆承'燕臣'一首，自写身世之感，而处之以骚经作骨，盖灵均之心即太白之心也。不深于《离骚》者不可以作诗，并不可以读诗，谁信此言？"王鸿朗称"孤兰""登高""燕臣"三首皆为李白自写身世之作，而继承了《离骚》深于比兴的传统，诗中表现出的清高正直、忠君爱国的品格，则与屈原相同，故曰"灵均之心即太白之心也"。

这一点，刘维崇先生说得很透彻：

> 李白这一类的诗很多（指游仙诗），尤其《古风》五十九首里，大半都是。所以葛立方在《韵语阳秋》中说："欲把芙蓉而蹑太清，或欲挟两龙而凌倒影，或欲留玉舄而上蓬山，或欲折若木而游八极，或欲结交王子晋，或欲高揖卫卿叔，或欲借白鹿于赤松，或欲餐金光于安期。"这其中虽然也含有几分求仙的意味，但主要是虚构一个乐国美境，以寄托自己

---

① 王琦注：《李太白全集》，北京：中华书局，2011年，第1230页。

的理想。这和屈原写《离骚》的笔法完全一样。①

他认为李白的游仙诗,对于仙境的描写和对于理想的寄托与屈原的《离骚》如出一辙。

王鸿朗在《古风》其二十《昔我游齐都》中评论道:"'泣与亲友别'以下,前人疑其弃世远游,何事作儿女态?至于'欲语再三咽',不知太白诗中凡言仙人及求仙人者,皆寓言托兴之词,犹屈子所谓'令丰隆''求宓妃''登阆风''濯洧盘'耳。世人眼光如豆,当作寻常游仙诗读,故讶其不伦,试以《离骚》之意求之,自然冰辉。"王鸿朗认为,太白的求仙问道只是托词,表达的是去而不得去,蜷局顾不行之意,实际上是对《离骚》的继承和发展,乍看之似飘然洒脱,细思之则沉痛非常。

又如《古风》其二十六《碧荷生幽泉》与其二十七《燕赵有秀色》,王鸿朗评曰:"上首香草,此首美人,骚人之哀怨如此,此从'大雅不作'之后,赖以继微茫之正声者也。"二诗分别以"香草""美人"为比兴,经王鸿朗一点,太白仿效屈骚之意几已露骨。

又如《寄远》其七,王鸿朗评曰:"太白集中凡言仙人、美人者,大抵皆依恩恋关之,词忠爱至诚,溢于言表。今人不明骚理,宜乎相对茫然。"他称李白诗中凡是写仙人与美人之处,都与怀念君上的恩泽有关,以此喻君臣之道,表达其忠君爱国之心;这点与《离骚》是一样的。

而李白的《感兴六首》便是写仙人与美人的,在王鸿朗看来,

---

① 刘维崇:《李白诗歌渊源与特色》,《中国文学史论文选集》,台北:学生书局,1978年,第847页。

此六首全是发衍屈骚之意。他评其二曰："'芳与泽其杂糅兮，唯昭质其犹未亏'即是此意"，认为此诗表达的是李白持身清白，不与世俗同污之意。他评其三曰："'户服艾以盈要兮，谓幽兰其不可佩'即是此意"，认为此诗是李白批判世俗鄙薄，不分是非善恶。他评其四曰："凡太白之言游仙，皆寓意之词，犹《离骚》之倚阊阖而留灵琐也。世乃不知，遂以忠爱独推杜老"，指出李白离世求仙其实是去而不得，蜷局不行之意，同时也是李白忠君爱国的表现之一。他评其五曰："凡太白之言游仙，亦寓身世之慨，如《离骚》之驾八龙、载云旗者有之。盖以写其离世独立之致，大约只有两种：一是忠君，一是悯俗。其言美人者，亦有娀佚女之例也。"王鸿朗指出，李白在游仙诗中写离世独立，实则包含了忠君和悯俗两种情感，而他所言的美人，即如《离骚》中的"娀之佚女"，是理想的象征。

通过《瑶台风露》的评点，可以看出，李白五言古诗对于屈骚的继承体现在忠爱思想和比兴手法两个方面，李白在游仙、闺怨等题材的五言古诗中，以仙人、美人作比，寄寓君臣之道，抒发忠心见疑、怀才不遇的哀怨之情。

3. 脱化于汉乐府

《汉书·艺文志》云："自孝武立乐府而采歌谣，于是有代赵之讴，秦楚之风，皆感于哀乐，缘事而发，亦可以观风俗，知薄厚云。"[①] 所谓"感于哀乐，缘事而发"，即是指内心被喜或悲的情

---

① 班固：《汉书》，北京：中华书局，1962年，第1756页。

绪触动，由具体事件生发出真实感慨，后人以此来概括汉乐府诗歌感情淳朴、长于叙事的艺术特征。李白以乐府见长，自然深于古乐府之法，并且能从中脱化，自成杰制。

《瑶台风露》的评点从几个不同的方面指出了李白对于汉乐府的继承和创新。如《独不见》，王鸿朗评曰："少陵不用古乐府题，自成杰制，太白用古乐府题，亦自成杰制，皆不为前人所传，皆可为后世法"，称李白的乐府诗多沿用古乐府旧题，不像杜甫自拟新题，却也能自出新意。

又如《秦女卷衣》，王鸿朗评曰："自来此题不曾寓意到此，非博考古乐府，亦莫识此诗之妙。"乐府旧题有《秦王卷衣》，乃梁朝吴均所作。《乐府解题》曰："《秦王卷衣》，言咸阳春景及宫阙之美。秦王卷衣，以赠所欢。"[1]李白作《秦女卷衣》，将"秦王"换作"秦女"，是拟古而生新，旧题直写宫闱之乐，此诗却以男女之事言君臣之道，是李白怀才不遇而以此自比。

对此，葛景春先生在《论李杜五言古诗之嬗变》一文中有所提及：

> 李白是对汉、魏、晋、宋、齐、梁、陈以来的古题乐府拟作最多的一个唐代诗人。明人胡震亨云："太白于乐府最深，古题无一弗拟，或用其本意，或翻案另出新意，合而若离，离而实合，曲尽拟古之妙。"（《唐音癸签》卷九引遯叟语）李白集中的拟旧题乐府诗有118题，147首，其中五古有53

---

[1] 郭茂倩编：《乐府诗集》，北京：中华书局，1998年，第1042页。

首,他的乐府诗总的特点是,或用旧题本意,以影射现实生活;或用旧瓶装新酒,写出新的内容;或以旧题调名为引子,借题发挥,以抒写自己的情怀。①

葛景春先生通过统计李白拟旧题乐府的诗歌数量来反映李白对古乐府题材的继承与创新。李白对古乐府的拟作之多也从侧面反映出了他对于古乐府的研习之深。正是由于多次沿袭和模仿古乐府体制,李白才能在乐府诗上有如此造诣。

除此之外,《瑶台风露》还关注到了李白对于汉乐府艺术风格和比兴手法的继承。如鲍瑞骏评《去妇词》曰:"此诗无一非古乐府气息,须细心读之,方知其妙。"这是从艺术风格的角度来考察李白对古乐府的继承。此诗叙述性极强,通篇以女子口吻道出,语虽俚俗浅近,但情真意切,极具感染力,带有古乐府诗"感于哀乐,缘事而发"的特点。

又如王鸿朗评《古意》曰:"托兴深微,能于乐府中别开生面,此太白独到之境。"《古意》本非乐府诗,而王鸿朗却称其能于乐府中别开生面,或是指诗中以女萝、菟丝子喻男女之情,言外又暗指君臣之道,比兴曲折深致,近似于古乐府的手法。

又如鲍瑞骏评《拟古》其二曰:"脱胎古乐府而面目全别,世人以粗豪拟太白,真未梦见。"该诗系闺怨题材,亦是以男女之情喻君臣之道,汉乐府诗中多有此类作品,故鲍瑞骏有此一评。鲍瑞骏评《拟古》其十"杯以倾美酒,琴以闲素心"二句曰:"乐府

---

① 葛景春:《论李杜五言古诗之嬗变》,《中州学刊》2006年第5期,第237—238页。

体格，神于脱化。"王鸿朗亦曰："此亦是借作比兴，寓意在言外，古乐府多有诸格。"他认为此诗也是深于比兴，托意言外，有似于古乐府体格。

《瑶台风露》的评点指出，李白对于汉乐府的继承主要体现在乐府旧题、艺术风格和比兴手法三个方面上，而他又能在此基础上脱化而出，自成杰制，可称乐府诗的集大成者。

4. 深得《古诗十九首》之味

《古诗十九首》是南朝梁太子萧统编入《文选》之中的十九首五言古诗，南朝刘勰评之曰："又古诗佳丽，或称枚叔，其《孤竹》一篇，则傅毅之词。比采而推，两汉之作乎？观其结体散文，直而不野，婉转附物，怊怅切情，实五言之冠冕也。"[①] 直将《古诗十九首》推为五言古诗之冠。

王鸿朗评《空城雀》曰："此尤深得《古诗十九首》之气味，特难为浅人言耳。"李白此诗以空城雀自喻身世，怨而不怒，王鸿朗称其深得十九首之味，或是指该诗托兴微婉，语浅而意深。

鲍瑞骏评《相逢行》曰："情词婉笃，十九首之遗，而词特加丽。"该诗叙事曲折，一唱三叹，将女子一生的悲惨经历娓娓道来，以女子独守空闺比喻贤人怀才不遇，情深意切，委婉动人。鲍瑞骏认为李白的《相逢行》继承了《古诗十九首》的传统，而语言却更加玲珑秀丽。

王鸿朗评《拟古》其一曰："子昂《感遇》，时沿六朝余习，

---

① 周振甫：《文心雕龙今译》，北京：中华书局，2013年，第58页。

张九龄《感兴》诸作，纯粹过之，然于《古诗十九首》终有堂奥之别。太白此作乃直超魏晋之上，接武西京矣。"他认为，李白的《拟古》十二首超越魏晋五言古诗，可与汉人五言古诗相比。他还称陈子昂的《感遇》组诗和张九龄的《感兴》组诗都不能与《古诗十九首》相提并论，其言下之意是说唯有李白的《拟古》组诗才算是继承了《古诗十九首》的传统。

虽然《瑶台风露》在评点中并未指明李白的五言古诗在哪些方面继承了《古诗十九首》的传统，但我们仍可以通过对比《空城雀》《相逢行》《拟古十二首》与《古诗十九首》来寻找其中的联系，如李白五言古诗在语言上的自然质朴、比兴上的幽深微婉、抒情上的一唱三叹等，都带有《古诗十九首》的味道。

5. 模拟六朝句法

所谓"六朝"，即是指汉朝至隋朝之间的魏（三国）、晋、宋、齐、梁、陈六朝。而李白对于六朝句法的模拟，则是以魏晋为主，尤其是建安诗歌，对李白的影响巨大。他在《古风》其一《大雅久不作》中说："自从建安来，绮丽不足珍"，直接对建安以后的六朝绮靡文风表示了鄙弃。

宋人范温的《潜溪诗眼》就提出了李白"诗宗建安"的主张：

建安诗辩而不华，质而不俚，风格高雅，格力犹壮，其言直质而少对偶，指事情而绮丽，得风雅骚人之气骨，最为近古者也。一变而为晋、宋，再变而为齐、梁。唐诸诗人，高者学陶、谢，下者学徐、庾，惟老杜、李太白、韩退之早年皆学建安，晚乃各自变成一家耳……李太白亦多建安句法，而罕全篇，多杂以鲍明远体。①

他不仅详细总结了建安诗歌的艺术特点，还提到李白对建安诗歌的效仿散见于句法之中，又杂以鲍照风格。

不过，通过《瑶台风露》的评点，可以发现李白对六朝诗歌的学习不限于建安和鲍照，还有大小二谢。如《闻丹丘子于城北石门幽居中有高凤遗迹仆离群远怀亦有栖遁之志因叙旧以寄之》一诗，鲍瑞骏评"松风清瑶瑟，溪月湛芳樽"二句曰："六朝句法。"此二句写景对仗工整，似效谢灵运句法。王鸿朗曰："太白诗多从曹子建、鲍明远两家透出，时亦取姿于庾、谢，特逸才天赋，令人目眩，不暇究其由来耳。又，太白每于豪丽中见清远、恣肆中见自然，此尤独绝之诣，流于此者辨之。"他指出，李白的五言古诗主要效习于曹植和鲍照两家，而曹植就是建安诗歌最杰出的代表；除此之外，李白还兼习庾信、谢灵运两家，故能于"豪丽中见清远、恣肆中见自然"。

关于李白对曹植的继承，《瑶台风露》在对《淮阴书怀寄王宗成》的评语中有所提及。王鸿朗评此诗曰："起得横逸，妙在第四句，用趣语作兜笔。五六以大谢句法，顿宕有致。以下因飞兔而及王乔，然后拍到宗成，人讶其隽颖，不知是切姓也。中间复顿挫数语，由'沿洄'而及'淮阴'，然后拍到'书怀'，均是相衔相递而下，宛转生情。此法启自陈思，太白后无继响者，并评选

---

① 范温：《范温诗话》，《全宋诗话》，南京：江苏古籍出版社，1998年，第1245页。

家亦对之茫然矣。末句以'寄'字收，仍回应入手处，至为深细。学太白者，不可不似此清逸不群，虽老杜不能不为之避舍。""云天扫空碧，川岳涵余清"二句写景对仗，似效谢灵运，故王鸿朗谓之"大谢句法"。王鸿朗所谓"此法启自陈思"，或是言李白的中长篇五言古诗在结构上形散而意不散，在内容上紧扣诗歌题目，有明确的逻辑线索贯穿始终，这实际上是对曹植的学习和效仿。

关于李白对鲍照的继承，《瑶台风露》在对《出自蓟北门行》的评语中有所提及。鲍瑞骏评此诗曰："此拟鲍参军之作，'俊逸'二字足以概之。"以"俊逸"评李白大约始于杜甫，《春日忆李白》诗曰："清新庾开府，俊逸鲍参军"，点出李白对庾信、鲍照的继承，此后世人亦多以"清新俊逸"来概括李诗的艺术风格。王鸿朗也是如此，他认为李白的《出自蓟北门行》一诗，超群拔俗，是典型的拟鲍之作。明人陆时雍《唐诗镜》亦评之曰："此诗与《北上行》视鲍照相距有几？精紧稍逊，博大过之。"[①]

关于李白对谢灵运的继承，《瑶台风露》在对《江上秋怀》的评论中有所提及。鲍瑞骏评"朔雁别海裔，越燕辞江楼"二句曰："排宕是六朝体格而高秀过之。"关于排宕之法，后文会有详细论述，此处暂且略过。此二句对偶工整而气味萧散，似谢灵运句法。严评本所载明人批语也称："是选体，排对类谢，颈联似鲍。"[②] 又如《流夜郎至西塞驿寄裴隐》，王鸿朗评曰："太白多拟明远，惟此专摹康乐。"诗中"回峦引群峰，横蹙楚山断""砯冲万壑会，

---

① 陆时雍：《唐诗镜》，《明诗话全编》（第10册），南京：江苏古籍出版社，1997年，第10737页。

② 詹锳主编：《李白全集校注汇释集评》，天津：百花文艺出版社，1996年，第3479页。

震旦百川满""鸟去天路长，人愁春光短"等句，工于排对，故谓之"专摹康乐"。又如《早过漆林渡寄万巨》一诗，也是长于写景，精于对仗，王鸿朗评曰："谢家句法。"

关于李白对谢朓的继承，《瑶台风露》在对《妾薄命》的评语中有所提及，鲍瑞骏评曰："此诗胎息鲍、庾，而用笔之灵活又雅擅元晖之妙，特变其面目耳。"他认为该诗拟自鲍照、庾信，而又似谢朓之用笔。谢朓是永明体的代表，诗风以清新秀丽为主，此诗"咳唾落九天，随风生珠玉"二句正得其妙。又如《下终南山过斛斯山人宿置酒》，鲍瑞骏评曰："清俊似宣城，自然似靖节。"称此诗兼具谢朓、陶潜两家之妙。又如《江上秋怀》，王鸿朗评曰："此首气韵似小谢而超迈胜之。"直言此诗清秀似于谢朓而更加超脱豪迈。李白《宣州谢朓楼饯别校书叔云》"蓬莱文章建安骨，中间小谢又清发"二句，道出了谢朓清秀明丽的诗风。

另外，《瑶台风露》还有几处评点提到了李白五言古诗对于选体的继承，此处略做讨论。《辞海》载："选体，旧时称南朝梁萧统《文选》所选诗歌的风格体制为'选体'。《文选》所选诗多为五古，故又有人认为五言古诗就是'选体'。这些说法都曾有人反对……又，后世从风格、形式上学习这些诗歌的作品，有时亦称'选体'。"[①] 若从风格和形式上来分析，《昭明文选》所选的诗歌大多具有工辞藻、尚声律、重对偶的特点。王鸿朗评《早过漆林渡寄万巨》一诗曰："太白选学至深，五古特存楷则，明人之学选体，真儿戏傀儡也。"谈到了李白五言古诗深于"选体"，故能为后人

---

① 《辞海》编辑委员会：《辞海（文学分册）》，上海：上海辞书出版社，1981年，第260页。

"特存楷则"。鲍瑞骏评《秋夕书怀》"感此潇湘客,凄其流浪情"二句云:"六朝句法,此诗摹仿选体最为神似,而气韵之高、词旨之隽,则青莲本色也。"此二句对偶工整而气韵超迈,写出李白漫游时的心境,其句法虽拟自"选体",但神髓仍是太白本色。

要之,《瑶台风露》评点所归纳出的李白五言古诗对于六朝诗人的继承,主要体现在他清新俊逸、明丽自然的艺术风格和工于对仗、长于排宕的句法特点之上。

6. 学习陶渊明

李白十分崇拜陶渊明,他不仅在酬应诗中多次用陶渊明作比,赞颂对方品德,如"陶令去彭泽,茫然太古心""渊明归去来,不与世相逐"等,还经常对陶渊明的田园诗进行仿效。

《瑶台风露》的评点之中就指出了李白对于陶诗的学习。一是李白对陶渊明田园诗歌的模仿和化用。如《望终南山寄紫阁隐者》,鲍瑞骏评"有时白云起,天际自舒卷,心中与之然,托兴每不浅"四句曰:"陶法妙处,不减'悠然见南山'。"王鸿朗亦曰:"此亦太白学陶之作,今人口颂烂熟,不暇细辨耳。"此诗风格平淡自然,其写景状物、遣词造句多有似于陶渊明《饮酒》其五之处,系拟陶之作无疑。又如《春日独酌》其一,鲍瑞骏评"彼物皆有托,吾生独无依"二句曰:"深得靖节神味。"陶渊明《咏贫士》有"万族各有托,孤云独无依"之语,李白此二句当是化用自陶诗。王鸿朗曰:"此亦拟陶之作。世人于太白诗,专学其恣肆飞扬,谁能领取深致?"又如《春日醉起言志》一诗,历代评诗家多以此诗为拟陶之作,诗中"颓然卧前楹,觉来眄庭前"二句化用陶渊明

《归去来兮辞》"引壶觞以自酌，眄庭柯以怡颜"之语，王鸿朗亦谓之："学陶公。"

二是李白对于陶渊明隐逸精神和高洁品格的继承。如《书怀赠南陵常赞府》，王鸿朗评曰："'故交'十字，乃似陶公。""故交不过门，秋草日上阶"二句以台阶生秋草来衬托无人登门拜访的境况，诗人持身高洁、乖离世俗的态度与陶渊明大大相似。又如《拟古》其三，王鸿朗评曰："'即事'两句，百读不厌，其旨则漆园叟，其神则靖节翁也。""即事已如梦，后来我谁身"二句言人生如梦，当及时行乐，醒时所即之事还不如醉中真切，似有游戏人间、玩世不恭的意思，意气豪迈。王鸿朗称此诗在旨意上与王维相似，在神髓上却与陶渊明相通。李、陶二人皆好酒，如果说陶渊明是历史上第一个大量写饮酒诗的诗人的话，李白就是第二个，这也是二人在爱好上的共通之处。又如《拟古》其九，王鸿朗评曰："靖节《挽歌行》不过如此。"李白此诗感慨生死无常，荣华难久，将对岁月的哀叹上升至对生命的思考，超迈而旷达，与陶渊明的《挽歌行》有异曲同工之妙。

可见，李白对于陶渊明的学习是由表及里的，不仅效仿陶诗的风格和句法，更志在传承陶渊明的精神和品格，可谓既得其行迹又得其神髓。

7. 影响苏轼

《瑶台风露》评点李白的五言古诗时，不仅注重追溯其渊源，还着意探寻其影响，经常会提到苏轼对于李白五言古诗的接受。

例如《秋浦歌》其一，王鸿朗评曰："艳思奇想，古秀扑人，宜为东坡所心醉。"所谓"艳思奇想"是指此诗情丝百结、柔肠千转，在情感表达上，极具感染力，而寄言江水、传泪扬州等语，又构思奇特，极具想象力。所谓"古秀扑人"是指此诗造语浅近，以男女情思作比，托兴深微。苏轼评徐凝《瀑布》诗时，曾戏为一绝句，题作《世传徐凝〈瀑布〉诗云：一条界破青山色，至为尘陋。又伪作乐天诗称美此句，有"赛不得"之语。乐天虽涉浅易，然岂至是哉！乃戏作一绝》，诗曰："帝遣银河一派垂，古来唯有谪仙词。飞流溅沫知多少，不与徐凝洗恶诗。"①苏轼以"尘陋"批评徐凝《瀑布》诗，而言语中却对李白《望庐山瀑布》"飞流直下三千尺"之句推崇备至，可见他为李诗的奇思妙想和超凡脱俗所心醉。王鸿朗称苏轼宜为李白《秋浦歌》心醉，或同此意。

与之类似的，还有《宿白鹭洲寄杨江宁》一诗，鲍瑞骏评"绿水解人意，为余西北流"二句曰："此种句意，后唯东坡肖之。"李白在此诗中以流水传情，寄托相思，这种出人意料的比拟手法后为苏轼所效。如苏轼的名篇《饮湖上初晴后雨》就有异曲同工之妙。该诗自西湖的水光山色写起，末二句将西湖比作美女西施，以美人喻美景，颖妙脱俗，清人王文诰评曰："此是名篇，可谓前无古人，后无来者。公凡西湖诗，皆加意出色，变尽方法。"②宋人袁文亦评曰："比拟恰好，且其言妙丽新奇，使人赏玩不已。"③苏轼这种充满想象力的拟人手法正与李白相仿。

又如《于五松山赠南陵常赞府》一诗，鲍瑞骏评"兰秋香风远，

---

① 王文诰辑注：《苏轼诗集》，北京：中华书局，1982年，第1210页。
② 王文诰辑注：《苏轼诗集》，北京：中华书局，1982年，第430页。
③ 袁文、叶大庆：《瓮牖闲评 考古质疑》，上海：上海古籍出版社，1985年，第49页。

松寒不改容。松兰相因依,萧艾徒丰茸"四句曰:"多多益善,后来惟坡公有此奇致。"鲍瑞骏认为,李白此诗反复铺陈松、兰、鸡、鸾等意象并无不可,反而多多益善。他还指出,苏轼的诗歌创作之中也带有这样的特点。如苏轼的《和子由记园中草木十一首》组诗,以牵牛、葵蓼、葡萄、石榴、芦笋、芎䓖、菖蒲、野菊等众多草木意象为比兴,抒发田园之乐,寄托归隐之志。苏轼与李白的创作风格很相似,皆是超凡脱俗、不拘法度,故能自成一家。

又如《新林浦阻风寄友人》,王鸿朗评曰:"此接神妙,太白佳处正在此,东坡往往学之,今人专取横放一路,而太白之真在隐。"此评论或针对"昨日北湖梅,开花已满枝,今朝东门柳,夹道垂青丝"四句而言,李白通过描写昨日梅开、今朝柳垂的景物变幻,凸显岁月更迭的迅速和无常,并不直言而是托于比兴来委婉表达。王鸿朗认为李白的诗歌虽以豪迈恣肆闻名,但在表达上却有许多隐约微妙、出人意料的地方。苏轼在《送欧阳推官赴华州监酒》一诗中提出"好诗真脱兔,下笔先落鹘"[①]的观点,可见他也赞赏那些兔起鹘落、超变不测的诗歌作品。

另外,《月下独酌》其三与《春日醉起言志》都为饮酒诗,系李白学陶之作,表现出一种超迈旷达的境界。鲍瑞骏评《月下独酌》其三曰:"此诗用意、用笔超妙不测,后唯东坡得其神味。"又评《春日醉起言志》曰:"语语自然,后来坡公之祖本也。"《寻阳紫极宫感秋作》一诗也是如此,末二句"陶令归去来,田家酒应熟"是李白拟陶的证明,王鸿朗亦评之曰:"东坡专学此种,遂

---

① 王文诰辑注:《苏轼诗集》,北京:中华书局,1982年,第1806页。

尔成家。"这些例子足以证明陶渊明、李白、苏轼三人在创作风格上，有许多共通之处。

综上所述，李白的五言古诗标举风雅的讽喻传统，而以屈骚为思想内核，其风格脱化于汉乐府，上合《古诗十九首》之味，下效六朝诗人之法，与东晋陶潜神髓相接，后又得宋人苏轼继承。可以说，鲍瑞骏与王鸿朗在评点中注重分析李白五言古诗的渊源和影响，实则是为了呈现李白五言古诗的复古色彩。

二 善于分析李白五言古诗的艺术技法

前文提到，《瑶台风露》选诗以李白的中长篇五言古诗为主，旨在呈现其章法结构，而在评点上，鲍瑞骏与王鸿朗二人善于运用诗法与文法来分析李白五言古诗的写作技巧。

古人在分析诗歌创作方法时，几乎都是以律诗为对象，很少用诗法和文法来评点古体诗。因为在唐代以前，格律尚未定型，诗歌创作并没有形成一套严格的规范和法度。宋人始从写作手法上来对诗歌创作进行系统的考察，"诗法"一说或也始于此时。这其中又以江西诗派最为典型，陈师道的《后山诗话》就明确谈到了"诗法"和"文法"："黄鲁直云：'杜之诗法出审言，句法出庾信，但过之尔。杜之诗法，韩之文法也。诗文各有体，韩以文为诗，杜以诗为文，故不工也。'"[1]

随着诗文批评的发展，历代文人总结出的"诗法"与"文法"

---

[1] 陈师道：《后山诗话》，《历代诗话》，北京：中华书局，1982年，第303页。

体系也不断完善,清人开始越来越多地关注到古体诗的写作技巧,但在评点时却主要以杜诗为模板。如清人朱庭珍《筱园诗话》云:

> 作五古大篇,离不得规矩法度,所谓神明变化者,正从规矩法度中出,故能变化不离其宗。然用法须水到渠成,文成法立,自然合符,毫无痕迹,始入妙境。少陵大篇,最长于此。往往叙事未终,忽插论断,论断未尽,又接叙事。写情正迫,忽入写景,写景欲转,通篇生情。大开大阖,忽断忽连,参差错综,端倪莫测。如神龙出没云中,隐现明灭,顷刻数变,使人迷离。此运左、史文笔为诗法也,千古独步,毋庸他求矣。①

世人多认为李白以天才写作,不似杜甫、韩愈等人重法度。如宋人唐庚《唐子西文录》云:"太白退之辈率为大篇,极其笔力,终不逮也。杜诗虽小而大,余诗虽大而小。"②又如明人谢榛《四溟诗话》称:"若太白子美,行皆大步,其飘逸沉重之不同,子美可法,而太白未易法"③,直言李白的诗歌创作技巧"未易法"。

然而,《瑶台风露》的评点却以分析李白五言古诗的写作技巧为重,下面便针对其中主要的创作方法展开讨论。

---

① 朱庭珍:《筱园诗话》,《清诗话续编》,上海:上海古籍出版社,1983年,第2335页。
② 唐庚:《唐子西文录》,《历代诗话》,北京:中华书局,1982年,第447页。
③ 谢榛:《四溟诗话》,《历代诗话续编》,北京:中华书局,1983年,第1184页。

1. 起法

起法即是诗文的起笔之法。清人张潜的《诗法醒言》专门谈到了五言律诗的起法：

> 醒言曰：凡作诗就题起，虽古人所常有，亦是卑格。若要绝尘，倾向杳冥中凭空说来，似与题不甚相关，及下句天然凑合，不觉令人叫绝。故曰：起句要陡，落句要捷，此诗家第一法门，余皆次之。余妄拟起法六格以为诗家程式：一曰开阖法，二曰屈蠖法，三曰对起法，四曰拗起法，五曰呼应起法，六曰就题起法。推之古人，多不出此六格。[1]

张潜不仅将起句落句之法作为诗家的第一法门，还将古人的各种起法归纳为开阖法、屈蠖法、对起法、拗起法、呼应起法、就题起法六格。

林纾《春觉斋论文》的"用笔八则"中也有"用起笔"一则：

> 若机轴之变换，尤当体认古人着手之处。试看大家文集，所能引人入胜者，正以不自相犯。譬甲篇是如此起法，乙篇即易其蹊径，丙篇是如此起法，丁篇又别有其用心……故不善于文者，墨守老法，一篇既如此着笔，于是累篇皆同，分以示人，颇自见异，及镌为专集，一披揽即已索然。[2]

---

[1] 张潜：《诗法醒言》（第4卷），清乾隆刻本，第1、2页。
[2] 刘大櫆、吴德旋、林纾：《论文偶记 初月楼古文绪论 春觉斋论文》，北京：人民文学出版社，1998年，第116页。

林纾强调了诗文起处须"若机轴之变换",以不同的方式入手,不可死板单一。

《瑶台风露》总结出了李白五言古诗的许多种起法。

一是直起法,即在诗文开头直接引入主题的手法。严羽《沧浪诗话》曰:"太白发句,谓之开门见山"[1],提到了李诗多用直起法开门见山的特点。如鲍瑞骏评《去妇词》首二句"古来有弃妇,弃妇有归处"曰:"直起古质。"此诗起首开门见山,直陈弃妇之事,紧扣主题。又如王鸿朗评《古意》首二句"君为女萝草,妾作兔丝花"曰:"直起入妙。"此二句似赋似比,直以"女萝草"与"兔丝花"相比男女之情,引入主题。还有《赠王判官时余归隐居庐山屏风叠》《望终南山寄紫阁隐者》等诗,亦为直起法。

二是比兴起法,即继承《诗经》传统,以比喻或起兴开头,这是古诗中较为常见的起法之一。如鲍瑞骏评《古风》其十二《松柏本孤直》首二句"松柏本孤直,难为桃李颜"曰:"兴起。"此诗以松柏起兴,代入主题。又如鲍瑞骏评《于五松山赠南陵常赞府》首二句"为草当作兰,为木当作松"曰:"比兴起";王鸿朗亦曰:"起处叠用比兴,深得古隽之味,其实不过'声应气求'道理,宋人为之,必一口说破,便无味。"所谓"声应气求"出自《易经·乾卦》:"同声相应,同气相求。水流湿,火就燥,云从龙,风从虎,圣人出而万物睹,本乎天者亲上,本乎地者亲下,各从其类也。"[2] 说的是事物之间的联系与感应,王鸿朗以之来阐释诗歌中起兴的手法,甚为贴切。还有《赠宣城宇文太守兼呈崔侍御》

---

[1] 严羽:《沧浪诗话》,《历代诗话》,北京:中华书局,1982年,第697页。

[2] 孔颖达疏:《周易正义》,《十三经注疏》北京:北京大学出版社,1999年,第20页。

《经乱离后天恩流夜郎忆旧游书怀赠江夏韦太守良宰》《于五松山赠南陵常赞府》《赠友人》《自代内赠》等诗的评点之中，均提到了比兴起法。

三是突起法，如鲍瑞骏评《赠友人》其二"袖中赵匕首，买自徐夫人"二句曰："突起不测。"此二句言荆轲刺秦之匕首买自赵国徐夫人处，诗中未言事件起始，却忽然自中途开始叙述，故谓之"突起"。

四是倒装起法，如王鸿朗评《下寻阳城泛彭蠡寄黄判官》首二句"浪动灌婴井，寻阳江上风"曰："起用倒装句。"风起而浪动，浪动而井水始动，然此二句却先写浪动引井水动，再言江上风起，是为倒装。

五是陪衬起法，如鲍瑞骏评《东海有勇妇》首二句"梁山感杞妻，恸哭为之倾"曰："起即陪衬，与后半呼应。"此诗写东海妇而先以杞梁妻铺垫，是作陪衬。

六是时序起法，如鲍瑞骏评《寄东鲁二稚子》首二句"吴地桑叶绿，吴蚕已三眠"曰："时序起。"此诗开头便以桑叶绿、蚕三眠明确地点出了季节，交代时序。

七是推前一层起法，如鲍瑞骏评《玩月金陵城西孙楚酒楼达曙歌吹日晚乘醉著紫绮裘乌纱巾与酒客数人棹歌秦淮石头访崔四侍御》首二句"昨玩西城月，青天垂玉钩"曰："推前一层起。"或是指此诗以昨夜玩月之事开头，是从现在往以前倒推了一层来展开叙述的。

《瑶台风露》对于李白五言古诗起法的评价也是丰富多样的。

如《献从叔当涂宰阳冰》首二句"金镜霾六国，亡新乱天经"，鲍瑞骏谓之："起法光焰"；王鸿朗亦云："起得庄雅素穆。"或是言此诗在开头并写秦失金镜与王莽篡汉二事，言其悖逆无道，从历史兴衰写起，遂有光焰庄重之感。又如《送王屋山人魏万还王屋》首二句"仙人东方生，浩荡弄云海"，鲍瑞骏评曰："起势浩瀚，长篇须得此诀。"此诗以仙人乘云驾雾之貌起首，起势雄壮。又如《书怀赠南陵常赞府》首二句"岁星入汉年，方朔见明主"，鲍瑞骏谓之："奇峰特起，思笔超乎，不可端倪"；王鸿朗亦曰："自叙，入手作如此写，奇妙"。此诗开头引东方朔典故自喻，用比奇特。又如《寻鲁城北范居士失道落苍耳中见范置酒摘苍耳作》首二句"雁度秋色远，日静无云时"，鲍瑞骏评曰："起法迢递，曲折尽致"，称此诗本记叙寻访范居士经过，却以秋景开篇，缓缓写来，故曰迢递曲折。又如《拟古》其八"月色不可扫，客愁不可道"二句，王鸿朗评曰："起真仙笔。"此诗以扫月比客愁，奇思妙想，清新脱俗。

通过《瑶台风露》的归纳，可知李白五言古诗有直起、比兴起、突起、倒装起、陪衬起、时序起、推前一层起等多种起法，鲍、王二人在分析其起法时又有庄雅、浩瀚、奇特、迢递、曲折、仙笔等评语。

2. 接法

接法又称为"承法"，是诗中承接上文的手法。《瑶台风露》总结出了李白五言古诗的多种接法。

有遥接法。《文章技法辞典》曰："'遥接'，隔段而遥相承接的笔法。清唐彪《读书作文谱》：'遥接：有遥接法。如一段文章，意虽发挥未尽而有不得不暂住之势,如复加阐发,气必懈弛,神必散漫矣。惟将他意插发一段,则神气始振动华赡也。发挥之后,复接前意立论,谓之遥接。又叙事之文,挨年次月者,发挥本人之事或未竟其时,适又有他人相关之事,理宜带叙,则本人未竟之事,不得不接叙于后,此古文遥接法也。'"①如鲍瑞骏评《长干行》其一"早晚下三巴,预将书报家"二句曰:"遥接,更不测。"此二句与前文"十六君远行,瞿塘滟滪堆"相接,瞿塘峡地处夔州,故有"下三巴"之谓,上下文相互呼应。

有反接法。《文章技法辞典》曰:"'反接法',也称'反承'。逆着行文思路承接上文的手法。它常常出乎人们意料之外,使文势波澜跌宕,从而有助于立意的开掘、深化。"②《说诗晬语》亦曰:"(少陵)又有反接法,《述怀篇》云:'自寄一封书,今已十月后',若云不见消息来,平平语耳。此云:'反畏消息来,寸心亦何有',斗觉惊心动魄矣。"③如鲍瑞骏评《古风》其十四《胡关饶风沙》"不见征戍儿,岂知关山苦"二句曰:"知用反接,笔便灵活",不言见了征夫之后心生感慨,而言未见其人时,不知戍边之苦,是反其意相接。

有神接法,即是字面上未见有衔接处,而诗意相连。如鲍瑞骏评《古风》其二《蟾蜍薄太清》"萧萧长门宫,昔是今已非"二句曰:"神接,用笔摇曳出之,唱叹有神"。此二句之前全在写蟾蜍蚀月,这里忽然点出"长门宫"来,似与上文无关,实则是以

---

① 金振邦编著:《文章技法辞典》,长春:东北师范大学出版社,1991年,第345—346页。
② 金振邦编著:《文章技法辞典》,长春:东北师范大学出版社,1991年,第345页。
③ 王宏林笺注:《说诗晬语笺注》,北京:人民文学出版社,2013年,第188页。

蟾蜍蚀月来比喻唐明皇废后。西汉孝武帝陈皇后被废，曾迁居长门宫，李白借古讽今，引陈皇后典故言王皇后被废之事，与前文遥相接应，一气贯通。

有换笔接法，即是另换一个叙事对象来与前文相接。如鲍瑞骏评《拟古》其十"遗我绿玉杯，兼之紫琼琴"二句曰："换笔接。"前写我寻仙人至桃源处，此写仙人遗我杯与琴，改换了叙事主体。又如《豫章行》"老母与子别，呼天野草间"二句，鲍瑞骏评曰："接法脱。"前写战事危急，吴兵渡江西讨，不知何时回还，此二句忽调转笔头，改写母子别离时的场景。鲍瑞骏所谓"接法脱"，或意同换笔接法。

还有将接法与其他文法连用的。如鲍瑞骏评《书情寄从弟邠州长史昭》"临玩忽云夕，杜鹃夜鸣悲"二句曰："以接为转，用笔几不着纸。"前文写华池生碧草，正自赏玩起劲，忽而杜鹃悲鸣，由喜而悲，一笔掣转。又如鲍瑞骏评《古风》其二十三《秋露白如玉》"景公一何愚，牛山泪相续"二句曰："接法即拓法，用笔横甚。"该句用齐景公登牛山悲岁促而为晏子所笑之事作结，承前启后，拓开意境。

在谈到李白五古接法的效果时，《瑶台风露》有如下评价：

如《拟古》其三"石火无留光，还如世中人"二句，鲍瑞骏评曰："接奇"，是言此处以石火比喻人生短暂而功绩不能长留于世，与前文及时行乐之意相衔，用比奇特。又如《长干行》其二"昨夜狂风度，吹折江头树"二句，鲍瑞骏评曰："接法超忽。"前文写妇人魂梦与夫君相随到湘潭，至此却转写昨夜江景，一虚一实，将梦境与现实从容切换，是以鲍瑞骏称其超忽莫测。又如《赠常侍御》"大贤有卷舒，季叶轻风雅"二句，鲍瑞骏评曰："接法横。"此二句夹叙夹议，并没有承接前文叙事，续写谢安之功绩，而是对此发表议论，称大贤亦有得时与不得时之别，但后世之人却不加辨别，反而轻视于他，有悖于风雅之古道。如此一来，便拓展了该诗的思想内容、深化了该诗的情感表达，故谓之"横"。又如《枯鱼过河泣》"谁使尔为鱼，徒劳诉天帝"二句，鲍瑞骏评曰："接法灵变不测。"或指前二句叙述白龙化鱼被制之事，此二句忽自陈述转为议论，直刺白龙不重身份，自取其辱，夹叙夹议之间，用笔从容不迫。又如《拟古》其一"闺人理纨素，游子悲行役"二句，鲍瑞骏评曰："接法排宕。"前写牛郎、织女相隔银河而会面有时，此二句转言闺人、征夫，暗指其相见无期，由彼及此，叙事大开大阖，故称"排宕"。又如《赠别舍人弟台卿之江南》"梧桐落金井，一叶飞银床"二句，鲍瑞骏评曰："接法清新，最为微妙。"诗中以梧桐叶落金井、飞银床衔接前文，写秋深梦长，构思颖妙，文笔清新。又如《淮阴书怀寄王宗成》"大舶夹双橹，中流鹅鹳鸣"二句，鲍瑞骏评曰："接法雄厚，谓橹声也。"前两句以沙墩至梁苑的二十五个长亭起兴，此二句接着写沙墩至梁苑间的水路汹涌宽广，需要大船摇双橹而行，其声如鹅鹳啼鸣，场面宏大，气势雄浑。又如《宿白鹭洲寄杨江宁》"波光摇海月，星影入城楼"二句，鲍瑞骏评曰："接法妍秀。"前二句交代行踪，此二句描写夜景，想象丰富，清丽明秀。又如《览镜书怀》"自笑镜中人，白发如霜草"二句，鲍瑞骏评曰："接法飘逸。"这里是指此二句将顾镜自伤之语以自嘲出之，又承接前文"失道还衰老"句意，哀而不伤，一片空明。

通过《瑶台风露》的归纳,可知李白五言古诗有遥接、反接、神接、换笔接、以接为转、以接为拓等多种接法。鲍、王二人在分析其接法时有奇妙、超忽、奇横、灵变、排宕、清新、雄厚、妍秀、飘逸等评语。

3. 拓法

拓法在古人诗评中较为罕见,《瑶台风露》中所谓的"拓法",或是指扩充内容、展开叙事、拓宽诗境而言。《诗法易简录》评苏味道的五言律诗《五月十五夜》曰:"七八句(金吾不禁夜,玉漏莫频催)题后展拓法"[1],其"拓法"与《瑶台风露》的"拓法"有相似之意。

如鲍瑞骏评《独不见》"忆与君别年,种桃齐蛾眉"二句曰:"拓法。"前写边塞儿辞亲远行,此二句却以桃树由初生至茂盛又由茂盛转衰败的生长过程,从侧面表现夫妻长年不得相见的痛苦,丰富了情感表达。又如,鲍瑞骏评《江上寄元六林宗》"沧江眇川汜,白日隐天末"二句曰:"以拓法入题首二字。"指的是前文皆描绘秋景,至此方拓开写江景,与题中的"江上"二字相呼应。又如鲍瑞骏评《玩月金陵城西孙楚酒楼达曙歌吹日晚乘醉著紫绮裘乌纱巾与酒客数人棹歌秦淮石头访崔四侍御》"忽忆绣衣人,乘船往石头"二句曰:"又拓,布局不板,以拓入访崔奇侯不测。"前写昨夜与今朝乘醉玩月之乐,此二句代入往秦淮石头访崔侍御之事,方进入主题。又如鲍瑞骏评《拟古》其十二"日落知天昏,

---

[1] 李锳:《诗法易简录》(第9卷),清道光二年刻本,第5页。

梦长觉道远"二句曰："再拓，无一平笔，太白最为擅长。"前二句写妇人思夫日久，即使以琅玕为餐也难以下咽，此处更拓开意境，写妇人在梦中亦因与夫君相距遥远而愁苦，情丝缠绵，余味不尽。又如鲍瑞骏评《去妇词》"君恩既断绝，相见何年月"二句曰："拓法即补法。"此二句直斥丈夫的无情无义，同时也表现出女子毅然与他分手的决心，补充了前文的叙事，故谓之"拓法即补法"。又如鲍瑞骏评《经乱离后天恩流夜郎忆旧游书怀赠江夏韦太守良宰》"炎凉几度改，九土中横溃"二句曰："又拓开入时事，用浑括。"前文自叙与韦太守的别来情由，至此始言安禄山作乱之事，是以时事拓开，扩充了本诗的思想内容。

在谈到李白五言古诗拓法的效果时，《瑶台风露》有如下评价：

如《门有车马客行》"叹我万里游，飘飘三十春"二句，鲍瑞骏评曰："拓法奇矫。"前文叙写与来客见面对饮的情景，至此方自述游历的经过，以酒后感慨之语拓开，用笔夭矫不测。又如《枯鱼过河泣》"作书报鲸鲵，勿恃风涛势"二句，鲍瑞骏评曰："拓法幻思奇想。"此处"蝼蚁食鲸鲵"之比，以至小之蚁而吞噬至大之鲸，想象奇特。又如《江夏寄汉阳辅录事》"报国有壮心，龙颜不回眷"二句，鲍瑞骏评曰："拓法雄大。"此二句乃李白自伤之语，直言胸有壮志而报国无门，慷慨悲壮。

通过《瑶台风露》的归纳，可知李白五言古诗在叙事过程中，一般不是连用平衍之笔顺接前文，而是如奇峰突起，层层展拓，不断扩充诗歌的思想内容。鲍、王二人在分析其拓法时有奇矫、奇想、雄大等评语。

4. 转法

转法即是转折之法。如鲍瑞骏评《东海有勇妇》"妻子亦何辜，焚之买虚声"二句曰："二句调法一变，奇妙不测，一笔挈转。"要离为了刺杀庆忌，将妻子焚弃于市，此二句引此事反讽，在不改变叙述对象的前提下使语意发生转折，故曰"一笔挈转"。又如鲍瑞骏评《怨歌行》"一朝不得意，世事徒为空"二句曰："转捩有力，上下之关锁也。"此二句直言一朝之间宠辱改变，万事徒然成空，是女子对自己人生遭际的总结，承上启下。又如鲍瑞骏评《经乱离后天恩流夜郎忆旧游书怀赠江夏韦太守良宰》"君登凤池去，忽弃贾生才"二句曰："又兜转韦太守，笔如游龙，用法则心细如发。"前为李白自叙之语，此二句又转变叙事主体，写到韦太守来，叙述灵活多变。又如鲍瑞骏评《闻丹丘子于城北石门幽居中有高凤遗迹仆离群远怀亦有栖遁之志因叙旧以寄之》"闻君卧石门，宿昔契弥敦"二句曰："兜转丹丘，细写幽居之况。"前文叙述别来情由，此二句转而写到元丹丘的近况，切合主题。

转法是诗歌创作中比较常见的手法，故而鲍、王二人并未做过多的评点。不过，仅从上述分析中亦可看出，李白五言古诗的转法灵便，往往在随手之间，一笔挈转，但不论诗意如何转折，始终是围绕着主题来展开的。

5. 提法

《瑶台风露》评点中的"提法"，指的是提起前事。如鲍瑞骏评《闻丹丘子于城北石门幽居中有高凤遗迹仆离群远怀亦有栖遁之志因叙旧以寄之》"畴昔在嵩阳，同衾卧羲皇"二句曰："提法。"

此二句回忆昔日与元丹丘同被而眠之事，追忆过往。又如鲍瑞骏评《去妇词》"忆昔未嫁君，闻君却周旋"二句曰："提"；评"自妾为君妻，君东妾在西"二句曰："提"；评"自从离别久，不觉尘埃厚"二句曰："又提"；评"忆昔初嫁君，小姑才倚床"二句曰："提，又绕一波，意本古乐府脱化，入妙"。这里的"提"都是指提起往事之法。

此外，《瑶台风露》的"提法"还有提点主题的意思。如鲍瑞骏评《流夜郎至西塞驿寄裴隐》"平明及西塞，已先投沙伴，回峦引群峰，横蹙楚山断"四句曰："先写西塞驿，笔笔提点。"此四句提点西塞、楚山地名，与诗题形成呼应。又如王鸿朗评《江上寄元六林宗》"夜分河汉转，起视溟涨阔，凉风何萧萧，流水鸣活活"四句曰："'夜分'四句，提笔清雄，音节亦殊似杜。"此四句描写夜晚江景，风凉潮阔，清新雄浑，又提点"江上"二字，呼应诗题。

通过《瑶台风露》对提法的总结，可知李白在创作过程中具有极强的主题意识，时时不忘提点诗歌旨意。

6. 锁法

锁法即是总结诗意、紧扣主题之法。《文章技法辞典》曰："'锁法'，行文中扣题、归结文意的手法。它可包括连篇总锁、逐段分锁等法。明李腾芳《文字法三十五则》：'锁，锁如关锁之锁，此法有似于抱，而实与抱不同也。有直到文字尽处锁者，有一步一步锁者。步步锁为妙，然须不觉重叠方得。'"①

如鲍瑞骏评《关山月》"由来征战地，不见有人还"二句曰："锁笔有力"，前文皆描写边塞风光，至此方言及边关战事，切入主题。又如鲍瑞骏评《经乱离后天恩流夜郎忆旧游书怀赠江夏韦太守良宰》"一别隔千里，荣枯异炎凉"二句曰："己与韦，双锁法密。"此二句一语双关，既指分别之后时过境迁，草木枯荣改变，气候炎凉更迭，又暗喻各自遭际不同，韦太守宦途显达，而李白自己却是命途多舛。又如鲍瑞骏评《门有车马客行》"生苦百战役，死托万鬼邻"二句曰："总锁奇警。"意指此处揭示出残酷的社会现实，总结全诗主旨，即为《文章技法辞典》所言的"连篇总锁法"。又如鲍瑞骏评《古风》其十九《西岳莲花山》"邀我登云台，高揖卫叔卿"二句曰："此句关锁前后一篇之枢纽也。"《文章技法辞典》曰："'关锁'，文章在各层次末或全篇后进行关结的笔法。"②鲍瑞骏认为《古风》组诗前后篇章皆有联系，他称这里的"邀登云台""揖卫叔卿"等语，既与上一首末两句"何如鸱夷子，散发棹扁舟"相呼应，又开启了下面游仙诗的主题。

通过《瑶台风露》的归纳，可知李白五言古诗有单锁、双锁、总锁、关锁等多种锁法，这也是李白主题意识的体现。

7. 顿法

顿法即是放缓叙事、有意停顿之法。《文章技法辞典》曰："文章中途暂时停顿、关锁之笔。它是文势的小小停蓄，并蕴含着作

---

① 金振邦编著：《文章技法辞典》，长春：东北师范大学出版社，1991年，第361页。
② 金振邦编著：《文章技法辞典》，长春：东北师范大学出版社，1991年，第361页。

者的幽情、深意。"①

如鲍瑞骏评《自金陵溯流过白璧山玩月达天门寄句容王主簿》"幽人停宵征，贾客忘早发"二句曰："停顿有法，再入天门，便不直泻。"前二句写景，点出白璧山来，此二句并不衔接上文叙事，却掉转笔头写幽人、贾客，故作停顿。鲍瑞骏评《淮阴书怀寄王宗成》"云天扫空碧，川岳涵余清"二句曰："顿法有力。"前言舟行于沙墩至梁苑间的水路上，此二句有意放缓，并不直入怀人的主题，而是转写江景，鲍瑞骏谓之"有力"。又如鲍瑞骏评《经乱后将避地剡中留赠崔宣城》"赤霞动金光，日足森海峤"二句曰："顿法奇。"前文直言心生避地剡溪之想，切入主题，此处却以奇景作停顿，写赤霞闪动、海峤森罗，想象丰富。又如鲍瑞骏评《赠友人》其三"但苦山北寒，谁知道南宅"二句曰："双顿有力。"所谓"双顿"，是指停顿处有一语双关之意，前二句方写疏广功成身退、不事产业，此处则转引孙策与周瑜的典故，而"但苦山北寒"五字又提点时事，似李白自述之语，是为双顿。

其实这里所谓的"顿法"，即是诗家常说的"顿挫"。杜甫《进雕赋表》云："至于沉郁顿挫，随时敏捷，扬雄、枚皋之徒，庶可企及也。"②后来诗人便以"沉郁顿挫"来形容杜诗的艺术风格。《文章技法辞典》曰："'顿挫'，是指行文中作含蓄关锁、小小停顿的笔法。它往往含有对上文作结以转入另一层文意的意味。清唐彪《读书作文谱》：'顿挫，文章无一气直行之理，一气直行，则不但无飞动之致，而且难生发。故必用一二语顿之，以作起势。

---

① 金振邦编著：《文章技法辞典》，长春：东北师范大学出版社，1991年，第370页。
② 仇兆鳌注：《杜诗详注》，北京：中华书局，1979年，第2172页。

或用一二语挫之,以作止势,而后可施开拓转折之意,此文章所以贵乎顿挫也.'"① 通过《瑶台风露》的评点,可以发现,李白也善用顿挫之法。如王鸿朗评《秋日炼药院镊白发赠元六兄林宗》曰:"沉郁顿挫,直欲击碎唾壶。"此诗虽自叙身世之坎坷,但末以乐毅、苏秦事作结,处穷困而犹能自勉,是以意境悲壮深广,是为"沉郁"。至于其叙事虚实相生、比兴曲折婉转,则可称"顿挫"。《晋书·王敦列传》曰:"(王敦)每酒后,辄咏魏武帝乐府,歌曰:'老骥伏枥,志在千里。烈士暮年,壮心不已。'以如意打唾壶为节,壶边尽缺。"② 王鸿朗称"直欲击碎唾壶",即是他对此诗叙事技法高度的赞赏。

通过《瑶台风露》对顿法的归纳,可知李白五言古诗的叙事节奏疾徐有致,在表达上更多有曲折幽深、抑扬顿挫之处。

8. 收法

收法即是收束前文、总结诗意的方法。林纾《春觉斋论文》的"用笔八则"中就有"用收笔"一则:"为人重晚节,行文看结穴。文气文势,趋到结穴,往往敲橛。其敲也非有意,其橛也非无力,以为前路经营,费几许大力,区区收束,不过令人知其终局而已,或已有为敲橛之气所中者。即读者亦不甚注意,大抵注意多在中坚,与精神团结处击节称赏,过后尚有余思,及看到末路,以为事已前提,此特言其究竟,因而不复留意。乃不知古人

---

① 金振邦编著:《文章技法辞典》,长春:东北师范大学出版社,1991年,第510页。
② 房玄龄等编:《晋书》,北京:中华书局,1974年,第2557页。

用心，正能于人不留意处偏自留意。故大家之文，于文法之去路，不惟能发异光，而且长留余味。"①可见"收笔"是指诗文收尾的方法，与下文所言的"结法"类似。

如鲍瑞骏评《书怀赠南陵常赞府》"终当灭卫谤，不受鲁人讥"二句曰："收法。"此二句"卒章显志"，直言自己欲效孔子，播美名于千秋万世后，不以当今世俗的讥嘲与诽谤为意。又如王鸿朗评《感兴》其六"乌得荐宗庙，为君生光辉"二句曰："末首又以嘉谷自比，收乃明点正意。"此诗以嘉谷自比，自叹怀才不遇，故于结尾处抒发愿景，希望得到贵人提携。又如王鸿朗评《结客少年场行》"舞阳死灰人，安可与成功"二句曰："收处抹倒荆轲，前人谓之尊题格。"杨慎《升庵诗话》评牛峤《杨枝词》云："牛诗用此意咏柳而贬松，唐人所谓'尊题格'也。"②所谓"尊题格"，即是先贬一物以突出所褒之物。在此诗结尾处，李白通过批判荆轲谋划不周以致刺秦不成，来衬托结客少年勇往直前、舍生取义的决心。

在谈到李白五言古诗收法的效果时，《瑶台风露》有如下评价：

如《枯鱼过河泣》"万乘慎出入，柏人以为识"二句，鲍瑞骏评曰："收法突兀，反客为主法也。"《文章技法辞典》云："'宾主变化'，文章中随着人物、事件的发展，写作对象的宾主地位以及着笔轻重也随之变化的手法。"③此诗叙述白龙化鱼之事，而结语

---

① 刘大櫆、吴德旋、林纾：《论文偶记 初月楼古文绪论 春觉斋论文》，北京：人民文学出版社，1998年，第126—127页。
② 杨慎：《升庵诗话》，《历代诗话续编》，北京：中华书局，1983年，第749页。
③ 金振邦编著：《文章技法辞典》，长春：东北师范大学出版社，1991年，第526页。

却以高祖过柏人县一事揭示主旨，告诫人君应当自持身份；诗意转折突兀，令人不测。王鸿朗所谓的"反客为主法"亦属宾主变化之一，或指此诗末二句将叙述主体颠倒，反客为主。又如《寻鲁城北范居士失道落苍耳中见范置酒摘苍耳作》"酣来上马去，却笑高阳池"二句，鲍瑞骏评曰："收法高迈不羁，奇绝。"此诗记述了寻访范居士的经历，极写饮宴之乐，末二句引用季伦醉酒倒骑马的典故，深得魏晋风流，故曰"高迈不羁"。又如《送王屋山人魏万还王屋》"黄河若不断，白首长相思"二句，王鸿朗评曰："十字收尽全诗，雄大高卓。"此二句抒发对魏万的依依不舍之情，收束全文，以断黄河、到白首等语来形容相思，想象夸张，气概雄浑。又如《游泰山》其六"明晨坐相失，但见五云飞"二句，王鸿朗评曰："收笔绝大神勇，非此外，何束得住？"此诗亦属游仙题材，自言遇仙于泰山之中，收尾处却又恍然若失，使意境愈发空灵缥缈。又如《寄远》其三"莫使香风飘，留与红芳待"二句，王鸿朗评曰："收句深婉，耐人寻味。"此二句劝佳人珍重青春，自持红颜，等待郎君归来，以喻贤才静待君主赏识，托意微婉。

通过《瑶台风露》的归纳，可知李白五言古诗善于在结尾处收束诗意，突显主旨，往往有画龙点睛之妙。鲍、王二人在分析其收法时又有突兀、奇绝、深婉、高迈不羁、雄大高卓、绝大神勇、耐人寻味等评语。

9. 结法

结法与收法类似，即是指诗歌结尾的方法。清人张潜的《诗法醒言》专门对五言律诗的结法进行了总结："醒言曰：凡作律诗不难在琢对，难在起结。起不好譬如脱帽露顶，结不好譬如跣足徒行。起难在超拔，结难在含蓄。"① 李白的五言古诗对结尾处尤其在意。

如鲍瑞骏评《侠客行》"纵死侠骨香，不惭世上英"二句曰："结法。"是言前文皆是记叙侯嬴、朱亥救赵之事，此二句以议论作评，也是对全诗的总结。又如鲍瑞骏评《赠从兄襄阳少府皓》"棣华倘不接，甘与秋草同"二句曰："反结不测。"《诗经·小雅·常棣》曰："常棣之华，鄂不韡韡。凡今之人，莫如兄弟。"② 李白此诗末二句则反用其意，言皓兄若是不肯提携，那么自己宁愿与秋草一同枯萎。又如鲍瑞骏评《宿白鹭洲寄杨江宁》"因声玉琴里，荡漾寄君愁"二句曰："结'寄'字，细。"此诗在结尾处以"寄"字点照旨意，与题目"寄杨江宁"相呼应。又如鲍瑞骏评《寻阳紫极宫感秋作》"陶令归去来，田家酒应熟"二句曰："切'浔阳'，结法密。"因为陶渊明是浔阳柴桑人，此处写陶令归田家，即是暗指浔阳，与诗题相呼应。又如鲍瑞骏评《淮阴书怀寄王宗成》"缅书羁孤意，远寄棹歌声"二句曰："拖一笔结。"或是指李白已在诗中言明正意，欲请援于王宗成，并自称会知恩图报，然末二句却又再加渲染，以歌声作结，余味不止。又如鲍瑞骏评《寄东鲁二稚子》"裂素写远意，因之汶阳川"二句曰："结用淡笔，以舒其气，不知者以为懈也。"前二句"念此失次第，肝肠日忧煎"已将悲痛之情推至高潮，此二句却转言寄信汶阳之川，又做淡化处理，故而鲍瑞骏有此一评。

---

① 张潜：《诗法醒言》（第4卷），清乾隆刻本，第11—14页。
② 孔颖达疏：《毛诗正义》，《十三经注疏》，北京：北京大学出版社，1999年，第569页。

在谈到李白五言古诗结法的效果时,《瑶台风露》有如下评价:

如《门有车马客行》"大运且如此,苍穹宁匪仁。恻怆竟何道,存亡任大钧"四句,鲍瑞骏评曰:"结法有力。"此诗末尾将怀才不遇之悲与连年战役之苦上升至天道层面,故谓之"有力"。又如《丁督护歌》"君看石芒砀,掩泪悲千古"二句,鲍瑞骏评曰:"结法宕往不尽。"自古以来芒、砀均为产石之地,其民常年为采石所累,此乃千古之悲,末二句以此作结,将现实惨案上升至历史悲剧,气势磅礴,意蕴深厚。又如《于五松山赠南陵常赞府》"寂寂还寂寂,出门迷所适,长铗归来乎,秋风思归客"四句,鲍瑞骏评曰:"结法别致。"此诗为李白求常赞府援引而作,收尾处又以冯谖、张季鹰自喻怀才不遇,以寂寞之情作结,构思新奇。又如《赠王判官时余归隐居庐山屏风叠》"中夜天中望,忆君思见君,明朝拂衣去,永与海鸥群"四句,鲍瑞骏评曰:"到底不懈,太白五古于结处最着意,不独此一诗也。"末四句,一则以怀人作结,点照诗题"赠王判官",一则以遁世作结,与"归隐居庐山屏风叠"形成呼应,文思精细,结构缜密。

通过《瑶台风露》的归纳,可知李白五言古诗有反结、拖一笔结、淡笔结等多种结法,并善于在结尾处点照诗题。鲍、王二人在分析其结法时又有细密、有力、宕往、别致等评语,指出了李白五言古诗着意于结处的特点。

10. 排宕法

关于"排宕"一词,尚无明确解释,清人多用以评诗。如《唐宋诗醇》卷九评杜甫《苏端薛复筵简薛华醉歌》曰:"词气朴老,脉络井然，末幅纵笔排宕，单句径住，亦别有神味。"①卷十三评杜甫《冬日洛城北谒玄元皇帝庙》曰："其典重中带飘逸，精工中有排宕，则大手异人处也。"②卷四十二评陆游《闻猿》曰："排宕开合，波澜无限。格调自李商隐得之，故自青出于蓝。"③卷四十五评陆游《夜闻湖中渔歌》曰："一气排宕，有风雨骤至之势。只用一语收结，老气无敌。"④依《唐宋诗醇》所评，"排宕"似有大开大阖、纵横铺排之意。

又如清人王闿运《论唐诗诸家源流》云："陈子昂、张九龄以公干之体，自抒怀抱，李白所宗也。元结、苏涣加以排宕，斯五言之善者乎？"⑤王闿运的弟子陈兆奎注曰："次山在道州诸作，笔力遒劲，充以时事，可诵可谣，其体极雅。少陵气势较博，而深永匀饬不若也。涣固不能如元，其胸次不如也。"⑥从陈兆奎的注看来，"排宕"或指用笔整饬、气度豪迈的创作风格。

《瑶台风露》所谓的"排宕法"也与之类似。一方面，是相对于创作方法而言的。如鲍瑞骏评《赠宣城宇文太守兼呈崔侍御》"岩峣广成子，倜傥鲁仲连"二句曰："排宕。"此二句并写广成子与鲁仲连之事，可见排宕近似于排比、对偶之法。又如鲍瑞骏评《安陆白兆山桃花岩寄刘侍御绾》"两岑抱东壑，一嶂横西天"二句曰："排宕写景，如瑶花琪草，非复人间所有。"此二句以下皆

---

① 爱新觉罗·弘历编：《唐宋诗醇》，北京：中国文学出版社，2000年，第227页。
② 爱新觉罗·弘历编：《唐宋诗醇》，北京：中国文学出版社，2000年，第327页。
③ 爱新觉罗·弘历编：《唐宋诗醇》，北京：中国文学出版社，2000年，第1167页。
④ 爱新觉罗·弘历编：《唐宋诗醇》，北京：中国文学出版社，2000年，第1275页。
⑤ 王闿运：《湘绮楼诗文集》，长沙：岳麓书社，1996年，第532页。
⑥ 王闿运：《湘绮楼诗文集》，长沙：岳麓书社，1996年，第532—533页。

以排宕的手法写景，两两相对，平仄整饬，分别铺排，气雄而语工。又如鲍瑞骏评《江上秋怀》"朔雁别海裔，越燕辞江楼"二句曰："排宕是六朝体格而高秀过之。"鲍瑞骏或是就六朝中的齐梁体而言，他称李诗中的排宕之法是沿袭了齐梁体语言整饬、工于对偶的特点，但在气度上却更加开阔，故曰"高秀过之"。

另一方面，是相对于艺术风格而言的。如鲍瑞骏评《闻丹丘子于城北石门幽居中有高凤遗迹仆离群远怀亦有栖遁之志因叙旧以寄之》"思君楚水南，望君淮山北"二句曰："接法排宕，摇曳有神。"此二句以骈句衔接上文，忽而楚水忽而淮山，一南一北，不仅在空间上大开大阖，在情感上也极大地展拓了李白对于元丹丘的思念之深。又如鲍瑞骏评《江上寄元六林宗》"浦沙净如洗，海月明可掇"二句曰："接法排宕，音节琅然，但觉一片空明，忘其对偶之迹。"此二句语言清丽，而无雕琢痕迹，所谓"接法排宕"，或是指此处衔接工整、境界开阔。又如王鸿朗评《自代内赠》曰："中插比兴，警动排宕，太白最善用之。"或是指"鸣凤始相得，雄惊雌各飞，游云落何山，一往不见归"而言，此四句似比似兴，以双凤分飞比喻夫妻分离，诗中连用比兴，不断铺排宝刀截水、秋草转碧、鸣凤分飞等意象，反复渲染离别相思之苦，故谓之"警动排宕"。

通过《瑶台风露》的归纳，可知排宕之法要求诗文创作在形式上排比对偶、在风格上豪放开阔，而李白五言古诗的排宕法则是对六朝句法的继承与创新。

上文对《瑶台风露》评点较多的创作方法进行了详细的分析，下面拟对鲍、王二人归纳出的李白五言古诗其他创作技巧也略作说明：

逆挽法。《文章技法辞典》曰："逆挽法，把事物发生过程的前后顺序倒过来写的手法。它同倒叙比较接近。"[①] 逆挽法近似于倒叙之法。如鲍瑞骏评《长干行》其二"自怜十五余，颜色桃花红"二句曰："逆挽法细。"此二句写妇人回忆自己年少时的青春容貌，是倒叙从前之事。

离合法。《文章技法辞典》曰："'离合法'，文章的基本笔法之一。指行文与文题若即若离的笔法。离，即行文远离文题；合，即行文贴近文题。这两者的相间相生，使文章跌宕有致。清唐彪《读书作文谱》：'离合相生：周安士曰，世间文字断无句句着题、句句不着题之理，其法在于离合相生。离合相生者，谓将与题近，忽然飏开；将与题远，又复调转回顾是也。'"[②] 可见，离合法是指诗歌在表达方式上的直接与曲折之别。如鲍瑞骏评《拟古》其八"蟋蟀啼青松，安见此树老"二句曰："忽离"；评"饮酒入玉壶，藏身以为宝"二句曰："忽合，用笔不测。"此诗写生命短暂、青春易逝，而"蟋蟀啼青松，安见此树老"二句转言蟋蟀，表面上似偏离了主题，实际上也是以蟋蟀不见松老来比喻生命短暂；末二句"饮酒入玉壶，藏身以为宝"则直接点明了及时行乐、珍重自持的主旨。一离一合，忽婉言之，忽直言之，这即是李诗用笔变化之妙。

包举法，或是指一语涵盖多个对象的表达方法。如鲍瑞骏评《古风》其一《大雅久不作》"废兴虽万变，宪章亦已沦"二句曰：

---

① 金振邦编著：《文章技法辞典》，长春：东北师范大学出版社，1991年，第195—196页。
② 金振邦编著：《文章技法辞典》，长春：东北师范大学出版社，1991年，第536页。

"包埽法。""废兴虽万变"一句,总结了封建王朝千秋万代的兴废变化。又如鲍瑞骏评《金陵白杨十字巷》"六帝余古丘,樵苏泣遗老"二句曰:"包埽一切。""六帝余古丘"一句,直言即便如帝王之显赫,最后也只剩土灰而已,将六代开国皇帝都包含在内。

托法。《文章技法辞典》曰:"'托法',在一段行文后和盘托出立意的手法。这托出的文句,常常是文章中画龙点睛之笔。明李腾芳《文字法三十五则》:'托,此法在文字中最难,如托物于人,不论家下多少物件,要一盘托出来。又要托得尽,不许有一毫剩漏;要托得出,不许埋藏;要托得稳,不许偏敧;要托得有情,不许主客相背;要托得气象舒婉,不许迫促;又要托得简便,不许多也。'"① 可见,托法即是交代诗意之法。如鲍瑞骏评《古意》"中巢双翡翠,上宿紫鸳鸯"二句曰:"托法愈见深厚。"此二句直言巢中本已有了一双翡翠,而巢上却还住着一对鸳鸯,暗指丈夫三心二意,在外另结新欢,于结尾处托出全诗主旨。

住法。《文章技法辞典》曰:"'进住法',文章行文中两种相对的笔法。进法,在行文应止处而驱笔直下,文意的表达淋漓酣畅;住法,在行文似未结束处戛然而止,言尽而意无穷。明李腾芳《文字法三十五则》:'进住,此二法相对。进者,于当尽处不尽,欣然复进也。住者,于未了时忽了,斩然而住也。进法易而住法难。'"② 可见,住法指的是在表达上含而不吐,不将旨意全盘托出,如鲍瑞骏评《月下独酌》其三"不知有吾身,此乐最为甚"二句曰:"住法高古。"此诗乃李白借酒浇愁之作,末二句醉生梦死而不知

---

① 金振邦编著:《文章技法辞典》,长春:东北师范大学出版社,1991年,第152页。
② 金振邦编著:《文章技法辞典》,长春:东北师范大学出版社,1991年,第376页。

己身，不言其愁，反道其乐，如此住法更显豪放。

逗法。《文章技法辞典》曰："'逗法'，行文中要说出的话又不说，逗留一下再说，以形成一种吞吐跌宕之势的手法。它能使文章富于波澜，避免平铺直叙。明李腾芳《文字法三十五则》：'逗，逗如逗留之逗，盖将就说出又不说，须逗一逗。如此，文字方有吞吐。'"① 可见，逗法即是在叙事中有意放缓节奏，不直陈其事，而为后文做铺垫。如鲍瑞骏评《长干行》其一"常存抱柱信，岂上望夫台"二句曰："反逗妙。"反逗之法与反衬相似，此二句引尾生抱柱而死、贞妇望夫成石的典故，来表现女子在年少时用心坚贞，自信两情不渝，故能不伤离别，与后文写夫君远行经商，女子在闺中坐老红颜的悲惨结局形成对比。

翻法。《文章技法辞典》曰："'翻法'，把一个意思化作两层说出的手法。明李腾芳《文字法三十五则》载：'翻：此法出自孟子，将一意翻作两层，如"今王鼓乐如此"二节是也。韩退之用得甚熟。'"② 可见，翻法即是一语双关之义。如鲍瑞骏评《感兴六首》其二"陈王徒作赋，神女岂同归"二句曰："翻法。"此二句从表面上看来，是言曹植虽然作《洛神赋》相咏，但宓妃持身高洁不肯与其同归；实则是李白借此讽刺一众"好色"之辈，徒然追求绮靡的形式，却失去了《大雅》的传统精神，托意婉转，一语双关。

撇法。《文章技法辞典》曰："'撇句'，用于撇开上文所及而议论他事的句法。来裕恂《汉文典》：'撇句：文欲置此事而论他

---

① 金振邦编著：《文章技法辞典》，长春：东北师范大学出版社，1991年，第375页。
② 金振邦编著：《文章技法辞典》，长春：东北师范大学出版社，1991年，第533页。

事，则用撇句。'"① 《瑶台风露》所谓的"撇法"也是如此，是指改变叙事主体、转换叙述对象的方法。如鲍瑞骏评《邯郸南亭观妓》"平原君安在，科斗生古池"二句曰："用撇法写题，超迈不测。"此二句追溯邯郸的历史人物平原君，却忽而转写古池蝌蚪，撇开主题而言他事。暗指时空变换，物是人非，昔日的古池尚存，而当时的风云人物早已不在，又为下文引入及时行乐的旨意做好铺垫。

加一倍法。《文章技法辞典》曰："'加一倍写法'，写某人某事，充分地展开笔墨，加重一倍地进行描写的手法。"② 可见，加一倍法即是加强情感渲染的手法。如王鸿朗评《怨歌行》曰："极写得意，愈形下文之不堪回首，前人谓之加一倍法。"全诗前半部分写班婕妤得宠时的样子，后半部分则写她失宠后的情状，一喜一忧形成鲜明对比，加倍了失落的感伤。

透一层写法。《文章技法辞典》曰："'透过一层法'，行文不是只停留于事物浅层表象，而是力透纸背，写出其深层的内在意蕴。"③ 沈德潜《说诗晬语》亦曰："又有透过一层法，如《无家别》篇中云：'县吏知我至，召令习鼓鞞'，无家客而遣之从征，极不堪事也。然明说不堪，其味便浅，此云：'家乡既荡尽，远近理亦齐'，转作旷达，弥见沉痛矣。"④ 可见，透一层写法即是阐明道理、揭示旨意之法。如王鸿朗评《经乱离后天恩流夜郎忆旧游书怀赠

---

① 金振邦编著：《文章技法辞典》，长春：东北师范大学出版社，1991年，第45页。
② 金振邦编著：《文章技法辞典》，长春：东北师范大学出版社，1991年，第295页。
③ 金振邦编著：《文章技法辞典》，长春：东北师范大学出版社，1991年，第380页。
④ 王宏林笺注：《说诗晬语笺注》，北京：人民文学出版社，2013年，第188页。

江夏韦太守良宰》曰:"透一层写法。"或指"乐毅倘再生,于今亦奔亡"而言,此二句承接前文写怀才不遇,称即使乐毅再生,逢此乱世也无用武之地,以古人作假设,议论充分,说理透彻,更加凸显出生不逢时的悲哀。

隔二隔三之法。"隔二隔三"本是医学术语,而《瑶台风露》却用以评诗。元人朱丹溪云:"有热宜清,有湿宜燥,有气结于下宜升。有隔二隔三之治。如因肺燥不能生水,则清肺金,此隔二;如不因肺燥,但膀胱有热,则直泻膀胱火,此正治;如因脾湿不运,精气不升,故肺不能生水,则当燥湿健脾,此隔三也。"[1]简单来说,隔二隔三或是指遇到问题并不直接就题正面应对,而是从旁入手来解决。如鲍瑞骏评《古风》其十四《胡关饶风沙》曰:"管韫山云:'此为哥舒翰开边而作',以时事为比兴,尤见诗心之奇幻,犹医者治病隔二隔三之法。"管韫山即是管世铭,他认为此诗是写哥舒翰攻取石峰堡之事,虽讽刺时政,却不点明其事,而以写征戍者行役之苦入手,从侧面反映边关战争的惨烈。末句又借古喻今,直言当今朝中没有像李牧那样能征善战的名将,以此讽刺哥舒翰,托意委婉。

主中主。"主中主"本为佛教术语,是四种主宾互动关系之一。《五灯会元》"涿州纸衣和尚"条载:"僧问:'如何是宾中宾?'师曰:'倚门傍户犹如醉,出言吐气不惭惶。'曰:'如何是宾中主?'师曰:'口念弥陀只拄杖,目瞽瞳人不出头。'曰:'如何是主中宾?'师曰:'高提祖印当机用,利物应知语带悲。'曰:'如

---

[1] 朱丹溪:《朱丹溪医学全书》,太原:山西科学技术出版社,2014年,第533页。

何是主中主？'师曰：'横按镆铘全正令，太平寰宇斩痴顽。'"[①]《唐律消夏录》评王绩《野望》一诗云："'长歌'一言，壁立万仞矣。或问此句可以为主句否，盖此句是胸中主见，不是诗中主句，所谓'主中主'也。"[②] 可见，"主中主"指虽然不是叙事主体却能揭示出全篇旨意的诗句。如鲍瑞骏评《出自蓟北门行》"明主不安席，按剑心飞扬"二句曰："主中主。"全诗皆言胡虏入侵，边关告急，而此二句写天子按剑震怒，欲发兵守边，切入主题，又与末二句"收功报天子，行歌归咸阳"形成呼应。此二句虽非诗中的叙事主体，却是全篇的主旨所在，故为"主中之主"。

此外，《瑶台风露》还从李白五言古诗中归纳出了总挈、伏脉、铺垫、反衬等较为常见的写作技巧，这里不再一一赘述。

世人多认为李白以天才作诗，其诗无迹可循，不可捉摸。如宋人蔡梦弼《杜工部草堂诗话》引莆阳郑景韦《离经》曰："李谪仙，诗中龙也，矫矫焉不受约束。"[③] 又如宋人张戒《岁寒堂诗话》云："杜子美、李太白、韩退之三人，才力俱不可及，而就其中，退之喜崛奇之态，太白多天仙之词，退之犹可学，太白不可及也。"[④] 但通过《瑶台风露》对李白五言古诗创作技法的评点和归纳，可以肯定，李白的诗歌创作是经过了深思熟虑的，其行文线索和创作技法也是有法可循的。

时至今日，学界关于李白创作技法的研究仍是极为欠缺的。

---

① 普济辑：《五灯会元》，海口：海南出版社，2010年，第900页。
② 陈伯海主编：《唐诗汇评（增订本）》，上海：上海古籍出版社，2015年，第54页。
③ 蔡梦弼：《杜工部草堂诗话》，《历代诗话续编》，北京：中华书局，1983年，第121页。
④ 张戒：《岁寒堂诗话》，《历代诗话续编》，北京：中华书局，1983年，第453页。

二十世纪以来的李白诗歌研究当中，以艺术风格的探讨为多，而对创作技法的总结为少。房日晰先生在其著作《李白诗歌艺术论》中，分别对李白的五言绝句、七言绝句、五言律诗、七言律诗、古风诗和七言古诗进行了研究，其中也有涉及李白创作技法的讨论。如《论李白的五言绝句》[①]一文，从意境的描写、修辞手法的运用和感情的表达三个方面谈及了李白五言绝句的创作技法；又如《李白对七言古诗发展的杰出贡献》[②]一文，提到了李白七言古诗句式多变与韵律结构多变的艺术特点。然而他对李白的创作技法只做出了简要的概述，其余大量的篇幅仍是在谈李诗的思想内容和艺术风格。钱志熙先生的《论李白乐府诗的创作思想、体制与方法》[③]一文，指出了李白乐府诗对魏晋拟调、晋宋拟篇、齐梁赋题等古乐府创作技法的继承和发展。杨义先生的《李白诗歌的篇章学》[④]一文，揭示了李白诗歌创作的篇章层次变化，与《瑶台风露》评点李白五言古诗的起承转合有相似之处。汤华泉先生在《七言歌行的体式与李白歌行的特征》[⑤]一文中，详细讨论了李白七言歌行的句式、韵式和修辞特点，归纳出李诗的转韵方式和排比用法。可迄今为止，还没有全面总结李白诗歌创作技法的相关研究出现。纵然李白天分奇高、清新脱俗，我们也不能总以他作

[①] 房日晰：《李白诗歌艺术论》，西安：三秦出版社，1993年，第1—11页。

[②] 房日晰：《李白诗歌艺术论》，西安：三秦出版社，1993年，第57—70页。

[③] 钱志熙：《论李白乐府诗的创作思想、体制与方法》，《文学遗产》2012年第3期，第46—58页。

[④] 杨义：《李白诗歌的篇章学》，《佳木斯大学社会科学学报》1999年第1期，第1—5页。

[⑤] 汤华泉：《七言歌行的体式与李白歌行的特征》，《学术研究》2007年第5期，第133—138页。

诗信手拈来、无工可见为借口，不去刨根问底，深挖他的创作技法，这样只会使"谪仙"离我们更加遥远。

在这一点上，我们或许应当借鉴清人的文学批评成就。清代作为我国最后的封建王朝，尤其善于总结前人的经验和方法，在诗文评点方面具有集大成性。尽管历代诗话皆有论及诗法者，亦不乏专门总结诗法的著作，如唐代的《文镜秘府论》、宋代的《诗苑类格》《唐宋千家联珠诗格》、元代的《诗法源流》《诗法正宗》《诗宗正眼法藏》、明代的《唐音癸签》《西江诗法》《冰川诗式》，等等，但是都比不上清代诗法著作的数量多、体量大、评点精、考证细。清代的诗法著作种类庞杂、数量繁多，除了《诗法醒言》《诗法入门》《诗法指南》等专门的诗法汇编以外，还出现了大批唐宋名家的评点本，其中以杜甫、韩愈二家为多。而在历代诗文批评中，虽不乏对李白诗歌创作技法的零散评点，却罕有集中整理李白诗法的著作。清人鲍瑞骏和王鸿朗大量选取李白五言古诗佳作，逐诗作评，从具体作品出发，分析李白诗歌章法变化的起承转合，点明诗人在创作中用到的技法，对李白五言古诗的创作技法进行了较为全面的归纳和汇总。因此，从这一层面上讲，《瑶台风露》的出现，是对古今李白诗法研究的一大补充。

第二节 《瑶台风露》的论诗主张

《瑶台风露》评点中阐发的论诗观点，除了在《古风》部分较为系统和集中以外，在其余诗篇都很零散，需要整理和归纳之后，才能呈现出鲍、王二人的核心主张来。

一 主张从整体上解读李白的五古组诗

《瑶台风露》从整体上考察李白五古组诗的主张，实际上就是注重分析组诗中各篇之间的章法结构和内在逻辑关系，其中最具代表性的就是其在《古风》五十九首中的评点。

王鸿朗在《古风》组诗的开篇就作批语曰："《峡哀》乃东野之骚，《古风》五十九首乃太白之骚也，首尾回合成一篇大文字。"其意思大概包括两个方面：第一，《古风》组诗在内容上是相通的，各篇围绕着不同的小主题，来表达同一个大主旨；第二，《古风》组诗在结构上是有序的，各篇按照一定的逻辑线索，依次排列，相互联系。总的说来，王鸿朗是将《古风》五十九首当作一个整体来看待。

2010年，钱志熙先生的《论李白〈古风〉五十九首的整体性》[①]一文就谈到了这个问题。文章称《古风》五十九首在内容上具有一种统一性，"世道之治乱"是《古风》组诗的总纲，而其

[①] 钱志熙：《论李白〈古风〉五十九首的整体性》，《文学遗产》2010年第1期，第24—32页。

一"大雅久不作"则是整个《古风》组诗的序引,后面的诗篇均是围绕序诗的主题来展开的,与其一"大雅久不作"中各句遥相呼应。文中还举例说:其三十五《丑女来效颦》与"大雅久不作"句相呼应;其二十九《三季分战国》与"王风委蔓草"句相呼应;其五十三《战国何纷纷》与"战国多荆榛"句相呼应。若从内容上看:其十、其十三、其十五、其三十、其三十六、其三十七、其五十、其五十一、其五十八都涉及春秋战国;其三、其三十一、其四十八都涉及狂秦暴政;其四、其五、其七、其十七、其十九、其二十、其四十、其四十一则都是因狂秦暴政而避世远游的游仙诗。因此《古风》的整体性正表现在政治及历史、现实的主题与神仙、玄道、隐逸主题之间的联系上。

钱志熙先生从内容入手,将《古风》组诗中涉及同一题材的篇目归类到一起,看到了各篇之间的联系,更看到了后诗对前诗的呼应,从而确立了其一"大雅久不作"的序诗性质。这可以说是与鲍瑞骏、王鸿朗的观点不谋而合,然而《瑶台风露》对于《古风》组诗整体性的探究或许还要更进一步。本书将鲍、王二人在《古风》部分的评点稍做总结,制成表格(见表3)。

表3 《瑶台风露》《古风》部分评点归纳

篇目	主题	评点归纳
其一《大雅久不作》	纲领	"此章总旨乃五十八首之纲领。"
其二《蟾蜍薄太清》	发端	"此为王皇后被废而作。" "所以'大雅不作'而有'吾衰'之叹也，故以此为五十八首之发端。"
其三《秦皇扫六合》	大雅久不作	"并下一首，承（其二）'蟾蜍蚀月'来，皆'大雅不作'之根。"
其四《凤飞九千仞》		"奸邪竞进，贤臣去矣，有心人挽回无术，飙车羽驾，但听其影灭音沉耳。"
其五《太白何苍苍》	吾衰竟谁陈	"前两首皆承'蟾蜍'一首来，乃'大雅不作'之根。此从上首'此花非我春'句拍到自己，言世不我用，身将隐矣，乃'吾衰谁陈'之根也。"
其六《代马不思越》		"此承上首末句来言，胡骑至矣，征调纷纷，世之人苦乃至是。吾与之别，非恝置也，无术以救之，又不忍耳闻目睹耳。故虽将营丹砂，犹不能自禁其五情之热也。"
其七《五鹤西北来》		"此指当时膴仕之得意者。" "与下一首皆言其上恬下嬉、醉生梦死也。"
其八《咸阳二三月》		
其九《庄周梦蝴蝶》		"此从（其八）'但为此辈嗤'句推进一层，言万事更变，忽焉没矣，而吾栖皇无已，宜甚为所嗤也。"
其十《齐有倜傥生》		"此首作蹙笔以振文势。"
其十一《黄河走东溟》		"'吾衰竟谁陈'之正面也。结又拓开，恰好呼起下二首。"
其十二《松柏本孤直》		"此二首承前章而酆衍之，借子陵、君平以自况也。"
其十三《君平既弃世》		"见'吾衰'之正也。"

续表

篇目	主题	评点归纳
其十四《胡关饶风沙》	王风委蔓草，战国多荆榛	"'松柏''君平'二首，收是'吾衰'，'胡关'以下，则穷其'蔓草荆榛'之感也。"
其十五《燕昭延郭隗》		"于此而欲挽之，非贤才彙进不可，亦衔上首来。"
其十六《宝剑双蛟龙》		"糟糠养之，则贤才为黄鹄举矣。岂知其作用固如此乎？非无宝剑，但少风胡耳。此又衔上首来。"
其十七《金华牧羊儿》		"上首言引用贤才不可不知，此首言知有贤才则用之不可不早。"
其十八《天津三月时》		"若此者，即上章所云'扰扰之繁华子'也。宝剑潜锋，水深山邈，所得者不过此酣豢富贵之庸才耳。甘弃'荆榛蔓草'何？"
其十九《西岳莲花山》		"至此而（其十七）'扰扰之繁华子'亦惟悲凉黄犬，衅启绿珠，国是置之不问矣。"
其二十《昔我游齐都》		"此与前一首同一，凌空作势而用笔又别。"
其二十一《郢客吟白雪》	吾衰竟谁陈	"'郢客'一首，所指'吾衰竟谁陈'也，文势至此一束。"
其二十二《秦水别陇首》	王风委蔓草，战国多荆榛	"采薇蕨而赋阜螽，对雨雪而怀杨柳，此太白所欲于'蔓草荆榛'之后，陈之以进风雅者也。"
其二十三《秋露白如玉》	我志在删述	"此从上首'秋蛾春蚕'推进一层，所谓无聊之极，思姑以瞻逢作慰藉耳。""吾衰谁陈'，故'志在删述'。"
其二十四《大车扬飞尘》	正声何微茫，哀怨起骚人	"此亦与上首语意相衔，盖世道如此，乃正声所由微、哀怨所由起也。"
其二十五《世道日交丧》		"此首特为'正声何微茫'句搜源，为文字之提笔。"
其二十六《碧荷生幽泉》		"此首芳草。"

续表

篇目	主题	评点归纳
其二十七《燕赵有秀色》	正声何微茫，哀怨起骚人	"上首香草，此首美人，骚人之哀怨如此，此从'大雅不作'之后，赖以继微茫之正声者也。"
其二十八《容颜若飞电》		"衔上首'草晚''风寒'而下，此其所以为哀怨也。"
其二十九《三季分战国》	王风委蔓草，战国多荆榛	"'骚人之哀怨'由于'战国之荆榛'自是，而'豺虎相啖食'迄于'枉秦'极矣。此处三首皆发明第一章四、五、六句之旨而邕衍之，特以倒挽出之，以见参差变化。"
其三十《元风变太古》		"此衍'王风''战国'二句意也。"
其三十一《郑客西入关》	兵戈逮狂秦	"此衍'狂秦'句意也。"
其三十二《蓐收肃金气》	正声何微茫，哀怨起骚人	"此衔上三首来，又变逆挽作顺叙，更增参差变化。" "'正声微茫'，'骚人哀怨'，前数首皆分写，此首方合写。"
其三十三《北溟有巨鱼》	扬马激颓波	"此首正言扬马所激之颓波耳。"
其三十四《羽檄如流星》	宪章亦已沦	"扬马而没，文运日衰，国运由宪章日沦。"
其三十五《丑女来效颦》	自从建安来，绮丽不足珍	"此所谓建安以来不足珍之绮丽也。"
其三十六《抱玉入楚国》		"此其所以不足珍也。"
其三十七《燕臣昔恸哭》	大转捩	"正声微而骚人怨，世运为之，我生垂衣后古之时而遇合如此，只可以跃鳞，属之群才而以删述自任，希圣垂辉。此首乃文之大转捩处，以下皆太白自叙之词。"

续表

篇目	主题	评点归纳
其三十八《孤兰生幽园》		
其三十九《登高望四海》		"'孤兰'一首，婉约深至。'登高'一首，跌荡淋漓。皆承'燕臣'一首，自写身世之感。"
其四十《凤饥不啄粟》		"此太白自喻其立品之高。"
其四十一《朝弄紫沂海》		"此太白自喻其用心之专。"
其四十二《摇裔双白鸥》		"此言诗当出于自然，不可存一毫雕琢，方能迫大雅而驰骚人也。"
其四十三《周穆八荒意》		"此叹君志之荒也。""'吾衰谁陈'乃托于诗以自见，所由比于删述者，贵有合于'兴观群怨'之旨，以下皆自明其诗之旨趣。"
其四十四《绿萝纷葳蕤》	我志在删述	"此惜贤臣之去也。""《诗》止然后《春秋》作，咏歌寓笔削之椎亡，所以上继《春秋》也。希圣有立矣。"
其四十五《八荒驰惊飙》		"此慨逸夫之盛也。""自'周穆八荒意'以下十五首皆感时伤事。直言之、婉言之、雄广言之、反复言之，明是非而寓褒贬，所以自托于《春秋》也。"
其四十六《一百四十年》		"此痛权臣之侈也。"
其四十七《桃花开东园》		"责文臣之贡谀而无忠谏也。"
其四十八《秦皇按宝剑》		"此感时君之好土木而竭民力也。"
其四十九《美人出南国》		"此慨贤才之隐遁也。"
其五十《宋国梧台东》		"此指金壬之伟登也。"
其五十一《殷后乱天纪》		"此悲忠党之获罪也。"
其五十二《青春流惊湍》		"此伤婞直之见尤也。"
其五十三《战国何纷纷》		"此以田成喻禄山诸人也。"
其五十四《倚剑登高台》		"此伤贤士之无名也。"
其五十五《齐瑟弹东吟》		"此喟才人之失足也。"

续表

篇目	主题	评点归纳
其五十六《越客采明珠》	垂辉映千春	"宪章又沦无,如大雅不作,徒为世所哂何?""此首挽合前后所由'吾衰谁陈'而自信其垂辉于千春者也,步步收束,至为完密。"
其五十七《羽族禀万化》	希圣如有立	"太白所谓'希圣有立'者,其自命如此。"
其五十八《我到巫山渚》	绝笔于获麟	"所由'志在删述'而窃比于获麟之绝笔也。"
其五十九《恻恻泣路歧》	大结束	"此为五十九首之总结。归入'大雅不作,吾衰谁陈'八字收笔,与第一首起笔相称,是为大结束。"

既然王鸿朗称"《古风》五十九首首尾回合成一篇大文字",那么首先应当弄明白的是,《古风》这一篇"大文字"究竟表达了什么,即《古风》组诗的总旨是什么。

钱志熙先生引用明人朱谏《李诗选注》中的观点,称《古风》五十九首的基本主题是"世道之治乱,文辞之纯驳,人物之邪正",其中"世道之治乱"是关键。他还解释道:"所谓'世道之治乱',是指三代以下,春秋战国以来的治乱之情,兼及李白当代的政道舆情,侧重于刺乱。"[1] 该文可以说是把《古风》组诗的主旨论述得比较到位了。

《孟子·离娄下》曰:"王者之迹熄而《诗》亡,《诗》亡然后《春秋》作。"[2] 其意是指,随着王政的败落,《诗经》这种以《风》《雅》《颂》寄托讽喻的文学形式也慢慢衰亡了;当《诗经》

---

[1] 参见钱志熙:《论李白〈古风〉五十九首的整体性》,《文学遗产》2010年第1期,第24—32页。

[2] 焦循撰:《孟子正义》,北京:中华书局,1987年,第572页。

的讽喻衰颓不振之时，以《春秋》为代表的以史事明是非、喻褒贬的文学却兴起了。也就是说，文学是社会历史的反映，每个时代都有每个时代独特的文学形式，文学的发展与社会政治兴衰息息相关。鲍瑞骏在《古风》五十九首末尾的跋语中所云"《古诗》五十九首即亚圣迹熄诗亡之旨"，即是此意。纵观《古风》五十九首，皆不外乎"文运关乎世运"之旨。只不过在组诗具体篇目的创作之中，这一大宗旨分成了几个相互联系又各自区别的小主题。

王鸿朗评《古风》其一《大雅久不作》曰："此章总旨乃五十八首之纲领。"他实际上就是将其余五十八首的思想内容全部囊括在《大雅久不作》一首之中，并以该诗的诗文逐一对各篇进行阐释。

通过表3的梳理，不难发现，鲍、王二人划分出的《古风》五十九首各篇的思想内容基本与其一《大雅久不作》的诗文一一对应，大致分作"大雅不作""吾衰谁陈""蔓草荆榛""兵戈狂秦""骚人哀怨""扬马激颓""宪章已沦""丽不足珍""志在删述""希圣有立"等几个小主题。现结合《瑶台风露》对《古风》五十九首的评点，试对上述几个主题略做讨论：

"大雅不作"一题，《诗序》云："雅者，正也，言王政之所由废兴也。政有小大，故有小雅焉，有大雅焉。"[1] 李白所谓的"大雅久不作"，说的便是反映王政兴废大事的文学作品许久都没有出现了。该主题在《古风》组诗中的具体表现，则是探究"大雅不

---

[1] 孔颖达疏：《毛诗正义》，《十三经注疏》，北京：北京大学出版社，1999年，第15页。

作"的根源。如其三《秦皇扫六合》，王鸿朗评曰："此承上首来言明皇平韦武之乱何其英武，今乃判若两人，则奸臣蒙蔽之罪不可胜诛也。似赋而实比。"又如其四《凤飞九千仞》，王鸿朗评曰："言非无忠谏之臣，其如君之不听何？"他在其三、其四的评点都谈到了大雅不作的原因是君王受奸臣蒙蔽，不听忠谏，以致贤人远遁，斯文衰落。

"吾衰谁陈"一题，子曰："甚矣，吾衰也！久矣，吾不复梦见周公！"[①] 李白的"吾衰竟谁陈"之意亦如此，都是人将衰朽而志不能酬的哀叹。又《本事诗·高逸》载："白才逸气高，与陈拾遗齐名，先后合德。其论诗云：'梁陈以来，艳薄斯极。沈休文又尚以声律。将复古道，非我而谁欤！'"[②] 可见"吾衰竟谁陈"实则包含两个方面的意思：一方面是太白自感年纪衰老，欲复古道而力不能济；另一方面是太白以恢复古道为己任，哀叹除自己外无他人可以相继。如其十一《黄河走东溟》"春容舍我去，秋发已衰改，人生非寒松，年貌岂长在"等句，直言年貌衰朽，便是从第一个方面来表现这一主题的，故王鸿朗谓之："入'吾衰'正面。"又如其十三《君平既弃世》，鲍瑞骏评"海客去已久，谁人测沉冥"二句曰："大有河图凤鸟之慨，见'吾衰'之正也。"似有圣贤沦没而无人为继之义，这是从第二个方面来表现这一主题的了。

"蔓草荆榛"与"兵戈狂秦"二题发衍自"王风委蔓草，战国多荆榛，龙虎相啖食，兵戈逮狂秦"四句，由于其思想内容相似，

---

① 程树德撰：《论语集释》，北京：中华书局，1990年，第441页。
② 孟棨：《本事诗》，《历代诗话续编》，北京：中华书局，1983年，第14页。

故并论之。"蔓草""荆榛"皆为荒芜萧条之象,以指王政衰微,民生凋敝。而"战国""狂秦"又是时局动荡之意,言乱世战争频发,暗刺君上穷兵黩武,不恤百姓。如其十四《胡关饶风沙》就是"蔓草荆榛"一题的代表,"白骨横千霜,嵯峨蔽榛莽"二句更是直接点照了主题。又如其二十九《三季分战国》是以战国历史讽喻时事,王鸿朗谓之:"迄于'枉秦'极矣。"

"骚人哀怨"一题指屈原的《离骚》,是说在《大雅》的正声不作以后,《离骚》的哀怨之词便随之而兴。李白的《古风》五十九首之中,多有模仿屈骚而自写的作品,诗中常以"香草美人"之比,诉说忠良受奸邪谗害遭君主疏离之哀怨。如其二十六《碧荷生幽泉》与其二十七《燕赵有秀色》,王鸿朗评曰:"上首香草,此首美人,骚人之哀怨如此,此从'大雅不作'之后,赖以继微茫之正声者也。"另外,游仙题材也在《古风》组诗中占据了不小的比重,如其四、其五、其七、其十七、其十九、其二十等。而前文研究李白五言古诗渊源时就已说到,《瑶台风露》将李白的游仙诗都视为仿效屈骚之作。故《古风》五十九首中的游仙诗亦可归入此题之中。

"志在删述"一题,是李白自言其志,欲效仿孔子序《书》删《诗》之意,为后世立教。王鸿朗评曰:"自(其四十三)'周穆八荒意'以下十五首皆感时伤事。直言之、婉言之、雄广言之、反复言之,明是非而寓褒贬,所以自托于《春秋》也。今其事或不尽传,难于穿凿,然以唐史证之,知人论世,亦不得其二三。"在他看来,自其四十三以下的十五首都是李白讽喻时事之作,以春秋笔法为之,寓褒贬而明是非。可见这一主题在《古风》五十九首中占有很大的比重。

其他诸题，如《瑶台风露》言其三十三《北溟有巨鱼》"正言扬马所激之颓波"，称其五十七《羽族禀万化》"太白所谓'希圣有立'者"，又谓其五十八《我到巫山渚》"窃比于获麟之绝笔"，等等，皆与该诗原意明显不和，系鲍、王二人强加附会之语，此处便不再赘述。

《瑶台风露》将《古风》五十九首的思想情旨具体到了其一《大雅久不作》之中，较之钱志熙先生所总结的"世道之治乱""文辞之纯驳""人物之邪正"三个方面而言，更为深入和具体，或许离李白创作《古风》组诗的本意又接近了一步。

《瑶台风露》不仅从思想上总结出《古风》五十九首的主旨，还从篇章结构上勾勒出组诗的内在联系，并将其视为一个首尾呼应、相互联系的整体。通过对《瑶台风露》评点的梳理可以看出，《古风》组诗的篇章次序也是按照其一《大雅久不作》的行文顺序来编排的，虽然有少许篇目打破了这个既定的顺序，但《古风》组诗的逻辑线索大致是从头至尾一脉相承的。

《古风》组诗中，其一《大雅久不作》是《古风》五十九首的纲领。其二《蟾蜍薄太清》是其余五十八首的发端，王鸿朗认为该诗是仿效《诗经·国风》以《关雎》为首之意，因为闺门和谐是王化肇兴的开端，故而闺门不净也是大雅不作的起始。其三十七《燕臣昔恸哭》是组诗的转折，王鸿朗评曰："正声微而骚人怨，世运为之，我生垂衣后古之时而遇合如此，只可以跃鳞，属之群才而以删述自任，希圣垂辉。此首乃文之大转捩处。"他从组诗的章法结构来看，认为其三十七《燕臣昔恸哭》一诗具有承上启下的作用,该诗以前的篇目皆是阐释其一"大雅久不作"至"绮丽不足珍"各句句意,该诗以后篇目则是发衍"圣代复元古"至"绝笔于获麟"各句句意。其五十九《恻恻泣路歧》是对《古风》五十九首的总结,与其一"大雅久不作,吾衰竟谁陈"二句形成呼应。

应当承认的是,《瑶台风露》从整体上解读李白五古组诗的观点还存在诸多问题,论诗不重考据就是其中最大的不足。鲍瑞骏与王鸿朗在评点《古风》《拟古》等组诗时,并未言及组诗的创作时间和版本差异,在未考察组诗成诗过程的前提下,仅从文本来分析组诗的章法结构,其中多有生搬硬套、穿凿附会之处。比如《古风》其三十四《羽檄如流星》一诗,萧士赟评曰:"此诗盖讨云南时作也。首即征兵时景象而言,当此君明臣良、天清地宁、海内澹然、四邻无警之时,而忽有此举。问之于人,始知征兵者,讨云南也。乃所谓之兵,不堪受甲,所谓驱市人而战之,如以困兽当虎,穷鱼饵鲸,吾见师之出而不见师之入矣。末则深叹当国之臣,不能敷文德以来远人,致有覆军杀将之耻也。"① 应该说这段评论已将此篇的诗意解析得相当明白了。而王鸿朗却称:"此首特以穿插见奇,与上下语意似不相蒙。细玩之,则谓扬马而没,文运日衰,国由宪章日沦,亦世变为之也。仍是一线相衔。"他硬将此诗与其一的"废兴虽万变,宪章亦已沦"句扯上联系,与原诗本意大相径庭,难以使人信服。

其实关于《古风》五十九首的整体性问题,学界目前仍存在

---

① 萧士赟补注:《分类补注李太白诗》(第2卷),《四部丛刊》,民国上海涵芬楼景明本,第29—30页。

许多争议。从根本上讲，就连《古风》五十九首的组诗性质也受到了质疑。乔象钟先生在其著作《李白论》中提到：

> 《古风》是李白晚年自己选择、组合的大型组诗，其所涉及的主题思想，很大部分与开元、天宝时间的重大政治事件有关，反映了这个历史时期人民的情绪。是历史的诗的记录。①

乔象钟先生从《古风》组诗的主题思想上分析，认为其内容多是反映开元、天宝年间的重大政治事件，乃是李白有意创作组合，而非后人编排而成。

但郁贤皓先生对此提出驳斥：

> 因为李阳冰《草堂集序》明明指出："草稿万卷，手集未修，枕上授简，俾予为序。"所谓"草稿"、"未修"，正说明李白自己并没有整理编集，而且这一组诗既未按内容性质编排，又未按写作年代顺序为次……如果确系李白自己"选择""组合"，何以竟混乱得无次第可寻？因此，窃以为这一组诗的组合编排绝非李白所为……至于"五十九首"的名称，很可能是逐渐增成的。②

郁贤皓先生从李白诗集的编排历史和《古风》版本的流变过

---

① 乔象钟：《李白论》，济南：齐鲁书社，1986年，第126页。
② 郁贤皓：《李白〈古风〉五十九首刍议》，《中国文学研究》1989年第4期，第3—4页。

程来看，认为"此组诗非一时一地之作，亦非一人所编集"，甚至称"古风"之名乃是李阳冰所起，而李白本无此题。不过，从情理上讲，李阳冰在编集过程中，打破原有体例，擅自为李白组诗命名的可能性应该不大。

陈尚君先生也谈到了《古风》五十九首的定型过程：

> 因其中多涉时事，今人也多认可非一时一地之作，殆即陆续而成编者。咸淳本分为二卷，分题《古风上》《古风下》，共收六十一首，知还没有《古风五十九首》之总称。到宋敏求编录时，将乐史本之二卷并为一卷，并增《古风五十九首》之总题。可以有把握地说，此题出于宋敏求。①

在詹锳先生对《古风》五十九首的编年之中，其二《蟾蜍薄太清》作于开元二十二年（734），而其五十八《我到巫山渚》和其五十九《恻恻泣路歧》皆作于乾元二年（759），其间横跨三十五年之久，若按此说，则《古风》无组诗性质。不过詹锳先生和安旗先生对于《古风》五十九首的编年多属推测，并无确切证据。例如，《李白诗文系年》为其五十九《恻恻泣路歧》编年时称："萧曰：'此诗讥市道交者。太白罹难之余，友朋之交道其不能始终如一者，谅亦多矣。徒有一类失欢之客，勤勤问劳，亦何所规益乎？'奚禄诒曰：'感交道也，其在夜郎归后乎？'《求阙斋读书录》：'此首即翟公署门之意，老杜《贫交行》亦同此慨。'此

---

① 陈尚君：《李白诗歌文本多歧状态之分析》，《学术月刊》2016年第5期，第112页。

诗不知确在何时作，姑系于此。"①

对此，钱志熙先生是这样回应的：

> 这些观点，对于《古风》五十九首创作上的组诗性质，是有所质疑的；但却不能作为《古风》原非组诗的确凿证据……可见《古风》五十九首，原本就是李白集子里独立的一组诗。它可能经过后人的编辑，甚至有某些窜乱次序、分合篇次的地方，但如果以此完全否定其原本在创作上的组诗性质，似乎过于绝对化。②

《瑶台风露》对《古风》五十九首的评点亦可作为佐证。王鸿朗"《古风》五十九首首尾回合成一篇大文字"的观点认为，不管《古风》篇目是否真为五十九之数，李白都是围绕着"文运关乎世运"的大宗旨来进行创作的，他原是想通过《古风》组诗中各篇目对于时事的书写，褒贬王政得失，反映时代兴衰，从而拼凑出一篇"恢复古道"的大文字，立教于后世。因此，他基于这一目的所创作出来的诗篇，或多或少都会映带着《古风》的色彩。从这一意义上来说，古风类诗歌在思想情旨上的一致性，也决定了它具有整体性的特点，而作为《古风》纲领的其一《大雅久不作》则是最好的证明。

不仅如此，《瑶台风露》对于《古风》五十九首篇章结构和逻辑线索的梳理，或可回应郁贤皓先生对《古风》组诗的排序"混

---

① 詹锳编著：《李白诗文系年》，北京：人民文学出版社，1984年，第135页。
② 钱志熙：《论李白〈古风〉五十九首的整体性》，《文学遗产》2010年第1期，第25页。

乱得无次第可寻"的质疑。尽管鲍瑞骏与王鸿朗的评点之中有许多牵强的地方，但不可否认，《古风》组诗的部分篇目之间是存在一定的逻辑联系的，而这些结构上的联系也正是《古风》整体性的反映。例如，其二十五《世道日交丧》中的"不采芳桂枝，反栖恶木根，所以桃李树，吐花竟不言"等语，有怨恨世俗亲奸邪而远忠良之意，关照"哀怨起骚人"的主题。接下来的其二十六《碧荷生幽泉》谈荷花秀色绝世而无人传其馨香，其二十七《燕赵有秀色》讲美人秀色倾城却孤身以盼君子，很明显都是效仿屈原《离骚》中"香草美人"的比喻。二诗在遣词造句上多有相似之处，在情感表达上亦与其二十五一脉相承。而随后的其二十八《容颜若飞电》，则以"君子变猿鹤，小人为沙虫"二句，写出怨怼中更深层次的悲哀：人生倏忽即逝，而功业难就，君子也好、小人也好，最终都无一成功。可见这几首诗不仅在逻辑上一脉相承，而且在表达上也是层层递进的。

此外，《瑶台风露》对李白其他五古组诗的评点也一如《古风》五十九首。如鲍瑞骏在《拟古》组诗题下注曰："古人连章诗章法极细，往往为选家割裂其法，遂失误后人不浅。"他也是将《拟古》十二首作为一个整体来看待的。王鸿朗评《拟古》其十二曰："此乃十二首之总束。虽不必故为穿凿，要之，各首多系相体而下，线索分明也。"又曰："直回应到第一首起笔。"他认为《拟古》十二首在章法结构上也是首尾呼应、线索分明的。又如鲍瑞骏评《春日独酌》其二曰："与上首似接非接，章法最宜深玩"，也谈到了二诗之间的内在联系。

总之，关于李白的五古组诗是否具有整体性这个问题，学界目前尚无定论。而《瑶台风露》从整体上看待李白五古组诗的主张，也仅仅是鲍瑞骏与王鸿朗的个人观点，正确与否且先不论，这种以整体性眼光看待组诗思想内容、从内部联系推敲篇章结构的研究方法，或可为我们认识和把握李白的五古组诗打开一扇新的大门。

二 继承和发展刘大櫆"神气、音节、字句"之说

刘大櫆，号海峰，"桐城三祖"之一，有《刘海峰诗文集》存世，是桐城派中承上启下的代表人物。桐城派，又称"桐城古文派"，曾国藩《欧阳生文集序》云："历城周永年书昌为之语曰：'天下之文章，其在桐城乎！'由是学者多归向桐城，号桐城派，犹前世所称江西诗派者也。"[1] 桐城派实乃清代最大的散文流派，其文学创作和理论主张都是以文为主的。而刘大櫆则是诗文兼修，率先将桐城派的文法理论运用到诗歌创作之中，并在当时的诗坛引起了一定的反响。姚鼐《刘海峰先生传》云："海峰则文与诗并极其力，能包括古人之异体，熔以成其体，雄豪奥秘，麾斥出之，岂非其才之绝出今古者哉？"[2] 他还在《抱犊山人李君墓志铭并序》中提到："自海峰先生晚居枞阳，以诗教后进，桐城为诗者，大率称海峰弟子。"[3]

鲍瑞骏的族兄鲍康在《桐华舸诗钞》序言中也道："吾乡多诗人率以桐城刘海峰先生为宗，世父亦尝私淑之。世父而后，家

---

[1] 曾国藩：《曾文正公文集》（第1卷），湖南传忠书局光绪二年刻本，第14页。
[2] 姚鼐：《惜抱轩诗文集》，上海：上海古籍出版社，1992年，第308页。
[3] 姚鼐：《惜抱轩诗文集》，上海：上海古籍出版社，1992年，第376页。

有专集者，指不胜屈。里人或谓之鲍派族弟桐舟尤吾宗之杰出者也。"① 既然鲍瑞骏故乡歙县的诗人皆以桐城派刘大櫆为宗，他作为其中"尤为杰出者"，自然也是深受刘大櫆的影响。

"神气、音节、字句"之说，是刘大櫆的代表性的文学理论，他在《论文偶记》中云：

> 神气者，文之最精处也；音节者，文之稍粗处也；字句者，文之最粗处也。然论文而至于字句，则文之能事尽矣。盖音节者，神气之迹也；字句者，音节之矩也。神气不可见，于音节见之；音节无可准，以字句准之。②

刘大櫆重视文章在神气、音节、字句上的统一，他认为神气是文中最精要的地方，而音节是神气的反映，在文中占次要的地位，字句又是音节的反映，是文中最粗浅的地方。"神气、音节、字句"之说是刘大櫆的论文之法，而鲍瑞骏与王鸿朗却用以评诗。

如刘大櫆《论文偶记》云：

> 文贵品藻，无品藻便不成文字。如曰浑，曰浩，曰雄，曰奇，曰顿挫，曰跌宕之类，不可胜数。然有神上事，有气上事，有体上事，有色上事，有声上事，有味上事，须辨之

---

① 鲍瑞骏：《桐华舸诗钞》，《清代诗文集汇编》（第630册），上海：上海古籍出版社，2010年，第3页。
② 刘大櫆、吴德旋、林纾：《论文偶记 初月楼古文绪论 春觉斋论文》，北京：人民文学出版社，1998年，第6页。

甚明。品藻之贵者，曰雄，曰逸。欧阳子逸而未雄，昌黎雄处多，逸出少，太史公雄过昌黎，而逸处更多于雄处，所以为至。①

王鸿朗在鲍瑞骏《桐华舸诗续钞》的序言中称：

> 吾生平不善诗而喜论诗，尝谓神、气、筋、骨、髓五者，阙一不可以为人，诗而阙其一，岂得谓之成诗哉？然而备焉者，寡矣。其备者又各有其偏至者焉。太白以神胜，昌黎以气胜，东野以骨胜，东坡以筋胜，唯少陵独以髓胜。天之五星，地之五岳，莫能起而代也。闻吾语者，辄诋为怪论。吾友桐舟先生特信之。②

他以"神、气、筋、骨、髓"论诗实与刘大櫆以"神、气、体、色、声、味"论文如出一辙。

而在《瑶台风露》之中，也可以明显地看出鲍、王二人对于"神气、音节、字句"之说的继承。下面便结合二人的评点，分别从这三个方面加以论述。

---

① 刘大櫆、吴德旋、林纾：《论文偶记 初月楼古文绪论 春觉斋论文》，北京：人民文学出版社，1998年，第12页。
② 鲍瑞骏：《桐华舸诗续钞》，《清代诗文集汇编》（第630册），上海：上海古籍出版社，2010年，第162页。

1. 神气

刘大櫆《论文偶记》曰：

> 行文之道，神为主，气辅之。曹子桓、苏子由论文，以气为主，是矣。然气随神转，神浑则气灏，神远则气逸，神伟则气高，神变则气奇，神深则气静，故神为气之主。至专以理为主者，则犹未尽其妙也。
>
> 神者，文家之宝。文章最要气盛，然无神以主之，则气无所附，荡乎不知其所归也。神者气之主，气者神之用。神只是气之精处。①

刘大櫆只谈到了文章中神与气的关系，并未对神与气的内涵做出明确的阐释。

关于"神气"的内涵，目前学界仍是众说纷纭。如王献永《桐城文派》云："所谓'神气'主要是指作家的个性、气质、胸怀之类的精神状态或思想感情。"② 又如《中国文学批评史教程》道："神是指文章中自然天成，不落痕迹，又能充分展示作者精神面貌特征的化工境界，气是指文章中具体体现这种化工境界，并带有作者个性、气质的行文气势。"③ 又如《中国历代文论选》说："神和气分开来讲，气在更多的地方，可以说，是指语言的气势；而

---

① 刘大櫆、吴德旋、林纾：《论文偶记 初月楼古文绪论 春觉斋论文》，北京：人民文学出版社，1998年，第3—4页。

② 王献永：《桐城文派》，北京：中华书局，1992年，第407页。

③ 张少康主编：《中国文学批评史教程》，北京：北京大学出版社，1999年，第419页。

神则是气之精处，是形成一种独特风格的不可少的东西，亦即作者性格特征在艺术上完满而成熟的表现。"① 又如《中国文学批评史新编》称："'神气'二字可以析离为神、气来谈，神指精神、风神，气指气魄、气势。"② 又如《中国古代文学发展史》认为："'神'大致是指作者的精神境界，'气'指文章的气势。"③ 而以上观点或多或少均可在《瑶台风露》的评点之中得到印证。

先来看《瑶台风露》对李白五言古诗之"神"的评点。

如王鸿朗评《友人会宿》曰："通体之神，全注'皓月未能寝'五字中。"此诗写李白与友人彻夜对酒长谈，"皓月未能寝"与前文"千古愁"相呼应，点出心中愁苦。南朝谢庄的《月赋》也有"情纡轸其何托？诉皓月而长歌"④ 之语，可见，文人常有望月诉衷情的习惯，这里的皓月实则是对诗人明澈心境的一种映射。所谓"通篇之神"，或是指李白在全诗之中的精神寄托。又如王鸿朗评《古风》其四十一《朝弄紫沂海》曰："此太白自喻其用心之专，及至神合冥通，直欲化去。"王鸿朗认为此诗虽系游仙题材，亦属李白自叙身世之词，诗中接连以"浮云蔽紫闼""群沙秽明珠""众草凌孤芳"作比，自喻受谗被逐的经历，是效仿屈原《离骚》之意。所谓"神合冥通"，或是指李白的忠君爱国精神与屈原契合。又如王鸿朗评《经乱后将避地剡中留赠崔宣城》曰："此首叙安史之乱，沉痛盘郁，雅近杜陵。'苍生'十字，尤为一副神旨。"此二句写

---

① 郭绍虞主编：《中国历代文论选》，上海：上海古籍出版社，2001年，第352页。
② 王运熙主编：《中国文学批评史新编》，上海：复旦大学出版社，2001年，第225页。
③ 罗宗强主编：《中国古代文学发展史》，天津：南开大学出版社，2003年，第226页。
④ 李善注：《文选》，北京：中华书局，1997年，第197页。

到苍生之苦，代表了李白对于现实和民生的关注，因此王鸿朗认为李、杜二人"尤为一副神旨"，指出李白忧国忧民的精神内核与杜甫是相同的。又如王鸿朗评《江上寄元六林宗》曰："此诗入杜工部集中，不复可辨，惟善揣神骨者愈叹其奇。"曾国藩《冰鉴·神骨》载："语云：'脱谷为糠，其髓斯存。'神之谓也。'山骞不崩，唯石为镇。'骨之谓也。一身精神，具乎两目；一身骨相，具乎面部。他家兼论形骸，文人先观神骨。开门见山，此为第一。"①曾国藩以"脱谷为糠，其髓斯存。山骞不崩，唯石为镇"四句来阐释"神骨"，王鸿朗"善揣神骨者"之"神骨"亦同此意，是指抛开诗文外部的形骸，揣摩其内部的精神核心。

又如鲍瑞骏评《寻阳紫极宫感秋作》"回薄万古心，揽之不盈掬"二句曰："提起'感秋'之神。"前二句"何处闻秋声，翛翛北窗竹"已交代时令，此二句又从抽象的层面上来描摹"'感秋'之神"，写秋声虽能回转千古、涤荡人心，却是无踪无形，故揽不盈掬。前文在讨论"提法"时谈到，"提"有提点主题之意。这里所谓的"提起感秋之神"，提点的不是作者之神，而是秋之神，指的是一种"韵外之致、味外之旨"。与之相似的，鲍瑞骏评《望终南山寄紫阁隐者》"秀色难为名，苍翠日在眼"二句曰："笔有仙气，故落韵甚轻，风神弥远。"落韵指不押韵。若依平水韵观之，此诗先押仄声韵十五潸，又换押十三阮，再改押十六铣，短短十句之中，多次借押旁韵。刘大櫆评苏轼《贾谊论》曰："长公笔有仙气，故文极纵荡变化，而落韵甚轻。"②鲍瑞骏所评亦有此意，

---

① 方浚师：《蕉轩续录》（第1卷），清光绪刻本，第18页。

② 姚惜抱：《古文辞类纂评注》，合肥：安徽教育出版社，1995年，第151页。

他认为李白此诗有意落韵，更显出音节的纵荡变化，故而风神弥远。从此评之中也可看出音节对神气的反映，这也是鲍瑞骏对刘大櫆的继承。这里所谓的"风神"，也与神韵相仿，指"韵外之致、味外之旨"。

此外，《瑶台风露》还多从"神"的角度来评价李白五言古诗的写作技巧。如王鸿朗评《赠宣城宇文太守兼呈崔侍御》曰："前暗用陶潜事，此又暗用山简事，皆有神无迹，可为运典者法。"《宋书·隐逸传》载："先是颜延之为刘柳后军功曹，在寻阳，与潜情欵。后为始安郡，经过，日日造潜。每往必酣饮致醉。临去，留二万钱与潜。潜悉送酒家，稍就取酒。"①诗中"颜公二十万，尽付酒家钱"二句便是用陶潜事。又有《晋书·山简传》载："诸习氏，荆土豪族，有佳园池，简每出嬉游，多之池上，置酒辄醉，名之曰高阳池。"②诗中"遂归池上酌，掩抑清风弦"二句便是用山简事，却不点明，故王鸿朗谓之"有神无迹"。这里所谓的"神"，或指创作技法上一种自然天成的化工境界。又如鲍瑞骏评《闻丹丘子于城北石门幽居中有高凤遗迹仆离群远怀亦有栖遁之志因叙旧以寄之》"思君楚水南，望君淮山北"二句曰："接法排宕，摇曳有神。"上一节已谈到，此二句以骈句衔接上文，营造出空间上的大开大阖，极大地展拓了李白对元丹丘的思念之情。王鸿朗亦评此诗曰："步骤分明，雍容和鬯，仍不失清远之神。"鲍、王二人所评的"有神"和"清远之神"，近似于《中国历代文论选》所阐释的"作者性格特征在艺术上完满而成熟的表现"。又如鲍瑞骏

---

① 沈约撰：《宋书》，北京：中华书局，1974年，第2288页。
② 房玄龄等编：《晋书》，北京：中华书局，1974年，第1229页。

评《去妇词》"以比憔悴颜,空持旧物还"二句曰:"忽拍神妙。"前文插叙往事,此二句忽又转写去妇当下的境况,入嫁前的风华正茂与离去时的孤独憔悴形成鲜明对比,叙事变化多端,故曰"神妙",也是在说写作技法上的高超莫测。又如鲍瑞骏评《游泰山》其三曰:"'窈窕'二字,写远望入神",是指"黄河从西来,窈窕入远山"而言的。此二句描绘从泰山远望黄河的景象,以"窈窕"来表现黄河的蜿蜒幽深,极为形象,因此鲍瑞骏谓之"入神",此评论是针对李白提炼出了黄河的精髓而言的。又如鲍瑞骏评《秋日鲁郡尧祠亭上宴别杜补阙范侍御》曰:"一片神行,笔尖几不着纸";王鸿朗亦曰:"神化之境。"此诗开门见山,连用两个"秋兴"点明主题,在诗中又不断变换叙事主体,看似支离破碎,全不相关,实则"一片神行",将"秋兴"的旨意贯穿全文。清人俞陛云《诗境浅说》评李白《渡荆门送别》也道:"太白天才超绝,用笔若风樯阵马,一片神行。"[1] 可见,这里的"一片神行"是指诗歌的艺术造诣超卓,写作技法已入化境,无法以既定的标准来衡量。又如鲍瑞骏评《送张舍人之江东》曰:"此亦一片神行,得其气息便可超凡入圣",亦是如此。不过他的评语中还体现出了神与气的关系:气是神的反映。因为李白诗歌创作"一片神行",夭矫不受约束,纵然不能领会到他的神髓,仅学得其中的一点气息已足可超凡入圣了。

再来看《瑶台风露》对李白五古之"气"的评点。

从作品的角度上看,"气"指诗歌的艺术风格。如王鸿朗评《赠

---

[1] 俞陛云:《诗境浅说》,苏州:古吴轩出版社,2018年,第5页。

常侍御》曰:"诗境如绝壁长松,弥望皆苍劲芊秀之气。"李白此诗以谢安与白起之事为比,自喻英雄无用武之地,仍常怀济世安邦之志,故曰"苍劲芊秀"。《唐宋诗醇》评此诗曰:"一往饶清刚之气。"[①]"苍劲芊秀"正是此诗的艺术特色。与之相仿,王鸿朗评《经乱离后天恩流夜郎忆旧游书怀赠江夏韦太守良宰》曰:"一种清迥之气,流行于恣津浩汗中,千古无对。"此诗乃李白自叙身世的长篇之作,笔墨纵横,意境清远。《唐宋诗醇》亦曰:"通篇以交情、时势互为经纬,汪洋浩瀚,如百川之灌河,如长江之赴海,卓乎大篇,可与《北征》并峙。"[②]王鸿朗所谓的"清迥之气",也即是指清迥的艺术风格。

从作者的角度上看,"气"指作者的个性气质。如王鸿朗评《结客少年场行》曰:"笔有剑气。此与《侠客行》相似而用笔矣。此二子相犯,合读之,愈显其妙。"此诗所刻画的任侠好勇、重义轻生的英雄形象,确与《侠客行》有异曲同工之处。"笔有剑气"即笔下有侠客之气,是李白自身的个性气质在行文之中的反映。又如鲍瑞骏评《月下独酌》其三"醉后失天地,兀然就孤枕"二句曰:"笔有豪气,不是禅机。"此二句写醉态,表现出一种豁达洒脱的胸怀和气魄,这里所谓的"豪气"也是对李白个性气质的反映。又如鲍瑞骏评《关山月》"明月出天山,苍茫云海间,长风几万里,吹度玉门关"四句曰:"绛云在天,随风舒展,气宇固是不凡",指李白用笔游刃有余,不受束缚。《李太白诗集注》载:"吕氏《童蒙训》云:'晓月出天山,苍茫云海间,长风几万里,吹度

---

① 爱新觉罗·弘历编:《唐宋诗醇》,北京:中国文学出版社,2000年,第96页。

② 爱新觉罗·弘历编:《唐宋诗醇》,北京:中国文学出版社,2000年,第99页。

玉门关'及'沙墩至梁苑,二十五长亭,大舶夹双橹,中流鹅鹳鸣'之类,皆气盖一世,学者能熟味之,自然不褊浅也。"[1]鲍瑞骏所谓的"气宇",即是指此诗所反映出的李白的胸襟与气概。

从创作的角度上看,"气"指行文气势。如鲍瑞骏评《寄东鲁二稚子》"裂素写远意,因之汶阳川"二句曰:"结用淡笔以舒其气,不知者以为懈也。"此二句将与妻儿分离的满腔悲苦做淡化处理,所谓"舒其气",或是指舒缓行文气势。又如鲍瑞骏评《学古思边》"衔悲上陇首,肠断不见君"二句曰:"寄兴无端,飘扬超忽,非笔有仙气不能。"此诗写思边却未交代事件的起因和经过,开篇直接以思妇上陇首起兴,故曰"寄兴无端"。所谓"笔有仙气",或是指李白的诗歌创作不守陈法,高深莫测。王鸿朗评此诗曰:"气骨在建安黄初以上。""建安黄初"即是建安诗歌中的黄初体,严羽《沧浪诗话》注"黄初体"曰:"魏年号,与建安相接,其体一也。"[2]可知王鸿朗所谓"在建安黄初以上",是说李白此诗造诣之高,直超魏晋而追迹汉人。《诗品》云:"魏陈思王植,其源出于《国风》。骨气奇高,词采华茂,情兼雅怨,体被文质,粲溢今古,卓尔不群。"[3]钟嵘谈到曹植"骨气",与此处王鸿朗所谓的"气骨"相近,既包括作品的行文气势,又含有作者的志气品格。又如王鸿朗评《玩月金陵城西孙楚酒楼达曙歌吹日晚乘醉著紫绮裘乌纱巾与酒客数人棹歌秦淮石头访崔四侍御》曰:"兴到疾书之作,尘气远出。"

---

[1] 王琦集注:《李太白诗集注》,《文渊阁四库全书》(第1067册),台北:台湾商务印书馆,1986年,第614—615页。

[2] 严羽:《沧浪诗话》,《历代诗话》,北京:中华书局,1982年,第689页。

[3] 钟嵘:《诗品》,《历代诗话》,北京:中华书局,1981年,第7页。

他认为此诗圆转自然，无斧凿痕迹，犹如一吐而就，无半点世俗之气。"尘气远出"是言李白创作技法高超，如天仙下凡，不受陈规束缚。又如鲍瑞骏评《赠秋浦柳少府》曰："通首开合动荡、气韵清丽，绝无半点尘土气犯其笔端。"这里所谓的"尘土气"也是指世俗的痕迹，而"气韵清丽"，则是说该诗的意境与风格清新秀丽。《南齐书·文学传》载："史臣曰：文章者，盖情性之风标、神明之律吕也。蕴思含毫，游心内运，放言落纸，气韵天成，莫不禀以生灵，迁乎爱嗜，机见殊门，赏悟纷杂。"[①] 可见，"气韵"不仅是指作品的风格韵味，也包含作者的风采气度，故曰"气韵天成"。又如王鸿朗评《出自蓟北门行》曰："不必警策独绝，而人自历劫不到，正由气象不同。"关于"气象"，严羽《沧浪诗话》中有载："诗之法有五：曰体制，曰格力，曰气象，曰兴趣，曰音节。"[②] 又云："唐人与本朝人诗，未论工拙，直是气象不同。"[③] 可见，"气象"本为诗法之一，其内涵除了作品中所表现出的气势以外，更多的是由作者自身的境界和气度决定。因此，王鸿朗认为李白的《出自蓟北门行》不必警策独绝、以理致胜，其诗的意境与格局已非常人所能及，这是气象的不同，也是诗仙与凡人的不同。

此外，《瑶台风露》还常以气息充厚、渊永来评价李白的五言古诗。刘大櫆《论文偶记》云："今粗示学者：古人行文至不可阻处，便是他气盛。非独一篇为然，即一句有之。古人下一语，如山崩，如峡流，觉阑当不住，其妙只是个直的。"又云："气最要重。

---

① 萧子显撰：《南齐书》，北京：中华书局，1972年，第907页。
② 严羽：《沧浪诗话》，《历代诗话》，北京：中华书局，1982年，第687页。
③ 严羽：《沧浪诗话》，《历代诗话》，北京：中华书局，1982年，第695页。

予向谓文须笔轻气重，善矣，而未至也。要知得气重，须便是字句下得重，此最上乘，非初学笨拙之谓也。"[1] 不难发现，《瑶台风露》崇尚气盛、气重实则也是对刘大櫆文论的继承。

如王鸿朗评《东海有勇妇》曰："用比例，气乃愈厚"，或指"淳于免诏狱，汉主为缇萦，津妾一棹歌，脱父于严刑"而言。此四句引用缇萦、津妾的典故，以古之贞妇烈女比东海勇妇，不仅丰富了思想内容，也拓宽了情感表达，使全诗的韵味更加深厚。又如鲍瑞骏评《自梁园至敬亭山见会公谈陵阳山水兼期同游因有此赠》"何当移白足，早晚凌苍山"二句曰："又挽到会公，法密，气充。"前文皆排宕写景，言会公四处云游，李白与之相思而不得相见，此二句转到与会公"兼期同游"的主题上来，收束文意，故曰"法密"。《法苑珠林》载："前魏太武时，沙门昙始甚有神异，长坐不卧五十余年，足不蹑履，跣行泥秽中，奋足便净，色白如面，俗号曰'白足阿练也'。"[2] 李白借"白足阿练"的典故来指称会公，将邀请之语写得意味深厚，故谓之"气充"。又如鲍瑞骏评《长干行》其一"苔深不能扫，落叶秋风早"二句曰："字接意接，笔如飞仙剑侠不可端倪，妙在气息渊厚，味美于回。"字接是指前句作"一一生绿苔"，此句又顶针作"苔深不能扫"；意接是指上文写门前生绿苔，此处更推进一步，称苔深难扫而秋风又吹落树叶，极写女子独处闺中的冷清的景象，读来意韵深长。这里所谓的"气息"，并非指人的呼吸，而是指行文的气势和作品的韵味。又如鲍

---

[1] 刘大櫆、吴德旋、林纾：《论文偶记 初月楼古文绪论 春觉斋论文》，北京：人民文学出版社，1998年，第4—5页。

[2] 释道世：《法苑珠林》（第27卷），《四部丛刊》，民国上海涵芬楼景明本，第20页。

瑞骏评《拟古》其五"今日风日好,明日恐不如"二句曰:"清空一气,难在气息渊永。"此二句俚俗浅近,犹如脱口而出,未加修饰,但造语清新,用笔空灵,耐人寻味。所谓"气息渊永"即是指该诗含蕴不尽,经得起咀嚼,在反复品读中仍觉回味无穷。又如鲍瑞骏评《秋浦寄内》"江山虽道阻,意合不为殊"二句曰:"拓笔气厚。主意,结醒。"该诗是李白在秋浦写给妻子宗氏的,诗中表达了对妻子深切的思念之情,而此二句以誓言作结,更表现出二人坚贞不渝的爱情,点明主旨。王鸿朗评此诗曰:"读此当领略其气息渊茂处。"可见,这里的"气息"并不同于作者的思想感情或作品的艺术风格,而是一种更抽象的、无形的、只可意会不可言传的"气势"。

2. 音节

刘大櫆《论文偶记》云:

> 音节高则神气必高,音节下则神气必下,故音节为神气之迹,一句之中,或多一字,或少一字;一字之中,或用平声,或用仄声;同一平字仄字,或用阴平、阳平、上声、去声,则音节迥异,故字句为音节之矩。积字成句,积句成章,合而读之,音节见矣,歌而咏之,神气出矣。①

刘大櫆根据神气、音节、字句三者之间主次的关系,提出了

---

① 刘大櫆、吴德旋、林纾:《论文偶记 初月楼古文绪论 春觉斋论文》,北京:人民文学出版社,1998年,第6页。

从字句的平仄、声调上来考察音节，通过阅读、歌咏文章来体会神气的论文方法。

"音节"简单说来即是声音和节奏，在诗文中表现为声调和平仄等。而前文在谈"气象"时提到，严羽《沧浪诗话》把"音节"也作为诗法之一："诗之法有五：曰体制，曰格力，曰气象，曰兴趣，曰音节"①，足以见得，音节在诗文创作中实际上有许多讲究。如清人朱庭珍在《筱园诗话》中云："古诗音节须从神骨片段间，体会其抑扬轻重、伸缩缓急、开阖顿挫之妙，得其自然合拍。五音相间，无定而有定之音调节奏，乃能铿锵协律，可被管弦。虽穿云裂石，声高壮而清扬，然往而复回，余音绕梁，言尽而声不尽，篇终犹有远韵。以人声合天籁，故曰'诗为天地元音'也。"②朱庭珍指出，须从抑扬、轻重、伸缩、缓急、开阖、顿挫六个方面来体会古诗的音节，在诗歌创作中，要求音节自然合拍、铿锵协律，能够入乐演奏，最终达到言尽声不尽、人声合天籁的至高境界。

《瑶台风露》虽然也注意到从音节上来考察李白的五言古诗，但在具体评点中，却多是笼统地一语带过，并未做详细的分析。如鲍瑞骏评《古风》其十八《天津三月时》曰："音节之妙，亦复如闻仙乐。"他仅仅点出了李白此诗音节神妙，却没有说明具体妙在何处。又如王鸿朗评《关山月》曰："笔墨之妙都化烟云，音节之妙都如鹰凤，此太白独到之境，古今无两。"他以"鹰凤"来比喻此诗音节高妙，或是指诗中多用律句，平仄似于近体。严羽评

---

① 严羽：《沧浪诗话》，《历代诗话》，北京：中华书局，1982年，第687页。
② 朱庭珍：《筱园诗话》，《清诗话续编》，上海：上海古籍出版社，1983年，第2350页。

此诗亦曰："似近体，入古不碍，真仙才也。"① 又如鲍瑞骏评《长干行》曰："二诗曲曲折折、絮絮叨叨，宛然儿女子声口，真神品也。其音节之妙不减《西洲曲》，青莲此种诗，少陵集即无之。此其所以两大也。"他认为《长干行》二首，模仿女子口吻叙事，惟妙惟肖。沈德潜《古诗源》评《西洲曲》曰："似绝句数首，攒簇而成，乐府中又生一体。"② 由此可见，鲍瑞骏称《长干行》音节之妙不减《西洲曲》，或也是指该诗多用拗句，平仄似古似律，犹如多首绝句拼凑而成。又评《长干行》其二曰："音节琅琅，正如'天风吹下步虚声'也，此种在三唐中，温飞卿能或有之，至李庶子，断难几此诣。"据孟棨《本事诗》记载："诗人许浑，尝梦登山，有宫室凌云，人云此昆仑也。既入，见数人方饮酒，招之，至暮而罢，赋诗云：'晓入瑶台露气清，座中唯有许飞琼。尘心未尽俗缘在，十里下山空月明。'他日复梦至其处，飞琼曰：'子何题余姓名于人间？'改曰：'天风吹下步虚声。'曰：'善。'"③ 鲍瑞骏引许浑诗句作评，是认为《长干行》其二音韵高妙，读来朗朗上口，非复人间节奏。

不过，《瑶台风露》中也有从音节上对具体诗句进行评点的例子。如鲍瑞骏评《树中草》"草木虽无情，因依尚可生，如何同枝叶，各自有枯荣"四句曰："音节琅然，如闻钧天广乐。"《列子·周穆王》记载："王实以为清都、紫微、钧天、广乐，帝之居所。"注曰："清都、紫微，天帝之所居也。传记云：'秦穆公疾不

---

① 詹锳主编：《李白全集校注汇释集评》，天津：百花文艺出版社，1996年，第498页。
② 沈德潜选：《古诗源》，北京：中华书局，1977年，第289页。
③ 孟棨：《本事诗》，《历代诗话续编》，北京：中华书局，1983年，第13页。

知人，既寤，曰：我之帝所甚乐，与百神游钧天广乐，九奏万舞，不类三代之乐，其声动心。'"[1]可知"钧天广乐"即指仙乐，鲍瑞骏以此作比，称该诗音节似曲，协律合拍，读来如闻仙乐。又如王鸿朗评《安陆白兆山桃花岩寄刘侍御绾》曰："此下云蒸波起，忽夹入'虽有数斗玉'两句，似谚似谣，音节至为神妙"，此评论或是针对"虽有数斗玉，不如一盘粟"而言。或指此二句平仄似拗律，犹如古之谣谚，故而音节神妙。又如鲍瑞骏评《赠宣城宇文太守兼呈崔侍御》"怀恩欲报主，投佩向北燕，弯弓绿弦开，满月不惮坚"曰："音节、色泽宛然陈思。"他认为此四句的音节与辞采与曹植相仿。王鸿朗评"夜分河汉转，起视溟涨阔，凉风何萧萧，流水鸣活活"曰："提笔清雄，音节亦殊似杜。"他称此四句音节近似杜甫。王鸿朗又评此诗曰："长古句句入律，诵之一片宫商，太白最为长技。"王鸿朗指出李白善于在长篇五言古诗之中大量使用律句，使平仄相间、声调变换，读来如闻宫商之乐。

此外，《瑶台风露》对李白五言古诗的用韵之法也十分重视。如鲍瑞骏评《古风》其二《蟾蜍薄太清》"蠕蝀入紫微，大明夷朝晖"二句曰："转韵法，笔如辘轳，圆转自然。"《文章技法辞典》"辘轳韵"条载："律诗第二、四句用甲韵，第六、八句用与甲韵相通的乙韵。宋严羽《沧浪诗话·诗体》：'有辘轳韵者，双出双入。'王玮庆《补注》：'案辘轳韵格，有单辘轳者，双出双入，四句一换韵也。'"[2]若依平水韵观之，该诗前四句押仄声韵"六月"，自此二句以后改押平声韵"五微"，故谓之"笔如辘轳"。又如王

---

[1] 杨伯峻撰：《列子集释》，北京：中华书局，1979年，第93页。

[2] 金振邦编著：《文章技法辞典》，长春：东北师范大学出版社，1991年，第137页。

鸿朗评《经乱离后天恩流夜郎忆旧游书怀赠江夏韦太守良宰》曰："忽然换韵，如铁板金钲，铿锵入破。"《文章技法辞典》"五古换韵法"条载："五言古诗换韵的方法。清王士祯等《诗问》：'问：五古亦可换韵否？'如何换韵，其法如何？（朗廷槐）答：五言古亦可换韵，如古《西洲曲》之类。唐李白颇有之。（渔阳老人）答：《十九首》'行行重行行''冉冉孤生竹''生年不满百'皆换韵。魏文帝《杂诗》'弃置勿复陈，客子常畏人'、曹子建'去去勿复道，沉忧令人老'，皆末二句换韵，不胜屈指。一韵气虽矫健，换韵意方委曲。有转句即换者，有承句方换者，水到渠成，无定法也。要之，用过韵不宜重用，嫌韵不宜联用也。"[1] 此诗由首二句"天上白玉京，十二楼五城"起，押下平"八庚"韵，至"弯弧惧天狼，挟矢不敢张"二句换押下平"七阳"韵，至"炎凉几度改，九土中横溃"二句换押上声"十贿"韵，至"函关壮帝居，国命悬哥舒"二句换押上平"六鱼"韵，至"帝子许专征，秉旄控强楚"二句换押上声"七麌"，至"仆卧香炉顶，餐霞漱瑶泉"二句换押"一先"韵，至"夜郎万里道，西上令人老"二句换押上声"十九浩"韵，至"一忝青云客，三登黄鹤楼"二句换押下平"十一尤"韵，至"纱窗倚天开，水树绿如发"二句换押入声"六月"韵，至"吴娃与越艳，窈窕夸铅红"二句换押上平"一东"韵，至"宾跪请休息，主人情未极"二句换押入声"十三职"韵，至"逸兴横素襟，无时不招寻"二句换押下平"十二侵"韵，至"五色云间鹊，飞鸣天上来"二句换押上平"十灰"，至"桀犬尚吠尧，匈奴笑千

---

[1] 金振邦编著：《文章技法辞典》，长春：东北师范大学出版社，1991年，第137页。

秋"二句又换押下平"十一尤"韵。该诗通篇共换韵十四次（皆按平水韵划分），尽皆圆转自然，是以王鸿朗有此一评。

由此观之，鲍、王二人主要是从平仄和声韵的角度来评点李白五言古诗的音节的，并且对诗中合拍协律、似于近体的地方尤为赞赏。

3. 字句

刘大櫆《论文偶记》云：

> 近人论文，不知有所谓音节者，至语以字句，则必笑以为末事。此论似高实谬。作文若字句安顿不妙，岂复有文字乎？但所谓字句音节，须从古人文字中实实讲贯过始得，非如世俗所云也。[①]

刘大櫆强调了安顿字句的重要性，他认为字句应当崇尚古朴，须从古人的文字中来。

《瑶台风露》对李白五言古诗的评点就具体到了字法、句法之上。关于字法的评点，如鲍瑞骏在《去妇词》"相思若循环，枕席生流泉，流泉咽不扫，独梦关山道"处旁批道："字法。"《中国诗学大辞典》"字法"条载："字法，炼字的方法。清人贺裳《载酒园诗话》卷一云：'作诗虽不必拘拘字句，然往往以字不工而害其句，句不正而害其篇。'此言字法的重要性。《文心雕龙·炼字》：

[①] 刘大櫆、吴德旋、林纾：《论文偶记 初月楼古文绪论 春觉斋论文》，北京：人民文学出版社，1998年，第6页。

'是以缀字属篇，必须炼择：一避诡异，二省联边，三权重出，四调单复。'清薛雪《一瓢诗话》：'格律声调，字法句法，固不可不讲，而诗却在字句之外。故《三百篇》及汉、魏古诗，后章与前章略换几句几字，又是一种咏叹丰神，令人吟绎不厌。后世徒于字句求之，非不工也，特无诗耳。'此言炼字的方法。"①而鲍瑞骏这里所谓的字法，是指此处以"流泉"二字顶针蝉联，造成一种诗意连绵、流动不止的阅读效果。

关于句法的评点例子，如鲍瑞骏评《赠王判官时余归隐居庐山屏风叠》"俱飘零落叶，各散洞庭流"二句曰："琢句法。"北宋诗僧惠洪在《冷斋夜话》中云："唐僧多佳句，其琢句法，比物以意而不指言某物，谓之象外句。如无可上人诗曰：'听雨寒更尽，开门落叶深'，是以落叶比雨声也。"②可见，鲍瑞骏所谓的"琢句法"，指不直言某物而以他物做比，近似于比喻。此二句便是李白以落叶飘零来比喻自己与王判官二人的踪迹。又如鲍瑞骏评《拟古》其三"即事已如梦，后来我谁身"二句曰："炼法超隽。"此二句化用"庄周梦蝶"的典故，造语自然，是炼化之妙。又如鲍瑞骏评《古风》其二十《昔我游齐都》"昔我游齐都，登华不注峰"二句曰："句法奇。"或是言五言诗通常为二三句式，而"登华不注峰"则是一四句式，较为少见。

还有合评字法与句法的例子，如王鸿朗评《古风》其十四《胡关饶风沙》"阳和变杀气，发卒骚中土"曰："'阳和'十字，澿然史笔，句法、字法亦全是杜陵，再三读之，方叹法门不二。""阳

---

① 金振邦编著：《文章技法辞典》，长春：东北师范大学出版社，1991年，第1页。
② 黄进德批注：《六一诗话 冷斋夜话》，南京：凤凰出版社，2009年，第73页。

和变杀气"一句,将戎虏犯境一事写得含蓄蕴藉,读来如史书家语;而"发卒骚中土"一句,炼字极精,仅用一个"骚"字就描绘出了外族对中原的频繁入侵。王鸿朗认为该诗的句法、字法都与杜甫相似,严羽亦评之曰:"此首可与老杜《塞上》诸篇伯仲。"①又如鲍瑞骏评《秋夕旅怀》"目极浮云色,心断明月辉"二句曰:"情含景中,字法、句法无不超凡入圣。"此二句对偶工整,一"极"一"断"二字炼化得甚妙,虽全为写景之语,其满腔愁意已然冲破浮云,挥洒月下。能不露一字情语而感人至深,足可称得上是"超凡入圣"。

大约自贺知章呼李白"谪仙人"时起,世人便习以诗仙称李白。然而,诗仙的"仙"处,是凡人所不易学的,于是《瑶台风露》继承刘大櫆的"神气、音节、字句"之说,将李白的五言古诗分作三个层次,由浅入深地来进行解读,较好地呈现了李诗超凡入圣的艺术造诣。鲍、王二人在评点中又常有"笔有仙气""如闻仙乐""仙句"等语,证明《瑶台风露》是以李白的"仙才"来统筹他五言古诗中的神气、音节和字句的。该书的评点以神气为主,音节、字句为辅,将内容与形式相统一,立足于李白的精神寄托,以诗人的个性气质和情感表达为主体,结合章法、句法、字法、韵法上的变化,着力赏析作品的意境,尤其推崇那些古朴厚重、韵味不尽、平中见奇的艺术风格,既突出了重点,又划分了层次,建构起一个完整的诗歌鉴赏体系。这也为后人解读李白飘逸不羁的诗歌提供了可资借鉴的途径。

---

① 詹锳主编:《李白全集校注汇释集评》,天津:百花文艺出版社,1996年,第89页。

#　结　语

相对于宋以来"千家注杜"的盛况而言，古代的李白诗歌注本和选本是相对稀缺的，其中分体编排的更是少之又少。而《瑶台风露》作为现存唯一的李白五言古诗选本，由鲍瑞骏与王鸿朗精选精评，极具特色，在对李白诗歌的研究上，显得弥足珍贵。总的说来，《瑶台风露》的特色主要体现在以下三个方面：

其一，《瑶台风露》充分彰显编选者的个性。鲍瑞骏学诗"以风雅为导源，以盛唐为根柢，以国初为归宿"[1]，博采众家之长，自言"不敢自外于'四始六义'之归"[2]。所谓"四始六义"，"四始"是指《风》《小雅》《大雅》《颂》位列首篇的《关雎》《鹿鸣》《文王》《清庙》，"六义"指风、雅、颂、赋、比、兴。因此，鲍瑞骏在选诗时崇尚诗教，主张温柔敦厚、怨而不怒；在评点中标举"风雅"，注意考察李白五言古诗的渊源。此外，鲍瑞骏在宋人中尤尊苏轼，他的诗集中也多有效习东坡之作，所以还专门提到了李白对于苏轼的影响。而王鸿朗才情甚高，不仅能文善画，还精通音

---

[1] 鲍瑞骏：《桐华舸诗续钞》，《清代诗文集汇编》（第630册），上海：上海古籍出版社，2010年，第163页。

[2] 鲍瑞骏：《桐华舸诗钞》，《清代诗文集汇编》（第630册），上海：上海古籍出版社，2010年，第2页。

律，他善于分析李白五言古诗的艺术风格，常以比喻的方式作评。如评《侠客行》曰："太白诗，其风骨之高不待言矣，遣词之妙，则花之艳、月之华也，清新俊逸"；评《经乱离后天恩流夜郎忆旧游书怀赠江夏韦太守良宰》曰："前路雪滚花飞，到此风驰电捲"；评《送王屋山人魏万还王屋》曰："蓬蓬勃勃如釜上气，又如百折流泉，随石屈曲而绵亘千里，不使横风吹断"等，不仅形象生动地阐释出了李白五言古诗的"韵外之致"和"味外之旨"，其评语读来也如喷珠噀玉，活色生香。

其二，《瑶台风露》明显带有桐城派的影子。桐城派奠基于方苞的"义法"说，经过刘大櫆的发展，在姚鼐时达到鼎盛。鸦片战争以后，曾国藩又创立"湘乡派"，使逐渐走向没落的桐城派得到中兴，而《瑶台风露》恰好产生于这一时期。桐城派上承孔、孟之道，下沿程、朱理学，十分重视诗歌的教化功用。这或许也是《瑶台风露》选诗在思想情旨上崇尚诗教传统的原因之一。另外，桐城派以文见长，其文论对鲍、王二人影响至深。《瑶台风露》"以文评诗"的特征显著，不仅在选诗上着意呈现李白五言古诗起、承、转、合的章法特点，在评点中也善于使用文法来分析李白五言古诗的写作技巧，还创造性地引入刘大櫆"神气、音节、字句"之说，由浅入深地解读李诗。《瑶台风露》将文论引入诗评之中，拿近体诗之法来点评古体诗，又用李白的"仙才"去统筹刘大櫆的"神气、音节、字句"理论，这都是鲍、王二人对于桐城派的继承和发展。该书对李白诗学渊源的探索和对李白艺术技法的总结，以及将桐城派古文理论引入诗歌批评之中的创造，都可为李白诗歌研究提供重要的参考。

其三,《瑶台风露》论诗发前人之所未发,其中最有创见的主张就是将《古风》组诗视为一个整体来看待,既指出了《古风》各篇对于其一《大雅久不作》的呼应,又阐释了篇章之间的内在联系。不过,《瑶台风露》论诗不重考据,未考证诗歌创作时间和版本差异,只凭文本分析就得出结论,这是该书最大的不足。但瑕不掩瑜,鲍、王二人率先提出从整体上考察李白五古组诗的观点,足见二人识见之高。不仅如此,《瑶台风露》对游仙诗的评点也颇有见地。鲍、王二人联系《离骚》来理解李白的五古游仙诗,认为李白的遗世独立其实是仿效屈原去而不得、蜷局不行之意,是他忠君爱国之心的体现。二人不仅追溯了李白游仙诗的创作渊源,更加深了诗歌的思想情旨。此外,《瑶台风露》还多有睿见,如王鸿朗评《侠客行》曰:"司马迁伤援救之无人而作《游侠货殖传》,太白往往以剑客发慨,亦同此意,向来无人拈出。"他称李白诗中常以剑客发慨,其意与司马迁发愤著书相仿,都是自伤己身遭难时无人援救,故而对侠客大书特书,以抒发不平之气。这些见解直到今天看来,也有发人深省之处。

实际上,鲍瑞骏与王鸿朗编选《瑶台风露》主要有以下两个目的:

第一,确立李白五言古诗的正宗地位。《滹南诗话》载:"荆公云:'李白诗歌豪放飘逸,人固莫及,然其格止于此而已,不知变也。至于杜甫,则发敛抑扬,疾徐纵横,无施不可。盖其缜密而思深,非浅近者所能窥,斯其所以光掩前人而后来无继也。'"[①]

---

① 王若虚:《滹南诗话》,《历代诗话续编》,北京:中华书局,1983年,第509页。

自宋以来，学诗者多以杜诗为尊，而轻视李白诗歌的艺术成就。《瑶台风露》为了确立李白五言古诗的正宗地位，常常在评点中将李白与杜甫进行对比。如王鸿朗评《经乱离后天恩流夜郎忆旧游书怀赠江夏韦太守良宰》曰："凛然春秋之笔，太白自谓希圣有立，非妄语也。诗史之目，岂得独归少陵？"他指出李白对于现实题材的书写并不亚于杜甫。又如王鸿朗评《经乱后将避地剡中留赠崔宣城》曰："此首叙安史之乱，沉痛盘郁，雅近杜陵。取老杜至华宫诗及此作，日日诵之，久而出笔必有大过人处，所谓规矩准绳之至也。"他认为李白此诗庄重典雅，与杜甫的《过华清宫绝句》风格相近，而沉郁顿挫也并非杜甫的独到之境。又如王鸿朗评《江上寄元六林宗》曰："此诗入杜工部集中，不复可辨，惟善揣神骨者愈叹其奇。"他提到李白与杜甫的诗歌造诣已入化境，若是撇开行迹观之，则二者神骨大有相通之处。鲍瑞骏评《送王屋山人魏万还王屋》亦曰："昔人谓此诗原本齐梁，但气加雄而词增富，未若《北征》之独开生面。然题既不同，义各有当，较之杜陵，正如日月双悬，绝无轩轾。拟以鼎足，其唯长帽翁乎？昌黎犹是杜之支子，未可遽与争雄。"鲍瑞骏称李杜"如日月双悬，绝无轩轾"，他将李白与杜甫并重，还说连韩愈也不可与之争雄，强调了"李杜同为两大而并重"的观点。又如王鸿朗评《淮阴书怀寄王宗成》曰："学太白者，不可不似此清逸不群，虽老杜不能不为之避舍"；直言李诗清逸不群，就连杜甫也要为之"避舍"，更是将李白的五言古诗推崇到至高无上的地位。

第二，为后人学习李诗提供范本。杜甫《春日忆李白》云：

"清新庾开府,俊逸鲍参军。"① 严羽《沧浪诗话》云:"子美不能为太白之飘逸,太白不能为子美之沉郁。"②《钟山语录》载,王安石曾曰:"白之歌诗,豪放飘逸。"③ 由是基本确立了李诗清新、豪放、飘逸的主要风格。《瑶台风露》在评点中也指出了李白五言古诗清逸飘洒的本色。如王鸿朗评《古风》其三十《元风变太古》曰:"沉挚中独饶清逸之味,太白独步";评《赠宣城宇文太守兼呈崔侍御》曰:"清迥宕逸乃李公本色";评《宿白鹭洲寄杨江宁》曰:"飘洒是太白本色。"而鲍瑞骏又从司空图《二十四诗品》中摘出"雄浑""高古""洗练""绮丽""自然""豪放""精神""清奇""超诣""飘逸"十品来概括李白五言古诗的艺术风格。鲍瑞骏将"太华夜碧、人闻清钟"八字题于扉页之上,王鸿朗评《送张舍人之江东》亦曰:"表圣《诗品》有'太华夜碧,人闻清钟'之句,意惟太白是以当之。"可见,《瑶台风露》将"高古"视为李白五言古诗最显著的艺术风格。此外,鲍、王二人还纠正了世人学习李诗的偏差。如王鸿朗评《赠别舍人弟台卿之江南》曰:"读太白诗,喜其奇逸而忘其清远,非知太白者。试味起四句,何等婉妙。近人黄仲则号学谪仙之巨擘,亦不过略得其醉态耳。固未窥见精微之诗也。"评《赠友人》三首曰:"此三首不矜才、不使气,专以深细宕折见长,至为渊厚古茂。世之读太白者,每取其飞扬跋扈之作,而于此等略之,何也?"又如鲍瑞骏评《拟古》其二曰:"脱

---

① 仇兆鳌注:《杜诗详注》,北京:中华书局,1979年,第52页。
② 严羽:《沧浪诗话》,《历代诗话》,北京:中华书局,1982年,第697页。
③ 王琦集注:《李太白诗集注》,《文渊阁四库全书》(第1067册),台北:台湾商务印书馆,1986年,第602页。

胎古乐府而面目全别，世人以粗豪拟太白，真未梦见"；王鸿朗亦曰："太白诗，人喜其闳肆，我服其深厚；人夸其排奡，我爱其清远；人诧其奇警，我取其自然。试静对此种，反复而咀味之，真如啖侧生果也。"《瑶台风露》点出，世人多从粗豪、飞扬、奇逸处学李白，而往往忽视了其深厚、清远、自然的风格，这也为后人学李诗指明了道路。王鸿朗评《闻丹丘子于城北石门幽居中有高凤遗迹仆离群远怀亦有栖遁之志因叙旧以寄之》曰："步骤分明，雍容和鬯，仍不失清远之神。学太白者，先须从此问津，倘骤仿其飞扬之调，必深于任华、卢仝矣。"他认为学习李白的五言古诗应当先从其雍和清远的风格入手进行模仿，若是一来便仿效他的飞扬飘洒之作，难免会狂放有余而浑厚不足，有失偏颇。

总之，鲍瑞骏与王鸿朗之所以精选精评，编成《瑶台风露》，就是为了让后人读到李白五言古诗之中最有代表性的作品，并学到其中真正的精髓。王鸿朗评李白五言古诗，有"信口信笔，自饶古趣，自见仙才，任他绝代文人不能学，亦不敢学"之语。虽然他称李白的"仙才"是世人所不能学和不敢学的，但是通过本书对《瑶台风露》的研究，可以确定，李白在五言古诗中的"仙才"是有迹可循的，也是有法可效的。正如鲍瑞骏在卷首的批语："讽诵万遍，凡骨皆仙"，他认为只要能够熟读《瑶台风露》，即便是普通人，也能够得到诗仙的"真传"，超凡入圣，而这同样也是本书整理和研究《瑶台风露》的意义所在。

参考文献

专著

[1] 爱新觉罗·弘历编:《唐宋诗醇》,北京:中国文学出版社,2000年。

[2] 安徽通志馆:《(民国)安徽通志稿》,1934年铅印本。

[3] 安旗等笺注:《李白全集编年笺注》,北京:中华书局,2015年。

[4] 安旗、薛天纬编:《李白年谱》,济南:齐鲁书社,1982年。

[5] 班固:《汉书》,北京:中华书局,1962年。

[6] 鲍瑞骏、王鸿朗:《瑶台风露》,清同治七年桐华舸抄本。

[7] 曹允源等编:《(民国)吴县志》,1933年铅印本。

[8] 陈伯海、朱易安编撰:《唐诗书目总录》,上海:上海古籍出版社,2015年。

[9] 陈伯海主编:《唐诗汇评(增订本)》,上海:上海古籍出版社,2015年。

[10] 陈鼓应注译:《庄子今注今译》,北京:中华书局,1983年。

[11] 陈维崧辑:《箧衍集》,芜湖:安徽师范大学出版社,2015年。

[12] 陈诗辑:《皖雅初集》,《安徽古籍丛书》,合肥:黄山书社,2017年。

[13] 陈一琴纂辑:《诗词技法例释类编》,北京:生活·读书·新知三联书店,2017年。

[14] 程树德撰:《论语集释》,北京:中华书局,1990年。

[15] 仇兆鳌注:《杜诗详注》,北京:中华书局,1979年。

[16] 《辞海》编辑委员会:《辞海(文学分册)》,上海:上海辞书出版社,

1981年。

[17] 戴昌言等编：《（光绪）黄冈县志》，清光绪八年刻本。

[18] 邓之诚：《邓之诚文史札记》，南京：凤凰出版社，2012年。

[19] 丁宝桢：《丁文诚公奏稿》，清光绪二十五年补刻本。

[20] 丁福保辑：《历代诗话续编》，北京：中华书局，1983年。

[21] 丁福保辑：《清诗话》，上海：上海古籍出版社，1978年。

[22] 董楚平译注：《楚辞译注》，上海：上海古籍出版社，2014年。

[23] 范温：《范温诗话》，《全宋诗话》，南京：江苏古籍出版社，1998年。

[24] 方东树：《昭昧詹言》，北京：人民文学出版社，1961年。

[25] 方浚师：《蕉轩续录》，清光绪刻本。

[26] 方汝翼等编：《（光绪）重修登州府志》，清光绪七年刻本。

[27] 房日晰：《李白诗歌艺术论》，西安：三秦出版社，1993年。

[28] 房玄龄等编：《晋书》，北京：中华书局，1974年。

[29] 冯国超译注：《山海经》，北京：商务印书馆，2016年。

[30] 复旦大学中文系古典文学教研组选注：《李白诗选》，北京：人民文学出版社，1977年。

[31] 高棅：《唐诗品汇》，《明诗话全编》，南京：江苏古籍出版社，1997年。

[32] 葛景春选注：《李白诗选》，北京：中华书局，2005年。

[33] 顾廷龙、戴逸主编：《李鸿章全集》，合肥：安徽教育出版社，2008年。

[34] 光铁夫：《安徽名媛诗词征略》，合肥：黄山书社，1986年。

[35] 郭茂倩编：《乐府诗集》，北京：中华书局，1998年。

[36] 郭绍虞编选：《清诗话续编》，上海：上海古籍出版社，1983年。

[37] 郭绍虞主编：《中国历代文论选》，上海：上海古籍出版社，2001年。

[38] 韩胜：《清代唐诗选本研究》，北京：中国社会科学出版社，2010年。

[39] 何宁撰：《淮南子集释》，北京：中华书局，1998年。

[40] 何文焕辑：《历代诗话》，北京：中华书局，1982年。

[41] 洪兴祖补注:《楚辞补注》,北京:中华书局,1983年。

[42] 胡应麟:《诗薮》,《明诗话全编》(第5册),南京:江苏古籍出版社,1997年。

[43] 胡仔纂集:《苕溪渔隐丛话》,北京:人民文学出版社,1962年。

[44] 黄进德批注:《六一诗话 冷斋夜话》,南京:凤凰出版社,2009年。

[45] 黄式度等编:《(同治)黄县志》,清同治十年刻本。

[46] 计有功:《唐诗纪事》,上海:上海古籍出版社,1995年。

[47] 纪昀等编:《文渊阁四库全书》,台北:台湾商务印书馆,1986年。

[48] 蒋寅:《清代诗学史》,北京:中国社会科学出版社,2012年。

[49] 焦循撰:《孟子正义》,北京:中华书局,1987年。

[50] 金农:《冬心先生集》,杭州:西泠印社出版社,2012年。

[51] 金振邦编著:《文章技法辞典》,长春:东北师范大学出版社,1991年。

[52] 康怀远:《李白批评论》,成都:巴蜀书社,2004年。

[53] 孔颖达疏:《礼记正义》,《十三经注疏》,北京:北京大学出版社,1999年。

[54] 孔颖达疏:《毛诗正义》,《十三经注疏》,北京:北京大学出版社,1999年。

[55] 孔颖达疏:《周易正义》,《十三经注疏》,北京:北京大学出版社,1999年。

[56] 李百药:《北齐书》,北京:中华书局,2000年。

[57] 李昉等编:《太平御览》,北京:中华书局,1961年。

[58] 《李太白集版本荟萃》委员会编:《李太白集版本荟萃》,成都:巴蜀书社,2018年。

[59] 李湜之:《清画家诗史》,杭州:浙江人民美术出版社,2014年。

[60] 李善注:《文选》,北京:中华书局,1977年。

[61] 李煜:《李煜词集》,上海:上海古籍出版社,2016年。

[62] 李锁：《诗法易简录》，清道光二年刻本。

[63] 刘大櫆、吴德旋、林纾：《论文偶记 初月楼古文绪论 春觉斋论文》，北京：人民文学出版社，1998年。

[64] 刘德昌等编：《（民国）邱县志》，1934年铅印本。

[65] 刘景龙、胡家柱：《安徽历代书画篆刻家小传》，南京：南京大学出版社，1994年。

[66] 刘俐娜编：《顾颉刚自述》，郑州：河南人民出版社，2005年。

[67] 刘维崇：《李白诗歌渊源与特色》，《中国文学史论文选集》，台北：学生书局，1978年。

[68] 刘蔚仁等编：《（民国）海宁州志稿》，1922年铅印本。

[69] 卢震：《说安堂集》，清康熙刻本。

[70] 陆萼庭：《钟馗考》，上海：上海古籍出版社，2017年。

[71] 罗宗强主编：《中国古代文学发展史》，天津：南开大学出版社，2003年。

[72] 《（民国）山东通志》编辑委员会：《（民国）山东通志》，1918年铅印本。

[73] 牛继清主编：《安徽文献研究集刊》（第6卷），合肥：黄山书社，2014年。

[74] 欧阳修等编：《新唐书》，北京：中华书局，1975年。

[75] 潘衍桐：《两浙輶轩续录》，杭州：浙江古籍出版社，2014年。

[76] 裴斐：《李白十论》，成都：四川人民出版社，1981年。

[77] 裴斐、刘善良：《李白资料汇编（元明清之部）》，北京：中华书局，2004年。

[78] 普济辑：《五灯会元》，海口：海南出版社，2010年。

[79] 乔象钟：《李白论》，济南：齐鲁书社，1986年。

[80] 《清代诗文集汇编》编纂委员会：《清代诗文集汇编》，上海：上海古籍出版社，2010年。

[81] 单锦珩总主编：《浙江古今人物大辞典》，南昌：江西人民出版社，1998年。

[82] 沈德潜：《唐诗别裁集》，上海：上海古籍出版社，1979年。

[83] 沈德潜等编：《历代诗别裁集》，杭州：浙江古籍出版社，1998年。

[84] 沈德潜选：《古诗源》，北京：中华书局，1977年。

[85] 沈约撰：《宋书》，北京：中华书局，1974年。

[86] 石国柱等编：《（民国）歙县志》，1937年铅印本。

[87] 司马迁：《史记》，北京：中华书局，2011年。

[88] 孙旭升译注：《笔记小说名篇译注》，南京：凤凰出版社，2014年。

[89] 万正中：《徽州人物志》，合肥：黄山书社，2008年。

[90] 王德毅编著：《清人别名字号索引》，北京：中文出版社，1985年。

[91] 王鸿朗：《游蜀纪程》，清同治九年刻本。

[92] 王鸿朗：《王笈甫先生画钟馗进士像题记》，清光绪三年潘氏桐西书屋刻本。

[93] 王宏林笺注：《说诗晬语笺注》，北京：人民文学出版社，2013年。

[94] 王红霞：《宋代李白接受史》，上海：上海古籍出版社，2010年。

[95] 王华安等编：《（民国）馆陶县志》，1936年铅印本。

[96] 王闿运：《湘绮楼诗文集》，长沙：岳麓书社，1996年。

[97] 王琦集注：《李太白诗集注》，《文渊阁四库全书》（第1067册），台北：台湾商务印书馆，1986年。

[98] 王琦注：《李太白全集》，北京：中华书局，2011年。

[99] 王绍曾主编：《清史稿艺文志拾遗》，北京：中华书局，2000年。

[100] 王叔岷撰：《列仙传校笺》，北京：中华书局，2007年。

[101] 王文诰辑注：《苏轼诗集》，北京：中华书局，1982年。

[102] 汪宪：《宋金元明赋选》，清代抄本。

[103] 王献永：《桐城文派》，北京：中华书局，1992年。

[104] 王运熙主编：《中国文学批评史新编》，上海：复旦大学出版社，2001年。

[105] 吴坤修等编：《（光绪）重修安徽通志》，清光绪四年刻本。

[106] 吴文治主编：《明诗话全编》，南京：江苏古籍出版社，1997年。

[107] 萧士赟补注：《分类补注李太白诗》，《四部丛刊》景明本。

[108] 萧子显撰：《南齐书》，北京：中华书局，1972年。

[109] 徐世昌：《晚晴簃诗汇》，1928年退耕堂刻本。

[110] 徐增：《而菴诗话》，《昭代丛书（甲集）》，清道光十三年刻本。

[111] 《续修四库全书》编委会编：《续修四库全书》，上海：上海古籍出版社，2002年。

[112] 严可均编：《全上古三代秦汉三国六朝文》，北京：中华书局，1958年。

[113] 杨伯峻撰：《列子集释》，北京：中华书局，1979年。

[114] 杨廷福、杨同甫编：《清人室名别称字号索引（增补本）》，上海：上海古籍出版社，2001年。

[115] 姚鼐：《古文辞类纂》，北京：中国书店，1986年。

[116] 姚鼐：《惜抱轩诗文集》，上海：上海古籍出版社，1992年。

[117] 姚培谦：《松桂读书堂集》，《四库全书存目丛书（集部）》，济南：齐鲁书社，1996年。

[118] 姚惜抱：《古文辞类纂评注》，合肥：安徽教育出版社，1995年。

[119] 叶昌炽：《缘督庐日记钞》，1933年上海蝉隐庐石印本。

[120] 俞陛云：《诗境浅说》，苏州：古吴轩出版社，2018年。

[121] 郁贤皓：《李白与唐代文史考论》，南京：南京师范大学出版社，2008年。

[122] 郁贤皓主编：《李白大辞典》，南宁：广西教育出版社，1995年。

[123] 郁贤皓校注：《李太白全集校注》，南京：凤凰出版社，2015年。

[124] 曾国藩：《十八家诗钞》，《曾文正公全集》，清同治十三年传忠书局刻本。

[125] 曾国藩：《曾文正公文集》，清光绪二年传忠书局刻本。

[126] 詹福瑞：《诗仙·酒神·孤独旅人：李白诗文中的生命意识》，北京：生活·读书·新知三联书店，2021年。

[127] 詹福瑞、王红霞主编：《李白研究文选》，成都：四川人民出版社，2019年。

[128] 詹锳：《李白诗选译》，南京：凤凰出版社，2011年。

[129] 詹锳编著：《李白诗文系年》，北京：人民文学出版社，1984年。

[130] 詹锳主编：《李白全集校注汇释集评》，天津：百花文艺出版社，1996年。

[131] 张㧑之、沈起炜、刘德重主编：《中国历代人名大辞典》，上海：上海古籍出版社，1999年。

[132] 张潜：《诗法醒言》，清乾隆刻本。

[133] 张少康主编：《中国文学批评史教程》，北京：北京大学出版社，1999年。

[134] 张寅彭：《清诗话全编》，上海：上海古籍出版社，2018年。

[135] 张忠纲：《全唐诗大辞典》，北京：语文出版社，2000年。

[136] 赵昌平：《李白诗选评》，上海：上海古籍出版社，2002年。

[137]（民国）浙江省通志馆编：《重修浙江通志稿（标点本）》，北京：方志出版社，2010年。

[138]《中国地方志集成》编辑工作委员会编：《（民国）歙县志》，《中国地方志集成 安徽府县志辑》，南京：江苏古籍出版社，1998年。

[139] 中国古籍总目编纂委员会：《中国古籍总目》，上海：上海古籍出版社，2009年。

[140] 周悦让等编：《（光绪）重修登州府志》，清光绪七年刻本。

[141] 周振甫：《文心雕龙今译》，北京：中华书局，2013年。

[142] 周作人：《药堂杂文》，北京：北京十月文艺出版社，2012年。

[143] 朱丹溪：《朱丹溪医学全书》，太原：山西科学技术出版社，2014年。

[144] 朱谏：《李诗选注》，明隆庆刻本。

[145] 朱玉麒、孟祥光：《李白研究论著目录》，北京：国家图书馆出版社，2015年。

[146] 踪凡：《赋学文献论稿》，北京：商务印书馆，2017年。

[147] 祖保泉：《二十四诗品校注译评》，芜湖：安徽师范大学出版社，2018年。

期刊论文

[1] 陈贻焮：《"李杜文章在，光焰万丈长"——李杜优劣论述评》，《文艺理论研究》1982年第1期。

[2] 王定璋：《〈瑶台风露〉——新发现的李白五古精选精批手抄本》，《天府新论》1985年第3期。

[3] 郁贤皓：《李白〈古风〉五十九首刍议》，《中国文学研究》1989年第4期。

[4] 王定璋：《〈瑶台风露〉的文物价值与文学意义》，《四川文物》1993年第1期。

[5] 傅如一：《李白乐府论》，《文学评论》1994年第1期。

[6] 葛景春：《论李白乐府的复与变》，《文学评论》1995年第2期。

[7] 陈定玉：《论严羽评点〈李太白诗集〉》，《文艺理论研究》1996年第1期。

[8] 薛天纬：《李杜歌行论》，《文学遗产》1999年第6期。

[9] 杨义：《李白诗歌的篇章学》，《佳木斯大学社会科学学报》1999年第1期。

[10] 蒋寅：《清代诗学与地域文学传统的建构》，《中国社会科学》2003年第5期。

[11] 蒋寅：《论清代诗学的学术史特征》，《南京师范大学文学院学报》2003年第4期。

[12] 伏涤修：《李白诗受后世诗评家贬抑冷落原因探论》，《南京师大学报（社会科学版）》2005年第2期。

[13] 殷春梅：《清盛期四大诗论家对李白诗的品评》，《中国李白研究（2005年集）》，第168—180页。

[14] 张国庆：《〈二十四诗品〉百年研究述评》，《文学评论》2005年第1期。

[15] 张寅彭：《清代诗学考述》，《上海大学学报（社会科学版）》2005年

第 1 期。

[16] 葛景春：《论李杜五言古诗之嬗变》，《中州学刊》2006 年第 5 期。

[17] 张浩逊：《历代李白诗歌接受述论》，《盐城师范学院学报（人文社会科学版）》2007 年第 1 期。

[18] 周勋初：《李白诗原貌之考索》，《文学遗产》2007 年第 1 期。

[19] 汤华泉：《七言歌行的体式与李白歌行的特征》，《学术研究》2007 年第 5 期。

[20] 汤华泉：《李白五古三论》，《苏州科技学院学报（社会科学版）》2009 年第 3 期。

[21] 钱志熙：《论李白〈古风〉五十九首的整体性》，《文学遗产》2010 年第 1 期。

[22] 孙杰：《〈古风五十九首〉略探——成就李白诗名的扛鼎之作》，《理论界》2011 年第 7 期。

[23] 钱志熙：《论李白乐府诗的创作思想、体制与方法》，《文学遗产》2012 年第 3 期。

[24] 申东城：《从历代著名唐诗选本看李白杜甫诗歌的接受》，《中华文化论坛》2012 年第 2 期。

[25] 申东城：《李白、杜甫诗体与唐诗嬗变》，《安徽大学学报（哲学社会科学版）》2012 年第 1 期。

[26] 陈亚飞：《方回的李白律诗评点发微》，《赤峰学院学报（汉文哲学社会科学）》2013 年第 2 期。

[27] 邹绵绵：《清代吴门画家"棱伽山民"其人续考》，《苏州文博论丛》2013 年第 4 期。

[28] 张俐盈：《承与变——清代评选李白乐府所映现的诗学意义》，《乐府学》2014 年第 2 期。

[29] 踪凡：《〈宋金元明赋选〉王鸿朗跋语考辨》，《文献》2014 年第 6 期。

[30] 胡可先:《新出文献与李白研究述论》,《浙江大学学报(人文社会科学版)》2015年第5期。

[31] 陈尚君:《李白诗歌文本多歧状态之分析》,《学术月刊》2016年第5期。

[32] 葛晓音:《从五古的叙述节奏看杜甫"诗中有文"的创变》,《岭南学报》2016年第2期。

[33] 蒋寅:《在中国发现批评史——清代诗学研究与中国文学理论、批评传统的再认识》,《文艺研究》2017年第10期。

[34] 王永波:《清刻李白集述要》,《西华大学学报(哲学社会科学版)》2017年第6期。

[35] 詹福瑞:《李白研究述略》,《西华大学学报(哲学社会科学版)》2019年第1期。

[36] 徐小洁:《清诗话与李白经典接受》,《太原师范学院学报(社会科学版)》2020年第2期。

学位论文

[1] 胡振龙:《李白诗古注本研究》,南京师范大学2003年博士学位论文。

[2] 李春桃:《〈二十四诗品〉接受史》,复旦大学2005年博士学位论文。

[3] 段宗社:《中国诗法论》,四川大学2005年博士学位论文。

[4] 王兵:《清人选清诗与清代诗学》,北京语言大学2009年博士学位论文。

[5] 徐杰:《刘大櫆"神气、音节、字句"说研究》,四川师范大学2009年硕士学位论文。

[6] 曾绍皇:《杜诗未刊评点的整理与研究》,复旦大学2010年博士学位论文。

[7] 宫立华:《李白五古研究》,江西师范大学2011年硕士学位论文。

[8] 吕敏:《桐城派与中国诗学传统——以刘大櫆为中心》,安徽大学2012

年硕士学位论文。

[9] 姜云鹏：《韩愈古文评点整理与研究》，复旦大学 2013 年博士学位论文。

[10] 孙千淇：《李白游仙诗论稿》，吉林大学 2015 年硕士学位论文。

[11] 刘珊：《〈二十四诗品·高古〉研究》，河北师范大学 2016 年硕士学位论文。

[12] 余立勋：《刘大櫆诗歌的"神气"》，湘潭大学 2018 年硕士学位论文。

[13] 张东艳：《清代杜诗评论研究》，苏州大学 2018 年博士学位论文。

[14] 孙盼盼：《神气论研究》，武汉大学 2019 年博士学位论文。

[15] 郭星明：《清代诗法类诗话汇编研究》，上海大学 2020 年博士学位论文。

图书在版编目(CIP)数据

孤本品诗仙:《瑶台风露》整理与研究/王红霞,刘铠齐著.—北京:商务印书馆,2023
ISBN 978-7-100-22830-5

Ⅰ.①孤… Ⅱ.①王…②刘… Ⅲ.①李白(701-762)—唐诗—诗歌研究　Ⅳ.①I207.227.42

中国国家版本馆 CIP 数据核字(2023)第 156133 号

权利保留,侵权必究。

孤本品诗仙
《瑶台风露》整理与研究
王红霞　刘铠齐　著

商　务　印　书　馆　出　版
(北京王府井大街 36 号　邮政编码 100710)
商　务　印　书　馆　发　行
山东临沂新华印刷物流
集团有限责任公司印刷
ISBN 978-7-100-22830-5

2023 年 10 月第 1 版　　开本 889×1194　1/32
2023 年 10 月第 1 次印刷　印张 13½
定价:98.00 元